여명의 눈동자

3

여명의 눈동자

김성종 장편대하소설

3

여명의 눈동자 3

도피 7
변신 23
보도소 75
동토 153
침투 183
접근 261
납치 309
팔로군 355

도피

　넓은 방안에 댓 명쯤 되는 사나이들이 앉아 있었다. 기울어진 햇빛이 창문을 통해, 그들이 둘러앉아 있는 긴 탁자 위로 쏟아져 들어오고 있었다.

　입이 뾰족하게 튀어나오고 두 눈이 점을 찍어 놓은 듯 조그마한 중년의 사내가 읽던 편지를 내려놓고 마주앉은 청년을 바라보았다. 중년 남자는 남의사 간부요원인 중국인 하청(河靑)이라는 사나이로 여우라는 별명을 가질 만큼 냄새를 잘 맡고 절묘하게 일을 해치우는 무서운 인물이다. 맞은편에 앉아 있는 젊은이는 조선인으로 방금 편지를 가지고 온 참이었다.

　"어떻게 해서 조선인들은 독립운동을 하는 이 마당에 서로 죽이고 야단들이지요?"

　하청은 신랄하게 면박을 가했다. 청년은 고개를 숙여 보였다.

　"부끄럽습니다."

　"조선인들이 서로 그렇게 싸우는 걸 보면 도와주고 싶은 마음이 싹 없어져요."

청년은 얼굴을 붉히면서 침묵을 지켰다.

"생각 같아서는 도와주고 싶지만……. 아무튼 알겠소. 우리도 계속 힘써 보겠다고 하시오. 이번에 우리가 잡은 놈들 중에는 최대치란 놈이 없었소. 그놈은 도망쳤소."

"안대를 벗고 눈을 해 박은 것 같습니다."

"그래서 찾기가 훨씬 어렵게 됐군. 도대체 그놈이 어떤 놈이기에 그렇게 대담한 짓들을 하고 다니지요?"

"북경대학을 다닌 학도병 출신입니다. 버마 전선에서 탈주해 왔답니다."

"버마 전선에서 국경을 넘어왔다는 말이오?"

하청이 눈을 크게 떴다.

"그렇습니다."

"그렇다면 보통 놈이 아니군. 거기를 살아서 통과해 나오다니……."

"신출귀몰한 놈입니다. 꼭 잡아 주십시오."

"알겠소. 그러고 보니까 나도 그놈한테 조금 관심이 가는데……."

청년이 돌아가자 하청은 사진을 들여다보았다. 조선인들 몇 명이 공원 벤치에 앉아 찍은 것인데 그중 한 청년이 눈에 안대를 하고 있었다. 사진이 흐릿하게 나온데다 한쪽 눈을 가리고 있어서 인상을 정확하게 알아볼 수가 없었다. 눈을 해 박았다면 분명히 사팔뜨기로 보일 것이다. 그런 젊은이가 어디 한 둘인가. 그는 입을 삐죽 내밀었다.

"자, 다들 주의해서 들어. 어젯밤 작전에서 조선인 적색단체인 적색공포단은 재기하기 힘들만큼 타격을 받았다. 그들은 중국 공산당과 손을 잡고 있기 때문에 다시 일어서기 위해 그 도움을 청할 것이다. 내 생각에는 북풍을 위시해서 중요 간부들이 죽은 이 마당에 그 최대치란 놈의 역할이 클 것 같아. 부탁도 있고 하니 차제에 그놈을 잡아야겠어. 놈에 대해서 우리가 알 수 있는 것은 놈의 왼쪽 눈이 의안이라는 것, 그리고 몸집이 크다는 것 정도다. 그밖에는 정확한 사진 한 장 없다. 청방에도 연락해서 각 역과 부두를 지키도록 해. 아직 멀리까지 가지는 못했을 거다."

그의 말이 떨어지기가 무섭게 요원들은 일어서서 밖으로 나갔다.

곧 상해를 중심으로 제남(濟南)·해주(海州)·서주(徐州)·개봉(開封)·한구(漢口)·장사(長沙)·남창(南昌)·옥산(玉山)·항주(抗州) 등에 비상망이 퍼지고, 남의사와 청방 요원들이 개미떼처럼 움직이기 시작했다.

이들의 움직임은 경찰이나 헌병보다도 더 기민하고 세밀했다. 상해에서 출발하는 모든 기차와 자동차, 마차와 인력거, 그리고 선박 등에는 일제히 이들의 손이 뻗었고 모든 주점과 숙박업소에도 그들의 눈이 침투해 들어갔다. 그들은 장사꾼·거지·인력거꾼·운전수·주정뱅이·농민·밀수꾼·어부·선원 등으로 활동하면서 감시와 연락을 취하고 있었다.

하청은 대치의 행방에 대해 집히는 데가 있었다. 놈이 갈 곳이라고는 연안(延安)밖에 없을 것 같았다. 중국 공산당의 본거지로 가서 필시 그곳의 중요인물들과 접촉을 꾀하고 재기의 기회를 노릴 것 같았다. 이것은 적색 조선인들이 막다른 골목에서 으레 취하는 도식적인 도피행로로서 일찍부터 그는 이것을 알고 있었다.

연안까지 가려면 서안(西安)까지 기차를 이용하는 수밖에 없다. 그리고 서안에서 기차를 내려 걸어가거나 다른 교통수단을 이용해야 한다. 그 멀고 먼 수천 리의 길을 가려면 상당한 액수의 노자(路資)가 필요하다. 그놈은 듣기에 용의주도한 놈이니 분명 노자를 마련한 다음 출발할 것이다. 조직이 붕괴되고 자금줄마저 끊긴 놈이 노자를 마련할 길은 뻔하지 않을까.

하청은 상해를 출발, 북상하는 열차 시간을 알아 보았다. 기차는 오전에 두 번, 오후에 두 번 출발하고 있었다. 오늘 출발하는 차는 이제 8시에 떠나는 막차 하나만 남아 있었다. 낮에는 위험하니까 놈이 밤차를 이용할 가능성이 많았다. 그 전에 놈은 어둠을 이용해서 충분한 여비를 마련할 것이다. 하청은 즉시 전화를 걸었다.

"강도사건을 알려라. 지금부터 시내에서 발생하는 강도사건을 즉시 알려라."

이 지시는 중국 경찰에 침투해 있는 남의사 요원들에게도 전해졌다. 하청은 자신이 쳐놓은 큰 그물에 고기가 걸려들 것을 기대하면서 초조하게 시계를 들여다보았다. 5시가 막 지나고 있었다.

5시 20분께 첫번째 신고가 있었다. 어떤 노인이 강도질을 하다가 붙잡혔다는 내용이었다. 10분이 지나 두번째 전화벨이 울렸다. 이번에는 중년 남자라는 것이었다. 이어서 6시까지 아무 연락이 없었다. 6시 25분께에 다시 신고가 들어왔다.

"피해자는 중년신사로 일본인인데 골목에서 강도에게 당했답니다!"

"범인은?"

"젊은 청년인데 도망쳤답니다. 돈지갑을 몽땅 뺏긴 모양입니다!"

"돈을 많이 잃었나?"

"네, 적지 않은 모양입니다."

"범인의 인상착의는?"

"중국옷을 입었고, 몸집이 크답니다. 어두워서 얼굴은 잘 보이지 않았고 중국말을 하는 것이 어쩐지 서툴렀답니다."

"무기는 뭘 사용했나?"

"칼로 협박당했답니다!"

"알았어. 바로 그놈이야!"

하청은 수화기를 놓고 일어섰다. 그는 다른 전화를 더 기다려볼까 하다가 그럴 필요가 없을 것 같아 부하에게 대신 전화를 받을 것을 지시하고 밖으로 나왔다. 이것은 그로서는 큰 실수였지만 그는 아직 그것을 깨닫지 못 하고 있었다.

그는 부하 네 명을 데리고 역으로 나갔다. 발차 시간까지는 아직 한 시간쯤 여유가 있었다. 역 광장과 대합실을 훑으면서 그는 사팔뜨기를 찾았다. 그에게는 육감 같은 것이 있었다. 그는 그것을 믿고 있었다. 필시 그놈이 나타날 것이라고 그는 확신했다.

개찰구 쪽에는 헌병과 형사로 보이는 사나이들이 나와 있었다. 필시 동경양행 사건 범인을 쫓고 있음이 분명했다.

그들을 보자 그는 웃음이 나왔다. 바보 같은 자식들, 누가 먼저 그놈을 잡나 보자, 그는 침을 칵 하고 뱉었다.

골목을 빠져나온 대치는 얼굴을 펴고 태평하게 걸어갔다. 주먹 한 대를 먹인 다음 칼을 목에 들이대자 일본인은 벌벌 떨면서 지갑을 내어놓았다. 죽일 필요까지는 없을 것 같아 얼마 동안 움직이지 못하게 사타구니를 걷어차고 오는 길이었다.

그는 고급 식당으로 들어가 일류 요리를 시켜 먹었다. 돈은 지갑 속에 충분히 들어 있었다.

천천히 식사를 하면서 그는 앞길을 곰곰이 생각해 보았다. 조직이 박살이 난 지금 찾아갈 곳이라고는 연안밖에 없었다. 얼굴이 알려져 더 이상 이곳에 있을 수도 없었다. 북풍을 비롯한 간부들이 죽는 바람에 남아 있는 사람들이 숨어 있을 곳을 찾기에 급급했다. 그들은 세 방향에서 쫓기고 있었다. 하나는 일본 헌병과 형사, 그리고 남의사, 또 하나는 중국 괴뢰정권의 경찰이었다. 이중에 가장 조심해야 될 상대가 남의사인 것은 말할 나위조차 없었다.

어젯밤 쫓긴 끝에 모인 대원은 겨우 일곱 명에 불과했다. 그나마 지휘자가 없으니 제각기 의견이 분분했고 다시 일할 기미를 보이지 않았다. 이를 본 중국인 캡(세포 책임자)이 연안으로 갈 것을 종용했다. 연안 —, 대치는 귀가 번쩍 했다. 정말 가 보고 싶은 곳이었다. 다른 대원들과 의논 끝에 한 명만이 반대하고 모두가 연안으로 갈 것에 합의했다. 여섯 명이 함께 동행하면 위험하므로 두 명씩 짝을 지어 가기로 했다. 집결지는 연안이었다.

대치와 동행할 대원은 김창욱(金昌旭)이라고 하는, 대치보다는 나이가 댓 살쯤 더 많은 사내였다. 그와는 열차 안에서 만나기로 하고 일단 헤어졌다.

여비는 각자 부담인 만큼 빨리 마련하지 않을 수 없었다. 그래서 대치는 중년의 일본인을 강탈한 것이다.

그는 자신의 얼굴이 알려져서 움직이기가 매우 불편하게 되었다는 것을 알고 있었다. 이놈의 애꾸눈이 계속 말썽인데 하고 그는 중얼거렸다. 우선 역을 통과하는 것이 제일 문제였다. 역에는 틀림없이 사냥개 같은 놈들이 눈을 부릅뜨고 지키고 있을 것이다.

빌어먹을, 이놈의 눈을 어떻게 할 수 없을까. 놈들은 이 눈만 찾을 것이다.

음식을 모두 먹어치우고 난 다음 그는 맞은편 구석자리를 바라보았다. 안경을 낀 노신사가 젊은 여인과 담소하면서 식사를 하고 있는 것이 유난히도 환하게 비쳐 들었다. 양복 차림의 노신사는 돈푼 깨나 있어 보였다.

말소리로 보아 중국인인 것 같았다. 그가 쓰고 있는 금테안경이 머리를 움직일 때마다 빛을 반사하고 있었다. 그것이 대치의 눈을 자극했다. 순간 안경점에 가서 안경을 하나 구입해야 되겠다고 생각했지만, 거기에도 손길이 뻗쳐 있을 것 같아 그만두기로 했다.

반 시간쯤 지나자 노신사가 일어섰다. 노신사는 화장실 쪽으로 사라졌다. 대치도 일어서서 그쪽으로 갔다.

노신사는 혼자서 소변기 앞에 서 있었다. 대치는 변기가 있는 화장실 문을 두드려본 다음 응답이 없자 문을 열었다.

그리고 뒤돌아 서서 노신사의 뒷모습을 바라보았다. 신사는 막 소변을 끝내고 돌아서려고 하고 있었다. 대치는 앞으로 바싹 다가서서 주먹으로 노인의 목덜미를 힘껏 내려치는 것과 동시에 왼팔로 목을 휘어감았다. 노인은 비명도 지르지 못한 채 힘없이 무릎을 꺾었다. 대치는 노인의 얼굴에서 재빨리 안경을 빼낸 다음 화장실 안으로 노인을 처박고 문을 닫았다. 순식간에 조용히 일어난 일인 만큼 아무도 눈치채지 못했다.

대치는 거울 앞에 서서 안경을 끼어 보았다. 노신사는 멋을 내려고 안경을 끼고 있었던지 그것은 별로 도수가 없었다. 안경을 낀 얼굴은 완전히 달라 보였다. 사팔뜨기 인상이 안경으로 덮이는 바람에 다른 사람처럼 보였다.

안경을 벗고 식당으로 나온 그는 자기 자리로 돌아가 모자를 집어들고 카운터 쪽으로 걸어갔다. 노신사와 동행인 여자의 시선이 그와 부딪쳤다. 그는 그 옆을 지나치면서 씩 웃었다. 양장 차림의 여인의 아름다운 두 눈이 당황한 빛을 보였다.

대치는 식사비를 치르고 천천히 식당을 나왔다. 그는 즉시 안경을 끼고 중절모를 깊이 눌러썼다. 이 정도면 알아보기 힘들 것이라고 그는 생각했다.

다음에 그는 양복점을 찾아가 남이 맞춰놓은 양복을 비싼 값으로 사 입었다. 검정색의 그 양복은 그에게 맞았고 돈을 많이 주겠다고 하자 주인은 선뜻 그것을 내주었다. 양복점을 나온 그는 이번에는 구둣방으로 가서 구두까지 사 신었다.

이렇게 새것으로 모두 차리고 나자 그는 마치 부잣집의 귀공자 같아 보였다. 시계를 보니 이제는 역으로 가야 할 시간이 되었다.

그는 인력거를 집어타고 역으로 향했다. 역이 가까워오자 자기도 모르게 몸이 굳어왔다.

인력거에서 내린 그는 주위에 시선을 주지 않고 느릿느릿 여유 있는 걸음걸이로 매표소에 들렀다가 개찰구 쪽으로 다가갔다. 직감적으로 그는 주위에 감시의 눈초리가 많다는 것을 느꼈지만 조금도 동요하지 않고 곧장 개찰구를 빠져나갔다. 기차에 오를 때까지 그를 붙잡는 사람은 아무도 없었다.

김창욱은 창가에 자리잡고 앉아 있었다. 대치가 옆자리에 앉자 창욱은 그를 못 알아 보았다. 대치가 웃어 보이자 그제야 상대방은 그를 알아보고 깜짝 놀랐다.

김창욱은 몸집이 작은데다 너무 고생을 많이 해서 얼굴이 찌들어져 있었다. 신경질적이고 조심성이 많은 그는 행동대원이 아닌 연락원으로 활동했었다. 놀란 그가 뭐라고 말하려는 것을 대치는 눈짓으로 막았다.

"여행이 끝날 때까지는 조심해야 합니다."

대치는 작은 소리로 속삭이듯 말했다.

"어떻게 그렇게 차려 입었소? 안경을 끼고 있으니까 못 알아 보겠소."

창욱은 몹시 감탄하고 있었다.

"저는 얼굴이 알려졌기 때문에 이렇게 하지 않고는 갈 수가 없습니다. 비상수단을 썼지요."

"아무튼 놀랍소. 솜씨가 대단하다는 걸 알고는 있지만……."

다른 사람들이 자리에 합석했기 때문에 그들의 대화는 중단되었다.

이윽고 기차가 출발했다. 대치는 차창을 통해 어둠 속에 잠겨가는 상해 거리를 바라보았다. 비감스러운 기분 같은 것은 없었다. 다만 이렇게 쫓겨 도망치고 있다는 사실에 분노와 치욕이 느껴졌다. 도시의 불빛들이 어둠 속에 멀리 사라질 때까지 그는 창 밖으로 시선을 돌리고 있었다.

"어떻게 될 것 같습니까?"

한참이 지나 대치는 염려스러운 듯 물었다.

"글쎄, 가 봐야지요."

대치는 주위를 둘러보았다. 그는 이상한 사나이들이 보이면 즉시 대처할 준비가 되어 있었다.

하청은 허탈한 기분으로 책상 앞에 주저앉았다. 그놈이 쉽게 걸려들 것이라고 믿은 자신의 생각이 잘못인 것 같았다.

역에서 막차가 떠날 때까지 기다려 보았지만 사팔뜨기는 하나도 보이지 않았다. 그래서 그는 포기하고 돌아오는 길이었다. 그때 대기하고 있던 부하가 이상한 말을 했다.

"안 계시는 동안 강도사건 신고가 하나 들어왔는데 좀 특이한 것 같습니다."

"어떤 건데?"

"어떤 노인이 식당 화장실에서 안경을 강탈당했습니다."

"안경만?"

"네, 노인과 동행한 여자의 말이 범인은 사팔뜨기인 것 같다고……."

"이 자식아, 그렇다면 나한테 빨리 연락했어야 할 게 아니야!"

하청은 책상을 치며 벌떡 일어났다.

"안경은 어떤 거래?"

"금테안경이랍니다."

"이런 멍텅구리 같은 자식……. 그렇게 머리가 안 돌아 가지고 어떻게 이런 일을 할 수가 있어. 빨리 차를 준비해!"

기차는 속도가 느릴 뿐만 아니라 남경(南京)에서 반 시간 동안 정차하도록 되어 있기 때문에 빨리 쫓아가면 따라잡을 수가 있다.

하청은 부하들과 함께 승용차를 타고 남경으로 달려갔다. 일단 시내를 빠져나온 차는 최고의 속도로 질주했다.

남경역에 도착했을 때는 기차가 막 출발 직전에 있었다. 하청 일행은 두 패로 나뉘어 열차에 앞뒤에서 승차했다. 기차가 움직이기 시작했다.

하청은 맨 뒤칸부터 앞으로 훑어나갔다. 중절모 밑에서 그의 작은 두 눈이 칼날같이 빛났다.

통로에까지 많은 사람들이 들어차 있었지만 안경을 끼고 있는 사람은 불과 몇 명에 지나지 않았다. 하청은 서두르지 않고 한 사람 한 사람씩 자세히 관찰하면서 앞으로 나갔다.

세번째 칸에 들어섰을 때 그의 눈에 금테안경을 낀 청년이 비쳐 들어왔다. 금테안경을 보는 순간 하청은 걸음을 멈추었다. 노인이 강탈당한 안경은 분명히 금테안경이라 했다. 그런데 청년이 눈을 감고 있어서 사팔뜨기인지 아닌지 알 수가 없었다. 하청은 자세히 보려고 앞으로 몇 걸음을 더 나아갔다.

청년은 몹시 남루한 중국옷 차림이었다. 그는 고개를 뒤로 발딱 젖힌 채 입을 벌리고 잠들어 있었다.

남루한 옷차림에 금테안경은 도무지 어울리지 않았다. 그 옆에는 말쑥한 양복 차림의 신사가 앉아 있었는데 그 역시 중절모를 눌러쓴 채 잠이 들어 있었다.

금테안경의 청년은 좀처럼 깨어나지를 않았다. 남의사 요원들은 그 주위를 눈에 띄지 않게 조용히 감시했다. 기차가 어느 간이역에 도착했다. 그때 중절모를 눌러쓴 채 잠들어 있던 젊은 신사가 일어서서 통로를 걸어갔다. 그는 아직 잠이 덜 깼는지 고개를 숙인 채 비틀거리고 있었다. 남의사의 요원들 중 아무도 이 젊은 신사를 주목하지 않았다.

기차가 다시 출발한 지 한참이 지나도 그 젊은 신사는 자리로 돌아오지 않았다.

하청은 그제야 의심이 갔다. 그는 급히 부하에게 금테안경을 깨우라고 지시했다. 하청의 부하가 달려들어 금테안경을 흔들어 깨웠다. 금테안경이 신경질적으로 몸을 흔들면서 눈을 떴다. 그는 사팔뜨기가 아니었다.

하청은 젊은 신사가 나간 쪽으로 가 보았다. 화장실 문을 열어 보고 승강구로 나가 보았지만 젊은 신사는 보이지 않았다. 하청은 비로소 속은 것을 깨달았다.

"그 자식을 끌어내!"

그는 부하에게 금테안경을 가리켰다.

창욱은 사나이들에게 끌려 일어나면서 비로소 자신의 코 위에 안경이 걸려 있는 것을 알았다. 그가 잠든 사이에 대치가 안경을 걸어놓은 모양이었다. 이 자식이⋯⋯나에게 덮어 씌웠구나. 그는 이를 갈면서 대치를 찾아보았지만 놈은 이미 어디로 갔는지 보이지 않았다.

창욱은 화장실로 끌려갔다. 두 사나이가 안으로 따라 들어오고 나머지는 문 밖을 지키고 있었다.

"이 안경 어디서 났지?"

하청이 금테안경을 가리켰다. 창욱은 안경을 벗어들고 그것을 멍하니 들여다보았다.

"나도 모르겠소. 자고 있는 사이에 누가 씌워놓은 것 같소. 그런데 당신들은 누구요?"

"이 자식아. 묻는 대로 대답해. 너, 아까 옆에 앉았던 놈하고 동행이지?"

"그놈이라니요? 누구 말인가요?"

거구의 사나이가 창욱의 목을 틀어쥐었다. 창욱의 얼굴은 터질 듯이 부풀어올랐다.

"바른대로 대답하지 않으면 죽여 버리겠다! 그놈하고 동행이지?"

목이 막힌 창욱은 머리를 흔들었다. 사나이는 창욱의 머리를 사정없이 벽에 짓찧었다.

"아, 아이구! 사, 살려 주시오!"

"바른대로 말해!"

손을 풀자 창욱은 한동안 캑캑거리며 기침을 했다.

"그, 그놈하고 동행입니다."

"그놈 이름이 뭐야?"

"최대치입니다."

"어디로 가는 길이었어?"

"여, 연안으로 가는 길이었습니다."

"그놈하고 어디서 만나기로 했어?"

"만나기로 하지 않았습니다. 함께 가는 길이었는데 그놈이 도망쳤습니다."

"거짓말하지 마!"

사나이의 주먹이 창욱의 가슴을 쳤다. 일격에 그는 쓰러져서 다시 일어나지 못했다. 가슴이 답답한 듯 그는 두 손으로 가슴을 끌어안고 몸부림쳤다. 조금 후 그는 입에서 거품을 뿜으면서 뻣뻣이 굳어갔다. 차가 흔들리자 그의 몸은 오줌이 질펀한 바닥에서 뒹굴었다.

그들은 창욱을 그대로 내버려둔 채 밖으로 나왔다. 하청은 난간에 기대서서 광대한 어둠을 바라보았다. 놈이 기차에서 내린 이상 종적을 잡기는 쉽지 않을 것 같았다. 놈은 이 광대무변한 어둠 속에 내던져진 미친개나 다름없다. 그런 놈을 잡아야 하는 것이다.

기차가 어느 역에 도착하자 그들은 모두 내렸다. 차에서 내리는 길로 하청은 대치가 내린 역을 중심으로 포위망을 좁히도록 명령했다. 임무보다도 일종의 대결의식이 이 남의사의 노련한 사나이를 부채질하고 있었다.

한편 창욱은 화장실에 들어가려던 승객에 의해 발견되어 밖으로 옮겨졌다. 그가 신음을 하고 있었지만 그를 구하려고 하는 사람은 아무도 없었다. 남루한 차림인데다 오줌투성이인 그를 승객들은 손대는 것조차 꺼려했다.

한참 후에 차장 두 명이 어슬렁어슬렁 나타나서는 사람들 어깨너머로 창욱을 들여다보고는 자기들끼리 몇 마디 쑤군거렸다. 그런 다음 각자 앞뒤에서 창욱을 붙잡고 차 밖으로 끌어냈다.

창욱은 플랫폼에 누워 있었다. 눈은 떴지만 몸을 일으킬 수가 없었다.

　밤이 깊어감에 따라 기온도 내려가고 있었다. 창욱은 추위를 조금이라도 막으려고 다리를 잔뜩 오므렸다.

변 신

 소금기를 머금은 바닷바람이 부드럽게 불어오고 있었다. 바람은 자는 듯하다가 다시 불어오곤 했다.

 바람에 여옥의 머리칼과 치맛자락이 흐트러지고 있었다. 아기는 바람이 얼굴을 스치자 간지러운지 자주 눈을 깜박거렸다. 그녀는 아기를 들여다보면서 가만히 미소했다. 아기가 너무 귀엽다는 생각이 들자 그녀는 발작적으로 아기를 꼭 껴안았다. 뜨거운 눈물이 볼을 타고 주르르 흘러내렸다.

 아가야, 이름 없는 아가야, 제발 아프지 말고 무럭무럭 자라라. 아빠가 없어도 무럭무럭 자라야 한다. 아가가 아프면 엄마도 아프단다. 네가 큰 것을 보면 아빠는 놀라시겠지. 아가야, 아빠 얼굴 모르지? 아빠는 잘 생기셨단다. 그렇지만 아빠는 미운 사람이야. 우리를 이렇게 내버려두다니. 아빠 미워. 아, 아니야, 아빠는 밉지 않아. 아빠는 좋은 사람이야. 아빠는 어딘가 살아 계실 거야.

 여옥은 아기의 얼굴 여기저기에 마구 입술을 비벼댔다.

 아기는 놀라울 정도로 건강하게 자라고 있었다. 젖 빠는 힘이 굉장했고 울음 소리도 요란스러웠다. 대치를 그대로 닮아가고 있었다. 보면 볼수록 여옥은 아기가 신기하기만 했다.

아기는 눈을 스르르 감더니 이내 잠이 들었다. 잠든 아기를 광주리 속에 담아 야자수 그늘 아래 놓아두고 그녀는 옷을 벗기 시작했다.

이쪽은 한쪽으로 바위가 병풍처럼 서 있어 사람들의 눈에 잘 띄지 않는 곳이었다. 거기다가 모래결이 유난히 고와 여옥은 몹시 무덥고 심심할 때면 이곳으로 나와 수영을 즐기곤 했다. 그렇다고 수영을 잘하는 것은 아니었다. 겨우 자맥질이나 하는 정도였지만 물 속에 들어가 놀 때면 온갖 시름을 잊을 수 있어 좋았다. 이런 취미를 붙이면서부터는 햇볕과 바닷물에 살결이 가무잡잡하게 그을리고 몸도 아주 건강해지고 있었다.

이곳 여자들이 수영하는 것은 보통 있는 흔한 일이었다. 그러나 여옥은 부끄러움이 많아 아무도 보는 사람이 없는 곳에서 혼자서만 수영을 했다.

바다는 햇빛에 눌려 잠자는 듯했다. 모래 위로 몰려오는 물결은 부드러운 속삭임을 던지고 있었다. 미풍에 묻어오는 바다 냄새는 언제 맡아도 신선하고 상쾌했다.

바다 위에는 아까부터 갈매기 두 마리가 날고 있었다. 한 마리는 검은 색이 많이 섞여 있었고 다른 한 마리는 거의 흰 색이었다. 흰 갈매기가 느리고 조용하게 날고 있는데 반해 검은 갈매기는 힘이 넘치는 듯 거칠고 재빠르게 움직이고 있었다. 아마 검은 놈이 수컷일 것이라고 여옥은 생각했다. 그들은 서로 사랑하는 것 같았고 아무 방해도 받지 않고 삶을 즐기고 있는 것 같았다.

수놈이 갑자기 암컷에게 맹렬한 기세로 달려들었다. 공중에서 맞부딪친 그들은 요란스럽게 날개를 치더니 힘없이 바다 위로 굴러 떨어졌다. 그러나 수면에 채 닿기도 전에 그들은 다시 힘차게 하늘로 날아올랐다.

여옥은 그들을 부러운 눈으로 바라보면서 옷을 하나씩 벗어 던졌다. 남자들에게 짓밟히고 아기까지 낳은 몸이었지만 그녀는 역시 젊었다.

그녀가 옷을 모두 벗고 야자수 그늘 밖으로 나왔을 때 그녀의 몸은 햇빛을 받아 눈부시게 빛났다. 그녀의 몸은 이제 한창 무르익을 대로 익어 터질 듯이 부풀어 있었다. 햇볕에 그을린 탓으로 몸은 더욱 싱싱하고 탄력 있어 보였다.

그녀가 고통과 절망에서 벗어나 이렇게 생기를 되찾을 수 있게 된 것은 완전히 이 대자연 때문이었다. 그녀는 몹시 외로웠지만 항상 바다와 접할 수가 있었고, 그러는 동안 어느새 생기를 되찾고 있었다. 그녀 자신 또한 지난날의 고통을 잊으려고 노력했다.

그녀는 자신의 벌거벗은 몸을 바라보다가 부끄러운 듯 얼굴을 붉히면서 모래밭 위를 사뿐히 걸어갔다. 어린 나이에 강제로 당한 것이긴 하지만 이미 남자를 알게 된 그녀는 때때로 문득문득 욕망을 느끼는 때가 있었다. 그 면에서 불감증이 되어 황폐해졌던 그녀의 몸에 생명의 피가 다시 흐르기 시작한 것이다.

이성의 체취가 그리운 것은 숙명적이고 당연한 것이었다. 그러나 그것을 느낄 때마다 그녀는 수치와 죄악을 동시에 느끼지 않을 수 없었다. 그녀의 갈등은 점점 심해지고 있었다. 그것을 극복하고 자신의 앞길을 정리해 나가기에는 그녀는 너무 어렸고, 그만큼 이성적이 되지 못했다.

바닷물이 그녀의 가슴을 때리자 그녀는 젖가슴을 쓸어안았다. 젖이 불어 탱탱해진 두 개의 젖무덤이 팔 안에 하나 가득 들어왔다. 젖 위에 맺힌 물방울이 햇빛을 받아 구슬처럼 빛났다.

그녀는 숨을 깊이 들이마신 다음 앞으로 헤엄쳐 나갔다. 실오라기 하나 걸치지 않은 만큼 몸에 와 감기는 물의 촉감이 짜릿했다. 그녀는 인간의 탈을 벗어 버린 듯한 기분을 느끼면서 앞을 바라보았다. 저만치 앞 수면 위에 큰 바위가 하나 솟아나와 있었다. 바위는 평평해서 그 위에 한번 올라가고 싶은 충동을 그녀는 여러 번 느꼈었다. 그러나 헤엄쳐 갈 자신이 없어 도중에 돌아오곤 했다.

그런데 오늘은 기분이 달랐다. 온몸에 힘이 솟는 것이 바위까지 충분히 갔다올 수 있을 것 같았다. 수영도 그 동안 좀 늘어 어느 정도 자신이 있었다.

이윽고 그녀는 앞으로 힘차게 헤엄쳐 가다가 뒤를 보니 그 자리에서 별로 앞으로 나가지를 못 하고 있었다. 얼마나 깊은지 보려고 몸을 세워 보았지만 발이 땅에 닿지를 않았다. 다시 헤엄쳐 나가려고 할 때 파도가 밀려왔다. 아주 작은 파도였지만 그녀에게는 힘겨운 상대였다. 얼결에 짠물을 한 모금 들이키자

기침이 나오고 앞이 잘 보이지가 않았다. 그녀는 머리를 흔들면서 다시 앞으로 팔을 휘둘렀다.

그러나 한참 후에 보니 여전히 바위는 저만치 떨어져 있었고 조금도 가까워진 것 같지가 않았다. 그녀는 힘이 쭉 빠지는 것을 느꼈다. 파도에 부딪쳐 다시 물을 한 모금 마시자 눈앞이 캄캄해져 왔다.

갑자기 물살이 그녀의 몸을 휘어감았다. 그녀의 몸이 빙그르 돌아갔다. 그녀는 소용돌이를 빠져나오려고 허우적거려 보았다. 그러나 그럴수록 몸은 가운데로 말려들어 가기만 했다. 그녀는 아기의 울음 소리가 들려오는 듯했다. 그녀의 입에서 절망적인 울음이 터져 나왔다.

"사람 살리세요!"

그녀는 급기야 울부짖었다. 아기를 두고 죽어서는 안 된다는 생각이 그녀를 엄습했다. 물이 머리 위로 덮쳐왔다. 그녀는 물 속으로 잠겼다가 떠오르면서 거듭 소리를 질렀다.

그때 모래밭 쪽에서 검둥이 죠니가 뛰어오는 것이 보였다. 죠니는 옷을 입은 채로 물 속으로 뛰어 들어왔다. 그는 수영에 아주 능숙해서 순식간에 여옥이 있는 곳까지 다가왔다. 여옥은 죠니의 손이 닿는 순간 의식을 잃었다.

반 시간쯤 지나 그녀는 가슴이 답답한 것을 느끼면서 정신을 차렸다. 시커먼 남자의 가슴이 그녀의 눈앞을 가로막고 있었다. 그녀는 놀라서 그 가슴을 밀어냈다.

그러나 그것은 바위처럼 끄덕도 하지 않았다. 검둥이의 얼굴이 그녀를 잡아먹을 듯이 바싹 앞으로 다가와 있었다. 그 눈이 열정을 담고 그녀를 들여다보고 있었다. 그녀는 자신이 살아났다는 사실, 그리고 벌거벗은 몸으로 검둥이의 품에 안겨 있다는 사실에 왈칵 눈물이 솟았다.

그녀는 울음을 터뜨리면서 죠니의 품에 안겨들었다. 죠니가 그녀를 구해 주었다는 사실이 그녀로 하여금 감동을 자아내게 했고 검둥이에 대한 저항감을 완전히 잃게 했다.

눈물로 얼룩진 그녀의 얼굴을 검둥이는 긴 혓바닥으로 사랑스럽게 핥았다.

여옥은 이상하고 역겨운 냄새를 느꼈지만 그것은 잠깐이었고, 이내 그녀는 그 냄새에 취해 버렸다.

검둥이는 젖은 옷을 모두 벗어 모래 위에 깔았다. 그의 검고 우람한 근육이 햇빛에 번들거렸다. 여옥은 젖은 옷 위에 몸이 눕혀지자 두 눈을 감았다.

가슴이 쿵쿵쿵 하고 울리고 무엇인가 애써 쌓아온 것이 허무하게 무너지는 것을 느꼈다. 그러나 죽을 뻔한 몸이 살아났다고 생각하자 아까운 생각이 들지 않았다.

검둥이는 이 세상에서 가장 자랑스럽고 당당한 태도로 서 있었다. 맹수가 먹이를 잡아먹기 전에 뜸을 들이는 것처럼 그 역시 탐욕스러운 눈으로 여자의 나체를 바라보고 있었다. 그의 가슴, 배, 허리, 엉덩이, 다리, 팔 등이 잔뜩 긴장해서 그 자신의 뿌리로 몰리고 있었다. 뿌리는 가지를 치려고 힘차게 솟아올라 있었다.

그의 검은 육체는 바다와 태양, 바람과 모래에 매우 잘 조화가 되어 있었다. 옷을 입고 있을 때와는 비교가 되지 않게 그의 몸은 훌륭하고 동물적이었다. 거기에는 문명의 탈이나 수줍음 같은 것이 없었다. 아름답고 약한 것을 정복하려는 순수한 야욕만이 넘쳐흐르고 있었다.

검둥이의 입이 크게 벌어졌다. 그의 하얀 치열이 가지런히 드러났다. 그의 입에서 금방이라도 으르렁 하는 소리가 나올 것 같았다.

여옥은 두 손으로 눈을 가렸다. 태양 아래서 그녀의 육체가 괴로운 듯 꿈틀거렸다. 그녀는 검둥이의 눈길만을 받고 있는데도 비 오듯 땀을 흘리고 있었다.

그녀는 자신이 이 순간을 결코 뿌리칠 수 없다고 생각하고 있었다. 그와 함께 자신의 육체가 엄청나게 큰 힘으로 자신을 엉뚱한 방향으로 몰고 가고 있다고 느꼈다. 그러나 그것을 막기에는 너무 약했다.

자기를 구해 준 데 대한 보답이라고 한다면 그것은 편리한 대로 꾸며댄 자기 합리화일 수밖에 없었다. 그녀가 자신에 대해 좀더 솔직히 말할 수 있다면 그녀 자신이 한결같이 도덕적일 수만은 없었다고 말해야 할 것이다. 강제로 당한 것이라고 하지만 이미 그녀는 위안부 생활을 통해 자신의 한 부분을 상실하고 있었다.

따라서 그녀에게는 완전히 방어력이 없었고 항상 침범을 당할 수 있는 구멍이 뚫려 있었다. 충격이라는 것이 인간의 이성을 마비시키는 경우는 허다하다. 더구나 여옥 같은 몸으로서는 그것을 당해낼 도리가 없었다.

검둥이가 드디어 허리를 굽혔다. 그는 여옥의 옆에 무릎을 꿇고 앉더니 그녀의 몸에 달라붙어 있는 모래를 손바닥으로 쓸어내기 시작했다. 그의 손길은 부드럽고 정성스러웠다. 기름기 있는 그의 긴 손이 젖가슴으로부터 허리를 거쳐 허벅지까지 내려왔을 때 여옥은 참지 못 하고 신음을 토했다. 욕망에 떠는 그녀의 육체는 냉엄한 눈으로 볼 때 실로 비참하고 불쌍한 것이었다. 그러나 어쩔 수 없었다. 그것은 누구나 겪을 수밖에 없는 숙명적인 것이었다.

모래를 모두 쓸어내자 검둥이는 자신의 입으로 그녀의 입술을 덮었다. 길고 정열적인 키스가 한번씩 끝날 때마다 그녀는 가쁜 숨을 내쉬곤 했다.

이렇게 아득한 환상의 세계를 그녀는 일찍이 경험해 본 적이 없었다. 수백 명의 병사들을 겪었지만 이런 적은 없었다. 대치에게서도 이와 같은 감동은 느끼지 못했었다. 그것은 한없이 감미롭고 달콤해서 전율을 느낄 정도였다. 그녀는 마치 세상에 태어나서 처음으로 눈이 뜨이는 것 같았다.

검둥이의 입술이 이번에는 그녀의 부푼 가슴을 더듬었다. 가슴을 건드리자마자 젖꼭지에서는 하얀 젖물이 흘러나왔다. 검둥이는 거기에 입을 대고 아기처럼 그것을 빨아먹었다.

여옥은 몸이 둥둥 뜨는 것 같았다. 검둥이의 몸이 그녀를 덮쳐 눌렀을 때 그녀는 바다 위에 둥둥 떠 있는 기분을 느꼈다. 그녀는 자신의 몸이 가라앉지 않고 한없이 흘러가고 있다고 생각했다.

마침내 최초의 고통이 엄습했다. 그녀는 하체가 찢어지는 것 같았다. 남자들에게 짓이겨진 몸이었지만, 이런 고통은 처음이었다. 그녀는 처녀성을 상실 당할 때보다 더 큰 고통을 느꼈다. 검둥이의 그 상징과 힘은 엄청나서 그가 한번씩 힘을 줄 때마다 흡사 내장을 후벼파는 것만 같았다.

그녀는 곧 숨이 넘어갈 것만 같아 남자의 어깨를 부둥켜안았다. 워낙 큰 몸이라 그 밑에 깔린 여옥의 몸은 완전히 그의 품속에 들어가 있었다.

검둥이는 갈수록 힘차고 노련하게 몸을 움직였다. 그는 개 같았고, 말 같았고, 소 같았다. 묵묵히 그는 자신의 행위에 열중했다. 여옥이 고통에 못 이겨 신음을 토했지만 그는 거기에 조금도 귀를 기울이지 않았다. 그는 사정을 두지 않고 냉혹하게 여자를 밀고 누르고 당겼다.

고통과 환희가 그녀를 마녀처럼 만들었다. 그녀는 상체를 일으키려다가 뒤로 내동댕이쳐지곤 했다. 그녀는 자기도 모르게 검둥이의 어깨를 깨물었다. 검둥이의 어깨에서는 금방 피가 나왔다. 그러나 그는 끄덕도 하지 않았다. 그럴수록 그는 더욱 흉포하게 그녀를 파헤쳤다.

거대한 파도가 머리 위로 덮쳐온다고 생각되는 순간 그녀는 마침내 기절하고 말았다. 사지를 늘어뜨린 그녀를 검둥이는 한동안 짓눌렀다.

한참 후 그녀는 아기의 울음 소리에 눈을 떴다. 검둥이가 아기를 안고 얼르고 있었다. 그녀는 몸을 일으키려다가 고통에 못 이겨 도로 드러누웠다.

"사랑해."

그녀의 얼굴 위로 죠니의 진한 목소리가 땀처럼 흘러내렸다.

"사랑해. 우리 …… 결혼해요."

그것이 파도 소리이기를 바라면서 그녀는 눈을 떴다. 하늘이 빙글빙글 돌아가고, 태양이 무서운 소리로 타오르고 있었다. 그녀는 자신의 몸이 산산이 부서지는 것을 느끼면서 공포의 소리를 질렀다.

그날 이후 죠니의 청혼 공세는 끈질기고 집요하게 계속되었다. 그는 정말 여옥과 결혼하지 않고는 못 살 것처럼 밤이나 낮이나 그녀에게 달라붙어 살았다. 그러한 그가 여옥도 싫지는 않았다.

그러나 근본적인 문제에 있어서만은 그녀는 결코 물러서지 않았다. 최대치가 있는 이상 그녀는 그 누구와도 결혼할 수 없다고 생각하고 있었다. 이것은 그녀에게 있어서는 움직일 수 없는 진리처럼 되어 있었다. 그녀에게는 검둥이의 육체를 거부할 힘이 없었다. 그러나 그와 결혼할 수 없다는 생각만은 철썩 같았다.

이 흑인 병사는 맹목적이고 저돌적이었다. 바탕은 선량하지만 교육을 받지 못한데다 자존심이나 체면 같은 것이 없어서 막무가내였다. 그는 정욕도 대단해서 밤낮을 가리지 않고 여옥의 몸을 요구했다. 그럴 때면 여옥은 고통과 쾌락의 중간에서 몸둘 바를 몰라했다. 그녀의 저항은 무기력한 것이었다. 몸을 주어서는 안 된다고 생각하면서도 그녀는 허물어지듯 몸을 내어 맡기곤 했다.

검둥이는 번번이 청혼을 거절당하자 거기에 대한 반발로 더욱 거세게 여옥의 몸을 짓밟아 나갔다. 이렇게 되자 여옥은 나날이 눈에 띄게 수척해지기 시작했다. 그녀는 검둥이의 우람한 육체를 받기에는 너무 힘에 겨웠다. 그것은 한번에 그쳤어야 옳았다.

차츰 소문이 퍼져나갔다. 한두 사람의 입에 오르내리던 소문은 삽시간에 모든 사람들의 귀에 들어갔다. 여옥은 창피스럽고 부끄러웠지만 죠니는 아랑곳없이 여옥의 집에 드나들었다. 그는 점점 제정신이 아니게 돌아가고 있었다.

그러던 어느 날, 갑자기 죠니의 발길이 끊어졌다. 말썽이 나자 그에게 외출금지를 내린 것인데 여옥으로서는 알 길이 없었다. 그녀는 후련하면서도 한편으로는 궁금하고 걱정이 되었다.

죠니의 발길이 끊긴 지 일 주일쯤 지난, 비가 몹시 오는 밤이었다. 한밤중에 느닷없이 죠니가 나타났다. 그는 방안으로 들어서자마자 여옥의 옷을 벗기고 그 동안 풀지 못했던 정욕을 온통 쏟아넣었다. 그런데 일을 치르고 얼마 안 있자 문 두드리는 소리가 났다. 밖을 내다보니 미군 헌병들이 와 있었다.

놀란 검둥이는 옷을 주섬주섬 입더니 창문 밖으로 뛰어나갔다. 헌병들이 그를 잡으려고 어둠 속을 뛰어나갔다. 군화 소리가 한동안 주위를 울렸다.

여옥은 밖으로 나와 어둠 속을 정신없이 바라보았다. 자기에 대한 죠니의 지극한 애정이 비로소 실감되는 듯했다. 그녀는 죠니에게 제발 아무 일도 일어나지 말기를 진심으로 기원했다.

총소리가 몇 방 밤하늘을 울렸다. 그녀는 놀라서 죠니를 부를 뻔했다. 죠니의 죄가 그렇게 큰 것일까, 하고 그녀는 자문했다.

죠니를 잡지 못했는지 헌병들이 돌아왔다. 그들 중 두 명이 집을 지키고 나머지는 다시 어디론가 사라졌다.

헌병들은 그날부터 계속해서 여옥의 집 주변을 경계했다. 여옥이 서투른 영어로 물어 보니, 죠니는 산으로 도망쳤고, 체포되면 도망병으로 군사재판을 받을 거라고 했다. 그 말을 듣자 여옥은 죄의식을 느꼈다. 그녀는 자신을 질책하면서 잠을 이루지 못했다.

나흘 뒤 헌병 한 명이 지프를 몰고 와 여옥을 병원으로 데리고 갔다. 차 속에서 헌병은 그녀에게 이렇게 말해 주었다.

"죠니가 지뢰를 밟아 중상을 입었습니다. 당신을 보고 싶다고 하기에 데려가는 겁니다."

여옥은 병원에 이를 때까지 울었다. 죄의식과 연민의 정이 물밀 듯이 가슴을 메웠다.

죠니는 온몸이 붕대로 싸인 채 침대 위에 누워 있었다. 두 눈과 코, 그리고 입만이 붕대 사이로 보일 뿐이었다. 미군들은 무거운 침묵으로 두 사람을 지켜보고 있었다.

여옥이 손을 잡고 흐느끼자 검둥이의 감겨 있던 두 눈이 힘없이 천장을 향하다가 이윽고 여옥의 얼굴을 바라보았다. 죽은 호수처럼 침착하게 가라앉아 있던 두 눈에 빛이 어리기 시작하더니 보일 듯 말 듯 미소가 돌았다.

여옥은 아무 말도 못한 채 비 오듯이 눈물만 흘렸다. 한참 후 죠니의 입이 조금씩 움직였다. 입에서 응얼응얼하는 소리가 흘러나왔다. 그러나 무슨 말인지 알아들을 수가 없었다. 그 말을 알아듣기는 다시 한참이 지나서였다.

"사랑해……결혼해 줘……결혼……사랑해……"

검둥이는 이렇게 말하고 있었다. 여옥은 격렬히 흐느끼면서 고개를 끄덕거렸다. 결혼, 이것이 다 무엇인가. 죽어 가는 사람이 바라는 것이라면 백 번이라도 응해 주고 싶다.

검둥이의 눈에 기쁨의 눈물이 어렸다. 주위에 둘러서 있던 미군들의 얼굴에도 환희의 빛이 나타났다.

검둥이의 요구에 따라 현장에서 즉시 결혼식이 거행되었다. 간단하고 초라하기 짝이 없는 결혼식이었지만, 분위기는 매우 진지했다.

주례를 맡은 군목은 감동적인 목소리로 성경 구절을 읽어나갔다. 그것이 끝나자 미군들의 조용한 합창이 있었다. 이윽고 군목은 두 사람의 손을 포개 쥐고 그들이 부부임을 알렸다. 조용히 박수 소리가 일었다.

여옥은 병상을 떠나지 않았다. 죽어 가는 그를 한시도 떠나고 싶지 않았다. 그녀가 앞에 있어 주자 죠니는 매우 안정을 느끼는 것 같았다.

그는 서서히 죽어 갔다. 몹시 살고 싶어 했지만 워낙 중상이라 목숨을 건지기가 어려웠다.

며칠 후 그는 여옥의 손을 꼭 쥐고 조용히 세상을 떠났다. 차마 눈을 감을 수 없다는 듯 천장을 향해 눈을 뜬 채 떠나갔다. 여옥은 몹시 서럽게 울었다. 그녀에게는 모든 것이 허망하고 덧없게 느껴졌다.

사령관의 배려로 죠니는 전사자로 처리되었고, 그의 유해는 본국으로 운반되었다.

죠니가 죽은 지 열흘쯤 지난 어느 날 미군 대위가 한 사람 통역을 데리고 여옥을 찾아왔다. 처음 보는 얼굴이었다. 대위는 매우 정중하게 여옥을 대했다.

"뭐라고 위로의 말씀을 드려야 할지 모르겠습니다. 우리는 가능한 한 당신이 본국으로 갈 수 있도록 적극 협조해 드리려고 합니다."

통역은 일본군 포로 출신의 조선 청년이었다. 통역의 말을 듣자 여옥은 바짝 긴장이 되었다.

"전쟁이 끝났나요? 조선이 해방되었나요?"

"아닙니다. 전쟁은 아직 계속중입니다. 그러나 일본은 머지않아 망할 겁니다."

"그럼 저는 언제 돌아가게 되는가요?"

"곧 돌아가게 될 겁니다."

여옥은 얼른 납득이 가지 않았다. 그러한 그녀를 안심시키려는 듯 미군은 손짓을 섞어가며 말했다.

"당신의 협조가 있어야만 가능할 수 있는 겁니다."

여옥은 눈물을 글썽이면서 호소하듯 미군을 바라보았다.

"무슨 일이든 할 테니 제발 저를 좀 보내 주세요. 고향에 가고 싶어요."

"그렇지만 적지에 들어가는 것이니 각오해야 합니다."

여옥은 다시 일본군에게 끌려가는 것을 생각하자 소름이 끼쳤다. 그러나 아무리 위험해도 고국으로 돌아가고 싶었다. 여옥이 머뭇거리고 있자 미군이 다시 입을 열었다.

"당신이 정말 가고 싶다면 우리는 안전하게 보내줄 수 있습니다. 당신은 아기까지 데리고 있는 유부녀이니까 다시 위안부로 끌려갈 염려는 없습니다."

"정말 괜찮은가요?"

"그 점에서는 염려할 필요가 없습니다. 다만 가기 전에 교육을 받아야 합니다. 교육은 어렵습니다."

미군 대위의 눈이 날카롭게 그녀를 주시했다.

"무슨 교육인가요?"

"우리는 당신이 안전하게 활동할 수 있게 계획을 세워 놓았습니다. 그것을 교육시키는 겁니다. 그것은 또한 우리 아군을 돕는 길이기도 합니다. 당신을 보내는 것은 우리 작전의 일부입니다."

여옥은 무슨 말인지 잘 알아들을 수가 없었다. 그러나 고국에 돌아갈 수가 있고, 아군의 도움이 된다는 사실에 그녀는 앞뒤를 가리지 않고 적극적으로 찬성의 뜻을 표했다.

만일 그녀가 사전에 이 계획의 골자를 알았다면 선뜻 응하지 않았을지도 모른다. 사실 군사작전의 일원으로 활동하기에는 그녀는 아직 너무 어리고 연약했다. 그러나 미군 OSS는 여러 가지를 검토한 끝에 그녀가 가장 적합하다고 판정했기 때문에 그녀에게 교육을 시키고, 그녀를 이용하기로 결정한 것이다. 아무리 아군이고 승리가 목적이라고 하지만 이런 점에서는 미군도 잔인하고 냉혹하다고 할 수 있었다. 결국 미군이 그녀를 작전에 이용하게 된 것은 그녀가 같은 미국인이 아닌 조선인이기 때문에 가능했던 것이다.

여옥은 한 달쯤 지나서야 자신이 얼마나 무거운 임무를 띠고 적지에 밀파되는가를 알게 되었다. 그러나 그때는 이미 발을 빼기에는 너무 늦어 있었다. 그녀는 항의하지도 않았고, 두려워하지도 않았다. 그녀는 교육기간 동안에 자기도 모르게 사명감과 투쟁심으로 불타오르게 되었다. 다만 걱정이 있다면 아기의 앞날에 불행한 일이 일어나지 않을까 하는 점이었다.

미군이 그녀를 선정한 것은 다음과 같은 이유 때문이었다.

첫째, 그녀는 보기 드물게 미인이라는 점이다. 적지에서 첩보공작을 함에 있어서는 미인계(美人計)가 절대 필요하고 많은 효과를 거둘 수가 있다.

둘째, 그녀는 조선 여인들 중에서는 인텔리에 속한다는 점이다. 여학교 출신이기 때문에 논리적인 사고능력이 있고, 판단에 정확을 기할 수 있다. 이런 인텔리 여성일수록 교육시키기에 편리하다.

 셋째, 그녀는 조선인일 뿐만 아니라 일본군에 짓밟힐 대로 짓밟혀 날개도 잘리고 살도 뜯기도 뼈도 갉아 먹힌 위안부 출신이다. 따라서 일본군에 대한 증오심과 원한이 뼈에까지 사무쳐 있다. 이 증오심과 원한을 이용하는 것이다. 증오심이 깊은 사람일수록 사명감에 불타기 마련이다.

 넷째, 그녀가 아기를 가졌다는 것은 매우 훌륭한 위장이 될 수가 있다. 아기를 안고 있는 여성을 의심하는 일은 별로 많지 않을 것이다.

 다섯째, 그녀는 나이가 어리다. 이것 역시 좋은 안전판이 될 수가 있다. 뿐만 아니라 그녀는 나이가 어린 만큼 순수하다. 순수한 사람일수록 훌륭한 첩보원이 될 수가 있다.

 결국 미군은 조선인 첩보요원을 양성하는데 있어서 이 여자야말로 가장 적합하다고 결론을 내린 것이다. 선정에 있어서 동정 같은 것이 참작될 여지는 조금도 없었다. 엄밀한 검토와 계산 끝에 이와 같은 결론에 이른 것이다.

 대위가 찾아왔던 그 이튿날부터 교육이 시작되었다. 미군의 배려로 현지인 중에서 유모가 한 사람 그녀의 아기를 돌보기 위해 채용되었기 때문에 여옥은 마음놓고 외출할 수가 있었다.

 매일 아침 지프가 와서 그녀를 사령부로 태워다 주곤 했다. 첫날의 교육은 그녀에게 매우 인상적인 것이었다.

 그녀를 처음 찾아왔던 대위가 제일 처음 그녀의 교육을 맡았는데, 그는 젊고 미남이었다. 처음 얼마 동안은 통역을 데리고 교육을 했는데, 첫날은 주로 일본군의 잔학성에 대해 그녀에게 이야기를 해 주었다.

책상 앞에 앉아 있는 그녀에게 대위는 먼저 많은 사진들을 보여 주었다. 그것들은 일본군의 잔학성을 담은 끔찍한 사진들이었다.

거기에는 난도질당한 부녀자의 시체, 목을 치기 위해 군도를 쳐들고 있는 일본군의 살기 등등한 모습, 불타는 촌락, 파괴된 도시, 길바닥 위에 뒹굴고 있는 사람들의 목 등이 담겨져 있었다. 그것들을 보자 여옥은 절로 몸이 떨려왔다.

그러나 반 벌거숭이로 탄광에서 일하고 있는 조선인 노무자들과 철조망 앞에 초라한 모습으로 서 있는 어린 위안부들을 보자 그녀는 눈물이 나왔다. 흐느끼고 있는 그녀를 향해 대위는 금발을 쓸어 올리며 말했다.

"이것은 극히 적은 일부분에 지나지 않습니다. 당신같이 전장에 끌려나와 희생된 조선인 여자는 수 만 명이나 됩니다. 당신은 슬퍼만 할 게 아니라 일본을 증오해야 합니다."

그 말을 듣자 여옥은 오래 잊었던 것을 되찾은 듯 새로운 감정을 느끼기 시작했다. 사실 그녀는 지금까지 일본을 증오한 적은 거의 없었다. 적대감을 느끼는 때가 전혀 없는 것은 아니지만, 그것은 마음 속에 응고되어 쌓이는 것이 아닌, 다만 단편적으로 얼핏 스쳐 가는 것에 불과한 것이어서 그녀를 괴롭히거나 하지는 않았다. 그녀는 여느 여자들처럼 자신의 처지를 운명적인 것으로 돌리고 어느새 거기에 안주하고 있었던 것이다.

때때로 약소민족의 비애 같은 것을 느끼기도 했지만 그것마저도 여성적인 감상(感想)에 그쳤지 그 이상으로 발전하지는 못했다. 그러나 이제 일본에 대한 증오감이 하나의 체계를 가지고 그녀의 연약한 가슴을 채우기 시작한 것이다.

"조선 사람이라면 마땅히 남에게 의지하기 전에 먼저 스스로 일어나 일본과 싸워야 합니다. 여자라고 해서 예외일 수는 없습니다. 예외가 되고 싶다는 것은 노예가 되고 싶다는 것이나 마찬가지입니다. 만일 조선 사람이 일본에 대해 증오감도 느끼지 못 하고 싸우려고 하지 않는다면 조선 사람은 영원히 일본의 노예가 되고 말 것입니다."

대위의 말에 여옥은 가슴이 울려왔다. 그녀는 눈물을 훔치면서 대위를 올려다보았다. 그녀의 아름다운 두 눈이 빛나고 있었다. 대위는 팔짱을 낀 채 서 있다가 맞은편에 의자를 놓고 다가앉았다.

"저 같은 것도 무얼 할 수 있나요?"

이것은 그녀가 처음으로 자신의 의지를 내보인 질문이었다.

"충분히 할 수가 있지요. 역사상으로 보면 연약한 여자의 몸으로 큰일을 한 사람이 적지 않습니다. 당신은 조국에 돌아가고 싶어하지만……거기 가서 결국 쫓겨다니고 노예처럼 살겠다면 차라리 가지 않는 게 좋습니다. 그렇지 않고 거기 가서 일본인들과 싸우겠다면 가는 게 좋습니다."

여옥은 대위의 말이 백 번 옳다고 생각했다. 노예로 살 바에는 차라리 가지 않는 게 좋다. 이 얼마나 옳은 말인가. 그녀는 자신이 지금까지 무의식상태 속에서 살아왔다는 것을 깨닫지 않을 수 없었다. 그렇다. 나는 이미 죽은 몸이었다. 이제부터는 새로운 삶을 살아가야 한다. 내 아기에게까지 노예생활을 물려줄 수는 없다. 다음 세대를 위해 무슨 일이든 해야 한다. 지금까지 내가 받은 고통을 생각하면 두려울 게 없지 않은가. 조선의 모든 젊은이들이 고통을 받고 있는 이때에 할 일 없이 이곳에 앉아 전쟁이 끝나기를 기다릴 수는 없다. 아버지와 어머니의 얼굴이 머리를 스치고 지나갔다. 부모님을 생각하자 그녀는 또 눈물이 나왔다. 어서 빨리 고국으로 날아가고 싶었다.

이제는 눈물 같은 것을 보이지 말자. 나는 강한 여자가 되어야 한다. 한없이 당할 것만이 아니라 그들에게 대항해야 한다. 논개처럼 일본군 장군이라도 껴안고 죽어야 한다. 그녀는 눈물을 삼키면서 조그만 주먹을 책상 밑에서 꼬옥 쥐었다.

"무슨 일이든지 열심히 배우겠습니다."

"좋은 생각입니다. 우리는 조선의 독립운동을 적극 지원할 생각입니다. 그러니까 교육만 충실히 받고 지시에 따르면 됩니다."

"잘 알겠습니다."

"이 교육에는 남녀의 구별이 없습니다. 구별이 있을 수 없습니다. 당신은 자신을 남자라고 생각해야 합니다."

"그렇게 생각하겠습니다."

"먼저 교육이 시작되기 전에 언제나 남자 옷으로 갈아입으십시오. 군복을 줄인 것이니까 맞을 겁니다. 옷을 갈아입으면 기분부터가 달라질 겁니다."

그녀는 즉시 옆방으로 건너가 준비된 군복을 입었다. 그리고 머리는 뒤로 묶어 활동하기에 편하게 했다. 그렇게 하고 나서 자신의 모습을 보니 우스꽝스러웠다. 옷은 몸에 거의 맞았지만 남자 옷이라 아무래도 어색하고 거북스러웠다. 그녀는 뜨거워지는 눈시울을 누르고 대위가 기다리고 있는 방으로 들어갔다.

먼저 영어교육이 집중적으로 실시되었다. 기초실력은 어느 정도 갖추고 있었기 때문에 주로 회화교육이었다. 이때부터는 통역이 없어지고 모든 의사는 영어로 소통되었다. 영어 이외에는 어떤 말도 사용이 금지되었다.

그녀에게 영어부터 가르친다는 사실이야말로 미군 측이 그녀에게 얼마나 큰 비중을 두고 있는가를 의미하는 것이기도 했지만 그녀는 그것을 잘 알 까닭이 없었다.

영어교육을 받지 않고도 첩보활동은 얼마든지 수행될 수가 있는 것이다.

그러나 이 경우에 있어서의 첩보원은 미군의 입장에서 볼 때는 소모품에 불과한 것이다. 이와 반대로 중요한 첩보요원을 장기적으로 활용할 필요가 있을 때 미군은 무엇보다 먼저 언어교육부터 시킨다. 영어에 능통할수록 미국 문화와 사고방식에 접근하는 것이다. 뿐만 아니라 이런 사람일수록 더욱 생산적인 기능을 발휘할 수가 있는 것이다. 비밀유지의 면에서도 이런 사람은 훨씬 믿을 만하다. 통역 없이는 의사소통이 불가능할 때 그런 사람에게는 일급의 첩보능력을 기대할 수 없고, 또 그것을 맡길 수도 없다. 첩보 세계에서는 아무래도 한 다리 거치는 것보다는 직접 지령을 받는 사람이 중요하기 마련이다.

여옥은 열심히 영어회화를 익혀 나갔다. 총명한 데다 기초실력이 있었기 때문에 그녀는 하루가 다르게 실력이 늘어갔다. 그와 함께 하루 한 시간씩 격렬한 체력단련 운동을 했다. 그밖에 무전(無電) 치는 법, 암호 해독법, 타자 치는 법, 칼 쓰는 법, 독약 사용법, 변장술 등 첩보요원으로서 필요한 기본적인 것들을 모조리 익혀 나갔다.

이런 것 외에도 그녀는 정치·철학·역사 등도 공부했다. 단순한 첩보 기능자가 아닌, 신념을 가진 첩보원으로 양성하기 위해 미군은 학문적인 분야까지 가르친 것이다. 미국의 정치제도와 현대사는 특히 그녀의 흥미를 끌었다.

교육은 갈수록 열기를 더해 갔다. 거기에 뒤떨어지지 않으려고 여옥은 거의 초인적인 열의를 보였다. 잠자는 시간외에는 온통 모든 시간을 교육에 쏟아 넣었다. 아기를 돌볼 수 없는 것이 좀 괴로웠지만 그런 것이야 앞으로의 일에 비하면 아무것도 아니었고 얼마든지 참아낼 수 있는 것이었다.

하나의 목적을 위해 정신과 육체를 송두리째 바칠 수 있다는 것은 지금의 그녀에게는 매우 필요하고 가치 있는 일이었다.

또한 그녀는 어느새 이러한 일을 통해 자신이 변화되기를 바라고 있었고, 사실 그녀는 변화되고 있었다. 전심전력으로 일에 열중한 만큼 그 변화는 눈에 띄게 나타났다.

연약하고 감상적이고 운명적이었던 그녀는 확고한 의지를 갖추기 시작했고 의식 있는 여자로 탈바꿈하고 있었다. 그녀는 일본 제국주의의 실체를 알게 되었고 일본이 자신을 어떻게 만들어 놓았는가를 깨닫게 되었고, 민족이 살아야 한다는 대 명제 앞에 성스러운 의무감을 느꼈다.

해가 바뀌어 1945년이 되었다.

조국이라면 한창 추울 때이지만 사이판은 언제나 훈훈한 열기 속에 잠겨 있었다. 한창 세계대전이 막바지를 향해 치닫고 있었지만, 이곳은 총소리도 들리지 않는 평화로움만이 계속되고 있었다. 출격하기 위해 떠나는, 또는 출격하고 돌아오는 비행기들의 요란스러운 소리가 하늘을 울리곤 했는데, 오직 그것만이 아직 전쟁이 계속되고 있다는 것을 알려 주고 있었다.

1월 1일 아침, 여옥은 수평선 위에 떠오르는 태양을 바라보면서 각오를 새로이 했다. 그녀는 1945년을 전혀 새로운 기분으로 맞이하고 싶었다. 눈부시게 하늘로 뻗치는 햇빛을 보자 그녀의 가슴은 희망으로 물결쳤다.

1월이 지나고 다시 2월이 다 가도록 교육은 계속되었다. 3월이 되었지만 출발할 기미는 보이지 않았다. 그녀는 조금 초조했지만 이유를 묻지는 않았다.

3월 하순 어느 날, 그날 저녁 그녀는 무전기를 열심히 두드려 대고 있었다. 최종적으로 기술점검을 하고 있었다. 7시 조금 지나자 처음 그녀의 교육을 맡았던 대위가 나타나 그녀를 밖으로 불러냈다.

그들은 연병장 가운데로 걸어나갔다. 대위는 갑자기 걸음을 멈추더니 시계를 들여다보고 나서 말했다.

"오늘밤 10시에 출발하게 됐습니다."

그 말을 듣는 순간 여옥은 갑자기 가슴이 콱 메어왔다. 그녀는 한참 동안 말없이 서 있다가 낮은 소리로,

"바로 조선으로 가나요?"

하고 물었다.

"아니오. 일단 중국을 거쳐 갑니다. 무거운 짐은 필요 없으니까 모두 버리십시오. 가볍게 들고 갈 수 있는 것만 가져가십시오. 9시에 모시러 가겠습니다."

여옥은 더 이상 묻지 않았다. 대위가 계속 말했다.

"중국에 가서 필요한 교육을 더 받고 나면 구체적인 지시가 내릴 겁니다. 그 동안 정말 훌륭하게 교육을 받았습니다. 모두가 감탄하고 있습니다."

지프가 다가왔다. 여옥이 오르자 차는 곧장 어둠 속으로 달려갔다. 뒷자리에는 헌병 두 명이 굳은 표정으로 앉아 있었는데 그들은 호위 책임을 맡고 있는 것 같았다. 집에 돌아온 여옥은 먼저 유모로부터 아기를 안아들었다. 아기는 그녀를 보자 건강하게 웃었다. 이 아기를 안고 머나먼 길을 떠날 생각을 하니 비로소 두려운 생각이 일었다.

그녀는 집안을 둘러보았다. 몇 달밖에 안 됐지만 그 동안 정이 들대로 들어 발길을 돌리기가 여간 섭섭하지 않았다. 그녀는

자신의 손때와 눈물로 얼룩진 벽을 쓰다듬었다.

세간은 모두 두고 갈 수밖에 없었다. 세간이라야 거의가 군용이지만 살림살이에 많이 보탬이 되는 것들이었다. 나이 많은 유모에게 그것들을 모두 물려 주자 그녀는 너무 좋아서 여옥에게 여러 차례 절을 했다.

여옥은 처음 정신대로 끌려올 때처럼 흰 저고리에 검정치마로 갈아입고 조그만 보따리를 하나 챙겨들었다. 아기를 안고 밖으로 나올 때는 목이 메어 말이 잘 나오지가 않았다.

헌병들은 그때까지 기다리고 있다가 그녀를 정중히 차에 태웠다. 여옥은 가기 전에 먼저 수용소에 들러 줄 것을 부탁했다. 운전병은 순순히 차를 수용소 쪽으로 돌렸다.

그녀는 떠나기 전에 꼭 만나고 싶은 사람들이 있었다. 함께 이 사이판도로 끌려온 조선인 위안부들이야말로 그녀가 외면할 수 없는 사람들이었다. 처음 이곳으로 끌려올 때는 스무 명 남짓 되었지만 그 동안 폭격과 질병, 그리고 자살 등으로 해서 현재 남아 있는 수는 열 명도 채 못 되었다. 그녀들은 일본 여자들과 동화되지 못한 채 자기들끼리만 어울려 지내고 있었다. 그녀들이 바라는 것은 하루라도 빨리 전쟁이 끝나 고국으로 돌아가는 것이었다. 그러나 고국으로 돌아간다고 해서 그녀들의 앞날이 평탄해지는 것도 아니었다. 그녀들 자신이 얼굴을 쳐들고 고향에 찾아갈 수 없는 몸들이었다. 쓰레기처럼 버려진 그녀들이 앞으로 취할 행동은 방황뿐이었다.

여옥을 태운 지프는 수용소 안에까지 곧장 들어갔다. 그녀가 차에서 내려 천막 안으로 들어가기도 전에 여자들이 몰려나왔다. 위안부들뿐만 아니라 일본 여자들까지도 여옥을 보려고 몰려들었다.

"어, 어디 가는 거지?"

가장 나이든 위안부가 여옥의 손을 잡고 물었다. 여옥은 목이 메었다.

"언니, 저 지금 떠나게 됐어요."

"어디로 가는 거야?"

"중국으로 가게 됐어요."

"왜, 왜 거기로 가는 거지?"

"거기 가서 할 일이 있어요."

"그럼 어쩌면 고향에 가게 될지도 모르겠구나."

위안부들이 몰려와 그녀를 감싸안았다.

"고, 고향에 가거든 나 잘 있다고 전해 줘. 아, 아니야. 아무 말도 하지 마."

여옥의 고향과 가까운 곳에서 끌려온 위안부가 울음을 터뜨리자 주위는 금방 울음바다가 되었다. 짓이겨지고 찢긴 조선 여인들은 갈 수 없는 멀고 먼 고향을 생각하며 목놓아 울었다. 여옥도 북받치는 설움을 참지 못해 흐느껴 울었다.

달빛이 서글픈 여인들의 머리 위로 눈물처럼 조용히 내려앉고 있었다.

사흘이 지났다.

여옥이 미군용 비행기로 곤명(昆明)에 도착한 것은 밤중이었다.

사복차림의 미국 젊은이가 세단으로 그녀를 호텔로 안내했다. 생전 처음 이런 차를 타보는 그녀는 어리둥절했다. 거리의 휘황한 불빛도 그녀를 놀라게 했다. 그러나 이런 것들을 하나하나 음미하기에는 그녀는 너무 지쳐 있었다. 아기도 지친 듯 그녀의 품에 안겨 내내 잠들어 있었다.

세단에서 내리는 그녀를 보자 호텔 보이들이 모두가 의아한 표정들을 지었다. 그도 그럴 것이 이런 일류호텔을 찾아들기에는 그녀의 행색이 너무 촌스럽고 초라했던 것이다. 그러나 옆에서 미국인이 정중히 안내하는 것을 보고는 그들도 몸가짐을 신중히 했다. 양탄자가 깔린 깨끗한 방에 들어서자 그녀는 몸둘 바를 몰라 입구 쪽에 서서 머뭇거리기만 했다. 그러한 그녀를 향해 키 큰 미국 청년은 예의바르게 말했다.

"편히 쉬십시오. 내일 오겠습니다. 그때까지 외출은 절대 삼가 주십시오. 문을 잠그고 주무십시오. 목욕탕과 화장실은 이쪽입니다. 그리고……조금 후에 식사가 올 겁니다."

미국인이 목례를 하고 나가자 여옥은 갑자기 두려움이 일었다. 그녀는 방안을 둘러보다가 아기를 침대 위에 눕혀놓고 자기도 그 옆에 몸을 던졌다. 그리고 너무 피곤했기 때문에 이내 잠에 떨어졌다.

그러나 무서운 꿈이 그녀를 기다리고 있었다. 너무도 생생하고 끔찍해서 그녀는 잠을 자면서도 신음하고 몸부림쳤다.

그녀는 발가벗긴 채 고문을 당하고 있었다. 키가 유난히 작은 일본군 헌병들이 그녀를 주먹으로 때리고 발로 차고 있었다. 헌병 하나가 군도를 빼어들더니 그녀의 머리칼을 휘어잡아 싹둑 잘라 버렸다. 울어라 이년아, 이 죠센징아, 울어라, 울어라. 여옥은 울지 않으려고 이를 악물고 있었다. 이 갈보년아, 울어라, 울어라. 그때 또 한사람이 끌려들어왔다. 그는 이미 고문을 당했는지 얼굴은 알아볼 수 없도록 짓이겨져 있었다. 헌병들은 그 사내를 꿇어앉혀 놓고 무자비하게 때리다가 마침내 칼을 들어 사내의 목을 내려쳤다. 사내의 머리가 나무토막처럼 굴러 떨어지더니 여옥 앞으로 굴러왔다. 여옥은 놀라서 한 발 물러서다가 비명을 질렀다.

눈을 부릅뜨고 있는 머리는 바로 아버지의 머리였다.

자신의 비명에 잠을 깬 여옥은 불안한 눈으로 방안을 휘둘러 보았다. 이상한 것은 하나도 없었다. 그러나 꿈이 너무도 생생해서 사실 같이만 생각되었고, 놀란 가슴은 좀처럼 진정되지가 않았다. 아기도 놀라 깨어 자지러지게 울어대고 있었다.

그녀는 아기를 품속에 꽉 껴안고 입을 맞추었다. 젖을 물려주자 아기는 금방 울음을 그치고 맹렬히 젖을 빨아대기 시작했다. 비로소 그녀의 가슴은 진정이 되었다. 비록 갓난아기이지만 아들을 하나 가지고 있다는 것이 이처럼 든든할 수가 없었다.

아기는 양쪽 젖을 모두 빨고 나자 다시 잠이 들었다. 그녀는 아기를 눕혀 놓고 옷을 벗었다. 그리고 목욕탕에 들어갔다.

따뜻한 물로 몸을 적시자 나른한 환각 속으로 빠져드는 것 같은 기분이 들었다. 그녀는 머리를 뒤로 젖히고 눈을 감았다. 졸음이 잔잔한 물결이 되어 다시 밀려 왔다

이튿날 아침 늦게까지 여옥은 잠들어 있었다. 그녀가 잠을 깬 것은 아기 우는 소리를 듣고서였다.

급히 세수를 하고 옷매무새를 고치고 나자 식사가 들어왔다. 처음 먹어 보는 고급 요리였다. 그녀는 맛을 음미하면서 천천히 식사를 들었다.

식사를 하고 한 시간쯤 지나자 노크 소리가 났다. 문을 열자 어제의 안내자와 함께 선글라스를 낀 중년 미국인이 들어왔다. 이마가 벗겨진 그는 가방을 하나 들고 있었다.

"오느라고 수고가 많았소. 난 아얄티 소령이오."

중년의 미국인은 웃으며 손을 내밀었다. 여옥도 얼떨결에 손을 잡히고 어색하게 웃었다.

"당신은 나를 못 봤겠지만 나는 사이판에서 당신을 본 적이 있지."

아얄티 소령은 침대로 다가가서 아기를 들여다보았다. 아기는 눈을 반짝이면서 이상하게 생긴 미국인을 바라보았다. 아얄티는 신기하다는 듯 아기의 손을 잡고 흔들었다. 그리고는 새삼 경이의 눈으로 여옥을 돌아보면서 중얼거렸다.

"당신은 훌륭한 여자요."

청년이 나가자 그들은 소파에 나란히 앉아 창 밖을 바라보았다.

도시 위로 햇빛이 눈부시게 쏟아지고 있었다. 전쟁의 상흔이라고는 하나도 보이지 않는, 평화로운 광경이었다.

"앞으로 우리는 서로 협조해서 일하게 될 거요. 사실 당신을 끌어들인 것은 내 지시였소. 당신이 매우 적격일 것 같아서……"

여옥은 다소곳이 앉아 귀를 기울이고 있었다. 미국인의 조용조용한 목소리가 듣기에 좋았다.

"보다시피 이 곤명시는 살기에 아주 좋소. 지금이라도 늦지 않았으니 당신이 우리와 함께 일하기 싫다고 생각되면 그만둬도 좋소. 이곳에서 당신이 생활할 수 있도록 생활보장은 해 주지."

여옥은 머리를 흔들었다. 그리고 단호하게 말했다.

"싫어요. 이곳에 살기는 싫어요. 계획대로 저는 일하겠어요."

"매우 위험한 일이오. 다시 한번 생각해 봐요."

"생각해 볼 필요도 없어요. 저는 이미 한번 죽었던 몸이에요."

"그렇지만 저 아기가 걱정이 될 텐데……"

"알고 있어요."

"그래도 일해 보겠다는 건가?"

"네, 일하겠어요."

"당신은 매우 용감하군. 당신 같은 여자라면 매우 큰일을 할 수가 있소."

"제가 할 일은 어떤 일인가요?"

"차차 알려 주겠소. 필요한 것을 갖추려면 아직 한 달쯤 더 훈련을 받아야 해요. 오늘은 시내 구경이나 합시다. 내가 안내하겠소. 이 곤명은 역사의 도시라 구경할 것이 많이 있소. 참, 그리고 옷을 가져왔으니까 한번 입어 보시오. 구두도 가져왔소. 당신을 위해 준비해 둔 거지."

아얄티 소령이 가방에서 꺼내 놓은 것들을 본 여옥은 놀라지 않을 수 없었다. 그것들은 양장옷이 세 벌에다 구두가 세 켤레나 되었다. 그리고 코트도 있었다. 그밖에 아기 옷도 있었다.

"이제부터 멋을 부려야 해요. 당신한테는 양장이 어울릴 거야. 당신 몸 사이즈를 모두 알고 맞춰 둔 것이니까 몸에 맞을 거요. 코트는 여기서는 필요 없으니까 북쪽 지방에 가서 입으시오. 필요한 짐은 이 가방에다 담아 가지고 다니시오. 두 시간 후에 다시 오겠소. 그리고 조금 후에 아기를 돌봐 줄 여자가 올 거요."

아얄티가 나간 뒤 여옥은 한동안 그 자리에 우두커니 서 있었다. 그녀의 놀라움은 매우 컸다. 그녀를 위해 이렇게 호의를 베풀어 준데 대해 그녀는 감동하지 않을 수 없었다. 이러한 호의가 어떤 목적을 위해 베풀어진 것이라 할지라도 그녀는 감사할 수밖에 없었다.

미군과 일본군을 서로 비교해 볼 때 거기에는 엄청난 차이가 있었다. 미군은 믿게 하고, 따르게 하고, 감동을 주는 군대였다. 치밀하고 여유 있는 모습, 그 훈훈한 인정미, 한편으로 엄정한 규율, 용감성……이런 것들이 그 동안 여옥이 미군에게서 느낀 인상이었다. 그들이 그녀를 이용하려는 것도 결국은 대의(大義)를 위해서 하는 일이었다. 그렇지 않다면 그녀는 그들의 요구에 응하지 않았을 것이다. 더구나 조국의 독립을 위해서 하는 일인데 어떻게 피할 수가 있단 말인가. 도움이 된다면 목숨을 내걸고라도 일을 해야 한다.

그녀가 이런 생각을 하고 있을 때 노크 소리가 났다. 문이 열리고 중국 옷을 입은 여인이 들어왔다. 서른 댓쯤 되어 보이는 여인으로 인상이 좋아 보였다. 그녀는 여옥에게 웃어 보이고 나서 들고 온 가방 속에서 여러 가지 물건들을 끄집어 내었다. 화장품, 스타킹, 핸드백, 장갑 등 모두가 몸치장에 필요한 것들이었다.

중국 여인은 거의 두 시간에 걸쳐 정성드려 여옥의 몸치장을 해 주었다. 치장이 끝나자 그녀는 완전히 다른 여인으로 변해 있었다. 흰 투피스에 감싸인 그녀의 몸은 남자라면 한번쯤 안아보고 싶을 정도로 귀엽고 매혹적이었다. 중국 여인은 여옥에게 하이힐을 신게 한 다음 보행 연습까지 시켰다.

두 시간이 지나 나타난 아얄티 소령은 넋을 잃고 여옥을 바라보기만 했다. 그는 고개를 끄덕이면서

"몰라보겠어. 훌륭해."

하고 중얼거렸다. 여옥은 아기를 중국 여인에게 맡기고 소령을 따라 시내 관광에 나섰다. 소령이 직접 차를 운전했다. 시가지는 깨끗했고 많은 사람들이 활기 있게 움직이고 있었다. 그들이 처음 찾아간 곳은 운남성 최후의 왕이었던 당계요(唐繼堯) 장

군의 묘였다.

"당장군은 일본 육사 출신이지. 손문(孫文)과 손을 잡고 운남강무당(雲南講武堂)이란 군관학교를 세웠는데 현대 편제로서는 첫번째 군사 교육기관이었지. 중국군 근대화에 앞장선 사람들이 모두 이곳 출신이오."

아얄티 소령은 앞에 나타난 웅장한 정각(旌閣) 앞에 걸음을 멈추었다. 안으로 곱게 깔린 금잔디가 시야에 확 들어왔다. 열 개가 넘는 돌기둥이 높이 치솟아 있었고, 그 사이로 15척 높이의 묘비가 들어서 있었다. 흡사 잘 손질된 고궁 같았다.

다음에 그들은 운남대학으로 갔다. 벤치와 잔디밭에 앉아 있던 대학생들이 일제히 여옥을 바라보았다. 여옥은 그 정열적인 시선에 눈이 부셔 고개를 자꾸 숙이곤 했다.

"이 학교는 프랑스 기풍이 감돌지. 프랑스의 통치를 받은 베트남 국경지대이기 때문에 그 영향을 많이 받았소. 다른 지방의 대학생들보다도 한결 자유분방해 보이고 개방적이오."

여옥은 아얄티의 말을 들으며 가만히 눈을 들어 대학생들을 바라보았다. 남녀 대학생이 다정하게 앉아 담소하고 있는 모습이 많이 눈에 띄었다. 나는 언제쯤 대학생이 될 수 있을까. 아니 과연 죽을 때까지 대학생이 한번 되어 볼 수 있을까.

이런 생각을 하자 그녀는 더없이 울적하고 쓸쓸한 기분이 들었다. 정신대에 끌려오지 않았다면 틀림없이 대학에 진학하게 되었을 것이다.

여옥의 기분을 눈치챈 아얄티는 그곳을 나와 곤명호(昆明

湖) 쪽으로 차를 몰았다. 호수는 폭이 좁으면서 한없이 길어 보였다. 호수 위에는 놀잇배들이 많이 떠 있는데, 모두가 연인들이 노를 젓고 있었다. 여옥과 아얄티도 배어 올라 호수를 유람했다. 호숫가에는 숲이 우거지고, 곳곳에 벤치와 정자가 있어서 매우 아름다웠다. 배는 물살을 가르면서 천천히 앞으로 나아갔다. 그들은 서로 마주 대하고 앉아서 호숫가의 풍경을 구경했다. 여옥은 이 아름다운 자연에 포근하게 안겨들 수 없는 자신의 처지가 못내 서글프게 느껴졌다. 문득 아얄티가 조용히 입을 열었다.

"고국에 돌아가더라도 전쟁이 끝날 때까지는 부모님은 물론 아는 사람은 일체 만나지 마시오. 신분이 탄로 날 우려가 있으니까."

부모님에 대한 말을 듣자 여옥은 가슴이 울렁거렸다. 부모의 안부가 그녀에게는 제일 궁금한 일이었다.

"안부를 알려거든 다른 사람을 통해서 요령 있게 하시오. 불행한 사태가 일어나지 않도록 ······부모님은 고향에 다 계신가?"

"모르겠어요. 제가 정신대로 끌려올 때, 어머님만 아파 누워 계셨어요."

"아버님은?"

"아버님은 오래 전에 중국으로 망명했어요. 독립운동 하시는 걸로 알고 있어요."

"아버님 이름이 뭐지?"

"윤홍철이라고 해요."

"윤……홍철……음……"

아얄티는 이름 석자를 음미하듯 중얼거렸다.

"혹시 아버님을 만날 수 없을까요?"

여옥은 뛰는 가슴을 진정하며 물었다.

"소식을 알 수 있을지도 모르지. 조선 사람들을 자주 만나고 있으니까. 그 사람들을 통해서 한번 알아 보겠소. 그렇지만 너무 기대를 하지 마시오."

여옥은 두 손을 꼭 쥐었다. 아, 아빠를 만날 수 있다면……만날 수 있다면 얼마나 좋을까. 아빠는 나를 보고 놀라시겠지. 얼마나 놀라실까. 내가 이렇게 된 걸 아빠는 이해하실 거야. 아빠는 내 아기를 귀여워해 주실 거야. 여옥은 눈물을 보이지 않으려고 아얄티를 외면했다.

세 시간 가까이 배를 탔지만 호수의 끝은 보이지가 않았다. 출발한 곳으로 돌아오는 동안에 날이 저물었다. 수면 위로 달빛이 쏟아지자 호수 주변은 환상의 세계처럼 보였다. 들리는 것이라고는 노 젓는 소리뿐이었다.

"우리 인간은 대체로 두 가지 부류로 나눌 수가 있소. 하나는 정의와 평화를 지키려는 쪽이고, 다른 하나는 그것을 파괴하려는 쪽이지. 세계의 역사는 이 두 가지 부류의 인간들이 벌여온 피의 드라마라고 할 수 있소. 현재 우리가 겪고 있는 이 전쟁도 마찬가지요. 우리가 싸우지 않고 가만 있으면 이 세계는 파괴자들의 지배하에 들어가게 되는 거요. 정의 · 자유 · 평화는 절대 누가 가져다 주는 게 아니오. 싸워서 쟁취해야 하는 거요. 나는 적어도 이런 생각을 가지고 이 전쟁에 참가하고 있소."

아얄티의 말은 가식이 없는, 마음 속에서 우러나오는 것이기 때문에 가슴에 깊이 들어와 박혔다.

"이런 일을 하다 보면 온갖 비극이 싹트기 마련이고, 그것을 운명처럼 지고 다녀야 할 때가 많이 있지. 당신도 비극적인 주인공의 한 사람이라고 할 수 있지. 그렇지만 우리는 언제까지 그것을 안고 살아갈 수는 없는 거요. 비극에 젖어 있다고 해서 우리에게 도움이 되는 것은 하나도 없소. 우리는 그것을 이겨내고, 근본적인 목적을 위해 싸워야 해요. 싸우지 않으면 더 큰 비극을 맛보게 되는 거요. 나는 비극에서 헤어나지 못 하는 사람을 제일 경멸하고 싫어해요. 그런 사람은 한푼어치 값어치도 없는 사람이야. 당신은 정말 훌륭한 여자야. 반드시 훌륭한 일을 해내고야 말 거요."

여옥은 얼굴이 붉어졌다. 그녀는 숨을 몰아쉬고 나서 중년의 미국인을 바라보았다. 선글라스를 끼고 있는 이 사람의 얼굴은 어떻게 생겼을까. 의지의 덩어리처럼 보이는 이 미국인이 그녀에게는 한없이 부럽고 믿음직스럽게 느껴졌다.

"전쟁은 언제쯤 끝날까요?"

그녀는 작은 목소리로 물었다.

"머지 않아 끝나게 될 거요. 도처에서 연합군이 승리하고 있으니까······"

"조선은 독립할 수 있을까요?"

"우리가 승리하면 독립할 수 있소. 그러나 독립도 조선인들의 노력 없이는 쉽게 이룰 수가 없는 거요. 어느 나라든 그 민족의 피땀 위에서만 독립이 가능한 거요."

나는 이제 사는 보람을 느낀다. 아니 느껴야 한다고 그녀는 생각했다.

배에서 내려 돌아오는 길에 아얄티는 그녀를 데리고 고급 식당으로 갔다. 이름 모를 중국 음식들을 보자 그녀는 오랜만에 입맛이 돌았다. 그녀는 사양하지 않고 마음껏 식사를 했다.

"제 아버님 소식을 꼭 알아 봐 주세요. 못 만나더라도 알고 싶어요."

그녀는 식사를 하다 말고 갑자기 아버지 생각이 나서 음식이 잘 넘어가지가 않았다. 그녀의 간곡한 부탁에 아얄티는 꼭 알아보겠다고 다짐했다.

"그렇지만 너무 기대는 하지 말아요. 어떤 경우에라도 대처할 마음의 준비가 필요해요. 만일 당신 아버님이 이 세상에 안 계시거나, 아니면 당신 아버님에게 불행한 일이 생겼다면 어떻게 하지? 그런 경우를 생각해 봤소?"

"불행한 소식이 있다 해도 제가 해야 할 일은 하겠어요."

"좋은 생각이오."

식사가 끝나자 아얄티는 그녀를 호텔까지 데려다 주었다.

"자, 내일부터 일이 시작되니까 오늘밤은 푹 쉬시오."

"오늘 구경 잘 했습니다."

여옥은 아얄티에게 깍듯이 인사했다. 그들은 호텔 앞에서 헤어졌다. 여옥은 아기가 궁금해서 뛰다시피 계단을 올라갔다. 아기는 잠들어 있었다. 중국 여인은 뜨개질을 하다 말고 여옥을 맞았다.

"아기가 어떻게나 건강한지 모르겠어요. 우유를 마시고 나면 혼자 놀다가 자곤 해요."

"감사합니다."

여옥은 한숨이 놓였다. 이 아기는 어쩌면 혼자 자라게 될 운명을 안고 태어난지도 모르겠다는 생각이 들었다. 불길한 생각이었지만 이상하게도 그것은 머리를 떠나지 않았다.

이튿날부터 여옥은 다시 교육에 들어갔다.

그녀가 안내되어 간 곳은 OSS 본부였다. 붉은 벽돌건물 속으로 들어가면서 그녀는 위축감을 느꼈다.

삼십 분쯤 지나 그녀는 빈 방에서 아얄티와 단둘이 대면했다. 그들은 책상을 마주하고 앉아 이야기를 나누었다. 처음 일 주일 동안은 아얄티가 직접 그녀에 대한 교육내용을 검토했다. 그는 교육이 시작되면서부터는 완전히 상사의 입장에서 명령조로 여옥을 대했다. 여옥이 사이판에서 받은 교육을 일 주일 동안 면밀히 검토하고 난 그는 매우 만족한 표정을 지었다.

일 주일이 지나 팔 일째 되는 날 아얄티는 여옥에게 사진을 한 장 내보였다. 사진을 들여다본 여옥은 하마터면 비명을 지를 뻔했다. 사진의 얼굴은 안경을 끼고 있는데다 무척 수척한 모습이었지만 그것은 분명히 꿈에 그리던 아버지였다.

"이럴 수가……아버님이에요!"

여옥은 흥분을 누르면서 나직이 외쳤다. 아얄티는 입을 다물고 한참 동안 여옥의 손을 붙잡고 있었다.

"우리 아버님 어디 계신가요? 말씀해 주세요!"

"나도 어디 계신지는 모르고 있어. 다만……"

아얄티를 바라보는 여옥의 두 눈이 금방 터질 듯이 커졌다.

"우리 아버님한테 무슨 일이라도 생겼나요?"

"너무 놀라지 말아요. 알아본 결과 당신 아버님은 일본 경찰에 체포되었다는군."

"아, 아니, 그럴 수가……그럼 지금 어떻게 되셨나요?"

"그건 나도 모르겠어. 어떻게 되었는지 아무도 몰라. 돌아가셨는지, 감옥에 갇혀 있는지 알 수가 없어."

여옥은 두 손으로 얼굴을 감쌌다. 눈물이 비 오듯이 흘러내렸다. 일경에 체포되었다면 십중팔구 돌아가셨을 것이다. 이럴 수가……이럴 수가 있는가. 사진에서 본 아빠의 얼굴은 그야말로 뼈만 남은 앙상한 모습이었다. 얼마나 고생이 심하셨으면 이렇게 변하셨을까. 만일 ……만일 돌아가셨다면 시신(屍身)이라도 찾아야 한다. 그렇지 않으면 나는 자식이라고 할 수 없다. 만 분의 일이라도 자식된 도리를 해야 한다.

아얄티는 그녀가 울게 내버려두었다. 실컷 울고 나면 마음이 좀 가라앉을 것이라고 생각해서였다. 그러나 여옥은 그렇게 실컷 오래 울지는 않았다. 그녀는 이내 눈물을 닦더니 곧 얼굴 표정이 단정해졌다. 이러한 변화는 그녀가 이제 한낱 감상적인 소녀만은 아니라는 것을 말해 주는 것이기도 했다.

얼굴 표정은 평온한 듯 보였지만 사실 그녀는 내부적으로 격렬한 고통을 느끼고 있었다. 비통한 감정이 일제에 대한 증오심과 뒤섞이면서 일어난 고통이었다. 여린 가슴속으로 칼날 같은 차가움이 스쳐 지나갔다. 그녀는 그 격렬한 고통을 뛰는 가슴속에 가만히 포개 넣고 다시 한번 아버지의 사진을 들여다보았다.

"뭐라고 할 말은 없지만 너무 상심하지 않는 게 좋아. 우리는 할 일의 한계를 분명히 해둬야 해."

아얄티는 염려스러운 듯 여옥을 바라보았다.

"알아야 할 건 빨리 아는 게 좋을 것 같아 알려 준거야."

여옥은 가만히 사진을 내려놓았다. 그녀는 감정을 나타내지 않으려고 작은 소리로 말했다.

"아버님 일 때문에 제가 해야 할 일을 그르치지는 않겠어요. 다만 저는 생사를 분명히 알고 싶어요. 그리고 계신 곳도……"

아얄티는 난처한 듯 담배를 꺼내 물었다.

"부탁이에요. 제발 알아 봐 주세요. 그 이상은 부탁하지 않겠어요."

"글쎄, 가능한 일이라면 도와주고 싶지만 그게 가능한 일인지 나로서는 지금 단정을 할 수가 없군."

"아버님은 어쩌다가 체포되셨나요?"

"그 점도 잘 모르겠어. 몇 달 전에 북경에서 체포되었다는 것만 알 수 있을 뿐이야."

북경, 하고 여옥은 중얼거렸다. 가본 적이 없는 낯선 곳이다.

그녀는 아얄티가 앉아 있는 쪽 벽 위에 붙어 있는 큼직한 세계지도를 바라보았다. 그러자 아얄티는 눈치를 채고 일어났다. 그는 뒤로 돌아서더니 천장 쪽으로 손을 뻗어 다른 지도 한 장을 끌어내렸다. 세계지도 위로 포개져 내려온 것은 매우 자세히 그려진 중국지도였다. 그는 지휘봉으로 곤명을 가리켰다.

"우리가 현재 있는 곳은 최남단 여기야. 북경은 이렇게 북쪽에 있고……가까운 곳이면 몰라도 너무 떨어져 있어서 조사하기가 힘들어. 뿐만 아니라 적의 점령지역이라 함부로 조사할 수도 없어. 당신의 심정은 이해하지만 사정이 이러니 어쩔 수가 없군."

여옥은 아득한 현기증을 느꼈다. 그녀는 다시 아버지 사진을 들여다보고 나서,

"이 사진, 제가 가져도 될까요?"

하고 물었다.

"가져도 좋아요. 그렇지만 엉뚱한 짓을 하면 안 돼."

아얄티는 매우 염려하는 것 같았다. 여옥은 사진을 백 속에다 집어넣은 다음 다시 교육을 받을 자세를 취했다.

그녀의 입에서는 다시 아버지에 관한 말은 나오지 않았다. 아얄티도 거기에 대해서는 말을 꺼내지 않았다.

"내일부터는 좀 바빠질 거야. 다른 사람들이 교대로 당신을 맡게 될 거야. 당신은 귀국하면 제일 먼저 사교계에 침투해 들어가야 해. 사교계의 여왕으로 군림할 수 있으면 좋겠지만, 그게 가능할 수 있을지는 전적으로 당신의 노력에 달려 있어. 당

신은 여기서 거기에 대비한 교육을 받아야 해. 사교춤을 배우고 매너와 대화술도 배워야 해. 그러기 위해서는 고급 파티에 자주 참석해서 경험을 쌓아야겠지. 상대방에게 의심을 사지 않고 정보를 알아내는 대화술은 특히 중요해. 그리고 내 경험에 비추어 볼 때 이런 계통에 종사하는 사람은 자기 자신 외에는 그 누구도 믿어서는 안 된다고 생각해. 아무리 믿을만한 사람이라 할지라도 일단은 의심하고 보아야 해. 당신은 앞으로 많은 사람들 특히 중요한 사람들과 접촉을 갖게 되는데 그러다 보면 본의 아니게 잠자리를 함께 해야 하는 경우도 생길지도 모르지. 그럴 때는 과감하게 몸을 제공할 수 있어야 해. 그럴 수가 있을까?"

"필요하다면……사양하지 않겠습니다."

그녀는 머리를 숙였다가 곧 쳐들었다. 자신의 육체가 제물로 희생되더라도 피하지는 않겠다고 생각했다.

호텔로 돌아온 그녀는 밤새 잠을 이루지 못한 채 뒤척거렸다. 눈물로 잠자리가 축축이 젖을 정도로 그녀는 밤새도록 아버지를 생각하면서 울었다.

이튿날부터 여옥은 미군장교를 따라 각종 파티에 참석하기 시작했다. 잘생긴 젊은 장교들이 그녀를 공주처럼 떠받들면서 파티에 안내하곤 했다.

그녀는 미군기관에 근무하는 타이피스트로 소개되었고 얼마 가지 않아 사교계에 널리 알려지게 되었다. 그녀의 미모는 사람들의 눈길을 끌기에 충분했고, 즉시 호기심의 대상으로 사람들의 입에 오르내리게 되었다.

곤명은 중국전구(中國戰區)의 미군 전진기지이자 보급수송 기지였기 때문에 미군과 중국인과의 친목을 도모하기 위한 각종 파티가 사흘 거리로 열리고 있었다. 파티 참석자들은 미군 고급장교들과 중국인 유지들, 또는 중국군 고급장교들이 대부분이었다. 따라서 여자들은 거의가 멋없는 중국 부인들이었다.

술이 돌고 음악이 연주되고 댄스가 벌어지는 파티 석상에서 으레 남자들이 바라는 것은 미모의 여인이기 마련이었다. 그러나 미녀가 그렇게 흔할 리가 없었다. 이런 판에 젊고 잘생긴 이국여성이 나타났으니 뭇 시선이 집중되지 않을 수 없었다. 자연 많은 남성들이 여옥에게 눈독을 들이기 시작했다.

여옥은 그들이 손을 뻗어오면 일정한 한계 내에서 그들을 만나 주곤 했다. 이것은 그녀에게 산 교육이 되었고 그녀는 이를 통해 대인관계를 원만히 유지할 수 있는 방법 및 남성을 다루는 기교 등을 본능적으로 체득해 나갔다.

처음 파티에 참석했을 때 그녀는 얼어붙은 듯 몸이 잘 움직이지 않았고 대화도 변변히 나눌 줄을 몰랐다. 댄스가 시작되면 그녀는 허수아비처럼 뻣뻣이 끌려다니기만 했다. 여러 사람들 앞에 소개될 때는 두 눈과 시선을 처리하지 못해 어쩔 줄을 몰라했다.

그러나 두번째 파티부터는 놀랄 정도로 달라지기 시작했다. 우선 얼굴에 미소가 감돌았고, 춤을 출 때면 몸이 유연하게 돌아가곤 했다. 그리고 될수록 많은 사람들과 이야기를 나누려고 했고, 파티가 끝나면 밤늦게까지 데이트를 즐기곤 했다. 이 모든 것은 완전히 그녀의 노력에 의해 그렇게 된 것이었다. 멀리서 그녀를 지켜보는 아얄티 소령도 그녀의 이 놀라운 발전에 자못 감탄하지 않을 수 없었다. 저 여자는 어쩌면 천부적인 소질을 타고났는지도 모른다고 그는 생각하기까지 했다.

여옥이 이 기간을 통해 가장 확실하게 배운 것이 있다면 남성들의 어리석음이라고 할 수 있었다. 그녀와 한번쯤 데이트를 해본 남성은 늙으나 젊으나 가릴 것 없이 그 솜씨나 목적이 한결같았다. 달콤한 말로 몇 마디 속삭인 다음 손으로 집적거리면서 이쪽의 반응을 살피는 것이 그들이 취하는 상투적인 수단이었다. 그 다음 반응이 호의적이면 대뜸 동침할 것을 요구하는 것이었다.

육체를 차지하기 위해 허풍을 떨기도 하고, 한없이 비굴해지기도 하고, 간이라도 빼 줄 듯이 덤비기도 하는 것이 남성들이었다. 결국 그녀는 이들이 만일 적군이라면 어렵지 않게 정보를 빼낼 수 있다고까지 생각하게 되었다.

실제로 그녀는 자신의 능력을 알아 보려고 중국군 대령 하나를 시험해 보았다. 그 결과 생각했던 것처럼 아주 쉽게 군사정보를, 그것도 귀중한 정보를 캐낼 수가 있었다.

그 중국군 대령은 중키에 살이 몹시 찐 중년의 사내였다. 파티석상에서 두어 번 여옥과 마주친 그는 얼마 가지 못해 그녀에게 속셈을 드러내 보였다.

대령의 저녁식사 초대에 여옥은 순순히 응했다. 완전히 밀폐

된 밀실에 여옥을 안내한 대령은 그녀를 덥석 껴안고 입을 맞추려고 했다. 여옥이 조용히 그를 물리치자 잔뜩 몸이 단 그는 그녀의 손을 꼬옥 쥐면서 애걸했다.

"나하고 결혼해 줘. 다음 달에 나는 장군이 된다고. 그런데 우리 마누라는 늙고 병들어서 아무 쓸모가 없단 말이야. 난 아들도 없어. 그러니 아들도 낳고 파티에도 함께 참석하려면 당신같이 젊고 예쁜 여자가 필요해. 그까짓 타이피스트 노릇 집어치우고 나하고 결혼해요. 호강시켜 줄 테니까."

여옥은 어안이 벙벙했다. 아무리 여자가 좋다고 해도 이럴 수가 있을까 하는 생각이 들었다.

"저하고 결혼하면 지금 사모님은 어떻게 하지요?"

대령은 머리를 긁적이다가 서툰 영어로 대답했다.

"그거야 문제가 안 되지. 아들을 낳는 여자가 진짜 내 마누라가 되는 거지. 우리 중국 사람들은 돈이 많이 있으면 본부인은 따로 놔두고 첩을 여럿 데리고 살지. 상관없어. 우리 사단장은 열 여섯 살짜리하고 열 일곱 살짜리 첩을 데리고 있어 나는 당신 같은 여자 하나면 돼."

여옥은 너무 기가 막혀 웃음이 나왔다. 그녀가 웃기만 하자 대령도 기분이 좋은지 웃었다. 그녀의 입에서 곧 좋다는 말이 나올 줄로 기대하고 있는 것 같았다.

그러나 여옥은 화제를 돌렸다.

"중국은 일본을 이길 수 있을까요?"

"물어 보나마나지. 일본은 곧 망해."

대령은 자신 있게 말했다.

"어떻게 그렇게 자신할 수 있는가요?"

"미국이 도와주고 있으니까 염려 없어. 미국은 아주 강력한 나라야. 무기도 최신 무기야. 그러니까 일본이 항복하는 건 시간문제야."

"아무리 그렇지만 일본이 그렇게 쉽게 항복할까요?"

"여자라 역시 무식하군. 지금 하늘은 완전히 미군 비행기가 지배하고 있어. 조금 지나면 지상군도 강화될 거야. 중국인이 최신무기로 무장만 하면 막강해질 거야."

"얼마나 무서운 무기인데 그렇게 자신만만하세요?"

"제일 무서운 건 탱크지. 탱크 백 대가 밀어붙이면 일본놈들 꼼짝 못 할걸. 위에서는 비행기가 폭격을 하고 말이야."

"전 그런 거 못 봤어요."

"이제 곧 보게 될 거야. 탱크 백 대가 달리는 거 상상해 봐. 어마어마하지. 일 주일 후에는 일본놈들 혼비백산해 도망칠걸."

"일 주일 후에는 큰 싸움이 벌어지나 보지요?"

"총반격이야."

술에 얼큰하게 취한 대령은 손짓을 해가며 떠들어댔다. 여옥은 더 이상 묻지 않았다. 첩이나 거느릴 생각이나 하고 군사정보를 함부로 흘리고 다니는 이런 장교를 보고 있자니 더없이 한심한 생각이 들었다.

이튿날 여옥은 아얄티 소령을 만나는 길에 지나가는 말로

"일 주일 후에 총반격이 개시되나요?"

하고 물어 보았다.

"뭐라고? 어떻게 그걸 알았지?"

아얄티는 몹시 놀라는 표정을 지으며 여옥에게 추궁을 했다. 여옥은 그 정보를 얻게 된 경위를 대강 이야기해 주었다.

아얄티 소령은 이것을 즉시 사령부에 보고했고, 미군사령부는 회의석상에서 이 문제를 놓고 중국군 수뇌부를 맹렬히 규탄, 기밀유지를 위해 각별히 노력해 줄 것을 당부했다.

여옥에게 그 기밀을 누설했던 중국군 대령은 바로 그날로 구속되었다.

4월 하순 마침내 테스트를 통과한 여옥은 조선으로 잠입하라는 지시를 받았다. 밤중에 호텔로 아얄티가 혼자 찾아와 그녀에게 은밀히 지시를 내린 것이다.

"아무에게도 알리지 말고 조용히 떠나는 게 좋아. 갑자기 사라지면 궁금해 할 사람이 많겠지만 시간이 지나면 잊혀질 거야. 거기에 닿는 대로 지시가 내려갈 거야."

아얄티는 여행에 필요한 여비와 위조증명을 그녀 앞에 내놓았다.

"이 증명서에 적힌 대로 당신은 이제부터 김정애(金貞愛)로 행세해야 해. 조사를 받게 되면 연습한 대로 말해야 돼. 그대로만 하면 아무 염려 없을 거야."

"잘 알겠습니다. 그런데 부탁이 있습니다."

"무슨 부탁? 말해 봐."

여옥은 한참 머뭇거리다가 말을 꺼냈다.

"가는 길에 아버님을 만나 보고 싶습니다."

"그건 안 돼."

아얄티는 손을 흔들며 엄숙하게 말했다. 여옥이 원망스러운 듯 쳐다보자 그는 일어서서 방안을 서성거렸다.

"나는 잊은 줄 알았는데……"

"아버님 생사를 모르고는 못 가겠어요."

"이제 출발하는 마당에 그런 말을 하면 어떻게 되는 거야? 심정은 이해하겠지만 그 일 때문에 사고라도 발생하면 정말 큰일이야."

"만일 사고라도 나면 죽겠습니다."

그녀는 마치 남자처럼 말했다.

"죽는다고! 죽는 게 그렇게 쉬운 줄 아나? 당신 죽으라고 교육시킨 줄 아나? 당신 죽는 건 아무렇지 않을지 모르지만, 그렇게 되면 지금까지 계획했던 일이 모두 수포로 돌아가고 아군은 막대한 손해를 입게 돼! 다시 한번 생각해 봐. 어차피 당신 아버님은 체포된 몸이기 때문에 살아 계신다 해도 만나보기가 힘들어. 헛수고란 말이야."

아얄티는 화가 나는지 담배를 뻑뻑 피워댔다. 그러나 여옥은 포기하지 않고 고집을 피웠다.

"헛수고라도 좋습니다. 생사라도 꼭 알고 싶습니다. 지금 알아 보지 않으면 앞으로는 기회가 없을 것 같아서 그러는 겁니다. 돌아가셨다면 시신이라도 제 손으로 거두고 싶습니다."

여옥은 고개를 숙이더니 눈물을 가만히 닦아내었다. 아얄티가 가까이 다가가 머리를 쓰다듬자 그녀는 그의 허리를 껴안고 흐느껴 울었다.

 "허락해 주세요! 부탁이에요! 아무 도움도 필요 없어요! 꼭 아버님을 만나고 싶어요! 저 혼자 찾아낼 수 있어요!"

 아얄티는 여옥의 효심에 감동한 것 같았다. 그는 더욱 다정한 손길로 그녀의 머리를 쓰다듬어 주었다.

 "이렇게 하면 어떨까? 당신은 예정대로 조선으로 들어가고……대신 우리가 당신 아버지 문제를 알아 보면……. 연락을 해 줄 테니까 말이야."

 "그건 싫어요. 제가 직접 알아 보고 싶어요. 제가 만나야 해요."

 아얄티는 다시 방안을 서성거렸다. 그는 얼른 결론을 내리지 못 하고 있었다.

 "거기에 필요한 비용은 제가 가지고 있어요. 여기에 1만 달러가 있어요. 이건 장하림이란 분이 사이판을 떠나면서 저에게 주고 간 거예요. 이걸 중국 돈으로 바꿔 가지고 가겠어요."

 여옥은 가방 속을 뒤지더니 그 안에서 달러 뭉치를 하나 꺼내 놓았다. 그것을 보자 아얄티는 더 이상 막을 수 없다고 생각한 것 같았다.

 "정 그렇다면 아버님을 찾도록 해 봐요. 난 당신이 염려돼서 그런 건데……. 일본 형사나 헌병들을 상대해야 하니까 각별히 조심해서 행동해야 할 거요. 시간은 열흘! 도움은 줄 수 없어!

그리고 그 돈은 위험하니까 나한테 맡겨 두시오. 필요한 비용은 따로 주겠소."

"감사합니다."

여옥은 그제야 마치 아버님을 찾은 듯 기뻤다.

출발은 하루 더 연기되었다. 준비를 다시 해야 했기 때문이다.

이튿날 오후 여옥은 아얄티를 따라 비행장으로 나갔다. 아얄티는 차 속에서 그녀에게 행로를 가르쳐 주었다.

"육로로 가면 너무 오래 걸려 안 돼. 여기서 비행기로 중경까지 가서, 거기서 다시 서안(西安)까지 가도록 해. 부탁을 해뒀으니까 거기까지는 쉽게 갈 수 있을 거야. 서안에서부터는 육로로 가야하고 그때부터 위험이 따를 거니까 주의하도록……"

"잘 알겠습니다. 정말 감사합니다."

그녀는 아기를 품에 안은 채 고개를 숙여 보였다.

비행장으로 들어선 지프는 곧장 수송기가 서 있는 쪽으로 달려갔다. 트랩 밑에 서 있던 헌병 두 명이 아얄티를 향해 경례를 했다. 옆에서 공군 작업복을 입은 미군 대위도 한 사람 서 있었다. 차에서 내린 아얄티는 대위와 악수를 나눈 다음 여옥을 소개했다.

"바로 이 여자니까 불편이 없도록 잘 부탁합니다."

대위는 미소를 지으며 여옥의 손을 잡아 흔들었다. 그리고 여옥의 트렁크를 들고 트랩을 올라갔다.

석양빛을 받은 여옥의 두 눈이 아얄티를 향해 빛났다. 아얄티의 큼직한 두 손이 그녀의 어깨를 잡고 흔들었다.

"부디 성공하도록!"

"우린 다시 만날 수 있을까요?"

눈물이 그녀의 볼을 적시고 있었다.

"곧 만나게 되겠지. 당신 나라가 독립하면 웃으면서 만날 수 있겠지. 몸조심해."

아얄티는 입을 벌리고 웃었다. 그러나 웃음 소리는 나오지 않은 채였다. 그는 아기를 번쩍 안아들더니 볼에 마구 입을 맞추었다.

아기는 간지러운지 소리를 내며 웃었다. 아얄티는 아기를 여옥에게 안겨준 다음 갑자기 생각난 듯 말했다.

"참, 기회가 없어서 말을 못했는데……당신은 미국법에 따라 미국시민권을 획득할 수가 있어. 죠니라고 하는 병사와 사이판에서 정식 결혼식을 올렸으니까 그 미망인으로서 충분히 미국시민이 될 수 있는 자격이 있어."

"아니, 그건……"

"알고 있어. 죽기 며칠 전에 소원을 풀어 주려고 결혼식을 올린 거 알고 있어. 그렇지만 결혼은 결혼이야. 내 말은 당신이 미국시민권을 획득해 두면 앞으로 도움이 될 것 같아서 권하는 거야. 만일 위험에 빠졌을 때 미국의 힘을 빌릴 수가 있거든. 다른 이유는 하나도 없어. 어때? 좋다면 내가 수속을 밟아놓지."

여옥은 얼른 판단이 서지 않았다. 다만 아얄티의 권유가 고맙게 느껴졌기 때문에 그녀는 고개를 끄덕거렸다.

아얄티에게 깊어 머리 숙여 인사한 다음 그녀는 아기를 안고 트랩을 천천히 올라갔다. 미지의 세계가 너무 두렵게 느껴진 탓인지 발이 잘 떨어지지가 않았다. 그녀는 자꾸만 뒤를 돌아보면서 올라갔다. 밑에서 아얄티 소령이 손을 흔들었다. 선글라스에 가려 그의 표정은 보이지 않았다. 몹시 고맙고 훌륭한 미국인이라는 생각이 새삼 그녀의 가슴에 안겨왔다.

석양이 그녀의 얼굴을 붉게 물들이고 있었다. 그녀는 웃음 같기도 하고 울음 같기도 한 표정을 지으면서 손을 쳐들었다. 일 년전 추운 겨울, 어린 몸으로 전장에 끌려나와 무수한 남자들에게 유린당한 소녀가 이제는 한 아기의 어머니가 되어 모종의 임무를 띠고 적지를 향하게 되었으니 실로 놀라운 변화가 아닐 수 없었다.

보도소

 밤이 늦어서 여옥은 중경(重慶)의 밤거리를 지나갔다. 곤명보다는 덜 화려했지만 사람은 훨씬 많아 보였다.
 "저것이 당신네 나라 임시정부 청사요."
 지프 앞자리에 앉아 있던 대위가 옆에 보이는 건물을 가리키며 여옥에게 말했다.
 "보겠소? 잠깐 구경하시오."
 차는 가던 길을 돌아 건물이 마주보이는 곳에 멈춰 섰다. 여옥은 심장이 뚝 멎는 것을 느끼면서 임시정부 청사를 바라보았다.
 조그만 연병장 앞 입구에는 총을 든 병사가 한 사람 서 있었다. 불빛에 드러난 그 보초는 청색 군복을 입고 있었는데 서 있기에 지친 듯 하품을 하면서 어슬렁거리고 있었다. 여옥은 차에서 뛰어내려 그 보초에게 달려가고 싶었다. 그리고 당신이 광복군인가요, 하고 묻고 싶었다. 멎었던 가슴이 방망이질을 하면서 뛰고 있었다.
 청사 건물은 얼핏보기에 5층인 것 같은데 자세히 보니 암반

(岩盤)위에 층층이 올려지은 것에 불과했다. 창문에서는 드문드문 희미한 불빛이 새어나올 뿐 사람의 그림자는 보이지 않았다. 순간적으로 느낀 것이지만 건물 전체는 피로와 우수에 젖어 있는 것 같았다. 오랜 세월 아무 기약 없이 온갖 풍상을 다 겪으며 시들고 늙어간 하나의 원혼(怨魂)이 거기에 소리 없이 통곡하며 웅크리고 있는 것만 같았다. 여옥은 터져나오는 격정을 누르려고 숨을 깊이 몰아쉬었다. 자기도 모르게 어느새 눈물이 흘러내리고 있었다. 그녀는 고개를 돌려 버렸다. 지프가 다시 출발했다.

그녀는 매우 슬픈 장면을 본 것 같은 기분이었다. 환상이 깨지자 가슴 한쪽이 텅 비어 버린 것 같았다.

"늙은 사람들이 많은데 모두 고생이 심하지요. 독립운동이란 고독하고 어려운 것이지요. 세계 어디를 가나 마찬가지입니다."

대위가 그녀를 위로하듯 말했다. 여옥은 아무 대꾸도 하지 않았다. 그녀는 비참한 기분을 지워 버리려고 거리를 부지런히 바라보았다. 대위는 그녀를 어느 중국 민간인 집으로 안내했다. 그 집사람들과는 친분이 두터운지 대접이 융숭했다.

그 집에서 하룻밤을 지내고 여옥은 이튿날 새벽 다시 비행장으로 나갔다. 대위가 그녀를 비행장까지 안내했다. 그녀가 타고 갈 비행기는 역시 미군 수송기였다.

"함께 더 갔으면 하지만……여기서 헤어져야겠군요. 부디 즐거운 여행이 되시기를 바랍니다. 세 시간 남짓 타시면 서안에 도착될 겁니다."

대위는 악수를 하고 나서 바쁜 듯이 차를 몰고 돌아갔다. 여옥은 그 뒷모습을 물끄러미 바라보다가 비로소 혼자가 된 것을 알고는 어깨를 움츠렸다.

오전 9시가 조금 지나 수송기는 서안에 도착했다. 비행기에서 내리면서부터 그녀는 긴장이 되었다.

승용차가 한 대 대기하고 있다가 그녀를 태우고 시내로 들어갔다. 사복 차림의 미국 청년이 운전을 하고 있었는데 그는 별로 말이 없이 운전에만 열중했다.

이곳에 도착하고 보니 비로소 전시 기분이 느껴졌다. 멀지 않은 곳에서 대포 소리가 쿵쿵 울려오고 있었고 병정들을 실은 차량의 행렬이 끝없이 이어지고 있었다.

교외로 벗어나자 대포 소리는 더욱 가까이 들려왔다. 다리 앞에서 차는 멈추었다.

"다 왔습니다. 내리십시오."

미국 청년이 사무적으로 말했다. 여옥은 갑자기 두려워졌다. 악마가 입을 벌린 채 그녀가 오기를 기다리고 있는 것만 같았다.

"여기가 어딘가요?"

"이 길로 계속 가면 낙양(洛陽)입니다. 여기서 이십 킬로만 나가면 적군 지역입니다. 이 이상은 더 모셔드릴 수 없으니까 이제부터는 적당히 알아서 가십시오. 마차를 이용하는 게 좋을 겁니다."

여옥은 머뭇거리다가 아기를 들쳐업고 차에서 내렸다. 그녀가 내리자마자 차는 기다렸다는 듯이 급히 오던 길을 달려가 버렸다.

하늘은 구름이 잔뜩 끼어 곧 비가 올 것 같았다. 바람도 불고 있었다.

바람에 실려 먼지가 뿌옇게 일고 있었다. 여옥은 먼지를 막으려고 아기의 머리 위로 포대기를 뒤집어 씌웠다. 아기는 답답한지 칭얼거렸다. 그녀는 아기를 다독거리면서 망연히 앞길을 바라보았다.

한없이 넓은 들판 위로 흙먼지가 몰려오고 있었다. 트렁크까지 든 그녀는 아직 갈피를 못 잡고 그 자리에 서 있기만 했다.

뿌연 먼지를 헤치고 사람의 형체가 하나 보였다. 이윽고 그것은 많은 수로 변했다. 가까이 오는 것을 보고서야 여옥은 그것이 군인들의 행렬이라는 것을 알았다.

그들은 군가도 없이, 지친 모습으로 무질서하게 길을 메우며 몰려왔다. 남루한 청색 군복은 온통 먼지에 싸여 오히려 누런 빛을 띠고 있었다. 중국군인들이었다.

군인들을 보자 그녀는 길에서 벗어나 좀 떨어진 곳에 엉거주춤 서서 행렬이 지나가기를 기다렸다.

병사들은 그녀를 보자 눈을 번뜩이면서 지나갔다. 뭐라고 소리치는 자도 있었다. 전장에 끌려다니느라고 오랫동안 여자를 상대하지 못한 그들은 여자를 보자 욕정이 동하는 모양이었다.

그들 중의 한 명은 참지 못 하겠는지 열을 이탈해서 여옥이

서 있는 쪽으로 어슬렁거리며 걸어왔다. 여옥이 뒷걸음질치자 놈은 뛰어왔다.

 행렬이 멈춰지고, 병사들은 몰려 서서 손뼉을 치며 환호성을 질렀다. 그러자 말을 탄 젊은 장교 하나가 앞으로 나서며 소리쳤다. 그러나 꽤 늙어 보이는 그 병사는 입을 헤벌린 채 여옥에게 허겁지겁 다가왔다. 그가 팔을 벌려 여옥을 껴안는 순간 총성이 울렸다. 등에 총을 맞은 병사가 비명을 지르며 꼬꾸라졌다.

 권총을 빼어든 장교는 말을 몰아 달려왔다. 총구에서는 아직도 연기가 나오고 있었다. 여옥 앞에 멈춰선 장교는 무서운 눈으로 죽어 가는 병사를 내려다보았다. 그는 다시 쏠 듯이 권총을 겨누다가 도로 그것을 집어넣었다.

 여옥은 공포에 질린 눈으로 병사의 죽음을 바라보았다. 피에 젖은 병사의 몸에서 김이 피어올랐다. 병사는 괴로운지 털로 뒤덮은 얼굴을 일그러뜨렸다. 조금 후 그는 눈을 크게 뜨더니 움직이지 않았다.

 장교가 소리치자 행렬은 다시 움직였다. 병사들은 묵묵히 시내 쪽으로 행진했다. 앰뷸런스가 다가와 시체를 싣고 떠나갔다. 그때까지 장교는 말에 탄 채 그 자리에 움직이지 않고 있었다. 한참 후 장교가 여옥에게 뭐라고 물었다. 그러나 여옥은 알아들을 수가 없어 그를 바라보기만 했다.

 장교의 이글거리는 두 눈이 여옥을 뚫어지게 바라보았다. 의지와 신념으로 뭉쳐진 그런 얼굴이었다.

"중국 사람이 아닌가?"

장교는 이번에는 능숙한 일본말로 물었다.

"아닙니다. 조선 사람입니다."

여옥도 일본말로 침착하게 대답했다.

"아, 조선 사람……그런데 어디 가는 길이오?"

"북경에 가는 길입니다."

"북경까지 그 먼 데를……"

"네, 그렇습니다."

"뭣하러 거기까지 가는 거지요?"

"남편을 찾으러 가는 길입니다. 북경서 일본 형사에게 체포되었다고 해서……"

장교는 어이없다는 듯이 여옥을 바라보았다.

"여기서 조금만 나가면 일본군이 있소. 거길 통과해서 가겠다는 거요? 위험하니까 가지 마시오."

"가야 합니다."

"일본군이 당신을 보면 가만 안 둘걸."

"그래도 가야 합니다."

"음, 고집이 센 여자군. 몸조심하시오."

장교는 말머리를 돌려 행렬을 뒤쫓아갔다. 여옥은 그 늠름한 뒷모습이 먼지 속으로 사라질 때까지 멍하니 바라보고 있었다.

그 젊은 중국군 장교에 대한 인상은 퍽 신선한 것이었다. 중국군 전체가 곪아가고 있다고는 하지만 저런 패기 있고 정의로운 장교가 있는 한 중국은 재건될 수 있을 것이라고 그녀는 생각했다.

빗방울이 후드득 떨어지기 시작했다. 당황한 그녀는 트렁크를 집어들고 힘겹게 걸음을 떼어놓았다. 주위에는 인가도 없었고 낙양 쪽으로 가는 차륜도 없었다. 허허벌판이 그대로 끝없이 계속 되고 있을 뿐이었다.

그녀는 몇 걸음 떼어놓다가 힘이 들어 쉬곤 했다. 빗방울이 점점 굵어지고 있었다. 한참 지나 무슨 소리가 나서 돌아보니 마차가 한 대 오고 있었다. 여옥은 반가워서 손을 번쩍 들었다.

쏜살같이 달려오던 마차는 그녀 앞에서 급히 멈추었다. 말 두 마리가 끄는 마차였다. 늙은 중국인 마부는 그녀를 보고 웃음을 지었다. 밀짚모자 밑으로 주름진 얼굴이 소박해 보이는 인상이었다.

"아, 바로 당신이군. 장교가 부탁하기에 달려왔지."

마부는 좀 서투른 일본어로 말했다.

"장교라니요?"

여옥은 어리둥절해 하며 물었다.

"그 말 탄 장교가 태워다 주라고 당부하기에 왔지요. 돈벌이도 좋지만 요새는 위험해서……"

여옥은 가슴이 뭉클 젖어드는 것을 느끼면서 마차 위로 올라갔다. 포장마차였기 때문에 안은 차안처럼 아늑했다. 그 장교는 매우 남자답고 신사라는 생각이 들었다.

"수고스럽지만 갈 수 있는 데까지 가 주세요."

"어디까지 가는 거요? 얼마 안가면 일본군이 있을 텐데……"

마부는 천천히 말을 몰았다.

"가는 데까지 가 주세요. 기차만 탈 수 있으면 됩니다."

"기차 타는 데까지는 못 가요. 검문소 있는 데까지밖에 못 가요. 돈은 있소?"

"돈은 충분히 드리겠어요."

"혼자 힘한데 찾아가는 여자한테 돈 많이 받을 생각은 없소. 그런데 왜 이렇게 혼자 나섰소?"

마차는 점점 속도를 빨리 했다. 거기에 따라 마차의 진동도 심해지기 시작했다. 여옥은 일본 경찰에 체포된 남편을 찾아가는 길이라고 거짓말을 했다.

"저런 쯧쯧…… 타국에 와서 고생이 심하구면. 찾아야 할 텐데……"

마부는 일본에 대해 한동안 욕설을 퍼부었다. 여옥은 욕설을 들으며 아기에게 젖을 물렸다. 칭얼거리던 아기는 맹렬히 달라붙어 젖을 빨아대기 시작했다.

비바람이 심하게 몰아치고 있었다. 우비를 뒤집어 쓴 마부는 더욱 힘차게 말을 몰아대고 있었다.

"두 달이나 비가 오지 않았어! 온 김에 흠뻑 내려야 할 텐데……"

마부는 비를 맞는 것이 몹시 즐거운 모양이었다. 때때로 그는 너털웃음을 웃기까지 했다.

여옥은 마차가 너무 덜컹거리는 바람에 거의 정신을 못 차릴 지경이었다. 그녀는 의자 모서리를 꽉 붙든 채 창문을 통해 비

오는 광경을 바라보았다. 조금 전까지만 해도 아득히 보이던 지평선이 빗발에 묻혀 보이지 않았다.

먼지도 가라앉고 그 대신 뽀얀 물안개 같은 것이 바람에 몰려 파도처럼 밀려오고 있었다. 우르릉 쾅 하는 소리와 함께 번개가 번쩍했다. 그녀는 본능적으로 아기를 부둥켜 안았다. 젖을 먹고 난 아기는 덜컹거리는 마차의 흔들림에 기분이 좋은지 눈을 깜박거리고 있었다. 아, 만일 아빠를 만난다면 우리 아기 이름을 지어 달래야지. 순간 그녀는 얼굴이 화끈 달아올랐다. 시집도 안 간 것이 아기를 안고 아빠한테 나타나다니, 정말 뻔뻔스럽구나. 그렇지만 어떻게 한담. 아빠는 이해하시겠지 뭐. 마차가 서는 바람에 그녀는 정신을 차렸다. 마차는 어느 마을 앞에 도착해 있었다.

"자, 다 왔소. 여기가 마지막이오."

마부가 여옥을 향해 소리쳤다. 여옥은 밖을 내다보았다. 토담집들이 늘어서 있는 조그만 마을이었다.

"여기서 조금만 가면 검문소가 나와요. 이쪽 검문소니까 염려할 거 없어요. 거기를 통과해서 십 리쯤 가면 일본놈들 검문소가 있으니까 거기서 잘해야 해요."

마부가 먼저 트렁크를 들고 빗속을 뛰어갔다. 마차를 내린 여옥은 아기를 품에 안은 채 그 뒤를 따라갔다. 마침 길가에 여인숙이 하나 있었다. 그들은 그 안으로 들어갔다. 늙은 노파가 그들을 맞았다. 마부가 중국말로 한참 지껄이자 노파는 웃으면서 여옥을 바라보았다.

여옥은 마부에게 후하게 돈을 주었다. 마부는 몇 번이나 고개를 숙여 보이고 나서 마차를 몰고 사라졌다.

비는 계속 내렸다. 좀처럼 그칠 것 같지가 않았다.

침대가 하나 놓인 조그만 방은 너무 더러워서 앉아 있기조차 불편했다. 노파와는 말이 통하지 않아 한마디도 나눌 수가 없었다.

잠든 아기를 침대에 누이고 나서 그녀는 그 옆에 걸터앉았다. 조금 후에 견딜 수 없을 정도로 피로가 몰려왔다. 그녀는 아기 옆에 슬그머니 몸을 눕힌 다음 눈을 감았다. 여기서 이러고 있을 때가 아니야, 비가 와도 가야 하는데 하고 생각하면서 그녀는 잠이 들었다.

그녀는 갈피를 잡을 수 없도록 불안한 꿈들을 꾸었다. 눈을 떴을 때는 어느새 날이 어둑어둑해지고 있었고, 비는 여전히 내리고 있었다.

그녀는 밖으로 나가 처마 밑에 한동안 우두커니 서 있었다. 낙숫물 소리가 고향을 생각나게 하고 있었다. 빗발 사이로 누군가 급히 걸어오는 것이 보였다.

행인은 여인숙 쪽으로 다가왔다. 노무자 차림의 젊은 남자로 조그만 가방을 하나 들고 있었다.

비에 젖은 그는 처마 밑으로 들어서더니 여옥을 힐끗 바라보았다. 그리고는 무슨 말인가 물을 듯하다가 묵묵히 비 오는 광경을 지켜보았다. 한참 후 그는 안 되겠다 싶었던지 여인숙으로 들어갔다. 노무자처럼 남루한 차림이지만 어쩐지 인상이 깨끗해 보이는 얼굴이었다.

그는 여옥이 들어 있는 방 옆방에 거처를 정했다.

젊은 사내는 밤새 코를 골았다. 몹시 피곤했는지 집이 떠나갈 듯 요란스럽게 코를 골았다.

여옥은 코고는 소리에 늦게까지 잠을 못 이루다가 겨우 눈을 붙일 수가 있었다. 그러나 새벽녘에 잠이 깼다. 너무 긴장한 탓인지 깊이 잠을 이룰 수가 없었다.

옆방의 객이 나가는 소리가 들렸다. 필시 낙양 쪽으로 가는 객이라고 생각되자 여옥은 아기를 들쳐업고 밖으로 나갔다.

밖은 채 날이 밝지 않아 아직 어둑어둑했다. 비는 어느새 그쳐 있었고, 하늘에는 별빛이 총총했다. 젊은 남자는 벌써 저만치 앞서 가고 있었다. 여옥은 트렁크를 든 채 그 뒤를 부지런히 따라갔다. 비 온 끝이라 새벽공기가 차가웠다.

새벽길 위에는 그들뿐이었다. 남자를 따라붙던 여옥은 차츰 뒤떨어지기 시작했다. 한참 만에야 남자는 뒤를 돌아보고 걸음을 멈추었다. 여자 혼자서 아기를 업고 거기다가 짐까지 들고 있는 것을 보고 그는 약간 놀라는 것 같았다.

여옥이 가까이 다가가자 그는 말없이 그녀의 짐을 받아들고 다시 걸었다. 여옥은 중국말을 할 줄 몰라 감사하다는 뜻으로 고개만 숙여 보였다.

날이 서서히 밝아오고 있었다. 사내는 여옥과 보조를 맞추려고 좀 느리게 걸어갔다. 그가 뭐라고 말을 걸어오기를 기대했지만 그는 좀처럼 입을 열지 않았다.

이윽고 그들은 중국군 검문소에 도착했다. 바리케이드가 쳐져 있는 가운데 착검한 군인들이 살벌한 모습으로 서 있었다. 아군지역이지만 여옥은 괜히 가슴이 울렁거렸다.

젊은 남자는 증명을 내보이고 몇 마디 중국말로 설명을 하자 그대로 통과되었다. 그러나 여옥의 경우는 좀 달랐다. 우선 말이 통하지가 않았다. 여옥이 증명을 내보이고 조선말과 일본말로 섞어 말하자 아무도 알아듣지를 못했다. 오히려 일본인으로 알았는지 표정이 험악하게 굳어졌다.

옆에 서 있던 젊은 사내가 여옥의 말을 알아들었다. 그는 일본말을 썩 잘하는 것 같았다. 여옥의 설명을 듣고 난 그는 군인들에게 그것을 통역을 해 주었다. 그제야 군인들은 끄덕이면서 그녀를 통과시켜 주었다. 어떤 군인은 아기를 들여다보고 웃기까지 했다.

말을 하지 않던 사내가 자진해서 통역을 해준 데 대해 여옥은 매우 감사한 마음이 들었다. 그녀가 감사하다고 말하자 그는 소리 없이 웃었다. 쓸쓸한 웃음이었다.

그들은 다시 길을 재촉했다. 아기를 업고 걸어가는 여옥은 몹시 힘이 들었다. 이마에 땀이 배고 숨이 가빠졌다.

중간에 야산이 하나 있었는데 길은 그 옆을 통과하고 있었다. 그 야산 주위에 군인들이 포진하고 있는 것이 보였다. 탱크도 있었다. 대포도 보였다. 군인들이 피곤한 듯 대부분 누워서 뒹굴고 있었다.

중간쯤 갔을 때 중국인이 갑자기 걸음을 멈추더니 여옥을 바

라보았다. 그리고,

"부탁이 하나 있는데 들어 주시겠습니까?"

하고 물었다. 여옥은 의아했지만 그의 친절이 고마웠던 참이라 호의적으로 그를 바라보았다. 중국인은 머뭇거리다가 안주머니에서 회중시계를 꺼냈다.

"검문소를 지날 때까지만 이걸 좀 대신 가지고 계시겠습니까? 그들이 캐물으면 적당히 둘러대십시오."

시계를 받아든 여옥은 어리둥절했다. 그것은 몹시 낡은 것으로 칠이 군데군데 벗겨져 누르스름한 빛깔을 띠고 있었다. 첩보 교육을 받은 만큼 그녀는 직감적으로 가슴에 와 닿는 것이 있었다. 그러나 내색을 하지 않고 놀라는 표정만 지었다.

"만일 검문소에서 저한테 사고가 생기면 부인께서 그걸 좀 전해 주십시오. 아주 귀중한 겁니다."

"어떻게 저를 믿고 이런 걸……?"

"제 판단이 틀림없다면 부인께서는 믿어도 좋을 분입니다. 서주(徐州)역에 내리면 바로 맞은편에 조그만 백화점이 하나 있습니다. 그 백화점 이층에 가면 시계부가 있는데 거기서 모(毛)선생을 찾아서 전해 주십시오. 저는 호(胡)라고 합니다. 전해 주시면 은혜는 잊지 않겠습니다."

청년의 부탁은 간곡했다 여옥은 시계를 다시 한번 들여다보고 나서 품속에 찔러 넣었다.

"염려 마세요. 꼭 전해 드리겠어요."

"감사합니다."

청년은 이제 마음이 놓이는지 흐뭇하게 웃었다.

그들은 다시 걸어가기 시작했다. 여옥은 이 젊은 중국인이 평범한 노무자가 아니란 것을 깨달았다.

"부군께서 북경역에서 체포되었다고 하셨지요?"

중국인이 관심을 가지고 물었다.

"네, 그래요."

"찾을 수 있겠습니까?"

"글쎄, 모르겠어요."

"일경에 아는 사람이 있으면 알아 보기가 쉬울 텐데……. 제가 가는 길에 알아 봐 드리지요. 만일 그것이 불가능하면 그 시계를 갖다 주는 길에 모선생이라는 분한테 부탁해 보십시오. 아마 가능할 겁니다. 그분은 발이 넓으니까요."

청년이 가볍게 하는 말 같았지만, 여옥은 이것이 어쩌면 큰 도움이 될지도 모른다는 생각에 걸음이 한결 가벼워지는 것을 느꼈다. 그러나 일본군 검문소 앞에 이르렀을 때 그러한 생각은 씻은 듯이 없어지고 가슴이 철렁 내려앉았다.

태양이 막 지평선 위로 솟아오르고 있었다. 그 태양을 받아 총검을 번쩍거리는 것이 먼저 시야를 어지럽혔다.

검문소는 중국군 검문소와는 비교도 안 될 정도로 삼엄하게 경비되고 있었다. 길가에 늘어선 헌병들을 보자 여옥은 본능적으로 몸이 움츠러졌다. 공포감이 그녀를 얼어붙게 만들었다. 일본군 헌병들이야말로 그녀를 짓밟은 대표적인 작자들이었다. 그들을 향하여 그녀는 이제 자진해서 걸어가고 있었다. 길

양켠으로 여러 대의 오토바이가 세워져 있었고 장갑차도 두 대나 보였다. 담처럼 둘러쳐진 바리케이드 사이로 그들은 조심스럽게 들어섰다.

증명이 있다고 무조건 통과되는 것이 아니었다. 검문소 안으로 연행되어 들어간 그들은 꼬치꼬치 신문을 받았다.

헌병 군조가 책상 앞에 앉아 그들을 조사했다. 먼저 중국인 청년이 조사를 받았다. 그가 조사를 받고 있는 동안 여옥은 좀 떨어진 곳에 앉아 있었다.

"어디 가는 길이지?"

"취직하러 가는 길입니다."

"목적지가 어디냐 말이야?"

"없습니다. 먹고살기가 힘들어 적당한 일자리를 찾고 있는 중입니다. 큰 도시로 나가면 좀 나을 것 같아서……"

늙은 군조의 눈이 날카롭게 청년을 훑어보았다.

"어디서 오는 길이야?"

"서안에서 오는 길입니다."

"일본말을 잘하는데 어디서 배웠지?"

"여기저기 돌아다니면서 배웠습니다."

듣고 있는 여옥은 조바심이 났다. 그러나 중국 젊은이는 침착하게 대답하고 있었다.

"직업이 뭐야?"

"목수입니다."

"저 가방 열어 봐."

호는 한쪽에 놓아둔 가방을 열어 보였다. 그 안에는 각종 연장이 들어 있었다.

"거짓말 아니겠지?"

"아닙니다."

군조의 눈이 청년을 바라보았다.

"이리 손을 내놔 봐. 손을 벌려. 목수 손이 왜 이렇게 부드럽지? 꼭 여자 손 같은데?"

호의 말문이 막혔다. 그의 큰 눈이 당황한 빛을 띠었다.

"이놈, 너 거짓말하는 거지?"

"아, 아닙니다. 그럴 리가……"

"알았어. 조사를 해보면 다 알 수 있어. 저 여자는 부인인가?"

"아닙니다. 오는 길에 만났을 뿐입니다. 짐이 무거운 것 같아 들어 주었습니다."

"정말인가? 이 사람 모르는 사람인가?"

군조가 여옥을 바라보며 물었다.

"네, 모르는 분입니다."

침착하려고 했지만 여옥은 목소리가 떨려나왔다.

"이놈을 족쳐! 아무래도 수상해. 목수가 아니야."

헌병들이 중국 청년을 옆방으로 끌고 갔다. 호는 끌려가면서 여옥을 깊은 눈길로 바라보았다. 모든 것을 부탁한다는 표시였다.

다음은 여옥의 차례였다. 여옥이 조선 사람이라고 하자 군조는 놀라는 표정을 지었다. 옆방에서 비명 소리가 들려왔다. 가슴을 도려내는 듯한 비명 소리였다. 여옥은 떨리는 몸을 진정하고 군조를 주시했다.

"아들인가?"

"네, 아들입니다."

"잘생겼군. 나이가 어려 보이는데, 상당히 일찍 결혼하셨군. 남편은 뭘 하나?"

"지금 집에 없습니다."

"어디 갔나?"

"일본 경찰에 체포되었습니다."

"호오, 그래……안됐군."

군조는 재미있게 되었다는 듯이 고개를 끄덕이면서 그녀에게 미소했다. 옆방의 비명 소리 때문에 그들의 대화는 자주 끊어지곤 했다.

여옥은 남편을 찾아 나서게 된 경위를 그럴듯하게 꾸며서 말해 주었다. 군조는 그녀의 말을 별로 신경을 써서 듣는 것 같지가 않았다. 그보다는 여옥의 몸을 살피는데 정신을 쏟고 있었다. 그의 이상한 눈길이 몸 속을 들여다보는 것만 같아 여옥은 몸을 움츠리곤 했다.

"몇 살이지?"

군조가 신분증을 들여다보며 물었다.

"스물 한 살입니다."

"에? 보기보다는 나이가 더 들었군. 난 스물도 못 되는 줄 알았는데……그런데 말이지. 이런 증명 가지고는 통과가 안 돼.

믿을 수가 없다 이 말이야. 이건 장개석 지역에서나 통용될 수 있는 거지 여기서는 쓸모가 없어. 적국이 발행한 증명을 우리가 어떻게 믿나?"

"하지만 저를 증명할 수 있는 거라곤 그것밖에 없는걸요."

여옥은 울상이 되어 말했다. 군조가 빙그레 웃었다.

"나한테 잘 보이면 새로 통행증을 만들어 줄 수 있지. 그것만 가지면 어디든지 갈 수 있어. 도쿄까지도 갈 수 있어."

"잘 좀 부탁합니다."

"김정애라……이름 좋은데, 당신 남편 이름은 뭐라고 그랬지?"

"윤홍철입니다."

"음, 윤홍철……몇 살이지?"

"마흔 한 살입니다."

"나하고 동갑이군. 꽤 나이 차이가 많은데……. 당신 남편은 복이 많은 사람이군. 당신 같이 젊은 여자를 아내로 삼았으니."

여옥이 고개를 숙이자 군조는 손을 뻗어 그녀의 턱을 추켜올렸다. 여옥은 그 손을 뿌리치지 않았다.

군조의 가파른 턱이 씰룩거렸다.

"당신 남편은 왜 체포되었지?"

"잘 모르겠습니다. 체포되었다는 소식만 들었습니다. 아무리 기다려도 소식이 없어서 이렇게 찾아 나섰습니다."

"직업이 뭐였지?"

"장사를 했습니다."

"무슨 장사?"

여옥은 대답을 못 하고 머뭇거렸다. 군조는 심상치 않다고 생각했는지 다그쳐 물었다.

"무슨 장사를 했느냐니까?"

"아, 아편장사를 했습니다."

"아편!"

"네……"

군조는 실소를 했다.

"난 또 뭐라구. 좋지 않은 장사였군. 그러니까 체포된 거겠지."

여옥은 가만히 한숨을 내쉬었다. 그녀는 자신의 그럴 듯한 연극에 스스로 놀라고 있었다.

"저 가방 속에는 뭐가 있어?"

군조는 대답을 기다리지 않고 가방을 책상 위에 올려놓고 열어 젖혔다. 옷가지를 하나씩 헤쳐보던 그는 그 안에서 돈 뭉치를 찾아냈다.

"이거 웬 돈이지? 무슨 돈이 이렇게 많지?"

군조는 긴장하고 있었다. 돈 뭉치를 대강 어림하고 난 그는 잔뜩 의심이 드는 모양이었다.

"이건 우리 제국 돈인데, 어디서 이렇게 많이 났지?"

"아편 밀매를 하다 보니까 여러 나라 돈을 많이 만지게 되었습니다. 제국 돈뿐만 아니라 집에는 미국 돈도 있습니다. 한쪽 돈만 가지고는 그런 장사를 할 수가 없습니다."

"그럼 이 돈으로 아편을 사겠다는 건가?"

"아닙니다. 저는 그런 장사할 줄 모릅니다. 다만 아기 아빠를 찾는데 쓰려고 그 돈을 가져온 겁니다."

군조는 모자를 벗고 머리를 긁었다. 여자가 이렇게 많은 돈을 가지고 있다는 사실이 적이 수상했지만 아기를 안고 있는 여자의 얼굴은 전혀 거짓말을 모르는 앳되고 청순한 모습을 하고 있었다. 그럴 수도 있겠지, 하고 그는 편리하게 생각했다.

그러나 어떻게든지 꼬투리를 잡아서 이 여자와 노닥거리고 싶은 것이 그의 솔직한 심정이었다. 여자 하나쯤 강간하는 것이야 문제가 아니지만, 이 여자는 어쩐지 단번에 먹어치우기가 아까운 데가 있었다.

남편이 비록 아편장사였다고는 하지만 세련된 양장 차림이나 예쁜 얼굴, 그리고 능숙한 일본 말씨 같은 것은 여느 여자들과는 분명히 다른 데가 있는 여자였다. 이런 여자를 순순히 통과시킨다는 것은 그의 상식으로 볼 때는 납득이 가지 않는 일이었다.

나이가 어리다고 하지만, 많은 남자들을 경험해 본 여옥은 눈치가 빨랐다. 다른 것은 몰라도 사태를 간파하는 직감력, 그리고 남자의 표정 뒤에 숨어 있는 음흉한 속셈을 꿰뚫어보는 그 나름의 투시력 같은 것이 그녀에게는 있었다. 군조가 그녀의 그럴듯한 대답에 수긍하는 빛을 보이면서 넘어가는 것 같았지만, 이 여우같이 노련한 헌병이 그렇게 어수룩할 리가 없다는 것을 그녀는 잘 알고 있었다. 그물에 걸리지 않으려고 그녀는 더욱 긴장했다. 그러나 마침내 늙은 헌병의 본색이 드러났다.

"거짓말하면 안 돼. 거짓말하면 옆방에 들어가서 저렇게 혼나는 거야."

옆방에서는 몽둥이로 구타하는 소리가 요란스럽게 들려왔다. 둔탁한 소리와 함께 신음 소리가 섞여 나오고 있었다. 그러나 신음 소리는 처음보다는 훨씬 작아져 있었다.

"거짓말하지 않았습니다."

여옥은 목이 잠기는 것을 느꼈다. 군조는 음산하게 웃었다.

"거짓말하는지 안 하는지 조사해 보면 알겠지. 그 옷을 전부 벗어 봐. 몸에 숨긴 게 없는지 조사해 봐야겠어."

놀란 여옥은 꼼짝 않고 앉아 있었다. 그녀는 다리를 오므리고 아기를 꽉 껴안았다. 실내에는 다른 헌병들도 몇 명 있었다. 그들은 하나같이 눈을 번뜩이면서 그녀를 바라보고 있었다.

"왜 그러고 앉아 있는 거야? 여기가 어딘 줄 알고 있지? 말을 안 들으면 우리는 즉결처분도 할 수 있어."

군조는 책상을 치고 일어섰다. 그 바람에 아기가 울기 시작했다. 여옥은 여전히 움직이지 않았다. 그녀는 아직 단안을 못 내리고 있었다.

"좋아. 아기를 저리 치우고 이 여자 옷을 벗겨!"

군조의 명령에 부하들이 달려들어 여옥의 품에서 아기를 빼내려고 했다. 여옥은 몸을 일으키면서 그들을 뿌리쳤다.

"저리 비켜요! 옷 벗겠어요!"

그녀의 신음에 가까운 목소리에 헌병들은 멋쩍게 물러섰다.

여옥은 일본군에게 아기를 만지게 하고 싶지는 않았다. 그들의 손이 닿는 것만으로도 아기의 몸이 더럽혀지는 것만 같았기 때문이다.

아기를 의자 위에 눕혀 놓은 다음 그녀는 벽 쪽으로 돌아서서 하나하나 옷을 벗었다. 옷을 벗는 그녀의 손이 가만히 떨리고 있었다. 그녀는 일본군들에 의한 자신의 수모가 아직도 끝나지 않았나 보다 하고 생각했다. 참을 수 없으리 만큼 모욕적이고 야비한 짓이지만 참고 견딜 수밖에 딴 도리가 없었다. 첫 관문에서 실패한다면 죽거나 돌아설 수밖에 없다. 백 번 천 번이라도 옷을 벗어야 한다. 그녀는 팬티를 확 벗어 버렸다. 눈물이 왈칵 쏟아지는 것을 손등으로 가만히 눌렀다.

그때 바닥에 굴러 떨어진 회중시계를 곁에 서 있던 헌병이 집어서 책상 위에 올려놓았다. 여옥은 옷 벗는 일에 너무 정신을 쏟고 있었기 때문에 그것이 떨어진 것도 모르고 있었다.

군조는 시계를 거들떠보지도 않고 여전히 시선을 여옥의 나체에 고정시키고 있었다. 다른 병사들도 침을 꿀꺽 삼키면서 홀린 듯이 나체를 바라보고 있었다.

"벽을 쳐다보지 말고 이쪽으로 나를 향해 서!"

군조는 일부러 엄한 목소리를 내고 있었다. 여옥은 천천히 돌아섰다. 군조와 시선이 마주치자 그녀는 눈앞이 침침해졌다. 머리 속이 텅 비면서 아무것도 의식할 수가 없었다. 시야는 계속 뿌옇게 흐려지고 있었다.

옆방의 신음 소리가 아주 멀리서 들려오는 것 같았다.

그녀는 창문으로 가득 들어오는 아침 햇빛을 전신에 받고 있었다. 햇빛은 그녀의 구석구석을 하나도 빼놓지 않고 비추고 있었다. 햇빛을 받은 그녀의 몸은 찬란하게 빛나고 있었다. 너무 눈이 부셔서 헌병들도 자주 눈을 깜박이고 있었다. 아무도 선뜻 입을 여는 사람이 없었고 그저 넋을 잃고 바라보기만 할 뿐이었다.

그녀는 거의 완전한 육체를 지니고 있었다. 큰 젖이 균형을 깨뜨리는 것 같기도 했지만 그것은 처지지 않고 팽팽하게 부풀어 있었기 때문에 오히려 몸 전체에 육감적이고 풍요한 분위기를 이루어 주고 있었다.

"머리를 풀어 봐."

군조는 눈을 가늘게 뜨면서 갑자기 꿈꾸는 듯한 목소리로 말했다. 여옥은 시키는 대로 머리를 풀어 헤쳤다.

흑발이 어깨 위로 뭉실 떨어져 흩어지자 그녀의 육체는 한결 고혹적으로 보였다. 검은 머리 사이에서 수치심에 못 이겨 얼이 빠져 굳어져 있는 얼굴은 한없이 청순하고 앳되어 보였다. 그늘져 있는 까만 눈, 여린 콧날, 조금 열려 있는 입술, 그 사이로 드러나 보이는 하얀 치아가 곧 무엇인가 호소할 것만 같았다. 그러나 그녀는 끝내 침묵을 지키고 있었다.

이렇게 청순하고 앳된 얼굴과는 대조적으로 그녀의 육체는 완전히 개화되고 있었다. 젖가슴에 못지않게 하체 역시 유연하고 풍만한 덩이를 이루고 있었다. 수줍게 오므리고 있는 두 다리는 위로 둥그런 엉덩이를 떠받치고 있었고, 그것은 다시 밑으로 매끄럽게 뻗어 있었다.

얼굴과 육체의 이러한 대조적인 모습이 전체적으로 묘한 뉘앙스를 이루면서 한층 성적인 자극을 유발시키고 있었다. 그녀는 상체를 조금씩 움직일 때마다 젖가슴이 흔들리곤 했다.

군조는 자기가 지금 무엇을 해야 하는지 모르고 있었다. 육체의 아름다움에 도취된 그는 황홀한 기분에 싸여 넋을 잃고 여옥을 바라보고 있었다. 둘러선 병사들의 입에서 가만히 한숨이 새어나왔다. 명령만 떨어지면 즉시 먹어치울 듯이 그들은 이글거리는 눈빛으로 여자를 뚫어질 듯 쳐다보고 있었다.

"호오, 아주 좋은 몸을 가졌군."

군조는 너무 오래 쳐다보는 것이 멋쩍었던지 부하들에게 형식적으로나마 그녀의 소지품을 조사하라고 지시했다. 소지품이 모두 책상 위에 진열되자 그는 한번 대강 훑어보고 나서 윤홍철의 사진을 집어들었다.

"이 사람이 누구지?"

"남편이에요."

"하아, 꽤 늙어 보이는데……"

흥미 없다는 듯 사진을 던지고 난 그는 이번에는 회중시계를 집어들었다. 모두가 여자용 물건들이라 그의 시선을 끄는 것은 그것밖에 없었다.

"이건 남자 시계군. 남편 것인가?"

"네, 그렇습니다."

여옥은 숨을 죽이며 대답했다. 그것을 좀더 깊이 숨겨두지 못한 것을 그녀는 후회했다.

군조는 시계를 놓으려다가 다시 들여다보았다. 시계줄도 없을 뿐만 아니라 고장이 났는지 시간이 멈춰 있었다. 그런데 시계가 바닥에 떨어지는 바람에 그랬는지 시계 뒷부분이 조금 빠져 있었다. 호기심에 그것을 잡아빼어 보았다. 놀랍게도 시계 속은 부속품이 하나도 없었다. 그 대신 여러 겹으로 접은 종이가 들어 있었다. 종이는 남색이었다. 군조는 시계를 도로 맞춰 낀 다음 부하들을 바라보았다. 그들은 여체에 정신을 빼앗기고 있었기 때문에 군조의 얼굴빛이 긴장하는 것을 모르고 있었다. 그는 갑자기 책상을 치면서 소리를 질렀다.

"이 자식들아, 뭣들 하는 거야? 모두 나가 있어! 필요 없이 들락거리지 말아!"

헌병들은 자기들끼리 눈웃음을 치면서 모두 밖으로 나갔다.

군조는 기다렸다는 듯이 시계를 열고 종이를 꺼냈다. 그것을 펴보니 손바닥만한 크기의 네모진 종이였다. 거기에 중국 글자가 먹 글씨로 잔뜩 적혀 있었다. 무슨 말인지 알 수가 없었지만 비밀편지임이 분명했다. <笠>이라고만 서명이 되어 있었다. 군조의 눈이 점점 확대되더니, 입이 벌어지고 중얼거리는 소리가 새어나왔다.

"남의사 총책 대립(戴笠)장군이란 자의 편지가 아닐까. 이 서명이 아무래도 수상한데……. 이 종이 빛깔도 남색이란 말이야."

그의 얼굴은 순식간에 놀라움과 희열로 뒤범벅이 되었다. 의자를 걷어차고 일어난 그는 잡아먹을 듯이 여옥을 노려보았다.

여옥은 다리에 힘이 빠지는 것을 느끼면서 그 자리에 주저앉을 뻔했다. 수치심과 모욕감도 일순간에 사라지고 그 대신 공포가 파도처럼 덮쳐왔다.

중국 청년이 평범한 노무자가 아니라는 것은 어느 정도 짐작이 갔었다. 그리고 그녀에게 맡긴 시계도 보통 시계가 아니라는 것을 알고 있었다. 그러나 그 시계 속에 편지가 들어 있으리라고는 상상도 못했었다. 여옥은 자신이 좀처럼 빠져나올 수 없는 덫에 걸린 것을 깨닫고 전율을 느꼈다. 그러나 이런 때일수록 침착해져야 한다고 생각하면서 몸을 바로 하고 군조를 바라보았다.

"내가 묻기 전에 대답해. 빨리!"

군조가 날카롭게 빠른 어조로 말했다. 여옥은 빨리 대답해야 한다고 생각했지만 어떻게 해명해야 할지 몰라 머뭇거리기만 했다. 군조는 종이를 여옥의 턱 밑에 갖다대고 흔들었다.

"이게 뭐지? 무슨 편지야? 누구한테 가져가는 거지? 다른 사람한테 물어 보면 금방 알 수 있어! 그렇지만 네 대답을 듣고 싶다!"

"모릅니다."

여옥은 머리를 흔들었다. 젖가슴이 흔들리는 것을 군조는 침을 꿀꺽 삼키면서 바라보았다.

"뭐, 모른다고? 그렇게 잡아떼면 강제로 자백시키겠다. 그래도 좋은가?"

"……"

"다른 헌병들이 알면 너를 본부로 연행해서 본격적으로 취조할 수밖에 없어. 그러나 나는 가능하면 그렇게 하고 싶지 않아!"

여옥은 이 말을 어떻게 해석해야 할지 알 수가 없었다. 군조가 그녀에게 호의적으로 나올 까닭이 없지만, 지푸라기라도 잡고 싶은 심정이라 그녀는 마음이 심히 동요되는 것을 어쩌지 못했다. 일단 본부로 연행되면 그때는 끝장이다. 부인해도 소용없는 일이다. 아기는 어떻게 될까. 아버지는……. 그리고 나는 일을 시작해 보기도 전에 사라지는 것이다.

여옥이 어쩔 줄 몰라 망설이고 있을 때 군조는 이미 자기 나름대로 방향을 정하고 있었다. 이 늙은 군조는 일반 헌병들과는 좀 다른 데가 있는 자였다. 전장에 나와 수년 동안 피와 먼지만 먹고 살아온 그는 마흔이 넘은 이제 더할 나위 없이 심신이 피로하고 황폐해져 있었다. 처음 그렇게 탐내던 공명심도 그에게는 이미 사라진 지 오래였다. 그것이 얼마나 덧없고 하잘것없는 것인가를 그는 이미 사선을 넘나드는 동안 몸소 체험으로 느껴 알고 있었다.

더구나 천황의 군대가 도처에서 궤멸되어가고 있는 것을 알고 부터는 일말의 허망감마저 느끼고 있었다.

천황에 대한 충성도, 애국심도, 전우애도 물거품처럼 스러져가고 있었고, 그런 나머지 그는 자신이 속해 있는 군대라는 거대한 조직 자체를 우스운 것으로까지 생각하고 있었다. 이러한 갈등이 그로 하여금 자신의 문제를 생각하게 했다. 총을 버렸을 때 그는 자신이 얼마나 쓸모없는 인간인가를 절실히 깨달았다.

그는 아직 장가도 못 간 몸인 데다가 고향에서는 늙은 부모가 그를 기다리고 있었다. 그는 비로소 자신이 바보 천치인 것을 알게 되었다. 아, 더 이상 미친개처럼 날뛰지 말고 그럭저럭 지내다가 죽지 않고 고향에나 돌아갈 수 있었으면 좋겠다. 장가가서 부모님 모시고 살 수 있으면 제일인 것을……이 나이에 이제야 알게 되다니. 그가 다다른 결론은 결국 이런 것이었다.

따라서 여옥을 앞에 놓고 옛날 같으면 공명심에 불탄 나머지 큰 고기를 낚았다고 법석을 떨어댔겠지만 지금은 전혀 그렇지가 않았다. 그가 노리는 것은 그녀를 고문해서 자백을 얻는 것이 아니라 그녀의 아름다운 육체를 손아귀에 넣는 것이다.

이 전장에서 그에게 남은 소원이 있다면 오직 한 가지, 아름다운 여자나 실컷 정복했으면 하는 것이다. 여자의 육체는 파고들어갈수록 무궁무진한 것이어서 그는 항상 거기에 대해 굶주림을 느끼고 있었다. 여자에 탐닉함으로써 그는 허망한 감정을 달랠 수가 있었다.

"솔직히 털어놓는 게 서로를 위해서 좋아."

이 여자에게만은 어쩐지 강압적인 수단을 쓰고 싶지 않다고 생각하면서 군조는 그녀의 주위를 한바퀴 돌았다. 뒤에서 보아도 그녀의 육체는 탐스럽고 귀여웠다.

여자는 그때까지 꼼짝 않고 침묵을 지키고 있었다.

사실 여옥은 자백을 하고 나면 위험을 피할 수 있을지 모른다. 그러나 청년은 꼼짝없이 당하는 것이다. 청년은 나를 저주하겠지. 더러운 조선년이라고.

군조는 더 이상 지체할 수 없다고 생각했는지 여옥의 손목을 잡더니 뒤로 꺾어 비틀었다.

"아아……"

너무 갑자기 당하는 일이라 여옥은 고통에 못 이겨 몸을 뒤틀었다. 그 바람에 젖가슴이 출렁거리고 몸의 곡선이 한결 자극적으로 돋보였다. 고통에 못 이겨 뒤틀어진 육체는 군조의 가슴에 불을 질렀다.

그는 뒤에서 그녀의 가슴을 꽉 움켜쥐었다. 여옥은 더욱 몸을 틀면서 신음을 토했다. 젖꼭지에서 흘러나온 하얀 젖물이 군조의 거친 손등을 적셨다.

"이대로 너를 눌러 죽일 수가 있어. 나는 여자를 여럿 죽여 봤어. 남자가 여자를 죽이는 건 파리 죽이는 것보다 쉬워. 본부에 끌려가면 어떻게 되는 줄 알아? 여자 죄수는 수십 명에게 강간당한 끝에 갈갈이 찢겨 죽어. 시체는 아무 데나 파묻어 버려. 죄가 있든 없든 그곳으로 끌려가면 살아서는 못 나와. 자, 말해 봐. 가능하면 내 직권으로 여기서 처리할 테니까. 넌 남의사지? 이것은 대립이 보내는 편지지?"

여옥은 눈앞이 빙빙 돌아가는 것을 느꼈다. 청년을 구하기 위해 내가 희생당할 수는 없다. 여기서 죽기는 싫다. 청년이 희생당할 수밖에 없다. 어쩔 수 없는 일이다. 그가 나에게 시계를 맡긴 것부터가 잘못이다.

"이거 놓으세요. 말씀드리겠어요!"

여옥은 거칠게 숨을 몰아쉬며 말했다.

"음, 좋아. 말해 봐."

군조는 여옥에게서 떨어지며 어깨를 폈다. 여옥은 그를 외면한 채, 신의를 배반한다는 것이 얼마나 괴로운 일인가를 느끼면서 입을 열었다.

"저 중국 청년이 짐을 들어다 주면서 부탁한 거예요. 여기 검문소를 통과할 때까지만 시계를 맡아달라고요. 저는 아무것도 모르고 맡은 것뿐이에요."

그녀는 필사적으로 애걸하려는 자신의 비굴함을 억눌렀다.

"그럼 이자와는 관계가 없다 이 말이지?"

"네, 저는 정말 모르는 일이에요!"

"편지가 시계 속에 들어 있는 것도 몰랐나?"

"네, 몰랐어요……"

"거짓말하면 안 돼!"

"거짓말 아니에요! 한번 물어 보세요!"

군조는 실내를 왔다갔다 하면서 한동안 생각에 잠겼다. 그는 여자의 말을 어디까지 믿어야 할까, 하고 생각하고 있었다. 그로서는 그녀의 말이 진정이기를 바랐다. 만일 거짓말이라면 일이 복잡해지고, 독자적으로 처리할 수 없게 될지도 모른다.

군조는 갑자기 여옥 앞에 딱 멈춰 섰다. 여옥은 몸이 파르르 떨려왔다.

"너 저놈하고 한패가 아닌가?"

"아니에요! 정말 아니에요! 우연히 오는 길에 만난 사람이에요!"

군조는 손을 뻗어 여옥의 젖꼭지를 가만히 만지작거렸다. 끈적거리는 감촉과 함께 그것은 그의 손가락 사이에서 포도알처럼 말랑거렸다. 보랏빛의 젖꼭지는 터질 듯 부풀어오른 젖가슴을 뚫고 무르익었다. 손안으로 스며드는 흰 젖물을 그는 기분 좋게 바라보면서 이 계집은 남자의 사랑을 받을 만한 년인데, 하고 생각했다.

여옥은 짜르르 전해 오는 자극을 느끼면서 물러서지 않았다. 이 늙은 병사가 노리는 것이 무엇인가를 그녀는 이제야 알 것 같았다. 그리고 그것으로 목숨을 구할 수가 있다면 하는 수 없는 일이라고 생각했다.

자신의 육체를 지킬 수 없다는 육체에 대한 체념이 그녀를 일순간 창부처럼 만들었다. 그녀는 젖가슴을 내밀면서 눈을 감았다.

"네 말이 정말이라면 너를 살려 줄 수 있어. 그것은 내 권한이야. 그 대신 너는 내 은혜에 보답을 해야 해. 알았지?"

군조는 더욱 자극적으로 젖꼭지를 쥐었다.

"아……알겠습니다."

여옥은 신음을 토했다. 군조는 자신 있게 그녀를 쓰다듬고 나서,

"요시, 좋다. 옷을 입어라."

하고 말했다. 이어서 그는 옆방에서 청년을 데려오게 했다.

중국인 청년은 온 얼굴이 피투성이가 되어 있었다. 그 처참한 모습을 보자 여옥은 가슴이 미어져 왔다. 그러나 청년은 그렇게 고문을 당했으면서도 사색이 되어 있지 않았다. 그러기는커녕 오히려 침착한 표정을 하고 있었다. 청년의 깊은 눈길을 받을 수가 없어 여옥은 외면했다.

"너 이놈, 이건 뭐지? 이 여자가 다 말했으니까 바른대로 말해!"

군조가 편지를 눈 앞에 대고 흔들자 청년의 침착한 표정이 금방 무너졌다. 그는 놀란 눈길로 여옥을 쏘아보았다. 이윽고 그 눈길은 경멸의 빛으로 변했다. 그가 조소하고 있다고 생각하자 여옥은 심한 죄책감을 느끼면서 고개를 숙여 버렸다. 군조의 손이 청년의 뺨을 철썩 후려갈겼다.

"이 자식아, 왜 잠자코 있는 거냐? 아무 관계도 없는 여자에게 이 시계를 맡겨서 여기를 통과하려고 했었지?"

호는 여전히 여옥을 쏘아보고 있었다. 여옥은 순간적으로 청년이 사실을 부인하면 어찌 될까 하고 생각했다. 자신을 구하려다 보니 상대방의 처지 따위는 손톱만큼도 동정할 여지가 없었다. 그때 잠들어 있던 아기가 깨어 울기 시작했다.

모든 사람들의 시선이 아기에게 쏠렸다. 여옥이 아기를 품에 안자 청년의 시선이 천천히 누그러졌다. 경멸의 빛도 사라지고 그의 눈길은 깊은 이해심으로 가득 차기 시작했다.

그는 모든 것을 다 이해할 수 있다는 듯 고개를 끄덕이면서 시선을 떨어뜨렸다. 절망의 빛이 그의 얼굴을 스쳐갔다.

"저 여자는 아무 관계도 없습니다. 이곳을 통과할 때까지 시계를 맡아달라고 부탁했을 뿐입니다."

호의 말에 여옥은 비로소 안심이 되었다. 그러나 그녀는 이내 죄책감에 사로잡혀 어쩔 줄을 몰라 했다.

"그러면 그렇지. 이놈, 아무 관계도 없는 여자를 끌어들이다니 나쁜 놈이구나. 이 편지는 누가 누구한테 보내는 거지?"

"그건 말할 수 없소."

청년은 군조를 똑바로 바라보면서 결연히 말했다.

"말할 수 없다고? 하, 이놈 봐라. 네가 남의사란 건 다 알고 있어."

청년은 할 말이 없다는 듯 입을 다물어 버렸다.

"좋아. 네가 입을 열지 않아도 좋다. 대가가 어떤 건지 알려 주지. 이 봐, 상병, 이놈을 수갑을 채워서 본부로 호송해라. 내가 갈 때까지 영창에 처박아 둬. 일병, 너도 함께 따라가라."

헌병 두 명이 달려들어 호의 손목에 수갑을 철컥 채우고 밖으로 끌었다. 호는 끌려가면서 여옥을 바라보았다. 그 시선이 너무 강렬해서 여옥은 마치 가슴을 비수로 찔리는 것 같은 전율과 아픔을 느꼈다. 그것은 결코 잊을 수 없는 그런 시선이었다. 여옥은 눈물이 왈칵 솟아 그를 바라볼 수가 없었다.

그녀는 그에게 달려가 용서를 빌고 싶었다. 용서해 주세요. 어쩔 수 없었어요. 저로서는 좋은 방법이 없었어요. 이렇게 소리치고 싶었다. 그러나 생각뿐 그녀는 얼어붙은 듯 그 자리에 서 있기만 했다. 청년을 태운 차가 멀리 사라져 보이지 않을 때까지 그녀는 창문을 통해 그것을 바라보고 있었다. 나는 평생 씻을 수 없는 큰 죄를 지었다, 하고 그녀는 생각했다. 그때 군조가 부하에게,

"이 봐, 조사할 게 있으니까 이 여자를 여관에 데려다 놔!"
하고 명령했다.

일병 하나가 그녀의 트렁크를 들고 앞장서 나갔다. 여옥은 새로운 공포에 싸이면서 일병을 따라 밖으로 나갔다. 거절이나 항거는 있을 수 없었다. 풀려날 때까지 복종할 수밖에 딴 도리가 없었다.

"빨리 타!"

일병은 오토바이에 시동을 걸어 놓고 그녀에게 재촉했다. 삼륜 오토바이는 바람을 일으키며 힘차게 들판을 달려갔다. 어떻게나 빨리 달리는지 땅과 하늘이 흔들리는 것 같았다. 그녀는 바람을 막으려고 아기를 품에 꼭 껴안았다.

"넌 죠센징이냐?"

일병이 큰 소리로 외쳐댔다. 엔진과 바람 소리 때문에 그의 목소리는 툭툭 튀는 것 같았다.

"그래요!"

가슴이 막혀 있던 여옥도 울분을 토하듯 소리쳤다.

"넌 내가 본 여자 중에서 제일 예쁘다! 예쁜 게 죄야! 알았어?!"

"알았어요!"

"우린 이를테면 이 들판을 무대로 날뛰는 들개라고 할 수 있

어! 그래서 먹고 싶은 건 아무거나 닥치는 대로 먹어치우지! 전쟁이란 인간이 탈을 벗을 수 있는 유일한 기회다! 파괴, 살육, 강간, 얼마나 로맨틱한 일인가! 너는 희생되는걸 억울하게 생각하지 마라! 네가 희생되는 건 자연의 순리야!"

일병은 갑자기 높다랗게 너털웃음을 웃었다. 여옥은 입술을 깨물며 일병의 뒷모습을 쏘아보았다. 전쟁이 얼마나 많은 사람들을 미치게 만들고 있는가. 이 세상이 광인들의 지배 하에 있다니 정말 원통한 일이다.

한참 정신없이 달리고 나자 이윽고 꽤 큰 마을이 나타났다. 거리에 나와 있던 중국인들이 요란스럽게 들어서는 오토바이를 바라보았다. 하나같이 표정 없는 얼굴들이었다.

오토바이는 어느 여관 앞에서 멈춰 섰다. 단골인 듯 젊은 중국인이 비굴하게 웃으며 일병을 맞았다.

"귀중한 손님이니까 좋은 방을 하나 준비하시오."

"네, 준비하고 말고요."

그들은 정원을 가로질러 구석진 방으로 들어갔다. 여옥은 이미 각오를 하고 있었기 때문에 침착한 눈으로 방안을 둘러보았다.

"목욕을 해두는 게 좋을걸."

일병은 이죽거리면서 여옥을 바라보았다.

군조가 여관에 나타난 것은 한 시간쯤 지나서였다. 그때까지 여옥은 방안에서 초조하게 앉아 있었다.

"이 방에 있나?"

문 앞에서 군조의 거친 목소리가 들려왔다.

"네, 바로 이 방입니다."

"알았다. 너는 돌아가 있어."

"그럼 수고하십시오. 돌아가겠습니다."

일병이 돌아가는 소리가 나고, 이어서 방문이 벌컥 열렸다. 어디서 한 잔 들이켰는지 군조는 얼굴이 불그스레하게 달아올라 있었다. 여옥을 보자 그는 히죽 웃었다.

"어허, 기분 좋다. 모르는 계집과 단둘이 만난다는 건 역시 재미있는 일이야."

그는 의자에 앉아 있는 여옥을 들여다보다가 귀여운 듯 그녀의 뺨을 어루만졌다.

"네가 아기를 안고 있는 걸 보니까 우습구나. 아기가 아기를 안고 있는 것 같으니 말이야. 네가 이 아기를 낳았다는 게 난 믿어지지 않는다."

여옥은 눈을 내려뜬 채 미동도 하지 않고 앉아 있었다. 그녀는 움직이기만 하면 쓰러질 것 같았다.

"자, 아기를 내려놔. 그리고 마음을 푹 놓고 여기서 하루 지낼 생각을 해. 네가 어느 정도 잘 하느냐에 따라 내 기분이 좋아질 수도 있고 나빠질 수도 있어. 너는 나 아니었으면 이렇게 풀려날 수가 없어."

그는 허리에 찬 군도를 풀어 방 한쪽 구석에 세워놓았다. 그것을 본 여옥은 더욱 위압을 느꼈다. 열차에 실려 만주 벌판을 달리던 날 밤, 어느 촌락에서 일본군 대좌에게 처음으로 순결을 짓밟히던 생각이 주마등처럼 머리를 스쳐갔다. 그때에도 군도를 보고 가위눌리듯 놀랐었다.

술에 취한 대좌가 군도로 술상을 내려치던 광경, 군도에 잘리어 윗목에 내던져지던 머리채, 군도의 힘, 그것은 정말 무서운 것이었다. 그러나 지금의 나는 그때와는 다르다. 달라야 한다. 무서워해서는 안 된다.

이미 내 육체는 버림받은 것이 아닌가. 이 아기가 자유롭게 살 수 있는 조국을 찾기 위해 나는 이 길에 나선 것이다.

얼굴이 하얗게 질린 그녀는 천천히 자리에서 일어섰다. 그리고 아기를 의자 위에 조심스럽게 눕힌 다음 군조를 향해 똑바로 섰다.

"자, 네 손으로 옷을 벗어라. 나는 급하다."

군조의 두 눈은 이글이글 열기를 뿜고 있었다.

그는 벌어진 입에서 흘러내리는 침을 손등으로 쓱 문지르면서 침대에 걸터앉았다.

"한가지 말씀드릴 게 있습니다."

"음, 뭔데……말해 봐."

여옥은 먼저 눈물부터 닦았다. 연극을 하려면 완벽하게 해야 한다고 그녀는 생각했다.

"말해 보라니까."

"저는……남편을 만나야 합니다."

"알고 있어. 내 기분만 잘 맞춰 주면 널 보내 주겠다."

"약속하시는 겁니까?"

"이년아, 이래도 약속은 지킨다. 안심해."

"제 남편을 찾아 주십시오! 부탁합니다.! 아기를 데리고 혼자 살수는 없습니다."

"뭐라고? 네 남편을 찾아달라고? 이년이 제 분수도 모르는구나. 네가 지금 어떤 처지인 줄이나 알고 있는 거냐?"

"알고 있습니다. 그렇지만 염치불구하고 부탁드리는 것입니다. 꼭 좀 찾아 주세요."

여옥의 간절한 호소에 군조는 잠시 어리둥절했다. 조금 후에 그는 크게 소리내어 웃었다.

"하하, 어이가 없구나. 요시, 네가 부탁한 거니까 알아 봐 주겠다. 그렇다고 꼭 찾을 수 있다고 기대는 하지 말아라. 네 남편 이름이 뭐라고 그랬지?"

"윤홍철입니다."

"윤홍철……알았다."

"또 하나 부탁이 있습니다."

"뭐라고? 나를 놀리는 거냐?"

군조가 눈을 부라렸다. 여옥은 내친김에 물러서지 않고 말했다.

"가는데 지장이 없게 통행증을 하나 만들어 주십시오."

"그러고 보니까 넌 아주 영리한 계집이구나. 좋다. 만들어 주지. 자, 이젠 내 부탁을 들어 줄 차례다. 옷을 벗어라!"

"벗을 테니까 보지 마십시오."

"이년아, 보고 싶어서 그러는 건데 보지 말라니, 말이 되냐? 아까 검문소에서도 봤는데 부끄러울 거 없다. 어서 벗어라!"

여옥은 고개를 숙이고 가만히 한숨을 내쉬었다. 그리고 느린 손짓으로 옷을 하나씩 벗어나갔다.

그녀가 옷을 모두 벗을 때까지 군조는 그 움직임 하나하나를 뚫어지게 바라보고 있었다. 그리고 그녀가 완전히 나체가 되었을 때 그는 아까 보았을 때와는 또 다른 감동을 느꼈다. 그녀의 육체는 손만 대면 금방이라도 터져 버릴 것만 같았다.

그녀에게서 눈을 떼지 않은 채 군조는 허겁지겁 옷을 벗었다. 너무 급히 벗어 던졌기 때문에 옷가지들은 방바닥에 아무렇게나 흩어졌다.

옷을 모두 벗고 난 그는 몸을 일으켰다. 사십 대라고 하지만 청춘을 군대에서 보낸 몸이라 전체가 단단한 근육질로 덮여 있었다. 일본 남자들이 거의 그렇듯 그 역시 몸에 털이 많았고 특히 그것은 한여름의 녹음처럼 땅이 보이지 않을 정도로 무성한 숲을 이루고 있었다.

군조는 흡사 일전을 각오한 병사처럼 수치심이라고는 털끝만치도 없이 공격 자세를 취했다. 옷을 벗고 있는 그는 이제 군인도 아니었고 그렇다고 사람이라고 하기에는 너무 야수적이었다.

그는 이상한 짓을 했다. 갑자기 공격 자세를 허물어뜨리더니 그녀 앞에 무릎을 꿇었다. 그리고 그녀를 올라다보았는데 그것은 마치 죄 많은 자가 성모마리아상 앞에 꿇어앉아 무엇인가 호소하는 것 같은 자세였다. 이어서 그는 묘한 말을 했다.

"이 봐, 내가 너를 좋아하는가 보다."

여옥은 뻣뻣이 굳어 있었다.

"너는 나를 좋아하지 않는가 보구나."

군조가 와락 그녀의 허리를 껴안았다. 그녀의 젖가슴에 얼굴을 묻은 그는 중풍 걸린 노인처럼 부들부들 몸을 떨었다.

"넌 나를 미워하는구나."

그의 목소리가 떨리고 있었다. 여옥은 다시 육체가 썩는 것을 느끼면서 대답했다.

"미워하지 않아요."

"나는 너 같은 여자의 사랑을 받고 싶다. 나를 사랑해 주지 않겠니?"

그는 군복을 입었을 때는 정상적인 군인이지만 옷을 벗었을 때는 정신적인 파탄을 드러내 보이고 있었다. 그뿐만 아니라 전장에서 시달린 일본군이면 누구나 이 군조처럼 불안과 콤플렉스를 지니고 있었다. 그럴 수밖에 없는 것이 그들은 그들 자신을 지킬 수 있는 양심과 정의가 없는 명분 없는 전쟁에 동원되고 있었으니까.

자기를 사랑해 달라는 늙은 군인의 요구를 어떻게 받아들여야 할지 몰라 여옥은 망설였다.

"나를 사랑해 줄 수 없겠나? 싫은가?"

"아닙니다."

"그럼?"

"저는 홀몸이 아닙니다."

"알고 있어. 그러니까 하룻밤만이라도……"

군조의 몸은 더욱 떨리고 있었다. 이윽고 그는 미칠 듯이 그녀의 젖가슴을 빨았다. 이 격렬한 몸부림에 그녀는 끝까지 목석같이 서 있을 수 없었다. 생각과는 달리 그녀는 몸을 뒤흔드는 열기를 느꼈고 그녀의 입에서 가는 신음 소리가 흘러나왔다.

그녀는 군조가 울고 있는 것을 알았다. 그녀는 자기도 모르게 그의 머리 위로 손을 가져갔다. 박박 깎은 머리통은 흡사 죄수를 연상케 했다. 그녀는 그 머리를 쓰다듬고 싶은 충동을 느꼈다가 깜짝 놀라 손을 움츠렸다.

군조는 정성스럽게 그녀를 안아들더니 침대 위에 가만히 눕혔다. 폭풍 전의 조심스러운 움직임이 침묵 속에서 계속되었다.

군조는 뜨거운 손으로 머리끝에서부터 발끝까지 그녀의 몸을 어루만지고 쓰다듬었다. 온 정성을 다하고 있었다. 여옥은 이렇게 정성스럽게 자기를 다루는 남자는 처음인 것 같았다. 죄악인 줄 알면서 느껴지는 쾌감을 물리치려고 그녀는 눈을 감은 채 비명에 간 위안부들의 얼굴을 하나하나 생각했다. 그러자 몸은 놀라울 정도로 빨리 식으면서 굳어졌다.

남자는 지금까지의 조심스럽고 정중한 태도를 벗어 던지고 맹렬한 기세로 공격을 가해오고 있었다.

그녀는 자신이 쳐놓은 벽이 와르르 무너지는 것을 느끼고는 몸을 뒤틀었다. 이래서는 안 된다. 나는 끝까지 증오심만을 가져야 한다. 이럴 때마다 내 피는 말라가고 살점은 뜯겨 가는 것이다. 여옥의 이런 생각을 막으려는 듯 늙은 군인은 맹수처럼 달려들고 있었다. 여옥이 눈을 뜨자 바로 위에서 군조가 부릅뜬 눈으로 그녀를 노려보고 있었다. 이를 악물고 땀을 뻘뻘 흘리고 있는 것으로 보아 그는 필사적으로 해내고 있는 것 같았다.

여옥은 다시 눈을 감았다. 대치의 얼굴이 크게 확대되어 왔다. 나는 그이와 멀어지고 있다. 나는 그이를 찾을 수 없는 몸이다. 이런 몸으로 어떻게 그이를 만난단 말인가. 그러나 아기만은 보여드려야 한다. 아기에게는 아버지가 필요하다. 그녀는 주먹을 쥐면서 떨리는 몸을 진정했다. 남자가 흘린 땀 때문에 그녀의 몸은 젖어 있었다.

아기 우는 소리에 여옥은 몸을 일으키려고 했다. 그러나 군조는 물러날 기미를 보이지 않았다.

"아기가 울어요."

"내버려둬."

"안 돼요……"

여옥은 사내를 힘껏 밀어붙이고 몸을 일으켰다.

낮이 지나고 밤이 되었다. 그러나 여옥은 군조가 놓아 주지 않아 그대로 여관에 갇혀 있었다. 하룻밤을 함께 지내야 한다는 그의 요구를 거절할 방법이 없었다.

군조는 오전 내내 그녀를 욕보이다가 밖으로 나간 후 아직 돌아오지 않고 있었다. 혹시나 그가 아버지의 소식을 가지오지나 않을까 해서 여옥은 초조하게 그를 기다리고 있었다.

아버지 윤홍철을 남편이라고 속인 것은 자신의 입장이 그렇게 절박하다는 것을 상대방에게 알리기 위한 것이었다. 거짓말을 해야 할 경우는 앞으로 더욱 많아질 것이다. 아니 생활 자체가 거짓말로 꾸며지는 것이다. 윤여옥은 이 지상에서 없어지고 그 대신 김정애가 거짓말을 쌓아 가는 것이다. 그 결과는 무엇일까. 쓰레기가 거름이 되어 아름다운 꽃을 피울 수 있다면 그보다 가치 있는 일은 없을 것이다.

그녀는 침대에 누운 채로 어둠을 응시했다. 자기도 모르게 어느새 뜨거운 눈물이 눈초리를 타고 베개 위로 흘러내리고 있었다.

군조는 밤이 늦어서야 술에 잔뜩 취해 돌아왔다. 그리고 아무 말 없이 짐승처럼 그녀에게 달려들었다. 그는 정말 아무리 먹어도 먹어도 배고파 하는 짐승 같았다.

더 이상 몸을 움직일 수 없을 정도로 지쳐 버리자 그제야 그는 여옥에게서 물러났다. 한참이 지나서 그는 사랑스러워 못 견디겠다는 듯 다시 그녀를 품에 안았다.

"그 중국놈이 마침내 입을 열었지. 내가 생각했던 대로 남의 사였고, 그 편지는 대립이라고 하는 두목이 보내는 지령문이었어. 군용열차와 철도를 파괴하라는 지령이었지. 아주 굵은 놈을 잡은 거지. 그런데 그 편지 받을 놈을 말하기 전에 놈이 죽어 버렸단 말이야."

"왜, 왜 죽었는가요?"

여옥은 그의 품에서 고개를 빼내며 물었다.

"고문을 좀 심하게 했더니 그만 죽어 버렸어."

여옥은 눈을 감았다. 그 중국 청년이 자기 때문에 죽었다는 생각이 가슴을 도려내는 고통이 되어 전해져 왔다.

"네 남편 관계를 알아봤지. 영사(領事)경찰에 알아봤는데, 윤홍철이라는 사람은 없다는 거야."

"아니에요. 틀림없이 체포되었어요."

여옥은 절박하게 외쳤다.

"하여간 그런 이름은 없다는 거야. 없다는데 나로서는 더 어떻게 알아 보나. 그래도 남편을 찾겠나?"

"네, 저는……포기할 수 없어요. 만날 때까지 찾겠어요."

"그럴 줄 알고 통행증을 준비해 왔지. 내가 도울 수 있는 건 그것밖에 없다."

그나마 여옥으로서는 다행한 일이 아닐 수 없었다. 만일 이자가 아니었다면 지금쯤 고문으로 죽었을지도 모를 일이었다.

사실 그녀는 몸을 짓밟히긴 했어도 가장 힘든 첫번째 난관을 아주 성공적으로 통과했다고 볼 수 있었다. 이 경험을 통해 그녀는 여자의 육체라는 것이 그 이용방법에 따라서는 얼마나 위력 있는 것인가를 새삼 깨달았다.

그녀는 군조의 비위를 거슬리지 않으려고 끝까지 그의 품에 안겨 밤을 새웠다. 군조는 하룻밤 사이에 정이 들었는지 그녀와 헤어지는 것을 상당히 섭섭해했다.

"우리가 이런 식으로 만나지 않았다면, 내가 너를 놓아 주지 않을 텐데……"

 이 말을 듣자 여옥은 늙은 군인이 더욱 죽이고 싶도록 저주스러웠다.

 서주역에서 내린 여옥은 역사 앞에 서서 한동안 길 건너편에 있는 백화점을 바라보았다. 생각 끝에 그녀는 양심에 꺼리는 것이었지만, 백화점에 들러보기로 마음을 정했다.

 중국 청년이 말해 준 대로 백화점 이층에 시계부가 있었다. 그녀는 트렁크를 질질 끌다시피 하면서 그곳까지 다가갔다. 젊은 사내가 허리를 굽히며 그녀를 맞았다.

 "어서 오십시오. 시계를 보시겠습니까?"

 여옥을 일본 여자로 알았는지 그는 일본말로 말했다. 여옥은 주위를 둘러보고 나서

 "이곳에 혹시 모선생님이라고 계신가요?"

하고 물었다.

 "누구신데 모선생을 찾으시나요?"

 "말씀드려도 모르실 거예요. 좀 만나게 해 주세요."

 "좀 기다려 보십시오."

 청년은 뒤쪽 벽에 나 있는 조그만 문을 열고 안으로 들어갔다.

 여옥이 한참 초조하게 기다리자 이윽고 청년이 나타났다. 그 뒤를 노인이 한 사람 따라나왔다. 돋보기 안경을 끼고 수염까지 기른 깡마른 노인이었다. 중국옷 차림이 정갈해 보였다.

"당신 일본 사람이오?"

청년이 경계의 눈초리를 하며 물었다.

"아닙니다. 조선 사람입니다."

"아, 그래요."

청년이 노인에게 이 말을 통역해 주었다.

"저는 서안에서 오는 길입니다. 호씨에 대해 전할 말이 있어서……"

"아, 그래요."

여옥은 즉시 안으로 안내되었다. 점포 뒤쪽은 방이었다.

"그 사람을 어떻게 아시나요? 무슨 부탁을 받으셨나요?"

노인은 청년을 통해 초조하게 물어왔다.

"사실은 저기……그분을 서안에서 오는 길에 우연히 알게 됐습니다. 그런데……"

여옥은 자기의 과오만을 은폐한 채, 호 청년이 체포되어 죽은 것을 이야기해 주었다. 그녀의 말을 듣자 노인은 안경이 젖도록 울었다.

"아까운 놈이 죽었구나. 그런데 어떻게 여기를 오시게 됐지요?"

"그분이 자기한테 무슨 일이 생기면 이곳으로 연락을 좀 취해 달라고 했습니다. 그리고 편지 내용을 알려 주었는데……대립이란 분이 쓴 편지로 철도와 열차를 폭파하라고 했습니다."

"여기 올 때 누가 따라오지 않았나?"

"그런 것 같지는 않았습니다."

노인은 눈물을 닦고 나더니 그녀에게 차를 대접했다.

"헌데 부인은 아기까지 데리고 어디를 가시는 길이오?"

"남편이 일경에 체포되었다고 해서 만나러 가는 길입니다. 북경역에서 체포된 것만 알지 어디로 끌려갔는지는 모릅니다. 호 청년이 이곳에 가서 선생님께 부탁을 해보라고 해서……"

노인은 한동안 눈을 감은 채 침묵을 지켰다. 여옥은 죄의식과 초조함으로 몸을 가누고 있기가 어려웠다. 자꾸만 호 청년의 얼굴이 눈앞을 어지럽히곤 했다.

한참 후 눈을 뜬 노인은 그 자리에서 먹을 갈아 편지를 한 장 썼다. 전부 한자로 된 편지라 여옥은 알아볼 수가 없었다.

"소식을 전해 줘서 매우 감사합니다. 이게 힘이 될지 모르겠소만 한번 이 사람을 만나보십시오. 역전 파출소에 가서 모중(毛中)이라는 형사를 찾으면 쉽게 만날 수 있을 겁니다. 내버린 자식이오만 한번 이 편지를 전해 주고 부탁해 보시오."

계속되는 여행이라 몹시 피로했다. 그러나 잠시도 지체할 수가 없었으므로 여옥은 백화점을 나오는 길로 북경행 열차에 몸을 실었다.

한동안 모 노인과 그 아들 모중과의 관계에 대해 궁금증이 일었다. 그녀의 생각이 맞는다면, 모 노인이 남의사 소속으로 항일지하운동을 하고 있는데 반해, 그 아들은 친일정권에 붙어서 형사 노릇을 하고 있는 것이 분명했다.

이러한 아들의 반역행위가 수치스러워 노인은 부자의 연을 끊고 오랫동안 아들을 버려온 것 같았다. 그런데 그 아들에게 노인은 자기 일도 아닌 남의 일을 부탁한 것이다.

이것은 무엇을 의미하는 것일까. 아들을 용서하겠다는 것일까, 아니, 그렇지는 않을 것이다. 은혜를 반드시 갚을 줄 아는 양심적인 중국인이 연약한 여자의 딱한 사정을 듣고 마지못해 아들에게 도움을 청한 것이 아닐까. 이렇게 생각이 들자 여옥은 얼굴이 화끈 달아올랐다. 죽은 호 청년이 지하에서 그녀를 지켜보고 있는 것만 같아 더욱 죄책감을 느끼지 않을 수 없었다. 새삼 생명의 구차스러움이 느껴졌다.

열차는 매우 느리게 달렸다. 북으로 올라갈수록 날씨는 점점 선선해지고 있었다. 그러나 완연한 봄빛이 들과 산을 가득 채우고 있었다. 일본군들의 살벌한 모습만 보이지 않는다면 한없이 안기고 싶은 봄날씨였다.

열차는 물론 철도까지 일본군들에 의해 엄중히 경비되고 있었다. 열차 내에서는 검문검색이 자주 있었다. 그때마다 여옥은 군조가 발급해 준 통행증으로 무난히 통과할 수가 있었다.

하룻밤이 지나고 이튿날 오후가 되어서야 열차는 북경역으로 들어섰다.

여옥은 아기를 등에 업은 다음 트렁크를 아예 머리에 이고 밖으로 나갔다.

역 앞 드넓은 광장은 많은 사람들로 혼잡을 이루고 있었다. 여옥은 사람들 사이를 헤쳐가면서 파출소를 찾으려고 두리번거렸다.

파출소는 역 광장 한쪽에 자리잡고 있었다. 문을 밀고 안으로 들어가자 중국인 경찰들이 호기심어린 눈으로 그녀를 바라보았다.

여옥은 트렁크를 내려놓고 책상 앞에 앉아 있는 경찰관 앞으로 주춤주춤 다가섰다. 살이 몹시 찐 그자는 졸다 깬 눈으로 여옥을 멀거니 바라보았다.

"실례합니다."

여옥이 절을 하자 그자는 의자에 비스듬히 앉은 채로 끄덕했다.

"모중씨를 좀 만나 뵈려고 하는데요."

"모형사를요?"

그가 상체를 앞으로 기울였다.

"네, 모형사를 만나려고 합니다."

"왜 만나려고 하지요?"

"만나야 할 일이 좀 있습니다."

"당신은 일본 사람입니까?"

"아닙니다. 조선 사람입니다."

그가 상체를 도로 뒤로 젖혔다.

"모형사는 여기 없어."

갑자기 바뀐 반말에 여옥은 따귀를 얻어맞은 것 같은 기분이 들었다. 그러나 침착하게 다시 말했다.

"수고스럽지만 좀 연락을 취해 주십시오. 꼭 만나야 합니다."

"여기 없다니까."

"그럼 어디 계신가요?"

"몰라."

그는 하품을 하더니 눈을 감았다. 여옥은 그 모습을 가만히 바라보았다. 이 사람은 왜 이렇게 나한테 쌀쌀할까. 나한테 바라는 것이 무엇일까. 그녀는 갖가지 생각을 하면서 그 자리에 못 박힌 듯 서 있었다. 다른 경찰관들은 말없이 그녀를 바라보기만 했다. 그들은 모두가 무엇을 기다리고 있는 듯한 눈초리들이었다.

여옥은 지폐 한 장을 꼬깃꼬깃 접어 책상 위에 살그머니 밀어 놓았다. 눈을 감고 있던 경찰관이 어느새 기미를 느끼고 눈을 떴다. 그리고 지폐를 힐끗 보더니 당연하다는 듯 그것을 집어 주머니 속에 넣었다.

조금 후 그는 어딘가로 전화를 걸었다. 중국말로 통화를 했기 때문에 여옥은 알아들을 수가 없었다. 전화를 걸고 나자 그는 여옥에게

"연락이 됐으니까 기다려."

하고 말하고는 다시 눈을 감았다.

여옥이 의자에 앉아 한 시간쯤 기다리자 중절모에 양복을 입은 사십 대의 사내가 나타났다. 눈빛이 날카롭고 얼굴에 개기름이 흐르는 땅땅한 사내였다.

안에 있던 경찰관들이 모두 일어나 그에게 경례를 했다. 여옥은 첫눈에 그가 모중이라는 것을 알고는 몸을 일으켰다.

"이 여자가 나를 만나겠다는 건가?"

"네, 바로 이 여자입니다."

뚱뚱한 경찰관이 턱으로 여옥을 가리켰다. 여옥은 무턱대고 절부터 꾸벅했다.

"조선인인가?"

그가 웃으며 물었다. 웃으면서도 눈은 여옥의 아래위를 더듬고 있었다.

"네, 그렇습니다."

"무슨 일로 나를 만나려고 하는 거지?"

"저기, 편지를 가져왔습니다."

"편지라니?"

"부친 되시는 분의……"

"뭐? 가만 있어. 이리 따라와."

편지를 받아든 형사는 얼굴이 파랗게 질리더니 여옥을 데리고 밖으로 나왔다. 찻집으로 들어간 그는 주위를 둘러보고 나서 작은 소리로 물었다.

"이 편지 다른 사람한테 보였나?"

"보이지 않았습니다."

형사는 조금 안심했다는 얼굴로 편지를 뜯어 보았다.

"별것 아니군. 그런데 어떻게 우리 아버지를 알고 있지?"

"같은 백화점에서 장사를 한 적이 있기 때문에 잘 알고 있습니다."

"그런데 부탁이란 뭐야? 당신 부탁을 잘 들어 주라고 편지에 썼는데, 도대체 무슨 부탁이야?"

여옥은 침울한 낯빛으로 고개를 숙이고 있다가 말했다.

"제 남편은 몇 달 전에 일본 경찰에 체포되었는데, 아직 소식을 모르고 있습니다. 바로 이곳 역전에서 붙잡혔답니다."

"무슨 죄로?"

형사의 눈가에 다시 웃음이 돌았다.

"잘 모르겠습니다. 좀 만나게 해 주십시오. 은혜는 잊지 않겠습니다."

"남편 이름이 뭐야?"

"윤홍철이라고 합니다. 여기 사진이 있습니다."

여옥이 내준 사진을 들여다본 그는 씩 웃었다.

"꽤 늙었군. 이렇게 젊은 색시를 데리고 살다니 꽤 행복한 친구로군."

여옥은 그에게 거의 애걸하다시피 하면서 부탁했다. 그는 담배를 꼬나문 채 여옥을 느긋하게 바라보다가

"알아 봐 주지. 그렇지만 쉬운 일이 아니야."

하고 말했다. 여옥은 코가 탁자에 닿도록 그에게 절을 했다.

"우리 아버지가 다른 말은 않던가?"

"없었습니다."

"그놈의 늙은이……빨리 죽지도 않고 속을 썩인단 말이야."

여옥은 어쩔 수 없이 형사가 정해 주는 여관에다 숙소를 정했다. 형사는 언제 오겠다는 시간 약속도 없이 사라졌다.

여옥은 아침부터 굶었지만 아무것도 먹고 싶지가 않았다. 그렇지만 아기와 자신의 건강을 위해 억지로 식사를 시켜 먹었다.

식사를 하고 나자 졸음이 밀려왔다. 오랜 여행과 긴장으로 몸

은 극도로 피곤해 있었다. 얼마 후 그녀는 정신없이 잠에 떨어졌다.

 벌레가 기어가는 것 같은 감촉이 잠결에도 느껴졌다. 벌레는 가슴을 더듬다가 허벅지로 내려갔다. 눈을 떠야 한다고 생각했지만 좀처럼 떠지지가 않았다.

 그녀가 겨우 눈을 떴을 때는 캄캄한 어둠 속이었다. 육중한 몸이 위에서 덮쳐 누르고 있었고 아기의 울음 소리가 들려왔다. 자신이 당하고 있다는 사실보다도 아기의 울음 소리가 그녀를 놀라게 했다.

 그녀는 상대방을 힘껏 밀어젖혔다. 그러나 쓸데없는 짓이었다. 이미 알몸은 상대방의 사지에 묶여 꼼짝달싹할 수도 없었다.

"가만 있어!"

사내의 더운 입김이 그녀의 얼굴 위로 확 풍겨왔다.

"누, 누구예요! 비키세요!"

그녀가 소리치자 사내의 손이 입을 틀어막았다.

"나야. 모형사야. 조용히 해!"

하체를 맞추려고 사내는 기를 쓰고 있었다.

"이게 무슨 짓이에요! 이 나쁜……"

"가만 있으라니까. 남편을 만나고 싶지 않아?"

"안 돼요! 이러면 안 돼요! 아기가 울고 있지 않아요!"

"잠깐이면 돼. 당신 남편 소식을 알고 싶으면 잠자코 있어! 싫으면 나가겠어!"

"……"

여옥은 온몸의 긴장이 스르르 풀리는 것을 느꼈다. 그녀는 사지를 늘어뜨리면서 얼굴을 돌려 버렸다.

중국인 형사는 중얼대면서 밀고 들어왔다. 그가 충격을 가해 올 때마다 여옥은 백화점의 모 노인의 모습이 떠오르곤 했다. 노인이 얼굴을 찌푸린 채 이 광경을 보고 있는 것만 같았다.

침대가 출렁거리자 아기는 놀랐는지 자지러지게 울어댔다. 그러나 사내는 아랑곳하지 않고 열심히 파고들었다.

형사가 일을 치르고 일어서자 여옥은 먼저 아기부터 끌어안았다. 그녀는 벽 쪽으로 몸을 돌린 채 아기에게 젖을 주었다. 젖을 주면서 그녀는 흘러나오는 눈물을 참으려고 무진 애를 썼다. 아기에게 눈물이 담긴 젖을 주어서는 안 된다, 하고 그녀는 생각했다. 언제나 사랑과 기쁨이 넘쳐흐르는 젖을 주고 싶은 것이 그녀의 심정이었다. 그러나 아무리 노력해도 그렇게 되지 않았다.

불이 켜지자 형사의 모습이 드러났다. 그는 이를 드러내고 웃으면서 매우 흡족한 듯 천천히 옷을 입었다. 여옥이 젖을 먹이는 동안 그는 기분 좋게 담배를 피웠다.

여옥은 수치심에 사로잡혀 있을 때가 아니란 것을 알았다. 그녀는 일어나 담담한 표정으로 옷을 입었다.

형사는 그녀의 돌변한 모습에 조금 기가 질리는 것 같았다.

"제 남편 소식은 알았나요?"

"알았지. 그런데 그걸 알아내느라고 경비가 좀 들었지. 쉬운 일이 아니라서 말이야. 일본인 형사하고 술 한잔 마셨지."

여옥은 얼마인지 모를 돈을 집어서 그에게 주었다. 돈을 헤어 보고 난 그는 기분이 좋은지 다시 웃었다.

"어서 말해 주세요. 그분은 어디 계신가요?"

"윤홍철이라는 이름은 없었어. 그래서 사진과 대조해 봤더니 윤대식(尹大植)이라고 가명을 썼더군."

"틀림없나요?"

"틀림없어. 얼굴이 똑같았어."

"지금 어디 계신가요?"

"만주 육도구(六道構)라는 곳에 있는 수용소에서 일을 하고 있어. 3년 동안 거기서 중노동을 해야 해. 사상이 불온한 반전주의자로 체포되었더군. 육도구는 용정(龍井)이라고도 부르지. 그곳에 가서 보도소(輔導所)를 찾아. 거기가 수용소니까."

용정은 만주 길림성(吉林省) 동쪽에 위치해 있는 개시장(開市場)으로 웬만한 지도상에는 나타나 있지 않지만 간도(間島) 지방에서는 상업의 중심지로서 한창 활기를 띠고 있는 곳이었다. 쓸쓸하던 이곳이 이렇게 갑자기 발전하기 시작한 것은 3·1운동 이후 조선인들이 대거 간도로 이주해 오면서부터였다. 고향을 떠나온 조선인들은 이곳을 중심으로 각종 생업에 열심히 종사했고 이러한 노력의 결과로 이곳은 조선인들에 의한 간도미(間島米)의 본고장이 되기도 했다.

여옥이 이 낯선 곳에 도착한 것은 나흘이나 지나서였다. 기차를 세 번이나 갈아타고, 더구나 그 기차가 시간가는 줄 모르고 연착하는 바람에 그렇게 오래 걸린 것이다.

만주벌판을 여행하는 동안 그녀가 차창을 통해 볼 수 있었던 것은 붉은 흙먼지였다. 먼지는 바람을 타고 지평선 저쪽에서부터 뿌옇게 몰려왔다. 파도처럼 쉬지 않고 몰려왔기 때문에 보이는 것은 온통 붉은 색뿐이었다. 먼지가 계속 이는 바람에 태양마저 침침한 빛을 띠고 있었다. 먼지는 문틈으로 새어 들어와 차내까지도 붉게 물들였다. 사람들이 움직일 때마다 먼지가 풀썩풀썩 일곤 했다.

일반 객실은 그야말로 생활에 쪼들린 서민들로 콩나물 시루를 이루고 있었다. 여행 중 내내 온갖 악취와 아귀다툼이 실내를 가득 채우고 있었지만 한참 지나다보니 여옥은 오히려 그 속에서 인간적인 체취를 느낄 수가 있었다. 일본인들은 특등 칸에 있는지 보이지 않았고 대부분이 중국인들과 조선인들이었다. 그러나 그 중에서도 조선인들은 눈에 띄게 힘이 없고 초라해 보였다. 조국을 쫓겨난 갈 곳 없는 사람들의 절망과 비애가 그대로 가슴에 스며들어와 여옥은 눈시울이 뜨거워지는 것을 느꼈다. 기차에서 내리니 한밤중이었다.

여옥은 여행 중에 알게 된 어느 조선인을 따라나섰다. 간도에 이민온 지 15년이 되었다는 그는 성이 박씨로 환갑이 넘은 노인이었고 강원도 출신이라고 했다. 인자해 보이는 박노인에게 여옥은 사정을 이야기했고 그것을 들은 노인은 여관에 가지 말고 자기 집에 묵으라고 말했다.

그들은 불빛이 드문드문 있는 거리를 한참 동안 걸어갔다. 흰 바지저고리 차림에 등짐을 지고 가는 노인의 뒷모습을 바라보면서 따라가자니 그녀는 문득 고국의 어느 읍거리에 와 있는 것 같은 기분이 들었다. 허우대가 큰 노인은 여옥의 트렁크까지 빼앗아들고는 휘적휘적 걸어갔다.

"우리는 단 세 식구요. 우리 내외하고 아들 하나니까 염려 말고 묵으시오."

"감사합니다."

동족의 친절이 이렇게 고마울 수가 없었다.

노인의 집은 길가에 위치해 있는 대장간이었다. 불에 달군 시뻘건 쇳덩이를 망치로 두드리고 있던 청년이 노인을 향해 절을 했다. 웃통을 벗어 젖힌 청년의 몸은 온통 단단한 근육인데다 땀이 흘러내리고 있었기 때문에 불빛을 받아 번들거렸다. 그의 시선이 잠깐 여옥의 얼굴 위에서 강렬히 빛났다가 사라졌다. 노파가 안에서 문을 열고 나오자 노인은,

"손님이야. 귀한 손님이니까 잘 모셔."

하고 말했다.

노파 역시 인자해 보였다. 그녀는 의아해 하지도 않고 자세한 것도 물어 보지 않은 채 여옥을 방으로 안내했다.

실로 오랜만에 그녀는 마음놓고 쉴 수가 있었다. 그녀가 든 방은 이 집 아들 방인지 벽에 남자 옷이 걸려 있었고, 총각 냄새가 가득했다. 그래도 그녀는 그 모든 것이 마음에 들었다.

아침이 되어 여옥은 안방으로 식사를 하러 건너갔다. 비록 잡곡밥이지만, 고향을 떠난 이후 처음으로 그녀는 된장국과 김치에 맛있게 식사를 할 수가 있었다. 간밤에 노인한테서 이야기를 들었는지 노파가,

"참, 원통하기도 하지. 저렇게 곱게 생긴 색시가 어쩌다가……"

하면서 한숨을 내쉬었다.

여옥을 뚫어질 듯 바라보던 아들이 갑자기 수저를 놓고 일어서더니 밖으로 휭하니 나갔다. 조금 후에 망치질 소리가 들려왔다. 화가 난 듯 망치질 소리는 거칠었다.

"오늘 보도소에 가보겠소?"

노인이 물었다.

"네, 하루라도 빨리 만나고 싶습니다."

"거기까지는 길이 몹시 험해요. 살아서는 나오기 힘든 탄광인데 빨리 서둘러야 당일로 갔다 올 수 있을 거요. 아기는 우리 할멈한테 맡겨두고 가시오. 내가 따라갔으면 좋겠는데 마침 일이 있어서……우리 아들놈이 좋긴 한데……"

그러자 대장간 쪽에서 청년의 목소리가 들려왔다.

"괜찮아요. 제가 다녀오지요."

망치질 소리가 어느새 그쳐 있었다.

노인이 문을 열고 밖을 내다보았다.

"너 그래 가지고 갈 수 있겠냐?"

"괜찮다니까요."

"음, 그럼 떠날 준비를 해라. 빨리 다녀와야 한다. 당신은 도시락 준비나 해."

노파가 나가자 노인은 담뱃대에 담배를 담고 불을 붙였다. 그는 몇 번 뻑뻑 빨고 나서 혼자 중얼거렸다.

"내 아들놈이 스물 여덟인데……아직 장가를 못 갔소. 몸도 건강하고 마음씨도 괜찮은데 그만……"

여옥은 혼자 가도 괜찮다고 말했지만 노인이 듣지 않았다. 그녀는 사실 말은 그렇게 했지만 험한 산길을 청년의 보호를 받으며 가게 된 것을 몹시 다행으로 생각했다. 그 죽음의 수용소가 어디 있는지 조차 모르는 판에 혼자 길을 떠나다가는 십중팔구 길을 잃고 헤매기 십상이었다.

그녀는 몸뻬로 갈아입고 운동화도 하나 사 신은 다음 길을 나섰다. 그리고 몇 걸음 안 가 청년이 한쪽 다리를 절고 있다는 것을 알았다. 심하게 저는 것은 아니었지만 충격을 받은 그녀는 그것을 보지 않으려고 일부러 시선을 돌려 버렸다. 감사하면서도 한편으로 미안한 마음이 그녀의 걸음을 무겁게 했다.

검은 작업복 차림의 청년은 한 손에 도시락을 든 채 앞장서서 열심히 걸어갔다. 다리를 저는 사람치고는 빠른 걸음이었지만 거기에는 자기 때문에 늦어지는 것을 원치 않는다는 그런 태도가 숨어 있었다.

올망졸망한 가게들이 잔뜩 늘어서 있는 거리에는 아침인데도 사람들이 많이 다니고 있었다. 그 거리를 지나자 두 갈래 길이 나타났다. 청년이 손을 들어 왼쪽 길을 가리켰다.

"이쪽으로 가면 보도소까지 차도가 나 있지만 일반인 통행이 금지돼 있지요. 그리고 훨씬 멀리 돌아가게 되구요."

청년은 그녀를 보지 않고 말했다. 그들은 오른쪽 길로 들어섰다.

길은 언덕 밑을 돌아 꼬불꼬불 이어지다가 갑자기 위로 치솟았다. 거기서부터는 숲이 시작되고 있었고 물기 오른 나뭇잎들이 바람결에 흔들리는 소리가 멀리서부터 들려오고 있었다.

험한 길을 걸어 보지 못한 여옥은 금새 숨이 차고 땀이 비 오듯 흘러내렸다. 길은 갈수록 험해지고 이제 겨우 해가 비치고 있었다.

물 흐르는 소리가 나더니 골짜기가 나타났다. 골짜기는 별로 크지 않았지만 돌이 많은데다 물살이 거칠어 위험해 보였다.

청년이 잠깐 뒤를 돌아보았다. 땀에 젖은 반듯한 이마 밑에서 두 눈이 밝게 빛나다가 시선이 마주치자 당황한 빛을 보였다.

"부인, 업히세요."

그가 허리를 구부리면서 손을 뒤로 내밀었다. 여옥은 얼굴이 확 달아올랐다. 무엇보다도 부인, 하고 부르는 소리가 가슴에 총알처럼 와 박혔다. 만일 그가 아주머니라고 불렀다면 그녀는 돌아서서 두 손으로 얼굴을 가렸을 것이다.

"그냥 걸어가겠어요."

그녀는 비참한 기분이 들어 고집을 부렸다.

"안 돼요. 위험해요."

청년도 버티고 선 채 가려고 하지 않았다.

여옥은 망설이다가 가만히 청년의 어깨에 두 손을 올려놓았다. 청년의 등은 바위처럼 넓고 단단하면서도 포근한 안정감이 있었다. 물 속에 들어서자 청년의 목덜미가 뜨겁게 달아오르면서 막 잡아 올린 싱싱한 물고기처럼 팔딱팔딱 뛰는 것이 그녀의 뺨을 통해 느껴졌다.

귀중한 항아리를 받쳐들 듯이 그녀의 둥근 엉덩이를 소중하게 감싸안은 그의 두 손이 한 번씩 몸이 휘청거릴 때마다 더욱 앞으로 바싹 당겨지곤 했다.

골짜기를 건너자 그때부터 그들은 자주 손을 맞잡곤 했다. 처음에는 길이 험할 때마다 청년이 손을 내밀어 잡아 주었는데 거기에 익숙해지자 나중에는 그녀가 자진해서 그의 팔에 매달리기도 했다. 청년에게 잡힐 때마다 여옥은 땀에 젖은 그의 손이 유난히 뜨거운 것을 느끼곤 했다.

그는 별로 말이 없었다. 여옥에게 아무것도 묻지 않았고 자신에 대해서도 말하지 않았다.

해가 머리 위에 왔을 때 그들은 나무 그늘에 앉아 도시락을 먹었다. 여옥은 식사를 하다 말고,

"해방이 돼도 여기서 사실 건가요?"

하고 넌지시 물어 보았다. 청년은 고개를 완강히 저었다.

"무슨 말씀을 그렇게……쫓겨와 사는 것도 억울한데 해방이 돼서까지 여기서 살 필요가 어디 있습니까?"

"해방이 되리라고 믿으시나요?"

"믿지요. 뜻 있는 일을 하지 못 하고 집에서 망치나 두드리고 있자니……화가 나서 견딜 수가 없어요."

가슴에 무엇인가 응어리진 듯한 청년의 모습을 여옥은 이제 어느 정도 알 수 있을 것 같았다.

"왜 아직까지 결혼을 안 하셨어요?"

여옥은 물어놓고 입을 얼른 닫아 버렸다. 실수한 것을 깨달았지만 청년은 이미 심각한 표정이 되어 있었다.

"이런 병신한테 누가 시집오려고 해야지요. 환갑이 넘으신 부모님한테 불효막심한 노릇이지만 난들 하는 수 있어야지요. 부모님들은 이제나 저제나 하고 며느리를 기다리고 있지만……"

그는 도시락을 챙긴 다음 담배를 종이에 말아 피웠다. 그의 입에서 뿜어 나오는 연기가 여옥에게는 마치 한숨처럼 보였다. 담배 한 대를 거의 피웠을 때 청년이 그녀를 똑바로 바라보았다.

"부인은 정말 불행하십니다."

여옥은 말문이 막혀 잠자코 산 밑으로 펼쳐 있는 넓은 들을 바라보았다.

"나이도 어리신 것 같은데 아기까지 업고 이런 델 오시다니……. 남편을 만나시면 어떻게 하실 겁니까? 그리고 면회가 안 될지 모르는데……. 전에도 면회를 못 하고 돌아오는 사람들을 더러 봤어요."

"저도 모르겠어요. 거기서 살아 계신다는 것만 알아도 마음이 좀 놓이겠어요."

그들은 일어나 다시 걸었다.

깊이 들어갈수록 숲은 울창해지고 있었다. 여옥은 한동안 이름 모를 산새들이 지저귀는 소리에 넋을 빼앗기고 있었다. 사람의 발길이 거의 닿지 않은 처녀림이었지만 청년은 용케도 길을 찾아내어 가고 있었다.

"그전에 여기 와보신 적이 있나요?"

"있지요. 여기 뿐만 아니라 거의 안 가본 데가 없지요. 우리 아버님은 원래가 사냥꾼이었지요. 그래서 나도 아버님을 따라 사냥을 다녔는데……십 년 전에 그만 벼랑에서 떨어져 이 다리를 다쳤지요. 그 뒤부터는 아버지와 저는 사냥을 안 다녔지요."

청년은 나뭇가지를 하나 꺾더니 지팡이를 만들었다. 쩔룩거리면서 열심히 걸어가는 뒷모습이 어쩐지 몹시도 외로워 보였다.

점심을 먹고 한 시간쯤 지나 그들은 마침내 수용소 입구에 도착했다. 수용소 앞에 서는 순간 여옥은 몸의 모든 움직임이 정지하는 것을 느꼈다.

그녀는 침착해야 한다고 생각하면서 주위를 조심스럽게 살펴보았다. 수용소는 이중으로 철조망이 둘러쳐져 있는 데다 산 하나를 온통 차지하고 있어서 끝이 보이지 않았다. 막사 같은 것도 보이지가 않았고, 눈에 띄는 것이라고는 철조망을 따라 띄엄띄엄 서 있는 높은 망루뿐이었다.

수용소 입구는 더욱 삼엄했다. 보도소(輔導所)라고 쓰인 간

판이 말뚝처럼 박혀 있는 그 앞에는 모래주머니가 잔뜩 쌓여져 있었다. 기관총 위로 일본군 머리가 불쑥 올라왔다. 바리케이드 옆에는 착검한 헌병 두 명이 부동자세로 서 있었다.

모퉁이 쪽에서 엔진 소리가 나더니 조금 후에 헌병 오토바이를 선두로 트럭 한 대가 올라오는 것이 보였다. 죄수들을 잔뜩 실은 트럭이었다. 트럭 뒤로 오토바이 네 대가 또 따르고 있었다. 위로 철망이 쳐진 트럭 안에서 죄수들은 공포에 질린 눈으로 주위를 두리번거리고 있었다. 트럭은 입구에 잠깐 정차했다가 곧 안으로 사라졌다.

샛길에서 갑자기 나타난 남녀의 모습에 헌병들은 깜짝 놀란 것 같았다. 그들 중의 하나가 총을 겨누면서 소리를 질렀다.

"오잇, 뭐냐?"

여옥은 마음을 다져먹고 앞으로 가까이 다가갔다.

"저기, 면회를 왔습니다."

"뭐라고?"

"면회를 왔습니다."

"면회? 여기에는 면회가 안 돼."

헌병은 눈을 부라리며 머리를 흔들었다. 여옥은 두 손을 맞잡고 호소했다.

"부탁입니다. 제 남편이 몇 달 전에 여기에 왔다는데 소식을 모릅니다. 생사만이라도 알게 해 주십시오."

"여기서는 알 수 없어."

"그럼 어디 가면 알 수 있습니까?"

헌병은 여옥의 아래위를 다시 훑어보고는 호감이 가는지 표정을 좀 누그러뜨렸다.

"당신은 중국 사람이 아닌 것 같은데?"

"네, 조선 사람입니다."

"아, 죠오센징이군. 우리는 같은 국민이 아닌가."

"그렇습니다."

여옥이 마지못해 맞장구를 치자 헌병은 뒤쪽을 가리켰다.

"저 안으로 들어가 봐. 저기 초소에 가서 물어와. 한 사람은 여기 있고 당신만 들어가."

초소는 입구로부터 수십 미터 더 들어간 곳에 위치해 있었고 거기에도 이중의 철조망이 둘러쳐져 있었다. 초소 앞에 서 있던 일등병이 총으로 그녀를 막았다. 여옥이 용건을 말하자 그는,

"안으로 들어가 봐."

하고 퉁명스럽게 쏘아붙였다.

초소 안에는 두 사람이 있었다. 한 사람은 헌병 오장이었고, 다른 한 사람은 남루한 차림에 머리를 박박 깎은 것으로 보아 죄수인 것 같았다. 오장은 의자 위에 비스듬히 앉아 있었고, 죄수는 그 앞에 쭈그리고 앉아 오장의 발을 씻어 주고 있었다.

눈을 치뜨고 이쪽을 바라보는 죄수 얼굴이 온통 주름으로 뒤덮여 있었다. 매우 늙어 보이는 얼굴이었다. 거기에 비해 오장은 아들 낫세밖에 안 된 젊은 모습이었다. 그가

"무슨 일이야?"

하고 물었다.

"저기, 면회를 하려고 왔습니다."

여옥은 상대방의 신경을 거스르지 않으려고 조심스럽게 말했다.

"면회? 하하……"

오장은 어이없다는 듯 웃고 나서 여옥의 얼굴을 뚫어질 듯 바라보았다.

"예쁘게 생겼군. 이름이 뭐야?"

"김정애라고 합니다."

"김정애? 죠오센징인가?"

"그렇습니다."

"음, 그런데 여기는 면회가 안 돼."

"부탁입니다. 잠깐만이라도……"

"안 된다니까. 누가 부탁해도 안 돼."

"그럼 소식만이라도 알고 싶습니다. 이곳에 살아 계신지 그것만이라도 알게 해 주십시오."

"귀찮게 구는군. 이름이 뭐야?"

"윤대식이라고 합니다."

"언제 여기 왔어?"

"자세한 건 모르지만 작년 가을이나 겨울쯤으로 알고 있습니다."

"그 사람하고 어떤 관계야?"

"제 남편입니다."

오장은 앉은 채로 책상 위에 놓여 있는 전화통을 끌어당겼다.

"본분가? 여기는 제1초소다. 사람을 하나 찾는다. 죠오센징으로 이름은 윤대식, 작년에 입소했다. 이상유무를 알려 줘."

전화를 끊고 난 오장은 여옥에게 기다리라고 말했다. 초조한 시간이 흘러갔다. 오장이 자리를 권하지 않았기 때문에 여옥은 그 자리에 서 있었다. 오장의 따가운 시선을 피하려고 그녀는 창 밖으로 눈을 돌리고 있었다. 저 멀리 모퉁이 쪽에 웃통을 벗어 젖힌 한 떼의 죄수들이 큰 통나무를 어깨에 메고 걸어가는 것이 보였다. 멀리서도 죄수들이 힘겨워 비틀거리는 것을 알 수가 있었다.

그들 가운데 혹시 아버지가 안 계실까 해서 그녀는 온통 그쪽으로 시선을 집중하고 있었다. 그러나 얼마 후 눈물이 앞을 가려 더 이상 볼 수가 없었다.

전화벨이 울렸다. 여옥은 화들짝 놀라 오장을 바라보았다. 오장은 여옥의 간장을 태우려는지 얼른 전화를 받지 않고 딴청만 부리다가 전화가 끊어질 듯해서야 수화기를 집어들었다.

"제1초소다……뭐라고? 지난 2월에? 알았다……만기출소가 아니란 말이지……알았다."

전화를 끊고 난 오장은 웃으며 여옥을 바라보았다.

"당신 남편은 지난 2월에 석방됐어."

여옥은 둑이 터지듯 흘러내리는 눈물을 닦지도 않은 채 멍하니 오장을 쳐다보았다.

"헛수고했군. 다행으로 알아야 해."

여옥은 퍼뜩 정신이 들었다.

"3년 언도를 받았다는데 벌써 석방됐나요?"

"이 색시, 석방됐다면 석방된걸로 알아야지. 왜 이렇게 말이 많나. 애꿎은 총각 성나게 할 셈인가. 하긴 벌써 성이 나서 오줌을 싸야 할 판이다. 예쁜 색시를 보면 난 오줌부터 마렵단 말이야."

오장은 몸을 일으키더니 소변을 보려는지 급히 밖으로 나갔다

여옥은 어떻게 해야 할지 몰라 그 자리에 우두커니 서 있었다. 아버지가 석방되었다는 것이 어쩐지 현실로 받아들여지지가 않았다.

"이름이 뭐라고 그랬지요?"

여옥은 깜짝 놀라 돌아보았다. 오장의 발을 씻겨 주던 죄수가 엉거주춤 서서 그녀를 바라보고 있었다.

피골이 상접한 얼굴에는 두 눈만이 살아서 움직이는 것 같았다. 눈은 크고 불안한 빛이었다. 여옥이 놀란 것은 그의 그러한 모습보다도 그가 조선말을 했다는 사실 때문이었다.

"나도 조선 사람이오. 남편 이름이 뭐라고 그랬지요? 헌병이 오기 전에 빨리 말합시다."

"윤대식이라고 해요!"

"윤대식 모르겠는데……. 워낙 수가 많아서 이름을 기억하기가 어려워요. 여기선 만기가 되기 전에 석방시키지는 않아요. 죽어서 나가면 몰라도……"

여옥은 재빨리 사진을 꺼내어 그에게 내보였다.

"바로 이분이에요! 보신 적 없으세요?"

사진을 들여다본 죄수는 고개를 크게 끄덕거렸다.

"아, 안경을 보니까 기억이 나는군. 이 사람 본 적이 있소."

죄수는 창밖을 얼른 살핀 다음 다시 말했다.

"그런데……너무 상심하지 마시오. 이 사람이 들것에 실려 가는 걸 보았소."

"그럼 돌아가셨단 말인가요?"

"아니 그게 아니라……동상에 걸려 움직일 수 없으니까 병원으로 실어간 모양인데, 그 병원이란 게 말이 병원이지 죽어 가는 사람 가둬두는 곳이오."

"그럼 지금도 그곳에 계실까요?"

"그건 알 수 없소. 연고자가 나타나면 시체를 내주는 수가 있지요. 숨이 붙어서 나가는 사람도 있지만 그런 사람은 집에 닿기도 전에 죽을걸요. 그나마 연고자가 없는 사람은 병원에서 죽기를 기다리는 수밖에 없지요. 죽으면 우리 손으로 파묻는 거요."

여옥은 눈앞이 캄캄해져 왔다. 분명한걸 알아야 한다고 생각했지만 더 이상 알 도리가 없었다.

오장이 돌아왔기 때문에 여옥은 그곳을 물러 나왔다.

입구에서 초조하게 기다리고 있던 청년이 어떻게 되었느냐고 물었다. 그녀는 손등으로 눈을 가린 채 힘없이 고개를 내저었다.

돌아오는 길에 그들은 별로 말을 나누지 않았다. 여옥이 너무 상심하고 있었기 때문에 청년은 몹시 조심하고 있었다.

아직도 길이 많이 남았을 때 날이 저물었다. 어둠이 산 속을 채우자 짐승들의 울음 소리가 들려오기 시작했다. 슬픔에서 깨어난 그녀는 청년 곁에 바싹 붙어 서서 걸었다. 청년이 손을 잡아 주자 그녀는 쓰러질 듯 그의 품에 안겨 흐느껴 울었다.

"울지 말아요. 마음을 굳게 먹어야지요."

청년은 그녀를 힘차게 껴안으면서 한 손으로 그녀의 어깨를 쓰다듬어 주었다.

"돌아가신 게 분명해요."

청년이 그녀를 위로했지만 그녀는 더욱 비통한 기분을 느끼고 있었다. 그 죄수의 말대로 아버지가 동상에 걸려 움직일 수가 없게 되었다면, 지금쯤은 이 세상에 안 계신 것이 분명하다. 이 넓은 대지 어디에 누워 계실까.

그녀는 나뭇가지 사이로 굴러 떨어지는 별빛을 물끄러미 바라보았다.

사진을 들여다보던 박노인의 얼굴빛이 변했다.

"가만 있자. 이 얼굴……어디서 본 것 같은데……"

"어디서 보셨나요?

여옥이 초조하게 묻자 노인은 불쑥 일어섰다.

"내 알아 보고 올 테니까 좀 기다려요."

노인이 나가자 방안은 깊은 침묵 속으로 가라앉았다. 노파의 한숨과 혀 차는 소리만이 가끔씩 들릴 뿐 아무도 입을 여는 사람이 없었다. 노파는 침침한 등잔불 밑에서 바느질을 하고 있었고 청년은 노인이 나가자 기다렸다는 듯이 담배만 빨아대고 있었다.

여옥은 품에 안겨 잠든 아기를 내려다보았다. 아기는 정말 놀랄 정도로 탈없이 자라고 있었다. 이때 아기라도 아프면 어쩔 것인가. 이것은 누가 나에게 은혜를 베푸는 것이다.

이 아기가 있는 이상 나는 어떤 사태가 닥쳐도 살아야 한다. 그녀는 자기도 모르게 눈을 감았다. 아주 잠깐이었지만 그 동안 저버리고 잊어 왔던 십자가가 보였다. 십자가는 금빛으로 빛나고 있었고 그 빛 속에 고뇌에 찬 그리스도의 얼굴이 보였다. 주여 어쩔 수 없었습니다. 저의 죄를 용서하시옵고 저에게 용기를 주시옵소서. 그녀는 신들린 듯 입술을 움직였다.

그때 박노인이 들어왔다. 그 뒤를 볼이 홀쭉하고 눈이 유난히 작아 보이는 중년사내가 따라 들어왔다.

그들은 자리를 잡은 다음 한동안 서로 눈치만 살폈다. 무엇인가 말을 꺼내기가 무척 거북한 모양이었다. 박노인이 더 기다릴 수 없었던지 기침을 하고 나서 입을 열었다.

"너무 놀라지 마시오. 이 사람은 저기 삼거리에서 음식점을 하고 있는 같은 조선 사람인데……지난 겨울에 집 앞에서 어떤 사람이 얼어죽은 것을 직접 본 사람이오. 나도 그날 지나면서 그 죽은 이를 얼핏 보긴 했지만 자세히 기억이 안 나서 이 사람을 데려온 거요. 그 사진을 이 사람한테 좀 보여 줄시다."

여옥의 얼굴이 하얗게 질렸다. 그녀는 사실을 알기가 두렵다는 듯 머뭇거리다가 떨리는 손으로 사진을 사내에게 내밀었다.

사진을 받아든 사내는 등잔불 앞으로 상체를 바짝 기울이고는 그것을 찬찬히 들여다보았다. 이윽고 그는 몸을 바로 한 다음 눈을 깜박거렸다.

"그 사람이 맞는가?"

박노인이 무거운 음성으로 물었다. 사내는 다시 한번 사진을 들여다보고 나서 혀로 입술을 핥았다.

"맞습니다. 바로 이 사람입니다."

여옥은 아기를 내려놓고 앞으로 조금 다가앉았다. 등잔불이 갑자기 횃불처럼 크게 타오르는 것 같았다.

"어쩐 점이 같다는 건가? 자세히 이야기해 보게"

"말씀드리기 거북하지만……말씀드리지요. 그러니까 그 사람이 죽기 바로 전날 제가 그 사람한테 음식을 좀 주었습니다. 하도 불쌍해서 말입니다. 다리가 썩어서 걷지도 못 하고 눈밭을 기어서 다녔지요. 조선말로 음식을 좀 달라고 하기에 주었지요. 나이는 사십이 넘어 보였고 안경을 끼고 있었는데……머리를 박박 깎고 있는 것이 아무래도 저기 보도소에서 나온 죄수 같았습니다. 이름을 물어 보니까 윤 뭐라고 했는데……어떻게나 기침을 세게 하는지 잘 알아듣지 못했지요. 제가 형편이 좀 나았으면 집으로 불러들였겠지만 아시다시피 저도 곤란해서……"

사내는 말끝을 흐렸다. 여옥은 두 손을 무릎 밑으로 집어넣고 짓눌렀다. 그녀는 이것이 환청이기를 바라면서 무릎에 더욱 힘을 주었다.

"그래서 어떻게 됐나?"

노인의 언성이 조금 높아지고 있었다. 사내는 머뭇거리다가 어렵게 다음 말을 이었다.

"이튿날 아침 가게문을 열고 보니까……우리 집 굴뚝 옆에 가마니에 덮인 것이 보였습니다. 눈이 쌓여 처음에는 그것이 무엇인지 몰랐지요. 가마니를 젖혀 보니까 바로 그 사람이……"

"그, 그만……알겠네."

노인이 손을 저어 그의 다음 말을 막았다. 여옥은 숙이고 있던 얼굴을 쳐들고 사내를 빤히 쳐다보았다. 눈물이 이슬방울처럼 굴러 떨어지고 있었지만 그녀는 울음 소리만은 내지 않았다.

"다시 한번 봐 주세요……이 사진과 틀림없나요?"

사내는 미간을 찌푸린 채 다시 사진을 들여다보았다.

"머리를 깎은 것만 다르지 틀림없습니다. 안경도 이런 것이었지요."

사내는 단언했다.

"분명히 윤씨라고 했나요?"

"네, 성이 윤씨라는 건 분명히 들었습니다."

갑자기 모두가 침묵에 빠져들었다. 여옥은 등잔불을 바라보았다. 불빛이 마구 흔들리고 있었고 귀에서는 윙윙거리는 소리가 일어나고 있었다.

"시신(屍身)은 어떻게 됐나?"

노인이 침묵을 깨뜨리고 물었다.

"순경한테 말했더니 저보고 치우라고 했습니다. 장사는 해야했고, 그래서 제가 일꾼을 사서 저기 뒷산에 묻었습니다."

"내일, 거기 좀 안내해 주겠나?"

"네, 안내해 드리고 말고요."

사내가 가고 난 뒤 노인은 여옥을 위로했다.

"이럴 때일수록 마음을 굳게 가져야 해요. 혼자 몸도 아니고 아기까지 있으니……아기를 위해서도 마음을 단단히 먹어야 해요. 나고 죽는 건 모두 하늘의 이치니……"

그러나 여옥에게는 아무것도 들리지 않았다. 얼어서 돌아가시다니, 이 무슨 말인가. 세상에 이럴 수도 있는가. 아, 아빠……아빠……얼마나 추우셨습니까.

건넌방으로 돌아온 여옥은 그대로 방바닥에 엎어져 밤새껏 소리를 죽여가며 울었다. 아무리 울고 또 울어도 아버지에 대한 불쌍한 감정과 원통함은 사라지지가 않았다.

그날따라 청년은 피곤하지도 않은지 밤늦게까지 망치를 두드려대고 있었다. 그 역시 분노를 그런 식으로 삭이고 있는 것 같았다.

울다 지친 여옥은 새벽녘에 깜박 잠이 들었다.

그리고 깨어났을 때 그녀의 가슴이 불타는 것을 느꼈다. 증오심이 불덩이가 되어 가슴속에서 활활 타오르고 있었다. 내가 너를 죽이고야 말겠다 하고 그녀는 중얼거렸다.

날이 뿌옇게 밝아오고 있었다. 그녀는 방바닥에 엎드려 기도 했다.

 주여, 이 죄 많은 여인은 어떻게 해야 하옵니까. 제 가슴은 증오심으로 불타오르고 있습니다. 그들을 사랑해야 합니까. 저는 그들을 사랑할 수가 없습니다. 만일 제가 주님의 말씀대로 그들을 사랑한다면 그것은 위선에 지나지 않을 것입니다. 저에게는 지금 증오심을 누를 힘이 없습니다. 주여, 제 아버님의 죽음은 무엇으로 보상해야 합니까. 주님께서 그 목숨을 거두어 가셨다면 그토록 고통을 주어야 할 까닭이 어디 있습니까. 주여, 저의 증오심을 용서하시옵소서. 저는 주님이 지켜보는 가운데 이 증오심을 불태우겠습니다.

 모든 일이 진행되는 동안 여옥은 차가운 모습으로 서 있었다. 박노인이 보지 못하게 말렸지만 그녀는 고집을 피우며 그 자리를 지키고 있었다.

 시체는 가마니에 싸인 채 그대로 땅속에 묻혀 있었다. 그러나 벌써 몇 달이 지나 봄철이었기 때문에 그것은 알아볼 수 없을 정도로 썩어 있었다. 아버지의 비참한 시신을 대하자 그녀는 가슴이 터지는 것 같았다. 그러나 너무도 격렬한 고통을 계속 겪고 있었으므로 그녀는 이제는 오히려 감정을 넘어서서 차가울 정도로 담담한 심정이었다.

 일꾼들은 시체를 관속에 넣는 동안 하나같이 얼굴을 찌푸렸다.

 마침 화장터가 멀지 않은 곳에 있었으므로 관은 그곳으로 운반되었다. 관은 통째로 화덕 속으로 들어갔고 얼마 뒤 뼈만 추려져 나왔다. 뼈는 곧 빻아서 한 줌의 가루가 되어 상자 속에 봉해졌다.

화장터 한쪽에 마련된 빈소에서 여옥은 아버지의 유골을 향해 두 번 절했다. 그리고 나서 바로 길을 떠났다. 박노인이 더 머물다 가라고 했지만 그녀는 아버지의 유골까지 안고 남의 집에서 더 이상 신세지는 것이 미안했기 때문에 지체하지 않고 즉시 출발한 것이다.

박노인의 호의는 눈물겹도록 고마웠다. 노인의 아들이 역에까지 짐을 날라다 주었다. 트렁크 속에 유골이 들어 있었기 때문에 그는 몹시 소중하게 그것을 다루었다.

역에는 별로 사람이 없었다. 대합실에 들어설 때까지 청년은 시종 말이 없었다. 그는 몹시 우울한 표정이었다. 여옥이 이젠 돌아가라고 말했지만 그는 그대로 그녀 옆에 앉아 있었다.

개찰이 시작되자 청년은 플랫폼까지 따라나왔다. 하늘은 곧 비가 올 듯 흐렸고 그것이 그들의 감정을 한층 벅차게 만들어 주고 있었다.

철로변에 이름 모를 꽃 한 송이가 피어 있었다. 꽃은 눈처럼 희었다. 그것을 바라보던 청년이 밑으로 내려가 그것을 꺾어 가지고 올라왔다. 그는 그 꽃을 한참 들여다보다가 결심한 듯 말했다.

"부인, 가지 말고 여기서 지내세요."

여옥은 눈이 빛났다. 그러나 그녀는 이내 고개를 숙였다.

"안 돼요! 가야 해요!"

"누가 기다리는 사람이 있습니까? 남편도 없이 혼자서 아이를 기르겠다는 겁니까? 내 말이 야박하게 들릴지 모르지만⋯⋯가지 마십시오! 고향에 돌아간들 좋을 게 뭐가 있습니까?"

청년이 요구하고 있는 것이 무엇인지 그녀는 충분히 알고도 남았다. 이것이 사랑일까?

"저는 남편이 있는 몸이에요."

"그렇지만 돌아가시지 않았습니까?"

"아니에요. 살아 계셔요. 돌아가신 분은 제 남편이 아니고 제 아버님이에요. 정말 그 동안 거짓말을 해서 죄송해요. 모든 것을 이야기해 드리고 싶지만⋯⋯그럴 수가 없어요. 이해해 주세요. 베풀어 주신 호의 결코 잊지 않겠어요."

"아, 부인, 왜 거짓말을 하시는 겁니까?"

청년은 금방이라도 울음을 터뜨릴 것 같았다. 여옥도 눈물이 솟았다.

"아니에요! 정말이에요! 제 남편은 살아 계셔요!"

기차가 들어왔다. 그들의 대화는 끊어지고 여옥은 차에 올랐다. 창가에 자리잡자 그녀는 창문을 열고 청년에게 마지막 인사를 했다.

"부디 안녕히⋯⋯"

그러나 목이 메어 말은 나오지가 않았다. 기차가 출발하자 청년은 절룩거리며 따라왔다. 그리고 더 따를 수 없게 되자 그는 흰 꽃을 그녀에게 내밀었다. 여옥은 손을 뻗어 그 꽃을 나꿔챘다. 마치 사랑을 나꿔채듯이.

동토

살을 에이는 매서운 바람이 밤새도록 윙윙 소리를 내며 불어대고 있었다. 너무도 무서운 추위라 바람 소리만 들어도 오싹 소름이 끼치곤 했다.

1월 중순의 추위는 섭씨 영하 40도까지 내려간다. 아무리 춥지 않다 해도 영하 20도 이상은 올라가지 않는다. 입김이나 소변은 나오자마자 바로 얼어 버린다. 밤이면 추위에 나무가 쩍쩍 갈라지는 소리가 마치 총소리처럼 들려온다.

홍철은 무릎을 턱 밑에까지 끌어당겼다. 아무리 새우처럼 몸을 오그라붙이고 자지만 추위는 뼈 속까지 스며들고 있었다. 너무 추워서 잠이 오지 않았다. 덮은 것이라곤 다 해진 누비이불 한 장뿐이었다.

어둠 속에 갇힌 막사 안 여기저기서 죄수들의 기침 소리, 한숨 소리, 몸을 뒤척이는 소리, 앓는 소리 등이 한꺼번에 들려오고 있다. 옆에 누워 있는 중국인은 끊임없이 몸을 긁어대고 있었다. 홍철도 참지 못해 긁고 있었다. 옷 속으로 손을 넣어 훑자 이가 서너 마리 잡혔다. 그는 손가락으로 그것들을 가루가 될 때까지 비벼댔다. 조금이라도 추위를 막기 위해 그는 중국인의 등뒤로 몸을 바싹 밀어붙였다.

좁은 막사 안에 백여 명이나 되는 죄수들이 새우잠을 자고 있었다. 죄수들은 모두 중국인, 조선인, 러시아인들이었다. 통로 중간에 난로가 하나 있었지만 막사가 커서 있으나마나였다. 이러한 막사가 드넓은 수용소 안에 수십 동이나 산재해 있었다.

배에서 꼬르륵 하는 소리가 들려왔다. 배는 점점 등으로 달라붙고 있었다. 먹은 것이라고는 말먹이로나 적당할 잡곡밥으로 주먹만하게 뭉친 것 한 덩이에 소금국이 전부였다. 그것을 먹고 새벽부터 밤늦게까지 쉴 새 없이 중노동을 하는 것이다.

죄수들에게 제일 무서운 것은 추위와 굶주림 그리고 이, 이렇게 세 가지였다. 추위에 얼어붙고 굶주림에 지친 죄수들은 그나마 이에게 물어뜯기는 바람에 하루에도 수 명씩 죽어나가고 있었다. 이 죽음의 수용소에서 나갈 수 있는 길은 죽는 것뿐이었다. 살아서 나간다는 것은 불가능한 일이었다.

호각 소리와 함께 "기상!" 하는 외침 소리가 들려왔다. 아직 날이 밝으려면 두 시간은 더 있어야 한다. 그러나 두드려 깨우는 이상 안 일어날 수가 없다. 새벽에 깨우는 것이 제일 싫다.

홍철은 격렬하게 기침을 하면서 천천히 일어난다. 벌써 몸이 떨리기 시작한다. 늦게 일어나는 죄수들을 몽둥이로 후려치는 소리가 탁탁하고 들려온다.

홍철의 등뒤에서 자고 있는 젊은 러시아인은 아직 안 일어나고 있었다. 보도원이 다가와 몽둥이로 때렸지만 꼼짝도 하지 않는다. 이들 보도원들은 죄수들 중에서 힘깨나 쓰는 자들로 구성되어 있는데, 같은 죄수들을 감시하는 역할을 맡고 있었다. 그러나 이들의 횡포는 일본군 헌병 이상으로 심해서 그들의 눈밖에 나는 죄수는 살아나기가 어려울 정도였다. 눈 하나 깜짝 않고 죄수들을 때려죽일 수 있는 권한을 그들은 가지고 있었다.

이불을 젖히자 러시아 청년의 몸에서 찬 기운이 감돈다. 며칠 전부터 앓던 그는 마침내 밤새에 죽은 모양이었다. 슬픔을 느낀다거나 누구를 불쌍히 여긴다거나 하는 것은 그래도 행복한 상태에서 누릴 수 있는 감정의 유희다. 동물적인 자기 보호본능만이 남아 있는 죄수들에게는 감정 같은 것은 말라버린 지 오래다.

보도원이 러시아 청년의 시체를 끌어내렸다. 시체는 둔탁한 소리를 내면서 바닥으로 굴러 떨어졌다. 두 명의 죄수가 다리 하나씩을 쥐고 시체를 질질 끌고 나갔다.

땅이 얼어붙어 시체를 땅에 파묻을 수는 없다. 시체는 철조망 밖 눈밭으로 내던져진다. 그러면 냄새를 맡은 늑대들이 떼를 지어 덤벼든다.

컹컹컹컹 —,

늑대들은 철조망 주위를 맴돌며 밤새도록 울어댄다. 그 울음소리를 듣고 있노라면 죽음이 바로 눈 앞에 다가와 있는 것 같은 기분을 느낀다.

등화관제가 철저히 실시되고 있다. 모든 것은 어둠 속에서 처리되고 있다. 홍철은 죽은 러시아 청년의 구두를 얼른 집어 신었다. 신발이 해져 그렇지 않아도 걱정하고 있던 참에 잘되었다는 생각이 든다. 벌써 서너 명의 죄수들이 러시아 청년의 자리를 뒤지고 있었다. 죄수가 하나 죽으면 그 사람의 물건은 눈 깜짝할 사이에 사라진다. 죄수들은 물건을 서로 차지하려고 난투극까지 벌인다. 심지어는 죽은 죄수를 숨겨두고 그 밥까지 타먹는 경우가 허다하다.

홍철은 수건으로 얼굴을 싸맸다. 그리고 또 다른 수건으로 목을 둘렀다. 붙잡힐 때 입고 온 옷 위에 닳아빠진 국방색 누비옷을 껴입은 것이 차림의 전부다. 언제나 옷을 입고 자기 때문에 그대로 일어나 신만 신으면 된다.

곧 얼음덩이처럼 딱딱해진 주먹밥 한 개와 소금국이 배달되었다. 소금국에도 살얼음이 얼어 있다. 따뜻한 물 한 모금 마셔보는 것이 소원이지만 이곳에서는 불가능한 일이다. 그는 천천히 주먹밥을 먹기 시작한다. 얼음덩이가 되어 버린 주먹밥이지만 굶주린 그에게는 비할 데 없이 맛있고 귀중한 것이다. 얼른 먹어치우기가 아까워 그는 맛을 음미하면서 느릿느릿 입을 놀린다. 모든 죄수들이 그처럼 느릿느릿 식사를 한다.

폐결핵으로 그는 자신이 며칠을 못 넘기고 쓰러질 줄 알았다. 그만큼 그는 중증이었고, 노동은 힘든 것이었다. 그러나 놀랍게도 그는 지금까지 버티어내고 있었다.

밖으로 나가자 찬바람이 얼굴을 찢을 듯이 파고 들어왔다. 그는 얼굴을 수건으로 가렸다.

바람에 눈발이 몰아치고 있었다. 그는 어깨를 웅크리고 곱추처럼 걸어갔다. 말을 하는 사람은 아무도 없었다. 너무 추워서 죄수들은 입을 여는 것조차 삼가고 있었다. 다른 막사에서도 죄수들이 나오고 있었다. 수천 명의 죄수들이 혹한에 몸을 떨며 일터로 묵묵히 나가고 있었다.

얼굴을 씻는 사람은 아무도 없다. 이런 추위에 얼음물에 세수를 한다는 것은 불가능한 일이거니와 동상에 걸릴 위험이 있기 때문이다. 홍철도 얼굴을 씻지 않은 지 벌써 한 달 가까이 되는 것 같다. 이제는 씻지 않는 것에 오히려 익숙해져 버려 아무렇지도 않게 생각하고 있다. 몸에는 때가 잔뜩 끼어 부스럼같이 되어가고 있었고, 그 때문에 이가 더욱 들끓고 있었다.

홍철이 속해 있는 9호 막사 죄수들의 일터는 막사로부터 2킬로나 떨어져 있다. 눈을 헤치고 거기까지 가는 것도 쉬운 일이 아니다. 눈은 치워도 끊임없이 내려와 쌓인다. 밤새에 쌓인 눈으로 무릎까지 푹푹 빠진다.

거의 한 시간 걸려 그들은 작업장에 도착했다. 그들이 하는 일은 새로 갱도를 만드는 일이다. 따라서 가장 힘들고 위험한 일이라고 할 수 있다. 어제만 해도 제일 밑에서 작업하던 이십여 명의 죄수들이 흙이 무너져 내리는 바람에 고스란히 매몰되고 말았다. 그러나 시체는 아직도 그대로 흙 속에 방치되어 있었다. 보도원의 말이 굳이 시체를 발굴할 필요가 있느냐는 것이었다. 일리 있는 말이었다.

죄수들은 작업장에 도착하자 일단 지시사항을 들은 다음 조를 짜서 작업에 들어간다. 작업은 분과별로 나뉘어져 있어서 일하는 내용이 서로 다르다.

홍철은 목재 운반을 맡고 있었다. 갱도에 받칠 갱목을 산에서 끌어내리는 것이기 때문에 몹시 힘드는 일이었다. 산에는 이미 잘라놓은 나무가 산더미처럼 쌓여 있었다. 그 하나하나를 여러 명이 멜빵을 해서 어깨에 지고 내려와야 했다.

쉬어가면서 일을 할 수 있다면 그래도 견딜 수가 있을 것이다. 그러나 언제나 일정량의 일을 그것도 엄청난 분량을 해내야 하기 때문에 쉴 틈도 없이 발악적으로 움직일 수밖에 없다. 책임량을 완수하지 못 하면 일을 끝낼 때까지 식사와 취침이 금지된다. 이것은 바로 죽음을 뜻하기 때문에 죄수들은 기를 쓰고 책임량을 해내려고 든다. 불가능이 가능으로 통하는 곳이 바로 이곳이다.

죄수를 감시하는 자가 보도원이라면 보도원을 지휘하는 자는 일인 감독이다. 일인 감독이 눈짓이나 손짓을 하면 보도원들은 사냥개처럼 날렵하게 움직인다. 그만큼 일인 감독은 절대적이고 무서운 존재다.

날이 뿌옇게 밝아오기 시작했을 때 오오노라고 하는 일본인 감독이 나타났다. 이 사십대의 사내는 다리가 짧은데다가 가죽 장화까지 신고 있어서 걸음걸이가 몹시 거북해 보였다. 털모자에 털코트를 입은 그는 가죽 채찍으로 장화를 철썩철썩 때리면서 작업 광경을 한동안 지켜보고 있었다.

일인 감독이 현장에 나타나면 보도원들의 욕설과 구타는 더욱 심해지기 마련이고 죄수들은 죽을 힘을 다해 일에 열중했다.

감독의 눈에 거슬리기라도 하는 날에는 죽음을 각오해야 하기 때문이다.

오오노 감독은 일본민족의 우수성을 광적이다시피 믿고 있는 자였다. 그 믿음을 충실히 뒷받침하기 위해 그는 상대적으로 타민족, 특히 조선인들을 유난히 멸시하고 있었다. 이것이 병적으로 발전하여 그는 조선인 학대를 일종의 유희처럼 즐기게 되었다.

이러한 그의 눈에 한 늙은 죄수가 비쳐들었다. 그 늙은이는 죄수들 중에서 가장 늙어 보였는데 나무를 운반하다 말고 자주 기침을 하면서 걸음을 멈추곤 했다. 그때마다 함께 나무를 운반하는 다른 죄수들이 노인을 원망하면서 감독과 보도원들의 눈치를 살피곤 했다.

오오노의 날카로운 눈은 즉각 그 늙은 죄수가 조선인임을 알아냈다. 그는 채찍으로 장화를 철썩 하고 때린 다음 보도원에게 지시했다.

"저 늙은이를 이리 끌어와. 그리고 모두 작업을 중단하라고 해."

지시를 받은 보도원이 호각을 불어 작업을 중단하라고 외쳤다. 죄수들이 주시하고 있는 가운데 늙은 죄수는 사색이 되어 감독 앞에 끌려왔다.

"죠오센징인가?"

오오노는 가죽 채찍을 휘어잡으면서 부드럽게 물었다. 그의 눈에는 이미 악랄한 웃음이 감돌고 있었다.

"네에, 나리……"

노인의 희끗희끗한 수염이 부들부들 떨리고 있었다.

"그 수건을 벗어 봐."

노인은 떨리는 손으로 머리에 두르고 있던 수건을 풀어냈다. 피골이 상접한 쭈글쭈글한 얼굴이 드러났다.

"어디 아픈가?"

오오노 감독은 여전히 부드럽게 물었다. 이 부드러운 음성에 노인은 다소 마음이 놓이는지 갑자기 동정을 구하는 태도가 되었다.

"네, 숨이 차고 다리가 떨려서……마음대로 몸이 말을 안 듣습니다."

"그거 안됐군. 그렇다면 치료를 받아야지. 이 봐, 보도원, 이 늙은이가 한 말 들었나? 숨이 차고 다리가 떨려서 일을 못 하겠다는 거야. 이런 식으로 교육을 시키니까 작업능률이 안 오르지."

가죽 채찍이 바람을 일으키며 휙 날았다. 노인의 얼굴에서는 금방 피가 튀었다. 노인은 쓰러진 채 오오노의 다리를 잡고 늘어졌다.

"아이구, 나리, 죽을 죄를 졌습니다. 다시는 안 그러겠습니다. 용서해 주십시오."

노인의 울음 섞인 목소리가 비통하게 주위를 울렸다.

"이 늙은이, 일어나지 못해! 죠오센징은 하는 수가 없어. 때려서 길을 들여야지 할 수 없어. 이 봐 보도원, 정신이 들게 해 줘."

건장한 보도원이 노인의 목덜미를 낚아채더니 몽둥이로 후려치기 시작했다. 그런데 그 보도원 역시 놀랍게도 같은 조선인이었다.

홍철은 바로 옆에서 이 비극적인 광경을 지켜보고 있었다. 그 늙은 죄수는 간도에 흘러 들어와 농사를 짓던 순박한 농부였는데 그 아들이 몇 달 전 조그만 항일 폭동에 가담한 후 종적을 감추는 바람에 그 대신 끌려와 이 고생을 겪고 있었다. 홍철은 자기 몸 하나 유지하기도 힘에 겨웠지만 평소에 기회만 있으면 이 김노인이라고 하는 조선인을 도와주곤 했다. 같은 민족이기 때문이기도 하지만 한편으로는 늙은 몸으로 고생하는 것이 너무 불쌍했던 것이다. 그 노인이 지금 조선인에 의해 구타당하고 있었다.

"아이구, 나리. 살려 주십시오. 앞으로 열심히 일 잘하겠습니다."

노인은 몇 번이나 쓰러졌고 이번에는 보도원에게 빌어대고 있었다. 그것을 보고 있는 홍철의 눈은 충혈되고 있었다.

그는 감히 앞으로 나서서 말리지 못 하는 자신의 나약하고 비굴한 모습에 분노를 느끼고 있었다. 그러나 그 뿐이었다. 그러한 분노는 지금 이 광경을 지켜보는 죄수들이면 누구나 느끼는 그런 것이었다. 중요하고 가치 있는 것은 한발 앞으로 나서서 그 분노를 터뜨리는 것이다. 그러나 그는 한발 앞으로 나서는 것을 못 하고 있었다.

단지 그에게 돌아올 그 결과가 무섭다는 이유만으로. 어쩌다가 내가 이렇게 됐을까. 목숨이 그렇게도 무섭단 말이냐.

보도원은 자신이 얼마나 가혹하게 교육을 시키고 있는가를 감독에게 보여 주겠다는 듯 그 늙은 죄수로 하여금 옷을 벗게 했다. 죄수가 피투성이가 된 얼굴로 울부짖었지만 그는 듣지 않고 노인을 완전히 빨가벗겼다. 그리고 잔등을 몇 차례 후려갈긴 다음 눈밭에 맨발로 서 있게 했다.

감독이 만족한 듯 고개를 끄덕이자 보도원은 죄수들을 향해 소리쳤다.

"잘 들어라! 게으름을 피우면 어떻게 되는지 잘 보아둬! 이제부터는 잔꾀를 부리는 자는 이렇게 옷을 벗겨놓겠다! 저녁식사도 주지 않는다! 작업 개시!"

죄수들은 다시 움직이기 시작했다. 대꾸하는 사람은 아무도 없었다.

감독이 돌아간 뒤에도 노인은 벌거벗은 채 서 있었다. 갈비뼈가 앙상하게 드러난 비참한 몰골로 그는 사시나무 떨 듯 온몸을 떨어대고 있었다.

노인의 몸은 점점 푸르딩딩하게 변해 갔다. 입에서는 허연 김과 함께 우우우 하는 소리가 흘러나오고 있었고 두 눈은 공포로 질리다 못해 이미 초점을 잃고 있었다. 한 시간만 그대로 서 있으면 저절로 냉동이 될 판이다. 요행 목숨을 부지한다 해도 동상에 걸려 움직이지 못할 것이다. 노인은 죽음의 선고를 받은 것이나 다름없었다.

노인의 떨림은 더욱 심해져 갔다. 흡사 간질병 환자처럼 그는 후들후들 떨었다. 그러다가 그는 마침내 마른 나뭇가지 같은 다리를 꺾으면서 앞으로 푹 쓰러졌다. 그리고 일어나지 못한 채 여전히 떨고 있었다. 조선인 보도원이 몽둥이로 노인의 등을 내려쳤다.

"이 늙은이, 일어나지 못해? 여기가 어디라고 엄살을 피우는 거야? 일어나! 빨리 일어나!"

그러나 늙은 죄수는 자신을 포기해 버린 듯 일어나지 않았다. 쓰러진 그의 몸 위로 눈이 쌓여가고 있었다.

홍철은 더 이상 보고만 있을 수가 없었다. 그는 갑자기 머릿속이 맑아지면서 자신이 해야 할 것이 무엇인가를 깨달았다. 순간 두려움이 없어지고 자신감이 그를 앞으로 밀어냈다.

나무를 지고가다 말고 그는 노인에게 다가갔다. 이대로 두면 이 노인은 죽고 만다. 이 조선인을 구해야 할 사람은 바로 나다. 홍철은 이렇게 생각하면서 노인을 안아 일으켰다. 모든 죄수들이 움직임을 멈추고 그의 용기 있는 행동을 주시하고 있었다.

조선인 보도원은 이 갑작스런 행동에 당황한 것 같았다. 그는 잠시 홍철을 쏘아보고 있었다. 그러나 홍철은 보도원의 시선을 묵살한 채 노인을 흔들었다.

"일어나셔야 됩니다. 그렇지 않으면 얼어 죽어요! 정신을 차리세요! 고향에 가고 싶지 않으세요?"

노인이 눈을 떴다. 노인은 멀거니 홍철을 쳐다보면서 고개를 저었다.

"나, 나는……틀렸어. 고맙소."

다른 보도원이 다가오자 조선인 보도원은 그제야 자신이 붙는지 홍철을 몽둥이로 때리기 시작했다.

"이 새끼야, 누가 너보고 일으켜 세우라고 했어?"

노인과 함께 눈밭에 쓰러진 그를 보도원은 발로 짓밟았다. 홍철은 벌떡 일어나서 보도원에게 대들었다.

"당신은 조선인 아니오?! 같은 조선인끼리 이럴 수가 있소?!"

"뭐가 어쩌고 어째?"

조선인 보도원은 다른 보도원과 함께 합세해서 홍철을 무자비하게 구타했다. 워낙 몸이 쇠약한 그는 몇 마디 항의만으로 맞서 싸우지도 못한 채 주눅이 들도록 얻어맞았다. 얼굴은 퍼렇게 멍이 들어 부풀어오르고 여기저기 터져 피가 흘렀다. 그는 비로소 다시 공포에 싸였다. 자신이 괜한 객기를 부렸다고 생각했지만 이미 때가 늦은 뒤였다.

"이런 놈을 가만둬서는 안 돼. 다시는 이런 짓 못 하게 단단히 혼을 내야 돼."

쓰러져 있는 그를 보도원들은 마구 짓밟았다. 그는 정신을 잃어서는 안 된다고 생각하면서 비틀비틀 일어섰다. 정신을 잃고 쓰러지면 누구 한 사람 일으켜 주지 않을 것이다.

"잘 들어둬. 너는 오늘 중으로 저기 있는 나무를 모두 운반해 놔. 그리고 나한테 보고해. 저녁밥은 없다."

눈앞이 캄캄해진 홍철의 귀에 다시 말소리가 들려왔다.

"이 봐, 너희들 둘은 이 늙은이를 데려가. 죽었으면 갖다 버리고 죽지 않았으면 병원에 쳐 넣어."

눈을 치우던 죄수 두 명이 들것을 들고 노인에게 다가섰다. 그중 한 명이 몸을 만져보더니

"죽었습니다."

하고 말했다.

"갖다 버려!"

보도원의 말은 간단했다.

굶고 병든 노인은 갑자기 몸이 얼어붙은 데다 심한 매질로 충격을 받아 심장마비라도 일으킨 모양이었다. 그의 벌거벗은 몸은 즉시 담가에 실려 밖으로 운반되어 갔다. 이미 굳어 버린 팔다리가 담가 위에서 흔들거리고 있었다. 죄수들이 땅위에 흩어진 노인의 옷가지를 서로 차지하려고 우하니 몰려들었다. 사람이 하나 죽어간다는 것은 그들에겐 아무런 문제가 되지 않고 있었다.

홍철이 새로 떠맡은 일은 혼자서는 도저히 해낼 수 없을 만큼 많은 분량이었다. 두 사람이 겨우 나를 수 있는 통나무를 그는 혼자서 잡아끌면서 약 2백 미터의 거리를 왕복해야 했다. 그를 도와주는 사람은 아무도 없었고 보도원이 지키고 있어서 도와줄 수도 없었다. 큰 통나무라도 여러 명이 들고 가면 그래도 힘이 덜 든다. 그러나 두 명이 운반할 수 있는 통나무를 혼자서 나른다는 것은 너무나 힘에 겨운 일이었다.

통나무를 끈다기보다 오히려 거기에 의지하면서 그는 걸어갔다. 구멍 난 목장갑 사이로 튀어나온 손가락들은 이미 얼어

터져 피 흐르고 있었고 두 발은 눈 속에 뭉쳐 얼음덩이가 되어 있었다.

날이 어두워지고 한 시간쯤 지나자 죄수들은 모두 돌아갔다. 그들은 홍철을 거들떠보지도 않은 채 어깨를 웅크리고 묵묵히 막사를 향해 사라졌다. 눈밭에는 홍철 혼자 남아 있었다.

어둠과 함께 무서운 추위가 몰려왔다. 눈보라는 더욱 세차게 휘몰아치고 있었고 그 속에서 홍철은 기다시피 움직이고 있었다.

아직도 일거리는 많이 남아 있었다. 밤새도록 해도 다 나를 수가 없을 것 같았다. 무엇보다도 어둠과 눈보라 때문에 앞이 잘 보이지가 않았다. 그러나 일하지 않으면 죽는다는 생각 때문에 그는 쉬지 않고 움직였다.

추위와 굶주림에 그의 육체는 점점 분해되어 갔다. 손발이 말을 듣지 않았고 머리 속은 꿈꾸듯이 몽롱해져 갔다. 육체와 정신이 한계에 와 있었다.

밤은 깊어가고 있었다. 취침 나팔이 분지도 오래된 것 같았다. 그는 나무를 들다가 그대로 쓰러졌다. 이대로 죽을 수 없다. 일어나야 한다고 생각했지만 몸은 점점 굳어지기만 했다.

눈 속에 파묻힌 얼굴에 찬기가 들자 그는 눈을 떴다. 주위는 칠흑 같은 어둠뿐이었다. 내일 맞아 죽더라도 여기서 얼어 죽을 수는 없다. 막사로 돌아가야 한다. 그는 꿈틀거리다가 간신히 몸을 일으켰다.

휘청거리는 다리에 힘을 주면서 그는 한 걸음 한 걸음 떼어놓

앉다. 눈은 이미 무릎까지 차 오르고 있어서 걸음을 떼어놓기가 몹시 힘이 들었다. 쓰러질 때마다 그는 누운 채로 한참씩 쉬곤 했다. 그럴 때면 눈꺼풀이 무겁게 내려 덮이면서 졸음이 밀려오는 것이었다. 그대로 눈을 감고 잠들어 버리면 얼마나 좋을까. 그는 몇 번씩 이런 생각을 했지만 그때마다 알 수 없는 힘이 그를 일으켜 세우곤 했다

막사까지 2킬로의 눈 쌓인 길을 그는 그렇게 걸어갔다. 막사에 거의 가까이 왔을 때는 쓰러진 채 일어날 수가 없었다. 그래서 그는 자주 안경을 고쳐 끼면서 엎드려 기어갔다. 눈이 몸 위로 덮쳐 왔다. 그는 자꾸만 졸음이 왔다. 의식이 흐릿해지면서 그의 움직임도 정지되어 갔다. 그는 두 손을 앞으로 길게 내뻗으면서 눈 속으로 얼굴을 깊이 처박았다. 그리고 움직이지 않았다.

막사는 바로 눈 앞에서 검은 형체로 웅크리고 있었다.

그가 정신을 차리고 제일 먼저 들은 것은 신음 소리였다. 신음 소리는 여기저기서 들려오고 있었다. 주위를 둘러본 그는 비로소 자기가 병원에 와 있는 것을 알았다. 그리고 이내 새로운 공포에 휩싸였다.

말이 병원이지 그가 들어 있는 제3병실은 죽음을 기다리는 대기실이나 마찬가지였다. 병실은 모두 세 개였다. 제1호실은 경환자 수용실이었고, 제2호실은 증상이 조금 심한 환자실, 그리고 제3호실은 치료가 불가능하거나 치료가 가능하다 해도

이용가치가 없는 환자들을 수용하고 있었다.

홍철은 바로 3호실에 들어 있었다.

군의관이나 위생병은 2호실까지만 왔다가 돌아가곤 했다. 홍철이 하루종일 기다려 봤지만 그가 들어 있는 병실에는 그들 중 아무도 들어오지 않았다. 병실에는 불기도 없었다. 여기저기에 오물이 그대로 널려 있었다. 그 오물 위를 환자들이 고통을 못 이겨 뒹굴고 있었다. 한마디로 모두가 죽음을 기다리고 있었다.

환자들은 대부분 심한 동상에 걸려 있어서 손이나 발을 쓰지 못 하고 있었다. 그밖에 결핵환자와 정신이상자들도 있었다. 그들이 한데 뒤엉켜서 신음 소리를 내고 있었다.

홍철도 발에 동상이 걸려 있었다. 뿐만 아니라 결핵균은 그의 가슴을 거의 다 갉아먹어 가고 있었다. 그는 하루에도 여러 번 각혈을 했다. 그러면서도 그는 결코 죽을 수 없다고 자신을 달래고 있었다.

병실은 완전히 밀폐되어 감방이나 다름없었다. 일단 죽음의 선고를 받고 수용되면 죽을 때까지 병실 밖으로 나갈 수가 없었다. 하루에 두 번씩 죄수들이 주먹밥을 날라다 주고 변기통을 갈아 주기 위해 나타나곤 했는데 그것이 환자들이 외부 사람들과 접촉할 수 있는 유일한 기회였다.

매일 서너 명의 환자들이 죽어나갔다. 아침이면 뻣뻣이 굳어 버린 시체들이 침상에 널려 있곤 했다. 시체를 치우지 않으면 며칠이고 시체와 함께 지낼 수밖에 없었다.

홍철의 동상 걸린 발은 급속도로 썩어들어 갔다. 푸르딩딩한 빛이 어느새 발등을 지나 위로 퍼져가고 있었다. 고통 때문에 발을 디딜 수가 없어서 그는 무릎으로 기어서 움직이곤 했다.

얼굴은 수염에 덮여 노인 같았고 입은 옷은 찢기고 해어져 거지도 그런 거지가 없었다. 손톱이 길게 자란 새까만 손으로 그는 무엇이나 집어먹었다.

배가 고파 견딜 수가 없었다. 옷 속에서는 수백 마리의 이들이 들끓고 있었다. 아무리 잡아도 소용이 없었다. 그래서 이제는 아예 내버려두고 있었다.

침상에서 내려가기조차 불편하게 됐을 때 그는 침상에 걸터앉은 채 그대로 대변과 소변을 보았다. 이런 환자들에게는 배설을 막기 위해 급식이 중단되었다.

결핵과 동상이 아무리 괴롭다 해도 굶주림이 주는 고통보다는 그래도 덜했다. 굶주림은 정말 견딜 수 없는 고통이었고 이성마저 마비시키고 있었다.

급식이 중단되자 그는 처음에는 침상 위를 기어다니는 벌레들을 잡아먹었다. 그러나 그것으로도 고통을 면할 수 없게 되자 마침내 몸 속의 이를 잡아먹기 시작했다. 그는 살찐 이들을 입 속에 집어넣고 마치 깨를 씹듯이 그것들을 아작아작 씹어먹었다.

못 먹을 것을 먹는 자신이 이상하다는 생각은 조금도 없었다. 먹을 수 있는 것이면 무엇이나 먹어야 한다고 그는 생각하고 있었다. 배가 고파 이를 잡아먹는 사람을 경멸하는 것은 배부른 사람만이 할 수 있는 것이라고 그가 생각한 것은 아직도 그에게 삶에 대한 욕구가 남아 있기 때문에 일어날 수 있는 생각이었는지 모른다.

2월 어느 날 저녁, 해가 지고 어둠이 내리기 시작할 때 갑자기 3호실 문이 열리며 군인들이 들어왔다. 군의관 두 명과 헌병 두 명이었다.

그 뒤를 따라 감독과 보도원들이 들어왔다. 환자들은 숨을 죽이고 그들을 바라보았다. 군의관들은 얼굴을 찌푸린 채 서 있다가 환자들을 하나씩 살펴보기 시작했다.

그들이 앞에까지 왔을 때 홍철은 시선을 떨어뜨리고 있었다. 꼭 1주일째 그는 밥 한 덩이 얻어먹지 못한 채 버티고 있었다. 벌레와 이로 연명하고 있다고는 하지만 거기에도 한도가 있었다. 그는 이제 이삼 일만 지나면 자신이 더 버티지 못할 것이라고 생각하고 있었다. 급식이 중지 당한 채 이렇게 1주일 동안 살아왔다는 것만도 기적이었다. 그는 얼굴을 쳐드는 것조차 힘이 들었다.

"무릎까지 번지고 있군. 이런 환자는 허벅지를 잘라야 돼."

군의관 한 명이 홍철의 다리를 들여다보면서 말했다. 홍철은 아무런 감정도 느끼지 못한 채 그대로 고개를 숙이고 있었다.

"걸어다닐 수 있나?"

홍철은 대답 대신 고개를 힘없이 내저었다.

"이놈을 끌어내!"

군의관의 이 한마디에 보도원들이 달려들어 홍철을 밖으로 끌어냈다. 홍철은 아무 저항 없이 밖으로 질질 끌려나갔다.

밖에는 덮개를 씌운 트럭이 대기하고 있었다. 홍철은 트럭 위로 짐짝처럼 내동댕이쳐졌다. 뒤를 이어 다른 환자들도 차에 실렸는데 모두가 열댓 명쯤 되어 보였다. 그런데 하나같이 홍철처럼 심한 동상으로 걸을 수가 없는 중환자들이었다.

덮개 문을 내리자 차 속은 얼굴을 알아볼 수 없을 정도로 어두워졌다. 그들이 움직일 수도 없는 중환자라고 생각했는지 트럭 위에는 감시원 하나 없이 그들만이 타고 있었다.

이윽고 트럭이 움직였다. 바닥에 주저앉아 있는 환자들은 신음 소리만 낼 뿐 아무도 입을 열지 않았다. 자신들이 현재 어디로 실려가고 있는지, 그런 것에는 모두들 관심이 없는 것 같았다. 트럭의 진동이 심해지자 홍철은 다리에 심한 통증을 느끼고 정신이 번쩍 들었다. 동시에 살아야 한다는 본능이 고개를 쳐들었다. 어디로 가는 걸일까. 생매장하러 끌고 가는 것일까. 아니면 보다 큰 병원으로 옮겨 수술을 하려는 것일까. 그럴 리는 없다. 생매장하기 위해 트럭까지 동원하여 밖으로 나갈 필요는 없는 것이다. 또 이들이 환자를 치료하기 위해 다른 병원으로 데려갈 리도 없는 것이다. 그렇다면 무엇 때문에 어디로 실어 가는 것일까. 아무튼 좋지 않은 일인 것만은 분명하다.

차는 눈 때문에 느릿느릿 굴러가고 있었다. 홍철은 포장 틈으로 밖을 내다보았다. 밖은 이미 캄캄해져 있었다. 밖으로 뛰어내린다고 해서 살 수 있는 것도 아니다. 걸어갈 수도 없으니 눈

속에 파묻혀 얼어 죽고 말 것이다. 추위 때문에 이빨이 다닥다닥 마주치고 있었다.

차가 갑자기 멈추는 것이 느껴졌다.

"우린 술 한잔하고 올 테니 너는 여기서 기다려라."

"알겠습니다. 다녀오십시오."

밖에서 말하는 소리가 홍철의 귀에 그대로 들려왔다. 밖을 내다보니 불빛이 듬성듬성 있는 것이 어느 마을인 것 같았다.

한참 후 포장이 들춰지면서 조용한 목소리가 들려왔다.

"여기 혹시 조선인 없나?"

홍철은 숨을 죽인 채 소리가 들려오는 쪽을 응시했다.

"여기 조선인 없느냐 말이야?"

다시 낮으면서도 날카로운 목소리가 들려왔다. 그런데 그것은 놀랍게도 조선말이었다. 홍철 외에 아무도 그 말을 알아듣는 사람이 없는 것 같았다. 홍철은 주저하다가 문 쪽으로 기어갔다.

"당신이 조선인인가?"

플래시의 불빛이 그의 얼굴을 강렬하게 찔렀다. 상대의 얼굴은 보이지가 않았다. 그러나 상대가 호송병인 것만은 분명했다.

"제가 조선인입니다."

홍철은 꺼져 가는 목소리로 떨면서 대답했다.

"혼자뿐인가?"

"그렇습니다."

돌연 호송병은 일본말로 외치기 시작했다. 마치 다른 환자들에게 들으라는 듯이.

"이놈 죠오센징, 이리 나와! 심심하던 판에 잘 됐다! 너 같은 놈을 함께 데려갈 수는 없어! 네놈의 목을 여기서 단칼에 잘라 주겠다!"

홍철은 아득한 현기증을 느끼면서 밖으로 끌려내려갔다. 호송병이 뽑아든 군도가 눈빛을 받아 하얗게 빛나고 있었다. 호송병은 홍철의 덜미를 움켜쥐더니 그를 차 앞쪽으로 끌고 갔다.

인적이 드문 길 가운데 차는 서 있었고 저만치 떨어진 곳에 거리의 불빛들이 희미하게 비치고 있었다. 홍철은 땅바닥에 쓰러진 채 고개를 숙이고 있었다.

그는 아무것도 생각나지 않았다. 기합 소리와 함께 목덜미로 칼이 떨어질 순간을 그는 숨을 정지한 채 기다리고 있었다. 경련이 심해서 누가 잡아 흔드는 것처럼 몸이 떨리고 있었다. 그는 고통을 조금이라도 덜 받으려고 목을 앞으로 길게 내밀었다. 단칼에 목이 잘려나가면 아무래도 고통을 느낄 여유가 없을 것이다.

"야잇!"

기다리던 기합 소리가 날카롭게 허공을 울리는 것과 동시에 홍철의 머리 위로 찬바람이 쌩하고 지나갔다. 홍철은 자신의 머리가 굴러 떨어지는 것을 보려고 눈을 떴다. 그러나 눈밭에는 아무것도 떨어지는 것이 없었다. 그래서 그는 자신의 목이 덜 잘린 것이라고 생각하면서 목을 움직여 보았다. 놀랍게도 목은 마음대로 움직여지고 있었다. 그가 고개를 쳐들자 호송병이 허리를 굽히며 속삭였다.

"빨리 업히시오!"

정신을 못 차리고 있는 홍철을 업고 호송병은 골목길 으슥한 곳으로 달려들어갔다.

"나도 조선 사람이오! 끌려가면 당신은 생체실험(生體實驗)을 당할 거요!"

"여, 여기는 어딘가요!"

"용정이오. 여긴 조선 사람들이 많이 살고 있으니까 도움을 청해 보시오!"

홍철을 내려놓은 호송병은 급히 뛰어가 버렸다.

홍철은 한참 동안 골목 안에 웅크리고 있었다. 무엇보다도 추워서 견딜 수가 없었다. 차가 떠나자 그는 큰길로 나왔다. 한참을 정신없이 기어가자 어디선가 음식 냄새가 풍겨왔다. 바로 앞에 음식점이 하나 있었다. 냄새를 맡자 내장이 뒤틀리는 것 같았다. 그는 참을 수 없어 문을 두드렸다. 곧 문이 열리더니 중년 사내가 얼굴을 내밀었다.

"밥 한술만 주십시오."

홍철은 고개를 숙인 채 조선말로 애걸했다. 눈을 뒤집어 쓴 채 땅바닥에 앉아 있는 그의 모습은 흡사 도깨비 같았다. 사내가 흠칫 놀란 눈으로 그를 내려다보다가 같은 조선말로,

"밥 없어."

하고 퉁명스럽게 말했다. 홍철은 닫으려는 문을 붙잡고 다시 애

걸했다.

"배 고파서 그러니 밥 한술만 주십시오. 나리, 밥이 없으면 뜨거운 물 한 모금만 주십시오. 저도 조선 사람입니다."

주인은 혀를 차더니 식은 밥덩이를 하나 가져왔다. 홍철은 주인이 떨어뜨려 주는 밥덩이를 손으로 받아들고 그 자리에서 허덕허덕 먹기 시작했다. 먹는 동안 뜨거운 눈물이 볼을 타고 흘러내리고 있었지만 그는 미처 그것도 느끼지 못 하고 있었다.

밥덩이를 순식간에 먹어치우고 난 그는 사방을 둘러보았다. 그러나 그 어디에도 갈 곳이 없었다. 집들은 문을 굳게 닫아걸고 어둠 속에 웅크리고 있었다. 마치 그의 침입을 경계라도 하는 듯이.

음식점 입구 왼쪽 모퉁이에 낮은 굴뚝이 하나 보였다. 홍철은 그쪽으로 다가가 손을 대 보았다. 둥그렇게 흙을 빚어 만든 굴뚝 밑동은 의외로 따뜻했다. 온기를 느끼자 그는 너무 기쁜 나머지 신음이 나왔다. 마침 주위에 가마니가 한 장 버려져 있었으므로 그는 그것을 머리 위까지 둘러쓰고 굴뚝에 바싹 몸을 밀어붙였다.

굴뚝에 얼굴을 비비자 걷잡을 수 없이 눈물이 흘러내렸다. 마치 사랑하는 여자를 품듯이 그는 두 손으로 굴뚝을 껴안았다. 나는 살고 싶다. 살아서 고향에 돌아가고 싶다. 아내와 딸을 보고 싶다. 내 딸은 지금 어디에 있을까. 꿈꾸듯이 중얼거리다가 이윽고 그는 잠이 들었다.

따뜻한 굴뚝 덕분에 그는 하루라도 더 목숨을 연장할 수가 있었다. 이미 그의 육신은 죽음의 문턱에 한발을 들여놓고 있었지만 그의 정신은 악착스럽게 목숨을 움켜쥐고 있었다. 그에게 이러한 살고 싶다는, 아니 살아야 한다는 강한 의지가 없었다면 그는 벌써 눈밭에 버려져 늑대의 밥이 되고 말았을 것이다.

이튿날 그는 소란스러운 소리에 눈을 떴다. 한 떼의 아이들이 둘러서서 그를 호기심 어린 눈으로 바라보고 있었다. 거의가 바지저고리를 입은 것으로 보아 조선 아이들인 것 같았다. 그 중에 힘이 세어 보이는 아이 하나가 막대기로 홍철의 등을 쿡쿡 찔렀다.

"거지……거지……일어나. 여기 있으면 안 돼. 여긴 우리 집이야."

아이들이 깔깔거리고 웃었다. 힘을 얻었는지 이번에는 여러 아이들이 한꺼번에 그를 쑤셔대기 시작했다. 그는 가마니가 벗겨지지 않도록 새끼줄로 허리부분을 동여맸다. 아이들의 짓궂은 장난을 그는 이가 몸 위로 기어가는 것 정도로 느끼고 있었다. 그만큼 그의 감각은 무디어져 있었고 그에게는 이제 아이들의 장난을 물리칠 힘도 남아 있지 않았다.

식당 문이 열리더니 어젯밤의 그 중년 사내가 나타났다. 사내는 굴뚝에 붙어 있는 홍철을 냅다 걷어찼다.

"저리 가지 못해? 아침부터 재수 없게 이게 뭐야?"

홍철은 굴뚝에서 물러나면서 사내를 올려다보았다.

"나리 따뜻한 물 한 모금만 주십시오."

"없어. 저리가! 여기 얼씬거리지 마!"

"나리, 밥 한술만 주십시오."

"없다니까! 저리 가지 못해?"

사내는 빗자루로 그를 때리려고 했다. 그러나 홍철은 물러나지 않고 거듭 애걸을 했다.

"나리, 따뜻한 물 한 모금하고 밥 한술만 주십시오. 죄송합니다."

"줄 테니까 앞으로는 오지 마."

"네, 오지 않겠습니다."

사내는 아이를 시켜서 먹을 것을 가져오게 했다. 개먹이로나 적당할 더러운 것이었지만 홍철은 감격에 겨워하며 그것을 받아들였다.

"고, 고맙습니다."

실로 오랜만에 따뜻한 물이 목을 타고 흘러내리자 그는 얼었던 몸이 좀 풀리는 것 같았다. 그를 물끄러미 내려다보던 사내는 안됐다 싶었는지 몇 마디 물어 보았다.

"조선인이라고 했지?"

"네, 그렇습니다."

"고향이 어디야?"

"전라도입니다."

"어쩌다가 이렇게 됐나? 보도소에서 나온 것 같은데……혹시 도망쳐 나오지 않았나?"

홍철이 대답을 못 하자 사내는 혀를 찼다.

"잡히면 죽을 텐데……하긴 당신을 보니 잡히나 안 잡히나 마찬가지겠지만……"

"저기, 나리, 저는 윤홍철이라고 합니다. 고향에 돌아갈 수 있는 길이 없겠습니까? 도와만 주신다면 은혜를 꼭 갚겠습니다."

지푸라기라도 잡아서 살고 싶은 심정이었기 때문에 홍철은 호소하는 눈길로 사내를 올려다보았다. 그러나 상대는 어이 없어 하는 표정이었다.

"당신……단단히 미쳤군. 이젠 먹었으니까 여긴 얼씬도 하지 마!"

사내는 홍철과 대면하는 것만도 두렵다는 듯 안으로 들어가 버렸다.

홍철은 팔을 다리 삼아 눈 위를 기어갔다. 아이들이 그 뒤를 따르며 장난질을 계속했지만 그는 모른 체하고 그대로 기어갔다. 눈은 그쳤지만 바람이 불고 있어서 날씨는 더욱 추워지고 있었다.

어디서나 그는 쫓겨났다. 바람을 피하려고 담 밑에 몸을 붙이고 있으면 으레 주인이 나타나서 그를 쫓아 버리곤 했다. 인심이 사나워서 밥 한술 얻어먹기도 힘이 들었다. 조선 사람들이 많았지만 가마니를 몸에 두른 더럽기 짝이 없는 그를 상대해 주는 사람은 아무도 없었다.

그는 멀리 가지도 못한 채 부근에서 배회하기만 했다. 손을 짚고서는 아무리 해도 멀리까지 갈 수도 없었다. 누가 차를 태워다 주면 고향에나 가련만 지금의 그로서는 꿈같은 일이었다.

점심때쯤 그는 겨우 개떡을 하나 얻어먹을 수가 있었다. 거리에서 떡을 놓고 팔고 있던 조선인 노파가 보다 못해 그에게 떡을 한 개 준 것이다.

"아이고, 저 다리가……쯧쯧쯧쯧……"

노파는 연신 혀를 차면서 그를 불쌍히 여겼지만 그에게 떡 하나를 더 주지는 않았다.

음식이 조금 들어가자 배고픔은 더욱 극심하게 그를 괴롭혔다. 마침내 그는 어느 집 앞에 놓여 있는 쓰레기통을 뒤져 먹을 것을 찾기 시작했다. 음식 찌꺼기와 고기 뼈다귀 같은 것을 그는 조금도 주저하지 않고 먹어치웠다. 누런 개 한 마리가 다가와 그와 함께 쓰레기통을 뒤지더니 곧 으르렁 하면서 그의 손을 물어 버렸다. 그는 별로 통증을 느끼지 못한 채 물러앉았다. 손에서는 피가 흐르고 있었지만 이미 동상에 걸려 있었기 때문에 별로 감각이 없었다.

날이 어두워지자 다시 눈이 내리기 시작했고 바람은 더욱 거세게 불어닥쳤다. 지난밤보다 훨씬 무서운 추위가 몰려오고 있었다.

홍철은 자신이 이 무서운 밤을 무사히 넘길 것 같지가 않았다. 그는 생각 끝에 어젯밤의 그 따뜻한 굴뚝 곁으로 가야겠다고 마음먹었다.

그러나 굴뚝까지 가까스로 다가간 그는 적이 실망하지 않을 수 없었다. 별로 불을 때지 않았는지 굴뚝에는 약간의 온기만이 겨우 남아 있었다. 이 추위에 그것은 금방 식어 버릴 것이 뻔했다.

그러나 달리 갈 곳이 없는 그로서는 여기서 다시 또 하룻밤을 지낼 수밖에 딴 도리가 없었다. 그는 두 팔로 굴뚝을 껴안고 눈을 감았다. 이제 어둠은 두터운 장막처럼 그의 주위에 내려와 있었다.

그는 무엇에 놀란 듯 갑자기 얼굴을 쳐들었다가 다시 밑으로 깊이 숙였다. 수백 수천 마리의 이들이 일제히 움직이기 시작하고 있었지만 이미 저항력을 잃고 무디어진 그의 육체는 아무런 반응을 일으키지 않고 있었다. 나는 살고 싶다. 살고 싶다. 그는 굴뚝을 더욱 바싹 끌어안았다. 바람이 매서운 소리를 내며 머리 위로 스쳐가는 소리가 들려왔다. 그는 심하게 기침을 시작했다. 기침이 터져 나올 때마다 몸이 들썩거리곤 했다. 입으로 뜨거운 것이 왈칵 쏟아져 나오고 있었지만 그는 닦을 생각도 하지 않고 그대로 웅크리고 있었다. 그의 몸은 점점 식어갔다. 그와 함께 졸음이 밀려왔다. 그는 자서는 안 된다고 생각했다. 잠이 들면 얼어 죽는다는 것을 잘 알고 있었다. 그러나 한번 졸음이 오자 그것은 무서운 힘으로 그를 빨아대고 있었다. 자서는 안 돼. 나는 살아야 해. 암, 살아야 하고 말고, 여기서 죽다니 말이 안 되지. 그는 갑자기 배가 뒤틀리는 것을 느꼈다. 쓰레기통에서 뒤져먹은 것이 결국 탈이 난 것 같았다. 배에서 계속 꾸르륵 꾸르륵 하는 소리가 들려왔다. 머리에 무게를 느끼고 그는 고개를 쳐들었다. 머리에 쌓인 눈이 등뒤로 흩어져 내렸다. 바람이 불자 눈이 처마 밑까지 날아 들어오고 있었다. 그는 가마니로 머리 위를 덮었다. 이렇게 하면 괜찮겠지. 아무리 눈이 와도 괜찮을 거야. 그는 사타구니가 따뜻해지는 것을 느끼고는 한동안 기분이 흐뭇해졌다.

오줌이 흐르고 있었지만 그는 그대로 주저앉아 있었다. 나는 운이 좋은 놈이야. 다른 죄수들은 벌써 생체실험을 당해서 죽었겠지. 역시 나는 운이 좋았어.

나를 살려 준 그 군인……이름이나 알아둘걸 잘못했어. 나중에 은혜를 갚을 수 있게 말이야. 그는 고개를 조금 더 밑으로 숙였다. 여러 사람들의 얼굴이 스쳐가고 있었다. 죽은 아내와 딸의 얼굴이, 동지들의 얼굴이 잠깐 나타났다가는 사라지고 있었다. 그는 그들을 향해 소리 없이 웃었다. 모든 게 잘돼 가고 있어. 우리는 이길 거야. 우리는 고향에 돌아갈 수 있어. 조금만 참으면 돌아갈 수 있다고. 너무 그렇게 불행하다고 생각하지 마. 외로운 것은 운명이지. 우리는 외로울 수밖에 없는 거야.

혁명가가 외로움을 느낀다는 건 우스운 일이야. 혁명가는 고독을 먹고 살아가야 하는 법이야. 그걸 감상적으로 받아들여서는 안 되지. 여보……울지 마시오. 혁명가의 아내는 우는 게 아니야. 당신한테 너무 못할 짓을 많이 시켰어. 당신은 훌륭한 아내……그렇지만 여보, 나는 죽지 않을 거야. 당신 곁으로 가고 싶지만 나는 아직 할 일이 많이 있어. 그렇지. 우리 여옥이도 만나야 해. 그 애를 먼저 시집보내야 나도 손자를 안을 수 있지. 여보……날씨가 따뜻해지고 있군……곧 봄이 올 모양이야…….

그가 고개를 떨어뜨리자 안경이 부러지는 소리가 났다. 그러나 그는 더 이상 움직이지 않았다. 바람이 그의 머리 위에서 가마니를 젖혀갔지만 그는 그대로 굴뚝을 껴안은 채 굳어 있었다. 어디선가 사이렌 소리가 들려오고 있었다.

침투

"자, 뛰어내려!"

뒤에 서 있던 미군 대위가 하림의 엉덩이를 힘껏 걷어찼다. 순간 하림의 몸뚱이는 추운 겨울의 밤하늘 위로 굴러 떨어졌다.

짐짝처럼 수직 낙하하던 그의 몸이 한순간 심히 흔들리면서 멈추는 듯하다가 바람을 타고 비스듬히 내려가기 시작했다. 그는 머리를 뒤로 젖혀 보았다. 낙하산은 흰 꽃처럼 눈부시게 밤하늘을 수놓고 있었다. 낙하산 속으로 달빛이 가득히 비쳐 들어오고 있었다.

이윽고 그는 조국의 대지를 힘차게 내려딛는 것과 동시에 정신을 차릴 수 없을 정도로 나동그라졌다. 쓰러진 채 그는 거의 백여 미터나 낙하산에 끌려가서야 가까스로 몸을 일으킬 수가 있었다.

낙하산을 접다 말고 그는 하늘을 쳐다보았다. 그를 실어다 준 수송기는 그의 머리 위를 한 바퀴 돌고 나서 어둠 속으로 사라졌다. 그는 재빨리 옷을 갈아입고 나서 낙하산과 군복을 땅속에 파묻었다.

그가 낙하한 곳은 경성 북방 40킬로미터 지점이었다. 이제 그는 경성으로 잠입할 생각이었다.

그는 눈 쌓인 들판을 한동안 멍하니 바라보고 있었다. 들판은 달빛을 받아 은백색으로 빛나고 있었다. 다시는 돌아올 것 같지 않던 조국의 대지에 자신이 이렇게 서 있는 것이 그는 꿈만 같이 여겨졌다. 벅찬 감동에 그는 자신의 처지마저 잊은 채 그저 망연히 서 있었다.

그가 서 있는 뒤쪽은 야산이었다. 그 야산을 조금 올라가자 공동묘지가 나타났다. 그는 세밀하게 위치를 살핀 다음 어느 초라한 무덤 한쪽을 파헤치고 그 속에 우선 무전기 상자를 묻었다. 그리고 야전용 삽은 좀 떨어진 덤불 속에 숨겨놓았다.

들판 끝에 불빛이 몇 개 희미하게 보이는 것이 마을인 것 같았다. 그는 우선 가까운 데서 밤을 지내야겠다고 생각하면서 불빛을 향해 들판을 걸어갔다. 가면서 주위를 둘러보았지만 그를 미행하는 사람은 없는 것 같았다. 일단 안착했다고 보는 것이 좋을 것 같았다. 그는 캡을 깊이 눌러썼다.

함께 출발한 동지는 그를 포함해서 모두 10명이었다. 다른 동지들도 모두 무사히 안착했는지 궁금했다. 10명이 실수 없이 목적지에 닿는다는 것은 어려운 일이다. 그들 중 반수만 살아서 활동할 수 있다면 큰 다행이라고 할 수 있다.

10명의 목적지는 제각기 달랐다. 그들은 각자의 임무를 가지고 적지에 뛰어든 것이다.

오늘이 있기까지 하림은 지난 몇 달 동안 미군 OSS의 지휘

아래 특수훈련을 받았었다. 그것은 밤낮을 가리지 않는 고되고 무서운 훈련이었다. 그 훈련을 통해 그는 정보수집, 독도법, 낙하산 훈련, 무전 교육, 병력수 판별법 등 첩보요원으로서 필요한 모든 것을 배웠다. 훈련을 끝내고 나자 이젠 세상에 무서운 것이 없었다.

마을에는 숙박 시설이 없었다. 그 대신 주막이 하나 있어서 그곳으로 들어갔다. 날씨가 추운데다 밤이 깊어서인지 주막에는 손님이 하나도 없었다. 나이 들어 보이는 작부 하나가 졸고 있다가 그를 반갑게 맞았다.

"어떻게 혼자 오셨어요? 딴 데서 오셨나 보지요?"

"지나가다가 들렀소. 하룻밤 묵고 갑시다."

"어머, 오입하실려구요?"

"글쎄, 하게 되면 하지."

의심을 받지 않으려고 그는 억지로 술을 좀 마시고 잠자리에 들었다. 여자가 추근거렸지만 그는 잠든 체하고 코를 골았다. 감동과 긴장으로 좀처럼 잠이 오질 않았다.

거리는 온통 일본 사람 일색이었다. 그들의 옷차림이 호화로운데다 선민의식으로 태도가 오만하기 때문에 그렇게 돋보이는 것 같았다. 그들에 비해 조선 사람들은 초라하고 힘이 없어 보였다. 함박눈이 펑펑 쏟아지는 거리를 하림은 어슬렁어슬렁 걸어갔다. 거리의 가로수, 돌멩이, 상점의 간판……그 어느 것 하나 정답지 않은 것이 없었다.

종로에 닿은 그는 인텔리들이 많이 출입하는 다방에 들어가 보았다. 이렇다 하게 이름이 난 인물들이 다방 안에 가득 들어 앉아 즐겁게 대화를 나누고 있었다. 그 활발하고 명랑한 분위기에 그는 압도되는 기분을 느끼면서 천천히 차를 마셨다. 거의 조선인들인데도 일본말로 크게 떠들고 있었다. 아무리 왜놈의 탄압이 심하다 해도 조선의 이름난 인텔리들이 이렇게 변할 수 있을까. 일본말로 큰 소리로 떠들다니 부끄럽지도 않은가. 도대체 이들은 지금 무엇을 생각하고 있을까. 전쟁터에서 죽어 가는 조선 청년들을 생각이나 해 보았을까.

하림은 차를 마시다 말고 불쑥 일어섰다. 그때 그의 어깨를 툭 치는 사람이 있었다.

"아니, 이 사람, 장군 아닌가?"

하림은 놀란 눈으로 상대를 바라보았다. 기름 바른 머리를 올백으로 빗어 넘기고 금테안경을 낀 젊은 신사가 그를 지그시 바라보고 있었다. 연극배우로 활동하고 있는 중학 선배 되는 사람이었다. 특히 상대가 어용적인 연극인이라는 것을 알고 있는 하림으로서는 매우 당황하지 않을 수 없었다.

"오랜만에 뵙겠습니다."

"아니, 이 사람……자네 군대에 간 줄 알고 있는데 어쩐 일인가?"

선배가 큰 소리로 말했기 때문에 하림은 더욱 난처하기만 했다.

"그런 소문이 났었지요. 그런데 신체검사에 떨어지는 바람에 못 가게 됐습니다."

"저런, 안됐군. 자네같이 건강해 보이는 사람이……"

선배는 아무래도 미심쩍어 하는 눈치를 보였다.

하림은 황망히 인사를 하고 나오면서 자신이 큰 실수를 저질렀음을 깨달았다. 아는 사람을 만난다는 것은 그로서는 매우 위험한 일이었다. 그런데도 사람이 많이 드나드는 다방에서 차를 마시다니. 바보 같은 자식. 대낮에 이렇게 거리를 걸어가는 것도 위험한 일이다.

그는 급히 골목으로 들어섰다. 사실 너무 그리운 거리였기 때문에 다방에 들러 차를 마신 것이었다. 그러나 아직은 거리에 얼굴을 나타내서는 안 될 것 같았다.

이윽고 집 앞에 이른 하림은 대문 앞을 그대로 지나쳐 갔다. 유난히 커 보이는 그 대문은 여전히 오랜 연륜을 지닌 채 바람에 삐걱거리고 있었다. 모퉁이로 꺾어졌다가 그는 다시 대문 앞으로 다가갔다. 주위에 아무도 없는 것을 확인하고서야 그는 대문을 두드렸다.

대문을 열어 준 사람은 그의 형수였다.

"접니다."

"아! 도련님!"

그녀는 안채를 향해 소리를 지르며 뛰어갔다. 하림의 어머니가 맨발로 허둥지둥 뛰어나오고 그 뒤를 하림의 형이 나왔다.

"아이고, 이놈아, 니가 웬일이냐?"

하림의 어머니는 아들을 붙들고 울음부터 터뜨렸다. 하림은 늙은 어머니의 하얗게 세진 머리를 보자 가슴이 뭉클 젖어들었다.

"이놈아, 군대에 가면 간다고 말을 했어야 될 거 아니냐? 그렇게 집에 알리지도 않고 가는 법이 어디 있냐?"

방에 들어오자 늙은 어머니는 반가움을 누르고 하림을 나무랐다. 경림은 시종 의아한 눈으로 동생을 지켜보고 있었다.

"죄송합니다. 어머니."

"그런데 어떻게 된 일이냐? 이렇게 집엘 다 오구……제대를 한 건 아니겠지?"

"아닙니다."

"그럼, 어떻게 된 거냐?"

"도망쳐 나왔습니다."

"뭐, 뭐라고?"

어머니의 놀라움은 컸다. 형도 형수도 모두 놀란 모습이었다.

"자세한 건 차차 말씀드리겠습니다. 제가 집에 왔다는 건 누구한테도 말씀하지 마십시오."

"아이고, 이를 어쩌지……. 그러다가 붙들리면 큰일 나는 거 아니냐?"

"너무 염려하지 마십시오."

하림은 형과 단 둘이 되었을 때 모든 것을 털어놓았다.

그러나 특수임무를 띠고 잠입했다는 말은 하지 않았다. 체포되었을 때 희생을 최소한도로 줄이기 위해서였다. 아우의 이야기를 묵묵히 듣고 있던 시인은 조용한 음성으로,

"잘 왔다."

하고 말했다. 형으로부터 어리석은 짓을 했다고 욕을 먹을 줄 알았던 하림은 형의 그 한마디에 힘이 솟는 것을 느꼈다.

"전쟁터에서 개죽음을 당하느니, 차라리 잘 했어. 미친놈들한테 끌려다닐 필요는 없어. 문제는 체포되지 말고 잘 숨어 있어야 할텐데……"

"헌병들이 찾아온 적은 없나요?"

"아직 없었어."

"하긴……사이판도 주둔 일본군은 모두 전멸했으니까 저도 전사한 줄 알고 있겠지요."

"그래도 조심해야 돼. 벌써 다방에서 아는 사람을 하나 만났다면……일단은 위험을 느껴야 돼. 더욱이 그 다방은 친일분자들이 득실거리는 곳이야. 집에 있는 것은 위험하니까 다른 곳으로 숙소를 정하도록 하자."

하림은 망설이다가 마침내 제일 궁금하던 것을 물었다.

"형님, 혹시 가쯔꼬라는 일본 여자가 여기 찾아온 적 없습니까?"

경림은 담배 한 대를 모두 태울 때까지 대답하지 않았다. 그는 아무래도 안 되겠다 싶었든지 아내에게 술상을 차려오게 했다. 형제는 한동안 말없이 술잔을 나누기만 했다.

"가쯔꼬……그 여자 여기 오긴 왔었지. 그렇지만 지금 없다."

"없다니요?"

"죽었어."

하림은 술잔을 들다 말고 도로 내려놓았다. 술잔이 뿌옇게 보였다. 시선이 부딪치자 시인은 눈을 돌려 창 밖을 바라보았다. 함박눈이 여전히 소담스럽게 내리고 있었다.

"야마다라고 하는 형사를 죽이고 이곳으로 피신해 왔다가 체포되었어. 작년 여름에 사형되었는데……죽기 전에 아기를 낳았어. 딸인데……내가 데려오려고 했지만 가쯔꼬 부친이 거절하는 바람에 그냥 돌아오고 말았다. 얼마 전에 편지가 왔는데, 아기는 잘 자라고 있는 모양이야. 그 노인이 장씨 성을 따서 우리 조선식으로 이름을 지어 달라기에 은하(銀河)라고 지어서 보냈다."

장은하, 하고 하림은 중얼거렸다. 아기의 울음 소리가 귀에 들리는 것만 같았다. 그는 흔들리는 술잔을 들어올려 입 속에 부어넣었다. 시인은 담담한 어조로 계속 말했다.

"세상을 떠나기 며칠 전에 내가 마지막으로 후쿠오카로 면회를 갔었어. 다른 말은 없었고 너를 잊지 못 하겠다고 하더라."

하림이 입을 다문 채 침통해 있자 경림은 자리를 비켜 주었다. 형이 나가자 하림은 가쯔꼬의 사진을 꺼내들고 뚫어지게 들여다보았다. 한복 차림에 머리를 틀어올린 갸름한 모습은 언제 보아도 아름다웠다. 이 아름다운 여자를 목을 매서 죽이다니……. 슬픔보다도 증오감이 그의 몸을 떨게 했다.

연극배우 권중구(權重九)는 한마디로 요란스러운 인물이라고 할 수 있었다. 세상이 어떻게 변하든 요령 있게 처신해서 일신의 영달을 꾀하는데 수단 방법을 가리지 않는 그런 인물이었다.

그의 다음과 같은 직함이 그러한 그의 사람됨을 말해 주고 있었다. 그는 이동극단(移動劇團) 대표, 조선연극문화협회 이사, 조선영화문화연구소 고문, 국민정신문화연구소 간사 등 굵직한 직함들을 가지고 자못 바쁘게 활동하고 있었다.

원래 명치대(明治大)에 적을 두었던 그는 도중에 학교를 중퇴하고 연극활동에 뛰어들었는데 실제로 연극에 미쳤다기 보다는 오히려 그것을 이용해서 지면을 넓히고 자신의 사회적 지반을 닦는 것이 목적이었다. 학교보다는 유흥가 출입에 더 열을 올리는 유학생을 긁어모아 이른바 이동극단이란 것을 만든 그는 한동안 도쿄에서 활동하다가 최근에는 경성으로 돌아와 총독부 지원 하에 일선장병 위문에 정열을 쏟고 있었다. 이 장병 위문이란 것이 그의 사회적 지반을 갑자기 높여 주었음은 물론이다.

그는 중국 음식점 아서원(雅敍園)의 밀실로 들어갔다. 일 주일에 한번씩 이곳에서 총독부 보안과 직원인 나까무라(中村)를 만나고 있었는데 오늘이 바로 그를 만나는 날이었다.

나까무라는 아직 나타나지 않고 있었다. 그는 담배를 꼬나물고 멀거니 천장을 바라보았다. 나까무라에게 바칠 그럴듯한 정보가 거의 한 달 가까이 잡히지 않고 있었다. 나까무라의 실망하는 얼굴이 떠올랐다. 그 친구의 입을 찢어지게 만들어 주어야 할 텐데……

그가 나까무라와 접촉을 시작한 것은 6개월 전부터였다. 조선인들 사이에 발이 넓으니 하찮은 정보라도 알려달라는 나까무라의 말에 그는 쾌히 승낙했고, 그때부터 그의 눈과 귀는 날카롭게 곤두서서 총독부 보안과의 촉탁 정보원 노릇을 하기 시작한 것이다.

그가 그 동안 제공한 정보 중 가장 큼직한 것은 어느 대학생 연극단체가 조선말로 연극하는 현장을 알려준 것이었다. 그 정보로 대학생들은 모두 검거되고 그는 상당한 향응을 대접받았다. 그런데 요즈음에 와서는 이렇다 할 정보를 잡아내기가 쉽지 않았다. 그의 친일행위가 널리 알려져 반일 감정을 품고 있는 사람들이 모두 그를 꺼려하고 말을 삼가기 때문이었다. 그를 꺼려하는 사람들을 생각하자 그는 은근히 부아가 치밀었다. 짜식들, 시국이 어느 때라고 건방지게……콩밥을 먹어야 정신을 차릴 텐가……어디 두고 보자. 그는 흡사 고등계 형사쯤 된 기분으로 중얼거렸다. 그때 문이 열리고 나까무라가 들어왔다. 이마가 유난히 좁은 중년의 사내였다.

그들은 반갑게 악수를 나누고 우선 음식부터 시켜 먹기 시작했다. 술이 한잔 들어가자 나까무라는 넥타이를 풀어 헤치며,

"좋은 소식 없나요?"

하고 물었다. 중구는 눈을 깜박거렸다. 무엇인가 하나 잡힐 듯하는데 얼른 생각이 나지 않았다.

"건수를 올리라는 바람에 나도 고역이오."

"수고가 많습니다. 도움이 돼 드려야 할 텐데……"

중구는 무슨 죄나 지은 듯 고개를 앞으로 숙였다.

그때 잊었던 것이 생각났다. 낮에 다방에서 우연히 마주친 장하림이 비로소 생각난 것이다. 그는 술을 벌컥 들이켰다. 별것 아닐지 모르지만 사소한 정보라도 없는 것보다는 나을 것이다. 장하림 ― 혹시 그놈은 탈주병이 아닐까. 그의 머리는 재빨리 돌아갔다.

그가 장하림을 알게 된 것은 도쿄에서 연극 활동을 할 때였다. 도쿄의 유서 깊은 극장 가부끼좌 앞에서 우연히 소개를 받아 알게 된 그 동경제대생은 알고 보니 중학교 몇 년 후배였다. 그 머리 좋은 후배에게 마음이 끌린 그는 그에게 자주 연극 초대권을 보냈고, 두어 번 식사에도 초대했다. 그런데도 불구하고 그 후배는 유학생들이 발간하는 어느 동인지에 이동극단의 연극을 신랄히 비판하는 글을 게재했다. 이 글 때문에 그 나름대로 일종의 배신감 같은 것을 느낀 그는 장하림을 가슴깊이 못 박아놓고 있었던 것이다.

그런데 바로 그 후배가 그물에 걸려든 것이다. 아직 확실한 것은 알 수 없지만 가능하면 그의 생각대로 그 후배가 탈주병이기를 바라는 것이 그의 솔직한 심정이었다.

"요즘은 통 좋은 소식이 없군요. 혹시 이런 것도 도움이 될지 모르겠습니다만……"

"뭔가요? 사소한 거라도 좋으니까 말씀해 보시오. 도움이 되고 안 되고는 들어 봐야 알 수 있는 거니까……"

중구의 주저하는 모습을 보고 나까무라가 재촉했다.

"다름이 아니라 중학교 후배 되는 애로 좀 건방진 자식이 하나 있는데……작년에 학도병으로 출전했다는 소문을 들은 적이 있습니다. 그런데 오늘 낮에 다방에서 우연히 만났습니다. 어떻게 된 일이냐고 물어 보니까 신체검사에 떨어져서 군대에 못 갔다고 하더군요."

"그럴 수도 있겠지. 그게 전부요?"

나까무라는 적이 실망하는 투로 물었다. 중구는 반사적으로 자기 생각을 늘어놓았다.

"그런데 그 친구가 신체검사에 떨어질 친구가 아니거든요. 키가 크고 몸도 건강한 놈입니다. 그리고 오늘 저를 만났을 때 몹시 당황해 하면서 급히 피하더란 말입니다. 그래 제 생각에 혹시 탈주병이 아닐까 해서 말씀드리는 겁니다."

탈주병이라는 말에 나까무라가 자세를 고쳐 앉았다. 사실 발표는 되지 않고 있었지만 중국 각처에 산재해 있는 일본군 각 부대에서는 조선인 학도병들의 탈주 때문에 골치를 앓고 있었다. 탈주병은 무조건 공개 처형을 하고 있었지만 그 수는 날로 늘어나고 있었다.

"탈주병? 그게 사실이라면 그냥 넘길 수가 없지요. 더구나 백주에 버젓이 돌아다닌다면 빨리 체포해야 되겠지요."

"한 번 조사해 볼만하지 않겠습니까?"

"조사해 봅시다. 헌병대에 부탁하면 즉시 알아볼 수 있을 테니까 인적사항을 말씀해 주시겠소?"

나까무라는 수첩과 만년필을 꺼내들었고, 중구는 침을 꿀꺽 삼켰다.

"이름은 장하림, 동경제대 의학부 재학 중에 입대한걸로 알고 있습니다."

"주소는?"

"주소는 모르겠습니다."

"중학 동창이라고 했는데 어느 학교인가요?"

"제일고보입니다."

"알겠소. 이만하면 찾아낼 수 있겠지요."

그들은 다시 술을 들기 시작했다. 권중구는 이런 정보라도 준 게 다행이라고 생각했다. 장하림이 탈주병이 아니라면 좀 민망한 일이겠지만 그렇다고 이쪽이 책임질 일은 못 된다. 수사를 하다보면 얼마든지 헛물을 켜는 수가 있으니까.

나까무라는 헌병사령부 수사과에 있는 후배 하라다(原田) 대위에게 전화를 걸어야겠다고 생각했다. 짜식 이런 거 알려 주면 좋아할걸.

"알려 줘서 고맙습니다. 한번 조사를 해보지요."

전화를 끊고 난 하라다 대위는 군조를 불렀다. 수사과에 있는 만큼 그들은 모두 사복을 입고 있었다.

"이자에 대해서 한번 알아 봐. 동경제대 의학부 학생인데 죠오센징이야. 작년 1월 전후해서 입대한 모양인데 자세한 걸 알아 봐."

"어떤 점을 말입니까?"

군조가 메모지를 들여다보면서 물었다.

"입대한 것이 사실인지 아닌지 우선 그것부터 알아 봐."

"곧 알아 보겠습니다."

"아니, 서두를 건 없어. 틈이 나는 대로 알아 보란 말이야."

군조가 나가자 하라다는 의자 등받이에 상체를 눕히고 눈을 감았다. 어제의 숙취로 머리가 무겁고 졸음이 밀려왔다. 그는 군인치고는 인텔리에 속하는 대학까지 나온 장교였다. 그런 만큼 경우가 바르고 점잖았지만 일을 처리하는데 있어서는 매우 냉혹하고 기민한 데가 있었다. 중요한 사건은 거의 그의 손으로 처리되고 있었다.

한 시간쯤 지나자 군조가 나타났다.

"장하림이 입대한 건 사실입니다."

"어느 부대 소속인가?"

"그건 아직 조사 못했습니다."

"자세한 걸 알아 봐. 주소까지 말이야."

하라다는 조금 긴장했다. 탈주병이 경성거리를 활보하고 있다는 건 심상치 않은 일이다. 광활한 중국대륙에서 탈주병이 늘어나는 것은 이해할 수 있는 일이지만 좁은 반도에서 그런 일이 발생하는 것은 거의 드문 일이었다.

오후에 군조는 조사결과를 알려왔다.

"장하림은 관동군 방역급수부 위생병입니다."

"방역급수부가 어디 있어?"

"하르빈 가까운 곳에 있는 특수부대인 것 같습니다."

"특수부대?"

하라다는 이맛살을 찌푸리고 무엇인가 깊이 생각하는 것 같았다.

"그놈이 그럼 거기서 탈출해 왔다는 건가?"

"아직 정확한 건 잘 모르겠습니다. 관동군 사령부에 조회를 보냈으니까 오늘 저녁 아니면 내일 중으로 회답이 올 겁니다."

"이건 어쩌면 중요한 문제일지 모른다. 주소는 알아냈는가?"

"네, 알아냈습니다."

"가능하면 사진도 확보하도록……"

하라다는 긴장했다. 그는 돌아서 가는 군조를 불러 세웠다.

"우선 그놈을 체포하도록 해. 놓쳐서는 안 된다!"

"알겠습니다!"

명령을 받은 군조는 사복 헌병 두 명을 데리고 즉시 출동했다.

하라다 대위는 시계를 들여다보면서 그들이 돌아오기를 초조하게 기다렸다. 체포되면 공개 처형을 시켜야겠다고 그는 생각하고 있었다. 반도에서 탈주병이 발생하는 것을 막기 위해서는 그 방법이 제일 좋을 것 같다.

두 시간을 지나 군조는 몹시 연약해 보이는 사내 하나를 데리고 돌아왔다. 하라다는 끌려오는 그 사내를 뚫어지게 쏘아보았다.

"그놈은 주소지에 없었습니다."

군조의 말에 대위는 벌떡 일어났다.

"뭐라구? 도망쳤다는 건가?"

"그런 것 같습니다."

군조는 턱으로 사내를 가리켰다. 사내의 얼굴은 하얗게 질려 있었다. 그러나 그 얼굴에서 대위는 차갑게 가라앉아 있는 지성 같은 것을 읽을 수가 있었다. 음, 저놈은 머리 속에 뭐가 좀 든 것 같은데.

"그자는 누군가?"

"장하림의 형 되는 놈입니다."

하라다는 시인에게 자리를 권하고 재빨리 부드러운 표정을 지었다.

"미안합니다. 너무 불안해 말고 편히 앉으십시오. 별 것 아니니까요."

담배를 권하자 시인은 고개를 저었다.

"피우지 않습니다."

"아, 그렇습니까. 그럼 따뜻한 차라도 한잔 드시죠."

대위는 난로 위에서 끓고 있는 엽차를 손수 한잔 따라 시인에게 내밀었다. 시인은 그것을 받아 탁자 위에 내려놓으면서

"빨리 저를 내보내 주십시오."

하고 말했다.

"아, 보내 드리고 말고요. 나도 빨리 끝내고 싶습니다. 이런 일은 서로 기분 좋은 일이 아니니까요. 실례지만 직장에 나가시나요?"

"아닙니다. 집에서 놀고 있습니다."

"직장에 안 나가셔도 생활이 되시나 보죠?"

"굶지는 않고 있습니다."

"하하, 대답이 묘하시군요. 잘 아시겠지만 일은 얼마든지 간단히 끝낼 수가 있습니다. 협조만 해 주신다면 말입니다. 사실 동생되는 장하림 군은 뭐로 보나 아까운 청년입니다. 그런 훌륭한 청년을 희생시키고 싶지 않아서 이렇게 말씀드리는 겁니다. 아시는 바와 같이 전시에 탈주하는 군인은 계급 여하를 막론하고 사형시키도록 되어 있습니다. 그건 이적행위나 다름없는 것이니까요. 그렇지만……그건 어디까지나 원칙이고 경우에 따라서는 담당관의 재량으로 사형을 면하게 할 수 있습니다. 그래서 만일 장군이 자수를 한다면 나는 모든 걸 불문에 부치고 처벌하지 않을 생각입니다. 솔직히 말해서 아까운 청년을 살리고 싶어서 그러는 거니까 형님 되시는 분께서 자수하도록 동생을 잘 설득시켜 주십시오. 부탁입니다."

대위의 말이 끝나자 시인은 조금 웃어 보였다.

"말씀하시는 건 잘 알겠습니다. 그렇지 않아도 헌병들이 와서 제 아우를 내놓으라고 했습니다. 구타까지 하면서 말입니다. 그렇지만 제 아우는 집에 오지 않았습니다. 그 애를 만나지 못한지 벌써 일 년이 넘습니다."

"하아, 그러시지 말고 협조해 주십시오. 우리 애들이 구타를 한데 대해서는 사과 드립니다. 장군을 시내에서 본 사람이 있습니다. 동생을 아끼고 싶어서 그러시는 거겠지만 그건 사실 오히려 동생에게 해로운 결과를 낳게 됩니다. 탈주병은 어차피 체포되게 마련입니다. 체포는 시간 문제입니다. 만일 체포되어 사형이라도 받게 되면 어떻게 하시겠습니까?"

"저로서는 어쩔 수 없는 일입니다. 그런 놈은 극형 받아 마땅합니다. 지금이 어느 땐데 탈주를 합니까. 그놈은 군대 갈 때도 집에 알리지 않고 갔습니다. 그놈이 집에 나타나면 즉시 자수를 시키겠습니다."

"정말 장군을 못 봤습니까?"

"못 봤습니다. 집에는 오지 않았습니다."

하라다는 가만히 시인을 바라보았다. 상대는 위협이나 고문을 가한다 해서 입을 열 그런 사람이 아닌 것 같았다. 그런 짓은 오히려 헛수고일 뿐이다.

"좋습니다. 돌아가셔도 좋습니다. 실례 많았습니다. 그 대신 장군이 나타나면 자수하도록 잘 설득시켜 주십시오."

"잘 알겠습니다."

장경림이 밖으로 나가자 대위는 군조에게 지시를 내렸다.

"눈치채지 않게 저놈을 미행시켜! 집 주위에도 잠복조를 배치시키고!"

하림이 숙소를 옮긴 것은 집에 나타난 바로 그날 밤이었다. 그러니까 집에서는 단 하룻밤도 자지 않은 것이다.

연극배우와 부딪친 것이 아무래도 꺼림칙해서 형과 상의한 끝에 이종사촌 누님이 되는 분의 집으로 거처를 옮겼는데 옮기고 보니 백 번 잘 왔다는 생각이 들었다. 그의 이종사촌 누나는 사십대 과부로서 혼기가 다 된 딸 하나만을 데리고 어렵게 살아가고 있었다. 마침 빈방도 있고 적적하던 판이라 그녀는 하림이 와 있는 것을 여간 반겨하지 않았다.

"염려 말고 푹 쉬어라. 여기까지 잡으러 오지는 않을 테니까."

사정을 알자 그녀는 이렇게 위로까지 해 줄 정도로 대범하게 나왔다.

"만일 제가 잡히거나 하면 누님께서는 전혀 모르고 하숙을 치고 있었다고 잡아떼십시오."

"알아. 내 염려는 하지 않아도 돼."

이튿날 아침까지 늘어지게 자고 난 그는 이제부터 해야 할 일을 곰곰 생각하면서 방안에 틀어박혀 있었다.

그의 형수가 허겁지겁 달려온 것은 점심때가 조금 지나서였다. 침착한 성격인 그녀도 남편이 헌병대에 끌려간 사실에 몹시 당황하고 있었다. 이야기를 듣고 난 하림은 권중구에게 직통으로 걸려든 것을 깨달았다. 곤욕을 치르고 있을 형을 생각하자 앞이 캄캄했다. 형의 성격으로 보아 아무리 고문이 심해도 결코 자백하지는 않을 것이다. 그렇지 않아도 쇠약한 형이 그러다가 목숨이나 잃으면 정말 큰일이다. 하림은 머리를 흔들었다.

"너무 염려하지 마십시오. 좀 기다려 봤다가 형님이 안 오시면 제가 찾아가 보겠습니다."

"아니 헌병대에 가시겠다는 거예요?"

그의 형수는 눈물을 훔치며 물었다.

"네, 그럴 수밖에 없을 것 같습니다."

"안 돼요! 그건 안 돼요! 그럴 수는 없어요!"

형수의 완강한 태도에 하림은 가슴이 뭉클 젖어왔다.

"아무튼 좀 기다려 보기로 하죠."

"헌병대에 가실 생각은 절대 하지 마세요! 약속해 주세요!"

형수의 눈이 빛나고 있었다. 별로 미인도 아니고 그렇다고 똑똑한 것 같지도 않던 형수에게서 이렇게 단호하고 의로운 면을 보기는 처음이었다. 하림은 감동한 나머지 고개를 숙였다.

"약속하겠습니다."

"절대 집에는 오지 마세요. 연락을 취해 드릴 테니까."

"잘 알겠습니다. 여기 오실 때 혹시 누가 미행하지 않았습니까?"

"그럴까 봐 뺑 둘러왔는데 미행하는 사람은 없는 것 같았어요. 그렇지만 앞으로는 더 조심하겠어요. 아무래도 직접 오는 건 위험하니까 다른 방법을 취해 보겠어요."

형수가 가고 난 뒤 하림은 초조해서 견딜 수가 없었다. 모든 것이 수포로 돌아갈 것만 같았다. 얼굴을 드러내고 거리를 돌아다닌다는 것이 얼마나 위험한 것인가를 그는 새삼 깊이 깨달았다. 변장을 해야 한다. 아무도 몰라보게 변장을 해야 한다, 하고 그는 생각했다.

저녁때까지 그는 움직이지 않고 집에 있었다. 7시가 조금 지났을 때 밖에서 그를 부르는 소리가 났다. 문틈으로 내다보니 형의 친구이자 그도 잘 아는 황성철(黃成喆)이라는 사람이 서 있었다.

"형님, 웬일이십니까?"

하림은 밖으로 뛰어나갔다.

"수고가 많네."

그들은 반갑게 악수를 나누었다. 방으로 들어오자 황성철은 목소리를 낮추어 말했다.

"자네 형한테서 은행으로 전화가 왔어. 헌병대에서 풀려오는 길이라고 하더군. 절대 집으로 오지 말고 외출도 삼가라는 거야. 연락할 일이 있으면 나를 통해서 하기로 했으니까 자네도 집에 연락을 취하려면 나에게 전화를 해. 전화번호는 외워두게."

하림은 성철이 내주는 명함을 들여다 본 다음 그것을 도로 내주었다.

"고맙습니다. 위험한 일을 맡아 주시니……"

"원 별말을 다 하는군. 자네 입장이 곤란하다는 건 대강 형한테 들어서 알고 있지. 조금만 숨어 있으면 될 거야. 놈들은 완전히 몰리고 있는 판이니까."

그들은 밤늦도록 술잔을 기울이면서 주로 시국에 대한 이야기를 나누었다.

이야기를 나누는 동안 하림은 황성철이 극단적인 반일(反日)감정을 품고 있는 것을 알 수가 있었다. 그는 형과는 중학교 동기동창이자 막역지우(莫逆之友)로서 현재 식산은행(殖産銀行) 조사부에 근무하고 있었다.

"남들은 조국을 떠나 독립운동을 하는데 나는 왜놈 밑에서

월급이나 받아먹으면서 식민정책을 돕고 있으니 부끄럽기 한량없네."

술에 취하자 유순하게 생긴 황성철은 속에 있는 말을 털어놓기 시작했다.

"원 별말씀을 다 하십니다. 모든 일이 어디 뜻대로 됩니까. 아 개인적인 사정이 있을 테고 우선 목구멍이 포도청이니 울며 겨자 먹기로 하는 수 없지 않습니까."

"아니야. 그게 아니야. 내가 무식하다면 문제가 또 달라. 나는 대학 교육까지 받았다 이 말이네. 그런 놈이 얼굴에 철판을 깔고 고리대금업자 노릇을 하고 있으니……"

"제발 그런 말씀은 마십시오. 요즘 우리 지식인들의 동향은 어떻습니까?"

이 질문에 성철은 쓴웃음을 지으며 술을 벌컥 들이켰다.

"한마디로 똥개 같은 놈들이야! 나도 마찬가지지만 말이야!"

"갈수록 태산이군요?"

"갈수록 태산이야. 소위 지도급 인물이라는 자들은 모두 창씨 개명을 하고 앞장서서 친일행위를 하고 있어. 입을 꿰매고 가만있으면 곱기나 하지. 이것들은 앞장서서 짖어대니 이젠 구역질이 날 정도야."

"한심한 일이군요."

"한심하다마다. 나는 이렇게 생각하네. 대가리 속에 아무리 학식이 들어 있다 해도 그것이 양심을 팔아먹는 일에 동원된다면 그자야말로 이 사회에 가장 해로운 자라고 말이야. 안 그런가?"

"옳은 말씀입니다."

"형사나 군인이 되어서 왜놈에게 아첨하는 건 아무것도 아니야. 지금까지 지도적인 위치에 있던 인물이 하루아침에 변심해서 친일행위를 한다는 것, 그게 문제야. 그런 인물은 영향력이 커서 우매한 백성들의 머리를 단 한마디로 돌려놓을 수가 있단 말이야. 백만 대군보다도 더 위력이 있단 말이네. 얼마나 죄가 큰가. 양심을 지킬 자신이 없으면 지도적인 자리를 내놓고 입을 다물고 있어야 하지 않겠나. 그런데 이건 매일 똥개처럼 짖어대고 있으니 환장할 노릇이야. 매일 신문을 한 번 보게. 눈뜨고 볼 수 없는 글들이 지면을 가득 채우고 있어."

다음 날 아침, 하라다 대위가 출근하자마자 군조가 달려왔다.

"관동군 사령부에서 회신이 왔습니다."

군조는 자못 흥분하고 있었다.

"음, 뭐라고 왔어?"

그때까지도 하라다는 대단치 않게 생각하고 있었다. 그는 선 채로 엽차를 따라 마셨다.

"놀라운 사실입니다."

"놀라운 사실이라니?"

"장하림이란 놈은 관동군 방역급수부에 있다가 사이판도로 배치되었답니다."

"뭐, 뭐라구?"

대위는 한동안 얼이 빠진 듯 군조를 바라보기만 했다.

"저도 처음에는 의심했습니다. 그렇지만 이걸 보십시오. 이 전문에는 분명히 수비대 위생병으로 재배치되었다고 되어 있습니다."

"이 봐, 군조!"

대위는 버럭 고함을 질렀다.

"하!"

군조는 긴장하면서 차렷 자세를 취했다. 하라다는 전문을 구겨 던지면서 다시 소리를 질렀다.

"이걸 전문이라고 받았나? 헌병 군조의 머리가 그렇게 안 돌아가서야 어디다 써먹나? 한번 상식적으로 생각해 보란 말이야! 사이판 수비대가 옥쇄한 걸 아나 모르나?"

"알고 있습니다."

"바로 그거야! 작년 7월에 사이판 수비대는 전원 옥쇄했단 말이야!"

"그렇지만 한두 명이 살아 남을 수도 있지 않습니까?"

"이런 바보 같으니! 장하림이란 놈이 설령 살았다고 치자. 태평양 한 가운데 있는 섬에서 도대체 어떻게 경성까지 올 수 있느냐 말이야? 귀신이 곡할 노릇 아닌가! 그놈이 정말 사이판에서 왔다면 그놈은 사람이 아니라 귀신이야 귀신!"

군조도 말이 막히고 말았다. 정말 상식적으로 생각할 수 없는 일이었다. 한동안 침묵이 흐른 뒤 군조가 먼저 입을 열었다.

"그럼 전문은 잘못된 것입니까?"

"물어 보나마나지. 잘못 보낸 걸 거야. 긴급무전을 쳐서 다시 확인해 봐. 긴급으로 말이야."

"알겠습니다."

"잠복은 계속하고 있나?"

"네, 계속하고 있습니다만 아직 나타나지 않고 있습니다."

"그 형이란 자를 미행해 봤나?"

"미행해 봤습니다만 아무도 만나지 않고 곧장 집으로 돌아갔습니다."

"계속 감시를 해. 그자 뿐만 아니라 그 집 식구는 누구를 막론하고 외출하면 미행을 해."

"알겠습니다."

군조가 나간 뒤 하라다 대위는 실내를 왔다갔다 했다. 왠지 마음이 뒤숭숭해지는 것이 앉아 있기가 싫었다. 어느새 그의 머리 속은 사이판과 조선을 연결하고 있었다. 그리고 그 엄청난 거리에 이내 고개를 흔들었다. 절대 불가능한 일이야. 아무리 신출귀몰한 놈이라도 감시를 뚫고 이곳까지 올 수는 없어. 몇만 리 바닷길을 도대체 어떻게 도망쳐 올 수 있단 말인가.

그러나 이렇게 생각은 하면서도 그는 장하림에 대한 의혹의 그림자가 점점 짙어가는 것을 느끼지 않을 수 없었다. 그것은 장하림이 단순한 탈주병이 아니라 그 이상의 인물일지도 모른다는 생각에서 비롯된 것이었다. 빌어먹을, 골칫거리가 하나 생겼는데. 그는 중얼거리면서 계속 서성거렸다.

관동군 사령부에서 두번째의 확인 전문이 온 것은 그날 오후였다. 군조가 급히 하라다 대위에게 달려왔다.

"회신이 방금 들어왔습니다."

"음, 뭐래?"

"틀림없습니다. 본적, 현주소, 생년월일, 학력……모든 것이 일치합니다. 사이판으로 배치된 것이 분명합니다."

"으음, 귀신이 곡할 노릇이군. 이런 일은 처음인데……"

하라다는 일어서서 창문 쪽으로 다가갔다. 바람에 흔들리는 앙상한 플라타너스 가지를 그는 한동안 말없이 바라보았다. 이윽고 그는 휙 돌아서서 군조에게 날카롭게 명령했다.

"전 수사력을 동원해서 그놈을 체포하도록 해! 일 주일 내로 체포해!"

"알겠습니다."

"그놈은 스파이가 분명하다. 꼭 체포해야 한다! 수사 진행을 수시로 나한테 보고하라!"

그는 과연 머리가 빨리 돌아가는 사내였다. 생각을 거듭한 끝에 그는 마침내 장하림이 스파이임이 분명하다고 결론을 내린 것이다. 그럴 수밖에 없는 결론이었다.

누구의 도움도 없이 장하림이 사이판에서 경성까지 도망쳐 온다는 것은 불가능한 일이다. 놈은 분명히 미군 포로가 되어 미군 기관으로부터 세뇌교육을 받은 후 이곳으로 침투했을 것이다. 미군이 교통편을 제공했다면 사이판에서 경성까지 오는 것은 그렇게 어려운 일이 아니다. 놈이 어떤 루트로 침투했는가는 그렇게 중요한 문제가 아니다. 중요한 것은 놈이 어떤 임무를 띠고 들어왔느냐 하는 것이다. 태평양 상의 모든 전선이 붕괴되면서 미군 스파이가 아군 지역에 침투할 것이라는 것은 이미 벌써부터 예상했던 일이다. 사이판에서 이곳까지 왔다면 놈은 보통 놈이 아니다. 놈은 수단 방법을 가리지 않고 임무를 수행할 것이다.

하라다는 갑자기 생각난 듯 총독부 보안과의 나까무라 선배에게 전화를 걸었다. 나까무라는 마침 자리에 있었다.

"오, 웬일인가? 그 건은 어떻게 됐나?"

"실은 그것 때문에 전화를 걸었습니다."

"그럼 탈주병이 맞단 말인가?"

선배는 자못 흥분해서 소리쳤다.

"그런 것 같습니다. 단순한 탈주병 정도가 아닌 것 같습니다."

"그럼 뭐란 말인가?"

"자세한 것은 만나서 말씀드리겠습니다. 선배님께 정보를 제공했던 그 연극배우라는 사람을 좀 소개해 주시겠습니까?"

"아, 그야 어렵지 않지. 언제가 좋겠나?"

"오늘 저녁 7시 아서원에서 만날까요? 제가 술을 사겠습니다."

"야아, 이거 하라다 대위의 술을 마시게 됐군. 좋아 그 시간에 나가지."

"그 연극배우도 함께 동행하시는 겁니다."

"아, 물론이지."

전화를 끊고 난 하라다는 의자에 앉아 눈을 감았다.

현재 장하림에게 접근할 수 있는 사람은 그 연극배우밖에 없을 것 같았다. 그 연극배우를 이용해서 장하림을 함정에 몰아넣는 것이다. 만일 놈이 걸려들지 않으면 그때는 다른 방법을 쓰는 수밖에 없다.

그는 가슴이 설레는 것을 느꼈다. 의외로 어마어마한 스파이망을 적발할지도 모른다는 생각이 그를 들뜨게 만들었다. 미군이 놈을 침투시켰다면 분명 그놈 하나뿐이 아닐 것이다. 모르면 몰라도 거점을 확보해서 모종의 공작을 펼 수 있는 인원을 침투시켰을 것이다. 미군이 이 반도에서 노리는 것이 무엇일까. 미군은 태평양으로 물밀듯이 밀려들어오고 있고 머지 않아 상륙작전을 감행할 것이다. 놈들은 본토 아니면 조선반도로 상륙할 것이다. 양쪽으로 동시에 상륙할지도 모른다. 그렇다면 장하림이란 놈이 침투한 것은 그 상륙작전과 관계가 있는 것이 아닐까. 여기까지 생각이 미치자 그는 등골로 식은땀이 흐르는 것을 느꼈다.

하림은 거울을 들여다보았다. 거울에 비친 그의 모습은 전혀 딴 사람이 되어 있었다. 옷을 여러 겹으로 껴입고 배에다 헝겊을 두른 그는 뚱보가 되어 있었다. 그리고 안경을 끼고 중절모를 쓴데다 수염까지 깎지 않아 사십대로 보였다. 그는 오버를 걸쳐 입고 밖으로 나갔다.

이미 어두워진 거리를 그는 천천히 걸어갔다. 거리는 온통 국민복을 입은 사람들 일색이었다. 그는 호주머니 속에 찔러 넣은 권총을 만지작거렸다.

그와 한 조가 되어 움직일 대원을 만나는 시간은 7시 정각이었다. 아직 30분이 남아 있었다. 같은 비행기로 출발해서 낙하했지만 그가 만날 대원의 이름과 얼굴을 그는 모르고 있었다. 개별적으로 교육을 받은 그들은 출발할 때에서야 함께 모였고 일체 대화가 금지되었기 때문에 누가 자기와 함께 조를 이룰 대원인지 알 수가 없었다. 이것은 체포될 때에 대비해서 한 사람이라도 희생을 줄이기 위해서 그렇게 한 것이었다. 체포된 대원은 같은 조의 대원의 얼굴과 이름을 모르기 때문에 아무리 심한 고문을 받아도 동료대원의 정체를 알려 줄 수가 없는 것이다. 따라서 상대방의 정체를 아는 길은 접선을 성공적으로 끝낸 후의 일이다. 접선방법은 이미 출발 전에 약속이 되어 있었다.

7시 정각, 그는 파고다 공원 앞에 닿았다. 가로등 불빛이 공원 앞을 뿌옇게 비쳐 주고 있었다. 그의 눈은 번개처럼 주위를 살폈다. 그러나 공원 앞에는 파란 머플러를 쓴 한 젊은 여자만이 서 있을 뿐 아무도 보이지 않았다. 그는 그대로 그 앞을 지나쳐갔다. 5분 후에 다시 그 앞을 지나쳐 보았지만 여전히 여자 혼자서 초조하게 서 있을 뿐이었다. 그가 갑자기 초조해지기 시작했다. 혹시 체포된 것이 아닐까. 체포되어 접선 장소를 알렸다면 지금쯤 이 근방은 철통같이 포위되어 있을 것이다. 그는 재빨리 주위를 둘러보았다. 그러나 이상한 그림자는 보이지 않았다.

세번째 지나쳤을 때까지도 여자만이 홀로 서 있었다. 그는 망설이다가 결심하고 여자 곁으로 다가섰다. 여자가 그를 바라보았다. 아름다운 얼굴이었다. 그는 말없이 담배를 피우다가 그대로 걸어갔다.

길을 건너면서 힐끗 돌아보니 그 여자가 멀찍이 떨어져서 따라오고 있었다.

그는 곧장 걸어가다가 골목으로 갑자기 꺾어 들어갔다. 그리고 냅다 뛰어갔다.

골목이 꺾어지는 곳에 조그만 문이 하나 붙어 있었다. 열어보니 화장실이었다. 그는 급히 화장실로 들어가 밖에다 귀를 기울였다. 조금 후에 허둥대며 지나가는 여자의 하이힐 소리가 났다. 그는 조금 더 기다려 보았다.

여자를 미행하는 발소리는 들리지 않았다. 화장실을 나오자 여자는 이미 보이지 않았다. 그는 급히 뛰어갔다. 한참을 달려가던 그는 멈칫하고 그 자리에 멈춰 서고 말았다. 골목이 다시 꺾어지는 곳에 여자가 서 있었던 것이다.

"당신은 누구요?"

하림은 오버 호주머니 속으로 권총을 움켜쥔 채 물었다. 어둠 속의 여자는 공포로 몸을 떨고 있는 것 같았다.

"왜 나를 따라오는 거요? 도대체 당신은 누구요?"

"대신 심부름을 나왔을 뿐입니다."

여자의 맑은 목소리가 그의 귀를 울렸다.

"무슨 심부름이오? 내가 누군 줄 알고?"

"7시 정각에 공원 앞에서 만나기로 한 9호가 아닌가요?"

"그렇다면 당신은 10호의……"

"네, 여동생이에요. 오빠는 체포되었어요!"

하림은 급히 여자의 팔짱을 끼고 골목을 빠져나갔다.

그들은 중국 음식점 방으로 들어갔다. 머플러를 벗은 여자의 얼굴은 서구적인 아름다움을 지니고 있었다. 나이는 스물 한두 살 되어 보였고 여대생 같았다.

"어떻게 하다가 체포되었나요?"

"갑자기 헌병들이 찾아왔나 봐요."

여자는 하얗게 질린 얼굴로 말했다.

"오빠는 집에다 거처를 정했던가요?"

"아니에요. 따로 하숙을 하고 있었어요. 이름도 감추고 집에는 오지 않았어요. 저하고만 연락을 했어요."

"어떻게 체포된 걸 알았나요?"

"오빠를 만나러 가다가 오빠가 헌병들에게 끌려오는 걸 봤어요. 오빠가 눈짓을 하기에 저는 그냥 지나쳐 갔어요. 오빠는 어떻게 될까요?"

눈물어린 그녀의 눈을 보자 하림은 가슴이 미어져 왔다.

"사실은 오빠 되는 분의 이름과 얼굴을 모르고 있습니다. 함께 출발은 했지만 만날 때까지는 서로 신분을 감추고 있었지요. 오빠는 학도병이었나요?"

"네, 학도병이었어요."

"신분이 드러나지 말아야 할 텐데. 만일 드러나면 탈주병으로 처벌을 받겠지요. 더구나 오빠가 단순한 탈주병이 아닌 어떤 임무를 띠고 침투했다는 걸 알게 되면 놈들은 오빠를 가만두지 않을 겁니다."

여자는 소리를 죽이며 흐느껴 울었다. 하림은 뭐라고 위로를 해야 할지 몰라 멍하니 앉아 있기만 했다.

"어떻게 어떻게……오빠를 구할 수 없을까요?"

"지금으로서는 불가능합니다. 사실은 나도 쫓기고 있는 몸이라……"

하림은 그녀가 울면서 말하는 집안 이야기를 묵묵히 들었.

오세환(吳世煥)은 외아들이었다. 그 밑으로 이화여전(梨花女專)에 다니는 여동생 명희(明姬)가 있었다. 이들 두 남매는 홀어머니 밑에서 훌륭히 자라고 있었다. 그러나 도쿄 유학생이었던 세환이가 학도병으로 입대하게 되면서부터 모녀는 근심 걱정으로 나날을 보내야만 했다. 그러던 중 갑자기 나타난 세환이가 헌병들에게 체포되어 가자 집안은 완전히 초상집처럼 되어 버렸다.

"어떻게 장소와 시간을 알았나요?"

"오빠가 미리 저한테 일러 줬어요. 혹시 오빠한테 무슨 사고가 있게 되면 저보고 대신 가보라고 했어요."

"올 때 미행 당하지 않았나요?"

"그러지는 않았어요. 저는 의심받을 이유가 없어요."

"모르는 일입니다. 오빠의 신분이 드러나서 혹시 가족관계가 알려진다면 명희씨도 미행 당할 염려가 있습니다."

명희는 눈물을 닦더니 그를 똑바로 바라보았다.

"오빠와 함께 일하시려고 한 일은 무엇이었나요?"

"그건 말할 수 없습니다."

그는 딱 잘라 말했다. 그러나 명희는 물러서지 않았다.

"말씀해 주세요. 만일 오빠가 희생된다면 제가 대신 하겠어요! 저는……각오가 되어 있어요!"

"그건 안 됩니다. 여자가 할 일이 못 됩니다."

"저를 못 믿기 때문에 그러시는 거죠?"

하림은 당황했다. 여자의 당돌한 말에 그는 불안을 느끼기까지 했다.

"아무나 할 수 있는 일이 아닙니다. 오빠는 이 일을 위해 수개월 동안 힘든 교육을 받았습니다. 그렇지만 여기 온 지 며칠도 못 되어 체포되지 않았습니까. 아무 교육도 받지 못한 명희씨 같은 분이 이런 일을 한다는 건 자살행위나 다름없습니다. 또 한 가지, 명희씨는 앞으로 헌병들의 감시를 받을지도 모릅니다. 이런 판에 무슨 일을 하시겠다는 겁니까."

하림의 설득에 그녀는 수긍하는 빛을 보였다. 그러나 다시 말했다.

"아무 일이라도 좋아요. 심부름 같은 것이라도 좋으니 저한테 일거리를 주세요. 일본놈들한테 이렇게 당하고만 있을 수 없어요!"

"그 문제는 다시 한번 생각해 봅시다. 우선 명희씨를 미행하는 사람이 없나 잘 살피십시오. 필요하게 되면 내가 연락을 드리지요. 집 주소나 가르쳐 주시오."

그녀는 집 주소와 약도를 그려 주고 나서 하림에게도 주소를 알려달라고 요구했다. 하림은 머리를 흔들었다.

"미안하지만 알려 드릴 수가 없습니다. 미안합니다."

"저를 못 믿으시는군요?"

명희는 원망스럽게 그를 쳐다보았다.

"미안합니다. 입장이 그렇다는 걸 이해해 주십시오."

"그럼 이름만이라도……"

그녀의 눈이 진실을 갈구하고 있다고 생각하자 하림은 망설임을 걷어치우고 말했다.

"장하림이라고 합니다."

"저한테 곡 연락주시는 거죠?"

"하고 말고요. 너무 상심하지 말고 마음을 굳게 먹으십시오."

밖으로 나온 그들은 한참 동안 걷다가 헤어졌다.

"연락 기다리겠어요!"

그녀는 눈물을 조금 보이다가 급히 돌아서서 걸어가 버렸다. 그 뒷모습을 바라보며 하림은 슬픔과 분노 그리고 공포로 뒤엉킨 감정을 느꼈다.

그는 코트 속에 두 손을 찌른 채 뚜벅뚜벅 걸어갔다. 목적지도 없이 발길 닿는 대로 걷다 보니 어느새 밤이 깊어져 있었다.

같은 조로 활동할 동지가 잡혔으니 이젠 혼자서 일을 해내지 않으면 안 된다. 나머지 8명의 동지들과는 만날 약속이 되어 있지 않았다. 각자 임무가 다른 데다 비밀을 지키고 희생을 줄이기 위해 점조직으로 그쳐 있었다. 만날 수 있는 길은 본부로부터 연락이 올 때다.

그는 생각 끝에 형의 친구인 황성철의 집으로 급히 향했다. 그를 보자 성철은 반색을 하며 맞았다.

"아니, 이 밤중에 웬일인가? 들어오게. 정말 몰라보겠는데."

"밤늦게 미안합니다."

그들은 사랑채로 들어갔다.

"형한테서 연락이 왔는데 자네보고 꼼짝 말고 집에 틀어박혀 있으라고 하더군. 낯선 놈들이 항상 집 주위에 잠복해 있고 집안 식구들이 외출하면 일일이 미행하고 있나 봐. 정말 조심해야겠어."

성철은 하림의 변장한 모습을 찬찬히 바라보면서 말했다.

"그렇지 않아도 조심하고 있습니다. 여러분들에게 폐를 끼치게 돼서 정말 미안합니다."

"미안하긴······자넨 항일투사가 아닌가. 우리는 앞장서지는 못할망정 자네 같은 사람을 도와줘야 할 입장 아닌가."

하림은 적이 놀랐다. 자신의 정체를 성철이 어느 정도 눈치채고 있는 것이 분명했다. 그렇다고 모든 것을 솔직히 털어놓을 수는 없었다. 그 누구에게도 고백할 수는 없었다. 하림의 마음을 눈치챘는지 성철은 무겁게 고개를 끄덕거렸다.

"자네 형한테 이야기를 듣고 눈치를 챘지. 자네 형도 자세한 건 잘 모르고 있더군. 다만 사이판에서 여기까지 살아서 돌아온 걸 보니까 중요한 임무를 띠고 들어온 것 같다는 거야. 학도병으로 나갔던 자네가 정말 독립운동을 하기 위해 돌아왔다면 얼마나 경하할 일인가!"

"감사합니다. 그렇지만 사실을 밝힐 수가 없어 죄송합니다. 차차 아시게 될지도 모르겠습니다."

성철은 손을 내저었다.

"나는 자네가 하려는 일을 알고 싶지는 않아. 그런 비밀은 누구한테도 알려 줘서는 안 되는 거 아닌가."

술상이 들어왔다. 마음놓고 밤새 술이나 마시자는 말에 하림은 허리끈을 풀었다.

"모든 언론기관이 친일로 흐르고 있기 때문에 여기 있는 우리들은 전쟁이 어떻게 돌아가고 있는지 정확한 걸 잘 몰라. 그렇지만 아무리 눈과 귀가 막혔다고 해서 눈치야 못 챘겠나. 들리는 바로는 미군 기동부대가 오키나와를 대거 기습했다는군. 그리고 며칠 전에는 B29 백여 대가 나고야를 쑥밭으로 만든 모양이야. 도쿄 공습은 벌써 작년부터 있었구. 이런 걸로 미루어 볼 때, 일제의 패망은 멀지 않은 것 같아. 어떤가, 내 생각이?"

"맞습니다. 얼마 안 가서 자멸하고 말 겁니다."

하림은 술을 쭉 들이켰다. 성철의 눈이 빛났다.

"이런 판에 우리는 가져다 주는 떡을 가만히 앉아서 받아먹어서야 되겠나. 우리도 비록 갇혀 있는 몸이지만 내부적으로 무엇인가 일을 해야만 독립이고 뭐고 찾을 수 있을 거 아닌가."

"정말입니다. 연합군이 독립을 시켜 줄 때까지 가만히 앉아서 기다린다는 건 수치스러운 일입니다. 우선 자존심이 허락하지 않습니다. 그리고 우리가 힘을 쓰지 않으면 독립이 된다 해도 완전한 것이 될 수가 없습니다."

"그래서 하는 말이네만……자네형과 나는 자네가 하는 일을 돕기로 마음을 모았네. 자네가 정말 독립운동을 하기 위해 나타났다면 모든 걸 내걸고 돕기로 했어. 어떤가?"

"감사합니다."

하림은 가슴이 뜨거워지는 것을 느꼈다.

"자네가 하는 일이 구체적으로 무엇인지는 모르지만 무조건 자네를 돕기로 했어. 알겠나?"

"알겠습니다. 그렇지만……"

성철은 손을 휘저었다.

"아니야. 자넨 반대해서는 안 돼. 이건 우리들이 자진해서 결정한 거야. 자네는 무조건 시키기만 하면 돼. 우리한테 명령을 하라구. 뭘 훔쳐오라고 하면 훔쳐올 테니까."

하림은 얼마 전에 헤어진 명희 생각이 났다. 오빠가 체포되자 분을 이기지 못해 항일운동을 하겠다고 고집을 피우던 아가씨. 무엇인가를 하고 싶어하는 사람들이 적지 않다는 것을 그는 새삼 깨달았다. 그렇지만 그는 가까운 사람들을 위험한 일에 끌어들이고 싶지가 않았다.

"사실은……함께 왔던 동지 하나가 체포되었습니다. 아까 그 소식을 듣고 오는 길입니다."

"헌병대에 체포되었단 말인가?"

"그런 것 같습니다."

"가슴 아픈 일이군. 그럼 자네는 위험 부담이 더 많아지겠군."

"그건 상관없습니다."

"웬만한 건 우리도 할 수 있어."

"그렇지만 형님들은 안 됩니다. 혼자 몸도 아니고 가족들도 있는데 몸조심하여야 됩니다."

"예끼, 이 사람! 우리를 뭘루 보나? 그런 거 다 가리다간 누가 그 일을 하겠나! 그런 일에 있어서는 남녀노소를 가려서는 안 돼!"

하림은 성철이 내미는 담배를 말없이 받아 피웠다. 그는 상당히 감동하고 있었다. 사실 임무를 혼자서 완수한다는 것은 도저히 불가능한 일이었다. 될수록 믿을 만한 사람을 여럿 포섭할 필요를 그는 절실히 느끼고 있었다.

담배 한 대를 모두 피우고 나자 그는 마침내 결심한 듯 무겁게 입을 열었다.

"그럼 한 가지 부탁을 드리겠습니다."

"그래, 뭔가?"

성철은 소리를 죽이며 앞으로 허리를 굽혔다.

"형님과 상의해서 조선군사령부에 접근할 수 있는 방법을 모색해 보십시오."

"조선군사령부?"

성철은 질린 듯 눈이 휘둥그레졌다. 귀공자처럼 생긴 얼굴이 굳어지는 것을 보고 하림은 말을 꺼내기가 망설여졌다. 그러나 이미 꺼낸 말을 도로 삼킬 수는 없었다.

"조선군사령부 작전과나 정보과로 침투할 수 있으면 더욱 좋습니다."

"그렇다면 침투해서 정보를 빼내오란 말인가?"

"우선 접근만 할 수 있어도 좋습니다."

"보통 일이 아니군."

"어려운 일입니다. 그쪽에 혹시 잘 아는 사람 없습니까?"

"내가 직접 아는 사람은 없어."

"물론 그러시겠죠. 그러니까 간접적으로 통해서 접근해야 할 겁니다."

"어떤 정보가 필요한가?"

"그건……기회 있으면 말씀드리겠습니다."

"조선군사령부라……이름만 들어도 간담이 서늘해지는데……"

"그리고……앞으로 저를 김태수(金泰洙)라고 불러 주십시오."

"김태수?"

"네, 제 가명입니다. 숨어 다니는 동안 가명을 쓰기로 했습니다."

"신분증 같은 건 준비했나?"

"네, 준비했습니다. 친일단체나 기관에 들어갈 수 있도록 힘을 써 주십시오. 그렇게 되면 좀 안심하고 다닐 수가 있을 것 같습니다."

"자네형하고 상의해서 최대한 힘써 보지."

"두 분이 직접 만나시면 위험합니다. 형님한테 미행이 있을 테니 말입니다."

"물론이지. 전화로 연락만 해야겠지. 직접 만나서 이야기를 못 하니까 여간 답답하지가 않아."

"그러실 테죠. 그렇지만 조심하셔야 됩니다. 수사가 시작되고 있으니까 놈들한테 걸리면 큰일입니다."

그들은 밤이 새도록 술을 마셨다.

새벽녘에야 잠이 든 하림은 점심때가 가까워서야 눈을 떴다. 머리 속이 지근지근 아파왔다. 성철은 이미 출근하고 없었다. 성철의 아내가 권하는 식사를 사양하고 그는 밖으로 나왔다. 입에서는 아직도 술 냄새가 났다.

그는 술과 안주거리를 사들고 택시를 집어탔다. 의정부 쪽으로 가자고 하자 운전사는 그를 돈푼 깨나 있는 사람으로 알았던지 정중히 대했다.

차가 달리는 동안 그는 상당히 긴장했다. 경성에 들어온 후 처음으로 교외로 나가보는 길이었기 때문에 긴장하지 않을 수 없었다.

"급하신 일인가 보지요?"

운전사가 물었다. 나이 들어 보이는 운전사였다.

"산소에 좀 가는 길이니까 급히 가지 않아도 됩니다."

한 시간 남짓 달리는 동안 다행히 검문검색이 없었다. 공동묘지 입구에서 차를 내린 그는 차를 대기시켜 놓고 산으로 올라갔다. 산에는 눈이 두껍게 덮여 있었다.

공동묘지 가운데에 젊은 부부로 보이는 사람들이 서 있었다. 그들은 갑자기 나타난 그를 이상한 듯 바라보았다. 하림은 무전기를 파묻은 묘지 앞에 술을 부어놓고 절을 했다. 그러자 젊은 부부는 안심한 듯 공동묘지 밖으로 사라졌다.

그는 주위를 휘둘러본 다음 덤불 속에서 삽을 찾아내어 무덤을 급히 파헤쳤다.

하라다로부터 푸짐하게 술대접을 받은 연극배우 권중구는 이튿날 저녁 하림의 집을 방문했다. 예상했던 대로 하림의 형인 장경림이 그를 맞았다.

"하림과는 중학 동창이죠. 제가 좀 선배가 됩니다만……"

"아, 그렇습니까."

"긴히 드릴 말씀이 좀 있어서……. 하림군 형님 되시죠?"

"네, 그렇습니다."

눈치를 살폈지만 경림은 그저 담담한 표정이었다.

"하림군은 지금 집에 없죠?"

"네, 없습니다."

"그럴 줄 알고 왔습니다."

경림이 안내하는 대로 중구는 방으로 따라 들어갔다. 자리를 잡고 앉아 그는 경림에게 명함을 내밀었다. 그러나 명함을 들여다보는 경림의 얼굴은 여전히 담담하기만 했다.

"사실은 저기 하림군이 몹시 위험한 상태에 놓여 있습니다.

헌병대에서 하림군을 체포하려고 기를 쓰고 있는 것 같습니다. 아끼는 후배라 이걸 말씀드리려고……"

"하는 수 없죠. 정말 그 자식이 탈출을 했다면 처벌을 받아 마땅합니다."

중구는 한 대 얻어맞은 기분이었다. 경림은 천천히 담배를 피우면서 말을 이었다.

"제 아우 일 때문에……그렇지 않아도 저는 헌병대에 연행되어 갔었습니다. 아우를 찾아내라는 거였습니다. 그렇지만 저로서는 금시초문이라……. 저는 그 자식이 군대에 가는 것도 보지 못했습니다. 소식만 들었을 뿐이지요."

"그럼 여기 한번도 나타나지 않았습니까?"

"코빼기도 못 봤습니다. 만일 그놈이 나타나면 집에 들여놓지 않을 작정입니다. 자수를 시키든지 신고를 하든지 할 작정입니다."

"그래서는 안 됩니다. 탈주병은 무조건 총살입니다. 절대 자수를 하거나 신고해서는 안 됩니다. 사실은 제가 큰 실수를 저질렀습니다."

중구는 정말 죄스러운 듯 고개를 숙였다.

"실수라니요?"

"며칠 전에 다방에서 우연히 하림군을 만났습니다. 전 장군이 입대한 줄 알고 있었기 때문에 깜짝 놀랐지요. 장군 말이 신체검사 불합격으로 군대에는 안 갔다고 그러더군요. 그런데 제가 그만 어느 술자리에서 일본인 친구에게 그 말을 한 것이 단

서가 돼 가지고 조사가 시작된 모양입니다. 저로서는 무심코 그런 말을 한 것입니다만……결과적으로 이렇게 돼서 정말 미안합니다. 용서해 주십시오."

"용서라니요. 선생께서는 꺼리실 것 하나 없습니다. 제가 오히려 부끄럽습니다. 그런 자식을 아우로 두고 있다는 것이 부끄럽습니다."

중구는 상대방의 생각이 자신보다 한발 앞서고 있는 것 같은 기분을 느꼈다. 그는 여간해서는 걸려들지 않을 그런 인물일 것 같았다.

"하림군이 갈만한 데를 수소문해서라도 어떻게든 연락을 취해 보십시오. 절대 집에는 오지 말라고 말입니다. 집에 나타나면 바로 체포될 겁니다."

"제 아우를 정말 보셨습니까? 혹시 잘못 보신 게 아닙니까?"

"아, 아닙니다. 정말 만났습니다. 저와 악수까지 했습니다."

"그렇다면 그 자식이 탈주해 온 게 분명하군요. 망할 자식, 집안 망신이나 시키는 그런 자식은 돌볼 필요가 없습니다."

"그러시지 말고 한번 나서서 갈만한 곳을 찾아보십시오. 저야 힘이 없지만 필요하시다면 힘이 되어 드리겠습니다."

경림은 머리를 설레설레 흔들었다.

"갈만한 데를 모릅니다. 찾을 필요도 없구요."

"하림군은 안전한 데 숨어 있어야지 그렇지 않고 어수룩하게 돌아다니다가는 얼마 못 가 체포당하고 맙니다. 지금 굉장히 불안해하고 있을 겁니다. 증명도 없고 가진 돈도 없을 텐데……남에게 폐를 끼치는 것도 하루 이틀 아닙니까. 이거 약소하지만 제가 사과하는 뜻으로 그리고 후배를 아끼는 마음에서 그러는 거니까 받아 주십시오. 장군한테 연락이 되면 전해 주십시오. 지금 돈이 몹시 필요할 겁니다. 그리고 뭣하다면 제가 장군이 숨을 만한 데를 알아 보겠습니다."

"이러시면 안 됩니다. 생각해 주시는 건 고맙지만 이런 돈은 받지 못 하겠습니다. 이건 오히려 그 자식을 위하는 게 아니라 나쁜 길로 인도하는 겁니다. 받지 못 하겠습니다."

"하아, 이러시지 말고 받으십시오. 제 성의라고 하지 않았습니까?"

두 사람은 돈 봉투를 사이에 두고 한동안 옥신각신했다. 중구가 허둥지둥 밖으로 나오자 경림은 뒤따라 나오면서 한사코 돈 봉투를 돌려 주었다. 나중에 그는 화까지 냈다.

"당신 이게 무슨 짓이오? 남의 집안을 망하게 하려고 이러는 거요? 싫다면 싫은 줄 알란 말이오. 난 그따위 자식을 내 동생으로 생각지도 않으니까 이 돈 가져 가시오!"

경림의 태도가 너무나 완강했기 때문에 중구는 하는 수 없이 돈을 돌려받아 가지고 나왔다. 그는 몹시 창피만 당한 기분이었다. 계획했던 것이 보기 좋게 실패로 돌아간 셈이었다. 망할 자식, 어디 두고 보자. 본때 있게 잡아들일 테니까 어디 두고 보자. 그는 수사관이나 된 듯 이를 악물었다. 상대는 바늘구멍만한 틈도 보이지 않고 있었다. 놈은 시침을 떼고 있는 게 아니라 정말로 자기 동생의 소재를 모르고 있는지도 모른다. 오늘 취하는 태도로 보아서는 정말 모르고 있는 것 같기도 했다. 빌어먹을, 뭐가 뭔지 모르겠는데. 그는 전봇대에 다가서서 오줌을 누었다. 몸이 으스스 추워왔다. 하라다 대위를 또 만나야 한다는 것이 귀찮은 생각이 들었다. 이렇게 추운 밤에는 햇병아리 여배우나 껴안고 자는 것이 제일 좋은 일이다.

그가 들어서자 하라다는 중국집 이층 방에서 혼자 술을 마시고 있었다. 이렇게 헌병 장교가 직접 나서고 있는 걸 보면 사태가 매우 심각한 모양이다. 장하림이란 놈, 그놈이 그렇게 중요하단 말인가.

"아, 어서 오시오. 굉장히 지루한데……"

하라다는 앉은 채로 중구에게 자리를 권했다.

"미안합니다. 오래 기다리게 해서……"

"계획대로 잘됐나요?"

하라다의 조그만 눈이 날카롭게 빛났다. 연극배우는 두 손을 마주 비볐다.

"잘 안 됩니다. 도무지 찌를 데가 없습니다. 잡아떼는 데는 두 손을 들었습니다. 먹혀들지가 않습니다."

하라다는 이맛살을 찌푸렸다.

"돈은 주었소?"

"주다가 창피만 당했습니다. 받지를 않습니다. 자기는 그놈을 동생으로 생각지도 않고 도와주고 싶지도 않답니다."

"생각이 깊은 놈이군. 놈을 우리가 너무 얕본 것 같소."

"혹시 그자가 정말 하림이란 놈을 못 만난 게 아닐까요?"

"천만에……그럴 리가 없소. 시침을 떼고 있는 게 분명해요. 놈들은 교묘한 방법으로 연락을 취하고 있을 거요. 빨리 그놈을 잡아야 할 텐데……"

"그놈이 그렇게 중요한 놈입니까?"

"중요한 놈이지요."

하라다는 어금니를 질끈 깨물었다.

이튿날 아침 하라다는 비상수단을 강구하기로 마음먹었다. 장하림이 현재 무슨 짓을 하고 있을지 모르므로 한시 바삐 놈을 체포하는 것이 급했다. 평범한 방법으로 놈을 체포한다는 것은 어려울 것 같았다. 궁리 끝에 그는 썩 내키지 않은 짓이지만 결국 그 방법을 사용하기로 결심한 것이다.

"장하림, 그놈 어머니가 늙었다지?"

"네, 상당히 늙었습니다."

군조가 대답했다.

"그렇다면 할멈을 이리 데려와. 동네가 시끄럽지 않게 조용히 데려오란 말이야. 그리고 그 집 식구들한테는 장하림이란 놈이 헌병대에 자수하기 전에는 절대 할멈을 돌려보내지 않겠다고 일러둬."

군조는 머뭇거렸다. 인질을 이용한다는 것은 처음 있는 일이었기 때문에 그는 적잖게 놀라고 있었다.

"고모다 군조, 내 말 안 들리나?"

"네, 하지만 상대가 늙은 여자라……"

"뭐라고? 지금 전국이 어떻게 돌아가고 있는 줄 아나? 우리 황군은 도처에서 무너지고 있어. 이 틈을 타서 적들은 아군 후방을 교란시키기 위해 스파이를 침투시키고 있는 거야. 스파이 한 놈이 1개 사단보다 무섭다는 걸 모르나. 우리의 방위선이 스파이에게 탐지되는 날에는 당장 내일이라도 적군이 상륙할지도 모르는 거야. 이런 판에 할망구 하나 데려다 놓는 게 그렇게도 마음에 걸린단 말인가?"

"하, 알겠습니다."

군조는 두 번 다시 주저하는 빛을 보이지 않고 밖으로 뛰어나갔다.

하라다는 창문을 통해 군조 일행이 급히 떠나는 것을 지켜보고 있었다. 그는 군조가 돌아올 때까지 자리에 앉지 않고 서성거리고 있었다. 조선인들은 유난히 효심이 강하다. 그놈도 자기 어머니가 연행된 것을 알면 가만 있지 않겠지. 그는 입가에 냉소를 떠올렸다.

한 시간쯤 지나 군조가 돌아왔다. 한복 두루마기를 깨끗이 차려입은 노부인도 함께 들어왔는데 그녀는 몸이 불편한지 기침을 하고 있었다. 머리에는 흰 머리카락이 많고 얼굴은 마른 편이었지만 눈에는 아직 정기가 남아 있었다.

"이렇게 오시게 해서 죄송합니다. 이리 앉으시죠."

하라다는 하림의 어머니인 김부인에게 자리를 권했다. 김부인은 책상을 사이에 두고 맞은편에 앉으면서 헌병 대위를 쏘아보았다. 하라다는 이 늙은이가 만만치 않다는 것을 직감적으로 깨달았다.

"왜 이렇게 오시게 했는지 말씀드리지 않아도 잘 아실 줄 믿습니다. 되도록 저도 일을 간단히 처리하려고 했습니다만 생각대로 여의치가 않습니다. 그래서 마지막으로 하림군 어머니 되시는 분한테 협조를 구하려고 한 겁니다. 협조해 주십시오."

"저는 협조해 드릴 게 없습니다."

김부인은 한마디로 쌀쌀하게 내뱉었다. 그녀는 자식을 사랑하고 지조를 중히 여기는 전형적인 조선가문의 부인이었다. 무시무시한 헌병대에 연행되어 왔으면서도 눈썹 하나 까딱하지 않고 있었다. 몸이 아픈 것이 고통스럽다는 듯 자주 기침만 하고 있었다.

"자식을 살리고 싶지 않으십니까?"

"자식을 살리고 싶지 않은 부모가 어디 있겠습니까? 그렇지만 저는 그 애가 있는 곳을 전혀 모릅니다. 아직 만나보지도 못했습니다."

그녀의 일본 말씨는 아주 능숙했다.

교육을 받은 부인임이 틀림없었다. 하라다는 처음부터 이 노부인을 심문할 생각은 없었다. 이런 부인은 목숨을 걸고라도 자기 자식을 지킬 것이라는 것을 그는 잘 알고 있었다. 인질로 붙잡아 두면 놈이 언젠가는 나타나겠지.

시인 장경림은 얼굴이 붓고 눈두덩은 시퍼렇게 멍이 들어 있었다. 헌병들이 어머니를 연행해 갈 때 그들에게 대들었다가 얻어맞은 상처였다. 심장병으로 고생하시는 어머니가 이 추운 겨울에 헌병대에 끌려가 고통을 겪을 것을 생각하니 그는 가슴이 찢기는 것만 같았다. 차라리 자신을 잡아간다면 얼마든지 참고 견딜 수가 있을 것이다.

그런데 늙으신 어머니를 잡아갔으니 효성이 지극한 젊은 아들로서는 정말 그보다 더 큰 고통이 없었다.

놈들이 노리는 것은 뻔했다. 어머니와 아우, 그 두 사람 중에 그 한쪽을 택하라는 것이다. 그러나 생각하면 할수록 그로서는 그 어떠한 행동도 취할 수가 없었다.

하림이 나타날 때까지 놈들은 어머니를 풀어 주지 않을 것이다. 하림이 이걸 알면 당장 헌병대로 뛰어갈지 모른다. 만일 어머니가 돌아가시기라도 한다면 나는 평생 돌이킬 수 없는 불효자식이 되고 만다.

그는 가슴을 쓸다가 밖으로 뛰어나왔다. 밖에는 여전히 사복 차림의 사나이들이 잠복해 있었다. 두 서너 명쯤 되는 그들은 몸을 드러내지 않으려고 재빨리 숨는 것이었지만 경림은 충분히 그들을 의식할 수가 있었다. 골목을 빠져나가면서 곁눈질해 보니 두 명이 미행해 오고 있었다. 그는 결코 뒤를 돌아보지 않고 그대로 내쳐 걸었다. 빨리 황성철에게 연락을 취해 이 문제를 상의해 보고 싶었다.

종로로 나온 그는 언제나 가는 찻집(喫茶店)으로 들어갔다. 오전이라 그런지 실내에는 별로 사람이 없었다. 이 찻집 「망향」에 자주 들르는 이유는 전화박스가 따로 밀폐되어 있어 통화하기에 좋기 때문이었다.

머리를 양쪽으로 땋아 늘인 소녀가 보조개를 지으며 차를 날라 왔지만 그는 그것을 마실 생각도 하지 않은 채 한동안 멍하니 앉아 있었다. 그때 문이 열리며 캡을 눌러 쓴 청년이 들어왔다. 경림과 시선이 마주치자 청년은 급히 자리를 잡고 앉으면서 신문을 펴들었다. 상대가 미행자라고 생각되자 경림은 분노가 치밀었다. 한참 상대를 쏘아보다가 그는 전화박스로 들어가 성철에게 전화를 걸었다.

"하림이를 고자질했던 권중구라는 연극배우가 어젯밤에 집에 나타나서 미끼를 던졌어."

그는 냉혹할 정도로 조용히 말했다.

"그래서?"

"돌려보냈지. 그런데 오늘 아침에 헌병들이 나타나서 어머니를 연행해 갔어. 인질로 잡아둘 모양이야."

"뭐, 뭐라구?"

그보다도 오히려 성철이 더 놀라고 있었다.

"걱정이야. 몸도 불편하신데……"

"큰일이군. 어떡할 셈인가?"

"글쎄, 나도 어떻게 해야 할지 모르겠어. 하림이한테는 이 말을 하지 말게."

"그래도 말해 두는 게 좋지 않을까?"

"안 돼! 그 애가 알면 무슨 짓을 저지를지 몰라."

"그렇지만 만약에 어머님한테 사고라도 나면 어떻게 할 셈인가?"

"할 수 없는 거 아닌가. 그렇다고 그 애를 자수시킬 수도 없는 게 아닌가. 자네가 나 좀 도와줘야겠어."

"어떻게?"

"……"

"말을 하라구!"

"나도 모르겠어! 답답해서 전화를 건 거야! 지금 같아서는 누구라도 하나 죽일 것 같아!"

"무슨 소리야? 조심해!"

"다시 연락하지."

그는 전화를 끊고 한숨을 길게 내쉬었다.

다방 안에는 아직도 그 미행자가 앉아 있었다.

밖으로 나온 시인은 「이동극단」을 찾아갔다. 극단 사무실은 별로 멀지 않은 곳에 있었다. 단장 권중구는 아직 나와 있지 않았다. 한 시간쯤 기다리고 있자 그가 나타났다.

"아이구, 장선생, 이게 웬일이십니까?"

경림을 본 그는 의외라는 듯 야단스럽게 떠벌렸다. 경림은 곧 단장실로 안내되어 들어갔다.

"그 문제 생각해 보셨습니까?"

권중구는 경림에게 담배를 권하면서 물었다.

"그보다도 문제가 생겨서 그럽니다."

경림은 중구를 쏘아보았다.

"무슨 문제가 생겼습니까?"

"제 어머님이 헌병대에 연행되어 갔습니다."

"저런, 거 안됐군요. 헌병대에서 그 정도로 나오는 걸 보니까 아마 단단히 벼르고 있는 모양이군요. 그거 어쩌지요?"

"권선생님께서 힘을 좀 써 주십시오. 어머님이 석방될 수 있도록 말입니다. 만일 그렇게 해 주신다면 은혜는 절대 잊지 않겠습니다."

"그것 참 곤란한 일이군요. 제가 힘을 써보겠습니다만 쉽게 풀려날지 모르겠군요. 틀림없이 하림군하고 교환하자고 할 텐데 말입니다."

경림의 눈치를 살피면서 그는 조심스럽게 말했다. 경림은 머리를 흔들었다.

"저도 그걸 생각해 봤습니다만 현재로선 어떻게 해 볼 도리가 없습니다. 제 아우가 나타나면야 당장에라도 헌병대에 끌고 가겠지만 도대체 집에는 얼씬도 하지 않으니 난감할 따름입니다. 권선생께서 저의 이러한 입장을 헌병대에 잘 좀 말씀해 주십시오."

"말씀이야 드려 보겠지만 제가 힘이 될지……"

말은 그렇게 하면서도 그는 잔뜩 거드름을 피우고 있었다.

"이번 수사 책임자를 모르시나요?"

경림의 손끝이 가늘게 떨리고 있었지만 권중구는 그것을 못보고 있었다.

"알지요. 수사과의 하라다 대위라고 무서운 놈이지요."

하라다 대위, 그때 나를 심문하던 그자가 하라다 대위구나, 하고 경림은 생각했다.

"그 사람한테 제가 직접 사정해 보면 어떨까요?"

"그것도 괜찮겠지요. 하지만 만나보나마나 하림군을 자수시키라고 할 겁니다."

"그래도 한번 만나보고 싶습니다. 오늘밤에 기회를 좀 만들어 주십시오. 제가 저녁을 대접하겠습니다."

"글쎄 저쪽이 시간이 어떻게 되는지 모르겠군요. 그러면 이렇게 합시다. 내가 알아볼 테니까 이따가 한 시간쯤 후에 이쪽으로 전화를 걸어 주시오."

"네, 그게 좋겠군요. 꼭 좀 부탁합니다."

극단 사무실을 나온 그는 찻집으로 다시 갔다. 여전히 캡의 사내가 그의 뒤를 미행하고 있었다. 그는 거들떠보지도 않은 채 찻집으로 들어가 황성철에게 전화를 걸었다.

"오늘밤에 약속 있나?"

"아직은 없어."

"약속하지 말고 좀 기다려 줘야겠어. 어쩌면 오늘밤에 헌병 대위 하라다라는 놈하고 식사를 하게 될지도 몰라. 자네 그놈을 미행해서 집을 좀 알아 줬으면 좋겠어."

"그건 어렵지 않지. 그뿐인가?"

"음, 집만 알아두면 돼. 두 놈이 함께 나올 텐데 안경 낀 놈은 연극배우 권중구란 놈이고 다른 놈이 하라다야. 약속시간과 장소는 한 시간 후에 알려 주지."

전화를 끊고 난 그는 자신이 땀을 흘리고 있는 것을 알았다. 자리에 앉은 그는 한숨과 함께 담배연기를 길게 내뿜었다.

경림이 하라다 대위를 만난 것은 밤 8시경이었다. 일식집에 자리를 잡아놓고 기다리기 반 시간만에 권중구의 안내를 받고 하라다가 나타난 것이다.

"아, 다시 만나는군요."

악질 헌병답지 않게 하라다는 부드럽게 손을 내밀었다. 그러나 그 부드러움 속에 숨어 있는 칼날 같은 서슬을 경림은 악수하는 순간에 느낄 수가 있었다.

"걱정이 많으시죠?"

술이 한 순배 들어가자 하라다는 먼저 넌지시 한마디 던졌다. 그러자 권중구가 맞장구를 쳤다

"걱정이 안 될 리가 있겠습니까? 하라다 대위님께서 선처를 베풀어 주셔야죠."

경림은 얼굴을 붉히면서 하라다에게 고개를 깊이 숙여 보였다.

"잘 좀 부탁드리겠습니다. 어머님은 더구나 몸이 아프시기 때문에 걱정이 됩니다. 어머님이야 사실 죄가 없습니다."

"아, 물론이지요. 우리는 다만 조사할 일이 있기 때문에 협조를 구하기 위해 모시고 있는 겁니다. 협조가 빠르면 빠를수록 그만큼 빨리 댁에 돌아가실 수가 있겠지요. 하림군은 국가에 큰 죄를 지었을 뿐 아니라 어머니에게도 큰 불효를 하고 있어서 문제입니다. 잘 좀 타일러서 더 이상 사태가 악화되지 않도록 해주십시오."

"물론 그놈과 만날 수만 있다면 자수를 시키겠습니다. 그렇

지만 만날 수가 없으니 저로서는 입장이 곤란할 수밖에 없습니다. 그놈을 제 눈으로 한번 보기만 했더라도……"

"역시 똑같은 말을 되풀이하시는군요. 나는 새로운 말이 나올 줄 알고 왔는데, 그렇지가 않군요. 그렇다면 더 이상 말할 필요가 없겠습니다."

하라다는 얼굴을 일그러뜨리면서 술잔을 탁 내려놓았다. 경림은 어쩔 줄을 몰라했다.

"죄송합니다. 용서해 주십시오. 저는 어디까지나 협조해 드리고 싶습니다만……"

"그 이야기는 이제 그만하고 술이나 듭시다."

권중구가 손을 휘휘 저으며 술잔을 돌리자 그들은 잠자코 술을 들었다. 경림은 가슴이 터져나갈 것만 같았다.

여유작작해 하며 술을 마시는 하라다를 보자 분노가 치밀어 견딜 수가 없었다. 그러나 상대는 무시무시한 헌병 대위, 마음만 먹으면 민간인 하나쯤 쉽게 때려죽일 수 있는 권력자다. 경림은 망설였다. 그가 하라다를 불러낸 것은 남자대 남자로 담판을 짓기 위해서였다. 만일 그것이 안 되면 그로서는 목숨을 내걸고 마지막 방법이라도 취할 생각이었다.

"장선생께서는 시를 쓰신다죠?"

하라다는 엉뚱한 질문을 했다.

"쓰지 않은 지 오래됩니다."

"왜 쓰지 않죠?"

"이런 시대에 시를 써서 뭘 합니까?"

그는 결심한 듯 말했다. 하라다는 눈이 빛났다.

"이 시대가 어떻다는 겁니까? 누가 선생 같은 시인을 박해하던가요?"

"병든 어머님이, 아무 죄도 없는 어머님이 헌병대에 끌려가는 이런 시대에 시는 써서 뭘 합니까?"

"호오, 대단히 의미심장한 말씀을 하시는군요. 너무 격분하시면 몸에 해롭습니다."

"솔직히 말씀해 주십시오. 저의 어머님을 언제까지 붙들어 두실 작정입니까?"

"붙들고 있는 게 아닙니다. 우리는 협조를 요청하고 있을 뿐입니다."

하라다는 차갑게 웃었다. 경림은 상대를 쏘아보았다.

"어머님을 당장 내보내 주시오! 그렇지 않으면 당신을 원수로 생각하겠소!"

"뭐라고? 협박하는 건가?"

하라다는 경림의 따귀를 철썩 하고 후려치고 나서 밖으로 나갔다. 경림이 뒤따라 나가니 입구 쪽에서 황성철이 혼자 술을 마시다가 일어서는 것이 보였다.

일요일이었다. 아침에 하림은 황성철의 방문을 받았다. 성철은 심각한 표정이었다.

"그 연극배우란 놈이 자네형한테 접근을 해온 모양이야. 자네 소재를 알려고 그랬던 것 같은데."

하림은 눈을 크게 떴다.

"그래서 알려 줬나요?"

"원, 사람두……. 자네형이 어떤 사람인데, 그런 놈한테 넘어가겠나."

"어떤 말도 들어 줘서는 안 됩니다."

"물론이지."

황성철은 하림의 눈치를 살피며 머뭇거렸다.

"저의 집에는 별일 없습니까?"

"으응, 별일 없는 모양이야."

성철의 당황한 목소리에 하림은 일말의 불안을 느꼈다.

"형님. 저의 집에 불상사가 일어났다고 해서 숨기지는 마십시오. 저로서는 모든 걸 알고 있어야 합니다."

성철은 깊이 생각해 보다가 말했다.

"자네 나한테 약속을 하나 해 주게."

"무슨 약속 말입니까?"

"어떤 일이 있어도 자수하지 않겠다는 약속 말이네."

"약속하겠습니다. 저는 어떤 일이 있어도 자수할 입장이 못 됩니다. 집에 무슨 일이 있습니까?"

"놈들은 자네를 체포하려고 발악을 하고 있어. 사실은 자네 형이 말하지 말라고 신신당부했는데……"

"말씀하십시오. 제 걱정은 하시지 말고……"

하림은 입 속이 바짝 말라붙는 것을 느꼈다. 성철은 더욱 힘들게 입을 열었다.

"사실은 자네 모친께서 헌병대에 연행되어 가셨어!"

"네에! 그게 정말입니까?"

"정말이야. 간악한 놈들이야."

하림은 두 손을 움켜쥐고 비틀었다. 이를 어쩌면 좋단 말인가. 어머님이 헌병대에 연행되셨다니 이를 어쩌면 좋단 말인가. 그놈들은 내가 자수하기 전에는 어머님을 풀어놓지 않을 것이다.

그의 눈빛이 이상하게 변했다. 그는 몸을 일으켰다.

"이 사람, 어디 가려고 그러는 거야?"

성철이 소매를 붙잡자 하림은 그를 뿌리쳤다.

"절대 이대로 있을 수 없습니다! 어머님은 몸까지 불편하십니다!"

"헌병대에 가겠단 말인가?"

"네, 가 봐야겠습니다."

"이 사람이 정신이 나갔나! 나하고 자수하지 않겠다고 약속하지 않았나!"

"그렇지만 이럴 줄은 몰랐습니다. 가야합니다. 어머님이 돌아가시는 걸 보고만 있어야 합니까?"

나가려는 하림을 성철은 꽉 붙들었다.

"안 돼! 가서는 안 돼! 자네 어머님은 곧 나오실 거야!"

"이거 놓으십시오! 놓으세요!"

"안 돼!"

두 사람은 한동안 옥신각신했다. 마침내 힘이 센 하림이 성철을 밀어 버리자 성철의 손이 하림의 뺨을 철썩 때렸다. 그제야 그들은 움직임을 멈추고 서로를 쏘아보았다.

"미안하네."

"죄송합니다."

하림은 솟구치는 눈물을 참으면서 주저앉았다.

"자네 심정은 이해할 수 있어. 그렇지만 자넨 효도만을 따질 입장이 못 되지 않나."

"어떻게 하면 좋겠습니까?"

"기다려보는 수밖에 없지. 그리고 자네는 자네 일을 계속하는 수밖에 없어. 어떤 일이 있더라도 말이야."

"그놈들이 어머님한테까지 고문을 할까요?"

"고문은 하지 않을 거야. 해 봐야 헛수고라는 걸 곧 알고 있으니까."

커다란 고통이 가슴을 쓸고 내려갔다. 무거운 침묵이 방안을 가득 채우고 있었다. 담배를 집어드는 하림의 손끝이 떨리고 있었다.

"그런 짓을 지시한 놈이 누굽니까? 수사책임자 말입니다."

"수사과에 있는 하라다 대위란 놈이야. 어제 자네형의 부탁을 받고 그놈 집을 알아뒀어."

"형님이 그런 부탁을 했습니까?"

"음, 어머님한테 무슨 일이 있으면 하라다를 가만두지 않을 모양이야. 그러다가 형까지 희생될까 봐 걱정이야."

순간 하림의 머리 속으로 하나의 계획이 번개처럼 스치고 지

침투 · 241

나갔다. 그렇다. 바로 그놈의 입을 열게 하는 거다! 하림은 숨을 들이켰다.

"형님한테 아무 일도 하지 못 하게 말씀하십시오. 하라다에게 절대 접근하지 못 하게 하십시오. 제가 계획을 하나 세워 보겠습니다."

"계획이라니?"

"수사과에 있는 장교라면 극비정보를 알고 있을 겁니다. 정보를 알고 있어야만 수사가 가능하지 않겠습니까?"

"그렇지."

"그러니까 형님에게는 하라다를……"

"알았네. 손대지 못 하게 하지."

"저한테 그놈 집을 알려 주십시오."

"좋아. 언제가 좋을까?"

"오늘밤에 알려 주십시오."

황성철이 가고 난 뒤 하림은 약도를 들고 오명희의 집을 찾아갔다. 집을 찾아가는 동안 내내 그는 체포된 오세환의 일이 궁금했다.

만일 그가 이미 처형됐다면 하림은 그 시신이라도 찾아야 할 것이다. 그러나 이쪽에서 헌병대에 연락을 취하기 전에는 시신을 찾기도 어려운 일이다. 혹시 유족들이 헌병대에 찾아가지나 않았을까.

오명희의 집은 조그만 한옥이었다. 별로 부유해 보이지도 않은 이런 집에서 홀어머니가 아들을 유학까지 보냈다고 생각하니 새삼 가슴이 뜨거워 왔다. 그는 곁눈질로 집을 한번 확인하면서 그대로 지나쳐 갔다.

혹시 감시망이 퍼져 있을까 봐 바로 대문을 두드릴 수가 없었다. 큰길가로 나온 그는 생각 끝에 급히 편지를 썼다. 그리고 길에서 놀고 있는 꼬마에게 그것을 부탁했다.

"너 몇 학년이지?"

"삼 학년이오."

놈은 누런 코를 훌쩍 들이마시며 퉁명스럽게 대답했다.

"방학이라 놀고 있구나. 너 내 심부름 하나 해 줄래?"

"싫어요."

꼬마가 도망치려고 했기 때문에 그는 급히 동전을 하나 꺼내 주었다.

"저어기, 지붕에 참새 앉아 있는 집 있지? 그 집에 이 편지를 갖다 주면 또 돈 줄께."

아이는 금방 얼굴이 환해졌다.

"누나, 하고 부르면서 들어가라고. 알았어?"

"알았어요."

꼬마는 힘차게 머리를 끄덕였다.

"아무한테나 주면 안 돼. 꼭 명희누나를 찾아서 줘야 해. 알았어?"

그의 말이 채 끝나기도 전에 아이는 잽싸게 골목으로 뛰어 들어갔다.

그는 길 건너편으로 가서 전봇대 뒤에 몸을 가리고 기다렸다.

5분도 채 못 되어 소년이 나타났다.

소년은 하림이 보이지 않자 이리 뛰고 저리 뛰면서 찾아다녔다. 조금 후에 명희가 나타났다. 하림이 전봇대 뒤에서 몸을 드러내면서 손을 흔들자 그녀가 뛰어왔다. 소년이 그녀를 앞질러 뛰어오더니 그를 빤히 쳐다보았다. 하림이 약속대로 동전을 주자 소년은 절까지 꾸벅한 다음 달아나 버렸다.

명희는 가까이 다가와서 찬찬히 살펴본 다음에야 그를 알아보았다.

"그렇게 차리시니까 몰라보겠어요."

"미안합니다. 부득이 해서……"

그들은 인적이 드문 골목길로 들어서서 걸어갔다.

"오빠 소식은 못 들었습니까?"

"못 들었어요. 알아볼 도리가 없는걸요."

그녀는 울상이 되어 하림을 바라보았다. 한복 치마저고리 위에 털 재킷을 걸치고 있는 그녀의 모습은 며칠 사이에 수척해 있었다. 핏기 하나 없는 얼굴은 여자의 전형적인 연약함을 그대로 드러내 보여 주고 있었다. 이 여자에게 그것을 부탁할 수 있을까. 이렇게 약해 보이는 여자가 그런 일을 해낼 수 있을까. 그는 망설이면서 뒤를 돌아보았다.

"이상한 사람이 집에 찾아온 적 없었나요?"

"없었어요."

"미행 당한 적도 없었나요?"

"그런 적 없어요. 오빠는 가족관계를 말하지 않았을 거예요.

본명도 숨기고 있을 거예요. 자기가 체포되더라도 절대 찾아오지 말라고 일렀거든요. 가족들한테도 해가 돌아간다고요. 그렇지만 궁금해서 더 못 기다리겠어요. 엄마가 자꾸 가보시겠다고 해서 내일쯤 헌병대로 찾아갈까 해요."

하림은 걸음을 멈추고 그녀를 가만히 내려다보았다.

"오빠 말대로 하십시오. 찾아가서는 안 됩니다. 그놈들은 가족들한테도 무자비한 짓을 자행합니다. 제 어머님도 저 때문에 지금 헌병대에 끌려가 있습니다. 그것도 그거지만 명희씨가 하실 일이 있습니다."

그녀의 눈이 빛났다. 그녀는 다음 순간 그의 말을 기다리고 있었다.

"어머님한테는 잘 말씀드려 찾아가지 않도록 하십시오. 너무 냉혹하게 들릴지 모르지만 여러 사람의 안전과 비밀을 유지하기 위해서는 어쩔 수 없습니다."

"제가 할 일은 무엇인가요?"

"말씀을 드릴 테니까 외출복으로 갈아입고 나오십시오."

그녀는 두말 않고 집으로 돌아갔다. 하림은 이미 결정하고 있었다. 비록 연약해 보이지만 지성과 미모를 갖춘데다 단 하나뿐인 오빠를 잃게 된 그녀야말로 이 일에는 적격이라고 생각하고 있었다.

그녀는 검정 코트에 하늘색 스카프를 머리에 두르고 나왔다. 그녀의 아름다운 모습에 그는 조금 넋을 잃은 기분이 되었다. 죽은 가쯔꼬가 화려한 얼굴이었다면 이 여자는 청초하다. 그의 기억에 강렬한 인상으로 남아 있는 또 한 여자가 있다면 윤여옥이었다. 그녀는 여러 남자들에게 짓밟혔으면서도 신비스러운 데가 있었다.

그들은 가까운 공원으로 들어갔다. 추운 날씨라 공원에는 사람 하나 없었다. 나무 밑에 이르자 하림은 멈춰 섰다. 그리고 한 손을 명희의 어깨 위에 올려놓았다.

"이건 매우 위험하고 중요한 일이오."

"괜찮아요. 무슨 일이든지 해내겠어요."

그녀의 조그만 입술이 오므라졌다. 그는 순간적으로 섬뜩한 기분을 느꼈다.

"연애해 본 적 있소?"

"없어요."

그녀의 얼굴이 확 붉어졌다.

"경험이 없어도 괜찮아요. 다름이 아니라 남자를 한 사람 사귀는 일이오."

"어떤 남자인가요?"

"일본놈이오. 헌병대 수사과에 있는 하라다 대위란 놈인데……아마 오빠도 그놈이 심문하고 있을 거요."

그녀는 질린 듯이 하림을 쳐다보았다. 심부름 같은 가벼운 것인 줄 알았던 모양이다.

"그놈은 우리의 원수요."

"그 사람을 죽이란 말인가요?"

"아니오."

"그럼?"

"우선 무조건 사귀어 두시오. 명희씨한테 사랑을 고백하게끔 말이오. 그 다음에 임무를 말해 주겠소."

그녀는 한동안 대답을 못 하고 하림을 쳐다보기만 했다. 두 개의 큰 눈은 눈물과 함께 공포의 빛을 띠고 있었다. 하림의 시선이 그 위에 가만히 머물렀다.

부드러운 시선이었지만 일을 결행하려는 의지로 하여 그것은 냉혹하게 가라앉아 있었다.

"무서워요!"

그녀가 낮으나 절박한 목소리로 말했다.

"물론 무섭지요. 그렇지만 누군가가 해야 합니다. 강요하지는 않겠소."

그때 그녀가 그의 옷자락을 끌어당겼다. 그녀는 숨이 가쁜지 호흡을 가다듬더니 풍선이 터지듯,

"하, 하겠어요!"

하고 속삭였다. 하림은 얼결에 그녀의 어깨를 끌어안았다. 가슴이 격렬하게 뒤흔들렸다.

"무서우면 하지 않아도 좋아요."

"싫어요! 하겠어요!"

그녀는 두려움을 피하려는 듯 그의 가슴으로 파고들었다. 하림은 그녀의 잔등을 어린애를 다루듯 한동안 쓰다듬어 주었다. 하나의 뜨거운 감정이 끓어오르고 있었다. 그는 그 감정을 그대로 내버려둘 수가 없었다.

침투 · 247

"내 말을 잘 들어요."

마치 모든 것을 거부하듯 그는 여자를 떼어놓았다.

"오늘밤에 나하고 하라다의 집을 알아둡시다. 그러고 나서 명희씨는 그놈이 몇 시에 출근하는지를 알아내십시오. 일단 출근 시간을 알아낸 다음에는 매일 아침 일정한 시간에 그자와 마주치도록 하십시오. 필요하다면 그 근방에 하숙을 정해도 좋습니다. 비용은 부족하지 않게 대어 드리겠습니다. 매일 그렇게 우연히 마주치는 척하면 어느 땐가는 반드시 그자가 반응을 보여 올 겁니다. 그러면 기회를 놓치지 말고 그자를 붙잡아야 합니다. 아무리 생각해도 그놈에게 접근할 수 있는 방법은 그것밖에 없는 것 같아요. 절대 의심을 사지 않도록 자연스럽게 해야 합니다. 할 수 있겠소?"

그녀는 말없이 고개를 끄덕거렸다.

그들은 다시 공원 안을 걷기 시작했다.

눈송이가 하나 둘씩 떨어지고 있었다. 하림은 하늘을 쳐다보다가 그녀의 손을 살며시 잡았다. 그녀는 멈칫하다가 그가 힘을 주자 가만히 손을 내맡겼다. 그것은 조그맣고 보드랍고 따뜻한 손이었다. 당신은 이 손으로 하라다 그놈을 녹여야 한다. 그는 더욱 꼭 그녀의 손을 쥐어 주었다.

"우린 이겨야 해요."

그는 중얼거렸다.

"우리가 태어나기 전에 우리는 이미 노예로 운명지어져 있었소. 우리 조상들이 그렇게 만들어 놓은 거요. 그렇지만 우리는 노예의 운명을 받아들일 수 없어요. 우리가 일본인들을 몰아내고 나라를 세우지 못 하면 우리의 자식들 역시 노예로 태어나는 거요. 얼마나 무서운 사실입니까? 노예라고 자식을 갖지 말란 법은 없어요. 그렇지만 나는 그런 자식을 원치 않아요!"

그는 시즈오까에서 가쯔꼬의 아버지가 기르고 있을 딸 생각이 났다. 그러자 목줄이 울컥 젖어들어 더 말을 할 수가 없었다. 사형을 앞두고 가쯔꼬가 감옥에서 낳은 사련(邪戀)의 씨. 어떻게 생겼을까. 엄마 젖도 못 먹어 봤을 텐데 제대로 자라고나 있을까. 보고 싶구나. 한없이 보고 싶구나.

"저기……만일……하라다란 사람과 관계가 깊어지면 어떡하지요?"

그녀의 목소리는 거의 기어들어가 있었다. 그는 강렬한 시선으로 그녀를 쏘아보았다.

"안 되지요. 그래서는 안 되지요. 그렇게 되지 않도록 노력해야 합니다."

오세환은 중키에 조금 마른 몸매를 한 기품 있는 청년이었다. 그러나 심한 고문으로 이제 얼굴도 알아볼 수 없을 정도로 짓이겨져 있었고 몸은 뼈가 온통 부러진 듯 중심을 잡지 못한 채 흐물거리고 있었다. 며칠을 고문했지만 시종 입을 다물고 있는 그에게 하라다 쪽에서 오히려 지쳐 버렸다. 워낙 입을 굳게 다물고 있어 이름조차 아직 알아내지 못 하고 있었다.

그를 체포하게 된 것은 정말 우연이었다. 세환으로서는 그것을 불운으로 돌릴 수밖에 없었다. 세환이 안전을 위해 임시로 하숙을 정한 집 여주인은 유난히 호기심이 많은 여인이었다. 삼십 대의 이 젊은 부인은 일정한 직업도 없이 빈둥거리며 놀고 있는 세환에 대해 궁금증이 일었고, 그래서 어느 날 그가 외출한 틈을 타서 그의 방을 청소해 주는 척하면서 그의 소지품을 이것저것 손에 닿는 대로 뒤져 보았다. 여기서 발견된 것이 권총이었다.

놀란 그녀는 그것을 제자리에 숨겨둔 채 전전긍긍하다가 밤늦게 귀가한 남편에게 이 사실을 알렸다. 말단 관리인 그녀의 남편은 새파랗게 질리더니 이튿날 이 문제를 상의하기 위해 군속으로 있는 자기 동생을 만났다. 이야기를 듣고 난 그 군속은 그 길로 헌병대를 찾아갔다.

헌병대로서는 굴러온 떡이나 다름없었다.

하라다는 위조증명이 거의 완벽에 가깝고 권총까지 지니고 있는 데다 미제 카메라까지 가지고 있는 것으로 보아 범인이 틀림없이 미군의 사주를 받은 스파이라고 단정했다. 그리고 그의 예민한 머리는 아직 체포되지 않은 장하림과 범인을 즉시 같은 그룹으로 연관지어 생각했다. 거의 동시적으로 수사선상에 나타난 두 명의 스파이, 이것은 무엇을 의미하는가. 미군의 첩보 작전이 본격적으로 이 조선반도에서 개시되었다고 보는 것이 옳지 않을까. 그렇다면 이미 적지 않은 수의 스파이들이 잠입해 들어왔을 것이다. 그는 몸이 으스스 추워오는 것을 느꼈다. 결국 그는 범인의 입을 기어코 열게 해야 한다는 생각에서 혹독한 고문을 지시한 것이다. 그러나 범인은 벙어리처럼 입을 다물고 있었다.

구타는 일종의 위협이지 고문이라고 할 수 없었다. 적어도 고도의 전문적인 고문자들에게는 그렇다고 할 수 있었다.

그들에게는 구타 따위는 고문에 속하지도 않았다. 손가락 끝을 바늘로 찌르고, 손톱을 뽑아내고, 불로 지져대고, 팔다리와 허리를 부러뜨리는 짓은 고문자들이 흔히 사용하는 초보적인 고문방법이었다.

하라다 곁에는 스즈끼(鈴木)라고 하는 특무기관에서 온 사나이가 차가운 얼굴로 서 있었다. 계급은 하라다와 같은 대위였지만 나이는 그보다 많은 사십 대로 유난히 깡마른 것이 특징이었다. 하라다가 이번 사건과 함께 자신의 의견을 상부에 보고하자 상부에서는 사건을 중시, 특무기관과 합동으로 수사를 전개할 것을 지시했고 그 담당자로 특무기관 측에서 스즈끼 대위가 온 것이다. 이자는 하라다와는 달리 대학교육까지 받지 못했지만 특무기관에서 잔뼈가 굵은 유능한 특무원이었다.

"이 병신 같은 자식들, 지금까지 이놈 하나 다루지 못했어?"

하라다 대위가 소리치자 스즈끼는 냉소를 띠면서 그를 바라보았다.

"내가 한번 해보지요."

이렇게 말한 그는 자기가 데리고 온 두 명의 부하에게 턱짓을 해 보였다. 그러자 그들은 벌거벗은 청년의 몸을 엎어놓은 다음 몽둥이를 집어들었다. 그것은 석 자 길이에 직경이 4센티쯤 되어 보이는 굵은 몽둥이였다.

이윽고 그들은 표정 하나 변하지 않고 청년의 항문에 그것을 쑤셔 박았다.

그때까지 눈을 감은 채 꼼짝 않고 있던 세환이 갑자기 전신을 떨면서 비명을 질렀다. 스즈끼가 날카롭게 소리쳤다.

"자, 대답할 테냐? 안 할 테냐? 대답을 안 하면 계속 틀어박는다!"

세환은 사지를 버둥거리며 일어나려고 했다. 눈알은 튀어나오고 입에서는 침이 줄줄 흘러내리고 있었다. 스즈끼의 고문 방법에 하라다도 놀란 표정을 짓고 있었다. 스즈끼의 구둣발이 세환의 목덜미를 짓밟았다.

"네 정체가 뭐냐? 스파이지? 대답 안 할 테냐? 좋다!"

몽둥이는 더 깊이 항문 속으로 들어갔다. 피를 토하듯 격렬한 비명이 지하실을 뒤흔들었다. 찢어진 항문에서 피가 흘러내리고 있었다. 그것을 본 하라다 대위가 스즈끼의 귀에다 대고 속삭였다.

"죽여서는 안 됩니다. 어떻게 해서든지 놈이 입을 열게 해야 합니다."

"알고 있습니다."

스즈끼는 가볍게 대꾸했다. 그는 하라다에게 담배를 권하면서

"그렇게 빨리 죽지는 않습니다. 뱃속까지 들어가도 죽지 않습니다. 그 전에 놈은 입을 열 겁니다."

하고 말했다.

몽둥이는 점점 깊이 들어갔다. 스즈끼가 다시 외쳤다.

"빨리 대답해. 이 몽둥이는 네놈의 목구멍까지 들어갈 거다. 나는 사정을 두지 않는 성미다."

세환은 한동안 몸부림치다가 기절해 버렸다. 의식을 잃었으면서도 그의 몸은 부들부들 경련을 일으키고 있었다. 고문자들은 즉시 그의 몸 위에 얼음물을 부었다. 섭씨 영하15도의 지하실 안에서 오세환은 이렇게 상상도 할 수 없는 고문을 받고 있었다.

사실 고문은 일제가 지배하고 있는 점령지에서 공통적으로 자행되고 있는 현상이었다. 일제의 경찰, 헌병, 특무기관 등은 고문을 수사의 기본으로 삼고 있었다. 그들은 그것을 정당시한 나머지 그것을 교과목으로 가르칠 정도였다.

각 기관이 공통적으로 채택하고 있던 피의자 심문준칙 중 다음과 같은 사항이 그것을 입증하고 있다.

△ 고문방법 = 고문은 육체에 고통을 주는 것을 말함이다. 고문은 피의자에게 사실의 진술 이외는 고통을 면할 길이 없음을 인식케 하고 지속시킴이 효과적이다. 의지가 굳지 못한 자에게서는 비교적 용이하게 효과를 볼 수 있으나 반면 목전의 고통을 면하기 위해 허위 진술함이 없지 않음을 경계해야 한다. 한편 의지가 강한 자에 대해서는 도리어 반항심을 조장하고 나중에는 우리 황국(皇國)에 대한 악감정을 남길 것임

을 명심해야 한다. 고문 실시 수단은 실시가 용이하며 고통의 지속성이 크고 상해의 흔적을 남기지 말아야 한다. 단 생사를 가릴 필요가 없을 때에는 상해의 흔적을 남기는 것도 불가피하다.

 △ 피의자의 반응 = ① 고문 중 피의자가 목마름을 호소하고 물을 요구할 시는 자백 직전임을 알아 두라. ② 피의자가 심문자의 태도나 안색을 주의 깊게 관찰함은 아직도 마음 속에 비밀을 감추고 있는 증거이다. ③ 만일 과실로 상해를 입혔을 경우에는 대국적 견지에서 고찰하라. 황국을 위해 유리하게끔 책임을 지고 단호히 처치하라.

이렇게 교육을 받은 그들인 만큼 고문을 자행함에 있어서 눈꼽만큼도 양심에 가책을 받거나 하지는 않았다. 오히려 날이 갈수록 상상을 불허하는 온갖 잔인한 고문 기술을 개발해 나가고 있었다.

 그러나 그러한 고문 기술도 사람의 의지를 꺾지 못 하는 수가 더러 있었다. 바로 오세환의 경우가 그랬다. 그의 입을 열게 할 자신이 있다고 장담하면서 항문에 몸뚱이를 쑤셔 박게 했던 스즈끼도 결국은 상대방의 의지력에 두 손을 들고 말았던 것이다. 더 이상 고문하면 즉사할 수밖에 없었다.

 스즈끼에게 기대를 걸었던 하라다는 속으로 실소를 금치 못했다. 고문으로 안 되는 놈에 대해서는 다른 방법을 강구해야 한다고 그는 생각하고 있었다.

"그 할망구를 이리 끌고 와!"

오세환을 더 이상 고문할 수 없게 된 스즈끼는 이번에는 하림의 어머니 김부인을 데려오게 했다. 하라다가 이번에도 참견을 했다.

"그 여자는 혹시나 해서 인질로 잡아둔 겁니다. 아마 죽인다 해도 자식을 팔지는 않을 겁니다."

그러나 스즈끼는 들은 척도 하지 않았다. 눈만 번뜩이고 있을 뿐 입을 꼭 다물고 있었다.

조금 후 김부인이 끌려 들어왔다. 그녀는 처음 이곳에 왔을 때처럼 단정하고 기품 있는 모습을 잃지 않고 있었다.

안으로 들어서던 그녀의 시선이 잠시 바닥에 벌거벗은 채 쓰러져 있는 청년의 몸 위에 머물렀다. 피투성이의 그 모습을 대하자 그녀는 순간 표정이 굳어지면서 몸을 조금 떠는 것 같았다. 그러나 이내 시선을 돌리면서 그녀는 다시 담담한 표정으로 돌아갔다.

"말을 안 듣는 놈은 이렇게 됩니다. 알겠소?"

스즈끼가 김부인을 쏘아보며 말했다.

"잘 알았습니다."

김부인은 다소곳이 대답했다. 그녀는 시키는 대로 의자에 앉았다.

"나이 많은 여자라고 사정을 두지는 않아. 묻는 대로 대답하지 않으면 당신은 저놈처럼 될 줄 아시오. 당신 아들이 숨어 있는 데가 어디야?"

"모릅니다."

그녀는 분명히 잘라 말했다.

"모르다니 말이 되나?"

"정말 모릅니다."

"에잇, 이 망할 놈의 늙은이!"

스즈끼는 분통이 터지는지 몽둥이로 김부인의 어깨를 내려쳤다. 그녀가 바닥에 힘없이 쓰러지자 스즈끼는 사정없이 그녀의 가슴을 걷어찼다. 그렇지 않아도 심장병으로 고생하는 그녀는 심한 충격을 받고 격렬하게 기침을 터뜨렸다. 그러나 그녀는 곧 일어나 앉으며 스즈끼를 준열히 꾸짖었다.

"너 이놈, 이 나쁜 놈, 네놈이 아무리 왜놈이라도 사람인 이상 도리가 있거늘 나이 많은 여자한테 어찌 이럴 수가 있느냐! 네 이놈, 천벌을 받을 거다! 너희 왜놈들은 천벌을 받아 마땅하다! 나는 이미 죽을 각오가 돼 있으니 어서 나를 죽여라! 죽이란 말이다!"

고문자들은 이 엄한 질타에 한순간 주춤했다. 그러나 스즈끼의 다음 행동은 더욱 가혹한 것이었다.

"이 늙은이가 정말 죽고 싶나?"

야수로 변한 그는 가위를 들고 그녀에게 다가서더니 그녀의 머리를 싹둑싹둑 자르기 시작했다.

그녀는 그대로 가만히 앉아 있었다. 머리카락이 얼굴 위로 흘러내리고 있었지만 그녀는 꼼짝 않고 눈을 감고 있었다. 감은 눈에서 눈물이 조금 비치다가 말았다. 그녀는 눈물을 삼키고 있었다. 머리가 거의 잘렸을 때 그녀의 몸이 앞으로 굴렀다. 더 버티지 못한 그녀는 기절해 버린 것이다.

"지독한 늙은이야. 이런 할망구까지 말을 안 들어 먹으니 원……"

스즈끼는 가위를 집어던지며 씩씩거렸다.

김부인은 한 시간쯤 후에 눈을 떴다. 가슴이 쿵쿵 울리고 있었다. 몹시 추웠다. 주위를 둘러보니 아무도 보이지 않았다. 벌거벗은 청년만이 그대로 구석에 처박혀 있었다. 눈부신 불빛 때문에 머리가 어지러웠다. 그녀는 한동안 눈을 감고 있다가 청년을 바라보았다. 신음 소리가 가늘게 들려오고 있었다. 청년이 죽은 줄 알았던 그녀는 놀라서 그쪽으로 다가가 청년을 가만히 흔들었다.

"여보세요. 여보세요. 이것 봐요."

청년이 눈을 뜨는 것 같았지만 너무 얼굴이 부어 제 모습을 알아볼 수가 없었다. 그녀는 아들 하림이 체포되어 이렇게 고문당할 것을 생각하니 치가 떨리고 앞이 캄캄해져 왔다. 내가 죽더라도 그 애는 이렇게 고문당해서는 안 된다. 나야 이미 늙은 몸……자식 위해 죽는 건 조금도 서럽지 않다.

그녀는 눈물을 흘리면서 마치 자식을 품듯이 죽어가는 청년을 안았다.

청년의 몸이 차가웠다.

"정신 차려요. 죽어서는 안 돼요!"

청년은 무겁게 머리를 흔들다가 입을 열었다. 입 속에서 피가 왈칵 쏟아져 나왔다. 무슨 말인가 하는 것 같았지만 그녀는 잘 알아들을 수가 없었다. 청년은 자살하려고 혀를 깨물어 버린 모양이었다.

"세상에 이럴 수가……앞이 창창한 젊은 사람이 이럴 수가……"

그녀는 통탄했지만 속수무책이었다. 청년은 이미 죽어가고 있었다. 그는 무슨 말인가 하려고 자꾸만 입을 움직이고 있었다. 김부인은 귀를 바싹 기울였다.

"저……저……오세환이라고 합니다. 좀 전해 주세요……우……우리……집은……"

그의 말이 여기서 끊어졌다. 김부인은 더 들어 보려고 했지만 청년의 입은 더 이상 움직이지 않았다.

"이것 봐요! 정신을 차려요! 죽으면 안 돼요! 죽으면 안 된다구요!"

김부인은 흐느껴 울면서 마구 청년을 흔들었다. 이 조선 청년은 뉘집 자식이기에 이렇게 처참하게 죽는 것일까. 집에서는 자식이 이렇게 죽어가는 줄 모르고 있겠지.

잠시 후 청년은 길고 거칠게 몇 번 숨을 쉬더니 전신을 한번 부르르 떤 다음 팔다리를 축 늘어뜨렸다. 그리고는 다시 움직이지 않았다.

김부인은 청년의 머리를 부둥켜안은 채 멍하니 앉아 있었다. 현실이라고 하기에는 너무나 처참한 일이어서 사실로 받아들여지지가 않았다.

그녀는 청년을 바닥에 눕혀 놓은 다음 천천히 일어섰다. 다리가 후들거려 제대로 몸을 가누기가 힘이 들었다. 옷에 흥건히 젖어 있는 검붉은 피가 그녀의 눈을 자극했다. 그녀는 현기증을 느끼고 비틀거렸다.

그때 고문자들이 지하실로 몰려왔다. 하라다가 세환을 들여다보더니 그를 툭 걷어찼다.

"이놈 죽은 것 같은데……"

스즈끼도 다가와 보더니,

"망할 자식, 혀를 깨물었군."

하고 중얼거렸다. 이어서 그는 빨리 의사를 데려오라고 소리쳤다.

이제 모든 사람의 시선은 김부인에게 집중되고 있었다. 심문할 대상이 이제 그녀밖에 없기 때문이었다.

스즈끼의 날카로운 눈이 김부인의 옷에 묻은 피를 놓칠 리 없었다. 그는 김부인의 팔을 비틀었다.

"저놈하고 무슨 이야기했지? 바른대로 말해! 말 안 하면 팔을 부러뜨린다!"

"이, 이놈, 이거 놔라!"

김부인이 소리치자 하라다의 주먹이 그녀의 잔등을 후려갈겼다. 잠자코 있던 그도 이제 앞뒤 가릴 것 없이 화가 난 모양이었다.

"아이고!"

팔이 우두둑 부러지는 소리와 함께 김부인은 다시 기절하고 말았다.

접근

하라다의 집은 헌병사령부에서 그다지 멀지 않은 곳에 위치해 있었다. 빨리 걸으면 10분, 천천히 걸으면 15분 거리에 있었다. 가까운 만큼 그는 매일 걸어서 출퇴근을 했다.

그 집은 이층으로, 그는 이층 방 하나를 빌어 하숙을 하고 있었다. 서른 여섯 살인 그는 고향에 처자식이 있었지만 그들을 근무처로 데려오지 않고 혼자서 지내고 있었다. 결혼생활에 꽤나 싫증이 난 그에게는 이 하숙생활이 더없이 홀가분했고 싱싱한 식민지 여성들을 더러 손댈 수도 있어 섹스문제로 인한 두통 따위도 없었다. 한마디로 그는 사생활에 있어 썩 만족해 하고 있었다.

바라는 것이 있다면 하루빨리 출세하는 것인데 그 점에 있어서도 그는 낙관하고 있었다. 수사과 장교인 만큼 그는 빈틈이 없었다. 규칙적인 생활을 즐겨했고, 지나친 음주나 엽색을 삼갈 줄도 알았다.

그가 출근하는 시간은 언제나 정각 8시였다. 8시만 되면 어김없이 사령부 정문을 통과했다. 따라서 집에서 나오는 시간은

7시 45분에서 50분 사이였다.

이 5분 사이에 그가 집을 나서서 담배를 피우며 골목길을 꺾어 돌면 언제나 맞은편에서 또박또박 하이힐을 울리며 걸어오는 여자가 한 사람 있었다.

처음 그는 언제나 같은 시간에 마주치는 그 여자에 대해서 별로 관심이 없었다. 그러나 거의 매일 아침 대하게 되자 차츰 관심을 가지고 바라보게 되었고 여자가 상당히 미인이라는 것도 알게 되었다.

여자는 이쪽을 한번도 쳐다본 적이 없었다. 그러나 얼굴을 붉히며 수줍게 지나쳐 가곤 하는 것이 이쪽을 강하게 의식하고 있는 것이 분명했다.

하라다는 마주칠 때마다 점점 깊고 날카롭게 그녀를 관찰해 나갔다. 수사책임자의 본능이 아닌 남성적인 본능으로서의 여성에 대한 호기심으로 그녀를 살피기 시작한 것이다.

스카프에 감싸인 여자의 얼굴은 창백하고 서구적이었다. 그리고 큰 눈은 지나치는 순간에 갑자기 깊은 그늘에 잠기면서 우수의 빛을 띠곤 했다. 이러한 표정과는 달리 몸 전체에서는 싱싱한 냄새가 풍겨오는 것이었다. 나이는 스물 한두 살 되었을까.

열흘쯤 지났을 때 하라다는 그녀를 대할 때마다 자신의 가슴이 소년처럼 뛰는 것을 느낄 수가 있었다. 여자를 노리개감으로 즐겨 다루는 그에게 있어서 이러한 감정은 처음 있는 일이었다. 그러나 아직 그는 마음을 결정하지 못 하고 있었다. 상대는 청순한 인상이면서도 어딘지 모르게 기품 같은 것이 서려 있어 함부로 접근할 수 있는 만만한 여자가 아닌 것 같았다. 더구나 한마디로 단정할 수 없는 복잡성 같은 것이 느껴져 그는 망설이고 있었다.

그러나 보름쯤 지났을 때 그는 마침내 여자 쪽에서도 동요하고 있다고 생각했다. 이 여자는 남자의 강한 힘을 바라고 있는 게 아닐까. 팔을 벌리면 허물어지듯 안겨올지도 모른다. 도대체 뭘 하는 여자이기에 매일 아침 같은 시간에 골목을 지나가는 걸까.

학생 같기도 하고 사무원 같기도 하고…….

정확히 20일째 되는 날 아침 하라다는 마침내 그녀를 향해 손을 뻗었다. 골목길을 돌아간 그는 왠지 설레는 가슴을 진정하면서 마주 걸어오는 여자 앞을 가로막았다.

"실례합니다."

신사복 차림의 그는 정말 신사처럼 정중히 말했다. 여자가 처음으로 그를 쳐다보았다. 맑은 눈빛이었다. 그러나 그것은 이내 흐려졌고 그녀는 당황한 기색을 보였다.

하라다는 가슴을 펴고 여자를 깊이 응시했다.

"매일 마주치는군요. 나는 하라다라고 합니다만……"

여자는 아무 대꾸하지 않았다. 그를 피해 가려는 눈치였다. 하라다는 기회를 놓쳐서는 안 된다고 생각하면서 더 바싹 다가섰다.

"인사를 나누고 싶군요. 오늘 저녁 시간을 좀 내주시겠습니까?"

여자는 여전히 고개를 숙이고 있다. 하라다는 초조했다.

"종로에 있는 찻집 가로등(街路燈)에서 저녁 7시에 어떻습니까? 꼭 만나고 싶습니다."

여자는 그를 피해 도망치다시피 걸어갔다. 하라다는 자존심이 상하는 것을 느끼면서 그녀의 뒤를 향해 다시 한번 다짐하듯 말했다.

"나오는 걸로 알고 기다리겠습니다."

사령부를 향해 걸어가면서 그는 기분이 착잡해지는 것을 느꼈다. 나이 어린 여자에게 꼼짝 못 하는 자신이 왠지 불쾌하고 못나 보였다. 수사과의 헌병 대위라면 무서운 존재다. 그 앞에서는 모두가 설설 기고 눈치를 보기 마련이다. 웬만한 사람은 마주 쳐다보기조차 두려워한다. 그 자신 역시 사람들의 그러한 태도를 당연한 것으로 받아들이고 있었다. 그런데 오늘 그 어린 계집한테는 쩔쩔 매다시피 했다. 보잘것없는 식민지 계집한테 말이다. 생각할수록 그는 은근히 부아가 치밀었다. 빌어먹을, 강간을 해서라도 고것을 정복해 버려야지. 새디즘적인 정복욕이 그의 가슴속에서 부글부글 끓어올랐다.

수사과에 들어선 그는 부하들을 불러놓고 공연히 화풀이를 했다.

"이 병신 같은 자식들아, 네놈들도 헌병이라고 할 수 있어? 장하림이란 놈이 그래 귀신이란 말이냐? 벌써 한 달 가까이 됐는데도 아직까지 못 잡다니 그 동안 네놈들은 뭘 했느냐 말이야? 엎드려!"

전에 없이 흥분한 그는 부하들에게 실컷 기합을 주고 나서야 겨우 직성이 좀 풀렸다.

오전 내내 그는 입을 다문 채 아무도 상대하지 않았다. 점심 때가 지나자 군조가 급한 걸음으로 다가왔다.

"문제가 생겼습니다."

"뭔가?"

그는 군조를 쳐다보지도 않은 채 물었다.

"그 늙은 여자가 어제부터 의식불명입니다. 저대로 두었다가는 죽을 것 같습니다."

"군의관한테 보였나?"

"네, 보였습니다만 불가능하답니다."

하라다는 군조를 앞세우고 늙은 여자가 유치되어 있는 방으로 가 보았다. 김부인은 침대 위에 죽은 듯이 누워 있었다. 쥐가 뜯어먹은 것처럼 듬성듬성 깎인 머리, 움푹 꺼진 눈, 피골이 상접한 앙상한 얼굴 등이 그녀를 전혀 다른 사람으로 보이게 했다. 하라다는 그녀의 감긴 눈을 손가락으로 밀어 보았다. 흰 창이 그대로 드러나 보였고 숨소리도 들리지 않았다. 손목을 잡아 보자 맥박만이 가늘게 뛰고 있었다.

"지독한 늙은이군. 집으로 돌려보내. 여기서 죽으면 곤란하니까. 빨리 데려다 줘!"

하라다는 장하림에 대한 수사가 일단 실패했고 따라서 다른 각도에서 수사를 재개할 필요를 느꼈다.

하림의 어머니가 실려나가는 것을 지켜보면서 그는 시계를 들여다보았다. 저녁 7시까지는 아직도 다섯 시간이나 남아 있었다.

처리해야 할 일들이 산적해 있었지만 그는 일이 손에 잡히지 않아 오후 내내 서성거렸다. 그리고 6시 반이 되자 더 이상 기다리지 못 하고 밖으로 나왔다.

그는 곧장 찻집 「가로등」으로 갔다. 그는 여자가 나올 것이라고 믿고 있었다. 아니, 그렇게 믿고 싶었다.

찻집에 도착해 보니 약속시간 15분 전이었다. 안에는 손님이 많았고 군가가 주위를 쾅쾅 울리고 있었다. 그는 입구가 마주 보이는 곳에 다리를 꼬고 앉아 줄담배를 피웠다. 시간은 굼벵이처럼 기어가고 있었다. 그의 시선은 입구에 못 박힌 채 한번도 떨어지려고 하지를 않았다. 그는 여자가 나타나 수줍은 미소를 띠며 그를 향해 걸어올 것을 기대하고 있었다. 그것은 당연한 일이었다. 지배자인 그의 논리로 볼 때 그녀는 당연히 그래야 했다. 죠센징 여자라면 모름지기 그를 만나는 것을 영광으로 알아야 하고, 그의 발등에 키스라도 해야 한다는 것이 그의 생각이었다. 그러나 그의 이러한 오만무례한 생각은 오늘 비로소 한 어린 조선 계집에 의해서 무참히 깨어지려고 하고 있었다. 약속시간이 지나도 그녀는 나타나지 않고 있었다. 약속시간이 지나도 그녀는 나타나지 않고 있었다. 10분이 지나자 그는 식어 버린 차를 물 마시듯 꿀꺽꿀꺽 마셨다. 그리고 다시 담배를 피워 물었다. 20분까지는 기다려 주자. 그때까지 안 나타나면 가는 거다. 그는 주위를 둘러보았다. 전시인데도 사람들은 명랑하게 웃고 떠들고 있었다. 빌어먹을, 이것들은 시국이 어느 때인 줄도 모르고 있나. 그는 일어나 고함을 지르고 싶은 것을 가까스로 참았다.

20분이 지났다. 그는 일어났다가 도로 주저앉았다. 무슨 일이 생겨 반 시간쯤 늦을지도 모른다. 10분만 더 기다려 보자. 그는 한숨을 푹 내쉬었다. 누구를 기다린다는 것은 정말 지루하고 답답한 일이다.

결국 하라다가 찻집에서 나온 것은 한 시간이나 지나서였다. 매서운 수사관인 그가 어리석게 한 시간 동안이나 여자를 기다리다가 바람을 맞고 나온 것은 정말 창피한 노릇이었다. 그는 흡사 증오의 대상을 두고 복수를 결심하듯이 이를 악물고 걸어갔다. 빌어먹을 계집, 나를 허탕치게 하다니 어디 두고보자. 내일 아침 만나면 단단히 혼을 내주고 말 테다. 홀에 들어간 그는 젖가슴과 엉덩이가 잘 발달된 여급을 끼고 앉아 술을 마셨다. 술에 얼큰히 취하자 그는 여급의 터질 듯이 부풀어오른 젖가슴을 마치 분풀이라도 하듯 우악스럽게 움켜쥐고 흔들었다. 여급은 아픈지 얼굴을 찡그리며 비명을 질렀다. 그가 스커트를 걷어올리고 손을 쑥 집어넣었다. 그리고 손에 잡히는 것을 쥐어뜯었다. 여자는 아까보다 더 크게 비명을 질렀다.

"뭐예요! 뭐 이런 남자가!"

여급의 손이 보기 좋게 그의 얼굴 위에 딱 하고 부딪쳤다. 손님들의 시선이 일제히 그에게 쏠렸다. 하라다는 일어서면서 여급의 면상을 향해 주먹을 뻗었다.

"망할 년, 죽여 버린다!"

탁자가 넘어지고 술병이 뒹굴었다.

"손님 왜 이러시죠?"

중년의 사내가 여급을 일으켜 세우며 하라다를 쏘아보았다. 여급의 얼굴은 피투성이였다. 너무 충격이 큰 탓인지 울지도 못 하고 질린 표정만 하고 있었다.

"넌 뭐야?"

하라다는 중년사내를 힘하게 노려보았다.

"지배인입니다. 잘못이 있었으면 말씀으로 이를 것이지 여자를 이렇게 때리는 법이……"

"이 새끼야! 계집들 교육을 잘 시켜! 이애가 먼저 나를 때렸어. 알아? 교육을 잘 시키라고. 조선 계집들은 때려서 길들여야 해!"

지배인은 상대가 보통 사람이 아니라는 것을 알았는지 갑자기 태도가 수그러졌다.

"잘 알겠습니다. 죄송합니다. 다른 아가씨를 보내드릴 테니까 화를 푸시고……"

"그만 둬."

"그렇다면 다음에 꼭 한번 들러 주십시오. 잘 모시겠습니다. 어디 계시는 누구신지……"

"그런 건 알 필요 없어. 이 정도 참아둘 테니까 그런 줄이나 알아."

그는 술값보다 훨씬 많은 돈을 집어던지고는 밖으로 유유히 나왔다. 한번 휘저었더니 기분이 좀 유쾌해진 것 같았다. 권력이란 참 기가 막히게 좋은 것이다. 물론 선택된 자만이 그것을 누릴 수 있는 것이지만. 그런데 오늘 일은 그 어린 계집 때문에 일어난 것이다. 그것이 약속시간에 나타나지 않았기 때문에 내 신경이 날카로워진 것이다. 빌어먹을 계집, 내일은 가만두지 않을 테다.

집에 돌아온 그는 곧장 자리에 쓰러져 잠이 들었다. 그리고 이튿날 아침 어김없이 예정시간에 일어났다.

아침식사를 마치고 집을 나오면서 그는 자신이 긴장하고 있음을 느꼈다. 사나이다운 대범성으로 태연하게 행동하려고 했지만 마음대로 되지가 않았다. 식사를 마친 그는 큰일을 앞에 두고 있을 때의 버릇대로 구두끈을 단단히 졸라매고 밖으로 나왔다.

담배를 피워 물고 골목 모퉁이를 막 돌아선 그의 시야에 저편 끝에서 또박또박 걸어오는 여자 모습이 보였다. 바로 그 여자였다.

여자는 그를 보는 순간 멈칫하는 것 같았으나 걸음을 멈추지 않고 같은 속도로 걸어왔다. 하라다는 주춤주춤 여자에게 다가가다가 우뚝 멈춰 섰다. 여자가 그를 외면하면서 지나쳐 가려고 했다.

"잠깐."

그는 외치면서 여자 앞을 가로막았다. 무슨 말을 먼저 해야 될까. 그는 머리 속이 뒤죽박죽이 되는 것을 느끼면서 불쑥 입을 열었다.

"어제는 한 시간이나 기다렸습니다."

그러자 여자의 눈이 그를 올려다보았다. 빛나는 눈이었다.

"미안하게 됐습니다. 그렇지만 저는 약속한 적이 없습니다."

달콤한 목소리, 그러나 분명하고 단호한 데가 있는 목소리였다. 이 여자는 달콤한 목소리로 나를 병신으로 만들어 버리고 있다. 이 서른 여섯 살이나 먹은 사내를…….

"그렇다면 좋습니다. 어제 일은 없는걸로 치고 오늘 저녁은 약속을 해 주십시오."

"모르는 분하고 어떻게 약속할 수 있나요?"

"모르기는 나도 마찬가지입니다. 서로 만나서 이야기를 해 보면 친숙해질 수 있는 거 아닙니까?"

"저한테 하실 말씀이라도 있나요?"

"네, 있지요."

"그럼 여기서 말씀하시지요."

하라다는 어금니를 깨물었다. 성질 같아서는 이 햇병아리 계집애를 끌고 가서 당장이라도 콱 눌러 버리고 싶었다. 그러나 그는 꾹 참았다.

"이런 데서는 말할 성질이 못 됩니다. 바쁘시겠지만 저녁에 시간 좀 내주십시오."

여자는 시선을 떨어뜨리고는 무엇인가 생각해 보는 듯하더니 이내 고개를 쳐들었다. 그 바람에 머리카락이 헝클어지고 그것이 그녀를 한층 고혹적으로 보이게 했다.

"좋아요. 그렇지만 잠깐밖에 시간을 내드릴 수 없어요."

"감사합니다."

그는 사춘기 소년처럼 들떠서 말했다. 시간과 장소를 정하자 여자는 급히 걸어가 버렸다. 흔들리는 둔부를 탐욕스럽게 쳐다보면서 그는 신사 노릇하기가 몹시 힘들다고 생각했다.

들것에 실려온 어머니를 보자 장경림은 피눈물을 흘렸다. 사복 헌병들은 차에서 김부인을 내려놓자마자 바람같이 사라져 버리고 말았다.

그는 머리가 깎인 채 의식을 잃고 있는 어머니를 불렀지만 그녀는 깨어날 기미를 보이지 않았다.

"어머니, 접니다! 정신차리세요!"

이런 일을 처음 당한 그는 몹시 당황했다. 아내도 마찬가지였다. 어머니를 부르기만 하던 그는 아내의 말을 듣고서야 허둥지둥 어머니를 업고 병원으로 달려갔다.

어머니를 진찰하고 난 의사는 고개를 저으면서 절망적인 표정을 지었다.

"방법이 없겠습니까?"

"너무 늦었습니다. 심장이 약하신 데다 너무 충격을 받아서……"

"얼마나 사실 것 같습니까?"

"길어야 며칠을 못 넘길 것 같습니다."

의사는 입원시켜도 손을 쓸 수가 없다고 말했지만 경림은 듣지 않고 어머니를 억지로 입원시켰다.

어머니 곁에 붙어 앉아 뜬눈으로 이틀 밤을 지샜다. 사흘째 되던 날 밤 자정께 김부인은 갑자기 눈을 떴다. 그리고 말라붙은 입술을 움직이면서 들릴 듯 말 듯한 목소리로 말했다.

"하……하……하림이는……?"

"하림이는 잘 있습니다. 어머니!"

경림은 눈물을 삼키며 어머니의 손을 붙잡았다. 김부인은 거칠게 숨을 몰아쉬었다.

"절대……잡혀서는 안 된다……자수해서도……안 된다. 그리고……오……오세환이라는 청년이……"

"어머니!"

"그……그 청년이……죽으면서 전해 달라고 했는데……"

김부인은 입을 열지 못 하고 다시 의식을 잃었다. 그리고 새벽녘에 마침내 숨을 거두었다.

경림은 막상 어머니가 돌아가시자 눈물이 나오지 않았다. 허탈감으로 가슴이 텅빈 듯한 느낌만을 받고 있었다.

그는 냉정하게 뒷일을 처리해 나갔다. 그의 아내도 슬픔을 누르고 말없이 그를 도왔다. 사복 헌병들이 여전히 집 주위를 지키고 있었으므로 경림은 외부 사람들에게 일체 알리지 않고 조용히 장례를 치렀다. 전화를 받은 황성철이 달려오려고 했지만 그는 극구 만류했다.

"헌병들에게 미행이라도 당하면 위험해. 우리 집에는 절대 나타나서는 안 돼. 하림이한테 잘 말해 주게"

"세상에 이럴 수가 있단 말인가?"

"지금은 아무것도 생각하기가 싫어. 다시 부탁하는데 하림이를 진정시켜 주게. 그리고 참, 어머님 말씀인데 헌병대에서 오세환이라는 청년이 죽었다는 거야. 내 생각에 아마 하림이 동지인 것 같으니까 알려 주게."

어머니를 공동묘지에 묻고 산을 내려오면서 비로소 그는 다시 눈물을 흘렸다. 어머니의 비통한 죽음에 대한 슬픔보다는 분노 때문에 흘린 눈물이었다.

사복 헌병들은 공동묘지까지 따라와 있었다. 혹시 하림이 나타나지 않을까 해서일 것이다. 그들을 보는 순간 연약한 시인은 처음으로 살의를 느꼈다. 죽일 수 있다면 그들을 가장 잔인한 방법으로 죽이고 싶었다. 머리 깎인 어머니, 여기저기 멍이 든 그 얼굴, 어느 것 하나 잊을 수 없을 것이다.

그러나 분노와 살의는 그에게는 한줌의 꿈같은 것으로 머리 속에 그려질 뿐이었다. 그것이 현실로 나타나기에는 상대는 너무나 무섭고 어마어마한 존재였다. 대일본제국, 그것은 폭력과 학살로 유지되고 있는 국가가 아닌가.

하림은 머리를 뒤로 젖히고 별들을 바라보았다. 차가운 밤하늘 위에서 별들은 언제나처럼 영롱하게 빛나고 있었다. 갑자기 눈앞이 침침해지면서 별들이 보이지 않았다. 별빛이 길게 선을 긋더니 그의 눈을 어루만졌다. 눈을 감자 뺨으로 뜨거운 눈물이 흘러내렸다. 그는 눈물이 흐르도록 내버려두었다. 그가 황성철로부터 어머니와 오세환의 사망 소식을 들은 것은 한 시간쯤 전이었다. 그 소식을 듣는 순간 그는 머리가 흔들리고 뱃속이 뒤틀리는 것을 느꼈었다. 너무 충격이 컸기 때문에 그는 한마디도 입을 열 수가 없었다.

"정말 뭐라고 말할 수 없네. 장례는 형이 잘 알아서 치를 거야. 단순한……복수 같은 것은……하지 않으리라 믿네."

황성철과 헤어져 이 공원으로 오면서 그는 계속 소리 없이 울었다. 자기 때문에 어머니가 돌아가셨다고 생각하니 견딜 수 없게 괴롭고 자신이 저주스러웠다. 나는 체포될까 두려워 어머니 장례에도 참석치 못 하고 있다. 비겁하고 겁쟁이다. 형님은 나를 이해하려고 할 것이다. 그러나 한편으로는 나를 미워할 것이다. 나는 불효자식 정도가 아니다. 아들 때문에 머리까지 깎이고 고문을 당해 돌아가신 어머니, 그 거룩한 어머니를 부를 자격도 나에게는 없다. 내가 탕자보다 나을 게 뭐가 있는가? 이 괴로움을 상쇄하기 위해 나는 명분에 매달리고 복수의 칼을 갈겠지. 우습고 어리석은 짓이다. 내가 자수를 했다면 어머니께서는 돌아가셨을 리가 없다. 나는 죄인이다. 이 죄를 보상하기 위해 왜놈들을 더욱 증오하고 저주하겠지.

명분은 매우 훌륭하다. 조국의 독립을 위해서 어머니가 돌아가시는 것을 외면할 수밖에 없었다. 이 얼마나 그럴듯한 명분이냐. 이 가증스러운 위선자.

얼굴이 차가워지는 것을 느끼고 그는 눈물을 닦았다. 복수 같은 것은 하지 않으리라 믿네. 황성철의 말이 들리는 듯했다. 어리석은 짓을 할 생각은 없다.

그것은 오히려 어머니의 죽음을 욕되게 할 뿐이다. 죽음을 불사하고 목적을 달성하는 길만이 남았을 뿐이다. 이 위선자가 취할 수 있는 유일한 길이다. 좀더 냉정히 생각해 보자. 치밀하게 계획을 세우고 그것을 실천에 옮기는 것이다.

눈에는 눈, 이것은 복수가 아니라 하나의 방법이다. 지금은 비폭력의 시대가 아니다. 폭력의 철학이 지배하고 있는 시대다. 그것을 부수기 위해서는 또 하나의 폭력이 필요하다. 모두가 그것을 인정하고 있다. 폭력의 악순환이라고 말해도 좋다. 그러나 비폭력을 위한 폭력이야말로 인류 역사의 길이다.

이것은 어쩌면 인간의 자기 모순이고 숙명인지도 모른다. 그러나 언젠가는 이 지상에서 폭력이 없어질 것이다. 수백 수천 년 후가 될지 모르지만 어느 땐가는 반드시 폭력이 사라질 것이다. 그렇게 믿고 싶다. 그런 희망, 그런 노력마저 없다면 생존의 의미마저 없어지고 동물로 전락할 뿐이다.

눈에는 눈, 하고 그는 중얼거렸다. 곤명에서 특수교육을 받을 때 나치 독일의 유태인 학살에 대해 감명 깊게 들은 적이 있었다. 나치의 유태인 학살 계획은 이미 대전(大戰) 전부터 계획되고 있었다. 아이히만이란 자는 이 계획을 위해 신학을 연구했고 1년 반 동안 히브리어를 공부한 뒤 1937년 팔레스티나를 현지 답사까지 했다. 폭력의 철학적 근거는 무엇일까. 아무리 생각해도 그것은 보다 완전한 폭력을 위해서다. 그렇다면 아이히만의 학살을 막기 위해서 이쪽에서도 신학과 히브리어를 공부해야 한다. 눈에는 눈.

또각또각 하이힐 소리가 들려왔다. 신학과 히브리어를 공부해야 할 사람이 또 하나 오고 있다.

하림은 오명희를 만나는 일이 갑자기 괴로워졌다. 여자는 그가 앉아 있는 벤치 앞에 이르자 걸음을 멈추었다. 어둠 속에서 두 사람의 눈이 빛나고 있었다. 서로의 안전을 위해 접촉을 피하고 있다가 그들은 20여일 만에 만나는 것이다.

"수고가 많습니다."

하림은 일어서면서 명희의 손을 잡았다. 그녀는 손을 내맡긴 채 그를 따라 걸었다.

"내가 너무 무리한 요구를 한 것 같소. 그 일에서 손을 떼십시오."

그의 갑작스런 말에 여자는 걸음을 멈추고 서서 그를 쏘아보았다.

"안 돼요. 그럴 수 없어요! 왜 갑자기?"

"아무래도 너무 위험한 일인 것 같소."

"위험한 일인 줄 모르고 했나요? 전 이미 제 결심을 말씀드렸지 않아요?!"

하림은 터질 듯한 가슴을 쓸어낼 듯이 한숨을 길게 내쉬었다.

"하라다와 아직 만나지 못했지요?"

"벌써 여러 번 만났어요! 며칠 후에는 그의 집에도 놀러가게 될 거예요!"

기대했던 것이지만 하림은 충격을 느꼈다. 계획이 이렇게 맞을 것이라고는 사실 생각지 않았다. 그녀의 다음 말은 그를 더욱 놀라게 했다.

"그 사람은 지금 저한테 빠져 있어요!"

"그걸 어떻게 알지요?"

하림은 좀 거센 어조로 물었다.

"여자의 육감이에요."

"그놈은 헌병 장교인 만큼 여우같은 놈입니다. 섣불리 믿다가는……"

"잘 알고 있어요. 제 일을 막지 마세요. 저한테 맡겨 주세요."

하림은 그녀의 어깨를 두 손으로 짚었다. 여자의 머리 냄새가 향기로웠다.

"무섭지 않아요?"

"무서워요. 그렇지만 저는 해낼 자신이 있어요. 자랑스러운 걸요."

그를 올려다보는 여자의 두 눈에 눈물이 맺혔다. 눈물 속에 별이 빛나고 있었다.

"만일……만일……말이오. 명희씨한테 지금보다 더한 불행이 닥친다 해도 그 일을 할 거요?"

명희는 머리를 끄덕거렸다.

"모든 사람이 다 불행을 겪고 있지 않아요? 전 괜찮아요. 전 그 일을 하겠어요."

하림의 얼굴이 침통하게 일그러졌다.

"헌병대에 끌려간 우리 어머니는 돌아가셨소."

"네? 아니……"

그녀가 그의 옷자락을 와락 쥐었다.

"머리도 깎이고 고문도 받은 모양이오. 놈들은 어머니가 돌아가시려고 하니까 석방했소. 병원에 입원을 시켰지만 결국 돌아가시고 말았소. 그런데도 나는 집에도 못 가고 있소. 그리고……"

하림은 차마 입이 떨어지지가 않았다. 그는 그녀의 어깨를 잡은 손에 힘을 주었다.

"어머니는 헌병대에서 명희씨 오빠를 만난 모양이오."

"우리 오빠가 어떻게 됐나요?"

"오빠는 이미 세상을 떠난 것 같소. 어머니가 목격을 하셨다고 하니……"

그녀는 한 걸음 뒤로 물러섰다. 그는 그녀의 눈이 한없이 커지는 것을 보았다. 이상한 신음 소리와 함께 그녀는 어둠 속으로 뛰어가기 시작했다.

"명희!"

하림은 그녀를 급히 뒤쫓아갔다. 얼마 못 가서 그녀는 땅 위에 풀썩 쓰러졌다. 하림이 그녀를 일으키자 그녀는 그의 품속으로 몸을 던지면서 울음을 터뜨렸다. 하림도 소리 없이 울면서 그녀를 깊이 포옹했다.

하림이 명희와 헤어져 비통한 심정으로 돌아오니 집에는 황성철이 그를 기다리고 있었다.

"생각난 게 있어서 다시 왔어. 자네 지금 정신이 없겠지만……"

"그렇지 않습니다. 말씀하십시오."

하림은 정색을 하고 말했다. 그는 자신의 얼굴에 나타난 비통한 감정을 지우려고 어금니를 꽉 깨물었다.

"그저께 조선상공경제회관(朝鮮商工經濟會館)에서 대화동맹(大和同盟)이란 게 결성되었어. 이렇다 할 친일분자들이 대거 결성위원으로 참석했는데 이름 그대로 친일 사회단체로서 일제에 더욱 적극적으로 아부하는 게 목적이지. 내 생각에 자네가 이 단체에 가입하게 되면 신분도 보장받을 수 있고 활동범위도 넓어지리라고 생각하는데 어떤가?"

황성철이 말한「대화동맹」이 결성된 것은 1945년 2월 11일의 일이다. 그것은 필승체제 확립과 내선일체 촉진을 목표로 하는 동지적 결맹(結盟) 단체로서 다음과 같은 사항을 운동요목으로 하고 있었다.

一, 황도공민(皇道公民) 자질의 향상.
一, 징병, 근로, 모략방지에 특히 중점을 둔 결전체제의 강화.
一, 내선(內鮮) 동포의 정신적 단결을 촉진.
一, 증산, 공출 책임의 완수

그리고 정신(挺身) 감투 정신에 불타는 중견 청장년층을 전면적으로 포용하여 실천운동의 추진력으로 삼을 것을 운영방법으로 규정하고 있었다.

"좋은 은신처가 되겠습니다."

"잘만하면 나중에 중책도 맡을 수 있을 거야."

"그런데 쉽게 들어갈 수 있을까요?"

"웬만하면 들어갈 수 있겠지. 내가 먼저 들어가서 길을 뚫어 놓지. 그러면 쉽게 가입될 수 있을 거야."

"그렇게 해 주신다면야 더 바랄 게 없겠습니다."

"만일 가입하게 되면 가명으로 해야 될 거야."

"물론이지요."

"참 하라다, 그놈에 대해서는 어떻게 하고 있나?"

"계획대로 잘 돼가고 있습니다."

하라다 그 이름이 나오자 하림은 피가 끓어올랐다. 기회만 오면 정면으로 부딪쳐서 그놈의 배를 가라놓을 생각이다. 그놈의 피를 퍼다가 어머니 산소 앞에 뿌려놓고 통곡하는 거다. 그러나 인자한 어머니께서는 아들의 그러한 복수를 원하시지 않겠지. 담배를 쥐고 있는 자신의 손끝이 파르르 떨리는 것을 가만히 지켜보았다.

"그 여자가 지금 접촉하고 있나?"

"네, 오빠가 죽는 바람에 그 여자는 앞으로 무섭게 집착할 것 같습니다."

"실수하지 않게 조심해야 할 텐데……"

"계속 주의를 주겠습니다."

"하라다를 어떻게 할 셈인가?"

"그놈한테서 정보를 빼낸 다음에 필요하다면 죽이겠습니다."

황성철은 얼굴이 흑빛이 되어 하림을 바라보았다.

"자네 심정은 이해할 수 있네. 그렇지만 큰일을 하는 사람이 복수를 염두에 둔다는 것은 아주 위험한 일이야. 그것은 큰일을 그르칠 염려가 있어. 자네는 사사로이 한 명을 상대로 싸우는 게 아니라 일본이라는 국가를 상대로 투쟁하고 있는 게 아닌가. 난 자네가 사사로운 복수는 초월하리라고 믿고 싶네."

"잘 알겠습니다. 복수는 생각지 않습니다."

복수는 폭력 그 자체로 끝나고 만다. 그는 그것을 잊어야 한다고 생각했다.

하라다는 맞은편 자리에서 조심스럽게 식사를 하고 있는 오명희를 뚫어지게 쳐다보았다. 깨물어 주고 싶도록 깜찍하고 귀여운 얼굴이다. 화장기 하나 없는 얼굴은 눈처럼 희었다. 아직 남자의 손길이 닿지 않고 남자의 접촉이 없는 몸일 것이라고 하라다는 생각했다. 이 여자의 흰 살결을 물어뜯는 최초의 남자가 되어야 한다. 흰 살결 위에 번지는 피, 그것은 고통과 희열이다. 한번 정복당하고 나면 그 뒤부터는 울며 매달리겠지.

명희는 식사를 하고 있으면서도 남자의 강렬한 시선을 의식하고 있어서인지 표정이 얼어붙어 있었고 움직임도 부자연스러웠다. 입 속에 들어간 음식물은 흡사 모래 같아서 아무런 맛도 느낄 수가 없었다. 그녀는 제대로 숨조차 쉴 수가 없었다. 그만큼 하라다의 존재와 그가 내뿜고 있는 열기가 그녀에게는 위압적이었다. 그녀는 고동치는 가슴을 진정하려고 가만히 숨을 몰아쉬었다. 상대가 선망의 대상일 때 여자는 누구나 그 남성 앞에서 숨조차 쉴 수 없을 정도로 위압을 느낀다. 그러나 그녀가 하라다에게서 느낀 것은 그런 종류의 위압이 아니었다. 그것은 절대적인 권력을 가지고 폭력을 마음대로 휘두르는 자에게서만 느낄 수 있는 그런 위압감이었다. 바로 이러한 자에 대해 전율하도록 증오심이 끓어올랐기 때문에 그녀는 미처 감정을 주체하지 못한 채 당황하고 있었던 것이다.

시선이 마주치면 증오의 눈길이 될 것 같아 그녀는 시종 남자를 외면한 채 식사만 하고 있었다. 살인자! 그녀는 수없이 이렇게 되풀이하고 있었다. 오빠를 죽인 살인자! 증오의 마음을 나타내지 않으려고 그녀는 표정을 부드럽게 했다. 어떻게든 이 남자를 사로잡아 사랑의 포로가 되게 해야 한다.

여자가 눈도 제대로 못 뜨고 있자, 하라다는 그것이 수줍은 탓이라고 생각했고, 그러자 더욱 그녀가 사랑스러워 보이는 것이었다.

"맛있어요?"

그는 은근한 목소리로 물었다. 그녀는 말없이 고개를 끄덕거렸다.

"많이 먹어요. 술 한잔 들겠소?"

그는 술잔을 들어 보였다.

"싫어요. 못 해요."

여자는 머리를 흔들었다.

하라다는 빙그레 웃으면서 술잔을 입으로 가져갔다. 방안에는 그들 둘만이 앉아 있었다. 식당 밀실까지 따라 들어올 정도라면 여자도 각오하고 있는지 모른다.

"매일 아침 가는 데가 어디요?"

"개인지도를 좀 하고 있어요."

그녀의 목소리는 나직하고 조용했다.

"무슨 지도? 피아노?"

"네, 피아노를 한 시간씩 가르치고 있어요."

"왜 이른 아침부터 가르치는 거요?"

"그때가 제일 정신이 맑아요. 그리고 다른 곳에 또 가야 하기 때문에……"

"학비를 벌기 위해 그러는 거요?"

"그런 것도 있고……집에만 의존하고 싶지 않아요."

이 말에 하라다는 그녀가 더욱 사랑스러워 보였다. 일종의 보호본능 같은 것이 그의 가슴속에 싹텄다. 여자라고 하면 무턱대고 짓밟아 온 그에게 있어서 이것은 좀 새로운 변화라고 할 수 있었다. 맛있는 음식은 단숨에 먹어치우지 않는다. 아끼고 아껴가면서 조금씩 갉아먹는 것이다. 그는 처음으로 사랑이라는 것을 생각해 보았다. 이 여자를 내 완전한 보호 밑에 두어 뜨겁게 사랑해 줄까. 아이들 같은 달콤한 사랑, 그것은 전혀 새로운 맛일 것이다. 욕정을 참고 견디면서 뜨겁게 사랑을 속삭이는 거다. 그러다가 결정적인 순간에 쌓이고 쌓인 정액을 저 흰 살결 속에 쏟아 넣는 거다.

여자의 흰 나체가 그의 육중한 몸 밑에 깔려 바둥거리는 모습이 눈에 보이는 듯했다. 그는 빙그레 웃었다. 아름다운 먹이를 놓고 욕정을 참는 것도 꽤 즐길만한 일일 것 같다.

"학비 때문에 너무 무리하지 말아요. 그 정도는 내가 융통해 줄 수 있으니까."

그는 보호자가 된 기분으로 말했다. 그 말에 여자가 고개를 쳐들고 그를 바라보았다. 놀라운 모습이었으나 이내 무표정한 얼굴로 돌아갔다. 그 갑작스런 변화에 하라다 쪽이 오히려 무색한 기분이 들었다.

"학비 걱정은 하고 있지 않아요. 그리고 도움 받고 싶지도 않아요."

차분하면서도 분명한 말에 하라다는 큰 소리로 웃었다. 거절당한 것에 기분이 좀 상했지만 그는 내색하지는 않았다.

"자존심이 몹시 강하군. 남한테 의지하지 않는다는 건 좋은 일이지. 그렇지만 부득이한 경우도 있지 않아요. 그럴 때는 언제라도 이야기하시오."

"선생님은 여유가 많으신가 보지요?"

"아, 경제적인 문제로 곤란을 받지는 않지."

그는 몸을 일으키더니 그녀의 옆자리에 가서 앉았다.

"이렇게 옆에 앉고 싶군."

그의 손이 슬그머니 여자의 손을 쥐었다. 술기운이 확 풍겨왔다. 그녀는 목덜미에 열기를 느끼자 고개를 돌렸다.

"안 돼요. 저리 가세요."

그녀가 손을 빼려고 했지만 하라다는 손을 놓아 주려고 하지 않았다.

"이러지 마. 손을 잡고 싶어서 그러니까 가만 있어."

보드랍고 따뜻한 조그만 손, 그것은 딱딱한 사내의 가슴에 감미로운 느낌을 주기에 충분한 것이었다.

"내가 싫은가? 싫다면 솔직히 말하시오."

계획과는 달리 그는 성급하게 말했다. 명희는 손을 내맡긴 채 사내를 가만히 쳐다보았다.

"뭘 하시는 분인지도 모르는데 제가 어떻게……"

여자의 시선은 강렬했고 당황하는 것 같지도 않았다.

"그렇던가. 내가 아직 말하지 않았나."

하라다는 조금 망설여졌다. 여자의 말도 일리는 있었다. 여자는 자기 소개를 대강 했지만 이쪽은 아직 아무것도 한 것이 없었다.

"모르는 사람에게 어떻게 감정을 보일 수가 있어요."

옳은 말이다.

"나는 군인이오."

그는 조금 엄한 목소리로 말했다.

"어머, 그러세요? 전혀 몰랐어요."

여자가 두려운 듯 다시 손을 빼려고 했다. 그는 손에 더욱 힘을 주면서 이번에는,

"헌병대에 있는 하라다 대위라고 하지."

하고 말했다. 무척 자랑스러운 표정이었다.

"헌병대는 무서운 곳이지요?"

여자의 겁먹은 표정에 하라다는 흡족한 듯 웃었다.

"무섭지가 않아. 죄 지은 사람한테만 무서운 곳이지."

"그래도 무서워요."

"그럼 괜히 그런 말을 했군. 거짓말을 할텐데……내가 무서운가?"

"네, 조금……"

"나는 무서운 사람이 아니야."

하라다는 소리내어 웃으면서 이번에는 그녀의 허리를 껴안았다.

"아이 이러지 마세요."

그녀가 몸을 일으키려 하자 하라다는 허리를 더욱 바싹 조였다. 욕정이 일어 참을 수가 없었다. 그는 강제로 그녀의 입술을 덮쳐 눌렀다. 순간 명희는 두 손으로 그의 턱을 힘껏 밀어젖히며 몸을 일으켰다.

"이러시면 싫어요. 앞으로 안 만나겠어요."

"아, 미안해. 안 그러지."

하라다는 그녀의 어깨를 가볍게 두드려 주며 멋쩍게 웃었다. 이미 그는 제멋대로 여자가 자기를 싫어하지 않는다고 생각하

고 있었다. 여자란 적당히 어루만져 주고 비위를 맞춰 주면 자진해서 다리를 벌리기 마련이다. 서두를 것은 없다. 천천히 이 애송이 계집애를 사랑해 주자. 그것도 내 취미니까.

밖으로 나온 그들은 인적이 드문 밤거리를 걸어갔다. 여자의 키는 남자의 귀밑까지 와 있었다.

"선생님은 결혼하셨나요?"

선생님이라고 불러 주는데 대해 하라다는 기분이 좋았다.

"내가 결혼한 것처럼 보이나?"

그는 이제 완전히 반말로 대하고 있었다. 군인임을 밝힌 이상 신사연한 태도는 집어치우고 있었다.

"잘 모르겠어요."

"그럴 테지. 나이는 많지만 나는 아직 미혼이야. 그건 왜 묻지?"

아이들 소꿉장난 같은 이러한 대화에 그는 심한 간지러움을 느꼈다.

"그냥 물어본 거예요."

여자가 수줍은 태도를 취했다.

"사랑은 국경을 초월한다지?"

여자는 잠자코 있었다.

"반도인과 내지인은 이제 같은 국민이야. 국경 같은 걸 가지고 고민할 필요는 없어졌어. 우리는 떳떳하게 만날 수 있어. 안 그래?"

"네, 하지만……"

"하지만 뭐야?"

"갑자기 떠나시기라도 하면……?"

여자의 목소리가 잠기고 있었다.

"떠나다니 무슨 말이야?"

"군인은 갑자기 떠나지 않아요? 명령만 내리면 어디든지 가야 하지 않아요?"

"아, 난 또 뭐라고……"

이 여자는 벌써 이별할 것을 염려하는 것 같다. 여자란 정말 알 수 없는 동물이다. 벌써 나한테 정이 들었다는 것인가. 여자의 기분과 개구리가 뛰는 방향은 정말 알 수 없거든.

"난 떠나지 않아. 아무도 나를 건드리지 못 하지."

그들은 어느 조용한 찻집으로 들어갔다. 스카프를 벗은 여자의 얼굴은 차갑게 가라앉아 있었다. 지금쯤 얼굴이 상기되어 있을 것이라고 생각한 하라다는 적이 낭패했다. 이 여자는 말하는 것과는 달리 생각은 딴 데 있는지도 모른다. 종잡을 수 없는 여자다.

"선생님은 계속 경성에 계실 건가요?"

"음, 여기에 주저앉을 셈이야."

"바쁘신가 보지요?"

"굉장히 바빠."

"그럼 가요. 다음에 만나기로 하고……"

"아니야. 오늘은 괜찮아. 아가씨하고라면 언제라도 시간을 낼 수 있어."

그는 음흉하게 웃었다.

"무슨 일이 그렇게 바쁘세요?"

"전쟁이 치열해지니까 일거리도 많아."

그는 문득 장하림을 생각했다. 그리고 자기가 계집애와 이렇게 노닥거리고 있을 때가 아니라고 생각했다. 그러나 생각과는 달리 궁둥이는 의자에 묵직하게 늘어붙어 있었다.

"전쟁은 앞으로 어떻게 될까요?"

여자가 근심스러운 듯 물었다.

"어떻게 될 것 같아?"

"글쎄, 제가 어떻게 그걸 알아요. 도쿄처럼 여기에도 폭탄이 떨어질까 봐 걱정이에요."

하라다는 표정이 딱딱하게 변했다.

"그렇게 비관적이 돼서는 안 돼. 우리 황군이 그렇게 약한 줄 아나?"

"아니 그런 게 아니라 자꾸 불행한 소식만 들려오기 때문에 혹시나 해서 그런 거예요."

하라다는 코웃음을 쳤다. 그는 실제로 일본군이 위대하다고 믿고 있었다.

"우리 일본군의 힘이 얼마나 위대한 줄 말해 줄까? 북은 알류우샨, 남은 호주, 동은 마긴트라와, 서는 인도의 코히마, 인팔까지 수천만 킬로를 일본군은 진군해 갔어. 물론 지금은 후퇴를 하고 있지. 그렇지만 이건 일시적인 것이고, 작전상의 후퇴에 불과해."

그는 말을 끊고 잠깐 생각해 보았다. 어린 계집한테 군사적인 이야기를 해도 괜찮을까. 어쩐지 우습다. 계집이란 전쟁이니 정치니 역사니 하는 것과는 거리가 먼 동물이다. 그저 남자를 행복하게 해 주면 그것으로 역할은 끝나는 것이다. 그러나 내친 김에 그는 이 여자의 눈을 휘둥그렇게 해 주고 싶었다. 일본군이 위대하다는 것은 곧 자신과도 직결되는 일이다.

"적군을 일부러 끌어들인 거야. 적군은 자기들이 계속 승리하고 있는 것처럼 생각하고 있지만 그건 착각이야. 그놈들은 자기들 힘이 그만큼 빠졌다는 것을 모르고 있는 거야. 우리 아군은 바로 그 점을 노리고 있는 거야. 그래서 놈들을 본토까지 유인했다가 반격작전을 펼 셈이지. 본토에는 현재 우리 아군이 얼마나 주둔하고 있는 줄 알아? 2백 50만 명이나 주둔하고 있어. 모두가 적군이 어서 나타나기를 기다리고 있지. 본토 결전은 머지 않아 있을 거야."

그의 말은 사실이었다. 그러나 연합군의 힘이 빠져 있다거나 일본군이 다시 반격을 기도하고 있다는 것은 입에 붙은 거짓말이었다.

막다른 데까지 몰린 일본군 2백 50만은 반격이 아닌 본토 사수를 위해 희생을 강요당하고 있을 뿐이었다.

하라다는 여자를 바라보았다. 감탄할 줄 알았던 그녀의 얼굴은 오히려 의혹에 차 있는 것 같았다. 전쟁 이야기를 그만 하려고 생각한 그는 더 설명해 줄 필요를 느꼈다.

"만일 그렇다면 이곳은 어떻게 되는가요? 본토만 그렇게 지키면 이곳으로 적군이 쳐들어오지 않을까요?"

"무서운가?"

"무서워요."

여자가 전쟁 이야기를 한다는 것은 어쩐지 어울리지 않는 일이다. 시내 복판에 폭탄이라도 하나 떨어지면 이 여자는 기절해 버리겠지.

"염려할 거 없어. 여기도 본토나 마찬가지로 우리가 지키고 있을 테니까 말이야. 내가 여기에 계속 있겠다고 한 이유를 알겠지?"

"네, 알겠어요. 머지 않아 여기서도 큰 싸움이 벌어지겠네요?"

"그럴지도 모르지."

"그렇다면 미리 피난 가는 게 좋겠네요?"

이 말에 하라다는 소리내어 웃었다.

"아가씨는 아직 정신이 덜 들었군. 본토에서는 남녀노소 가릴 것 없이 적군이 상륙해 오면 죽창을 들고라도 싸울 각오가 돼 있어. 피난 가려는 사람은 없어. 그런데 아가씨는 피난 갈 생각부터 하는군. 유감인데."

"죄송합니다. 저도 모르게 그만……"

여자는 얼굴을 붉히며 고개를 숙였다. 그것이 하라다의 눈에는 순진하게만 보였다.

"죄송할 것까지야 없지. 죽고 싶지 않은 건 누구나 다 바라는 거니까."

"여기 반도에도 아군이 많이 지키고 있나요?"

"많이 있지."

"얼마나 되나요?"

"그건 군사비밀이라 말할 수 없어."

하라다의 눈이 하얗게 번뜩였다. 여자는 미소했다. 오랜만의 미소였다.

"어머, 그래요. 전 그런 것도 모르고……"

여자의 미소에 대위는 금방 표정이 허물어졌다.

여자가 시계를 보자 하라다는 순간적으로 그녀를 그대로 돌려보낼 수는 없다고 생각했다. 여자와 아무 일 없이 헤어진다는 것이 어쩐지 싫었다. 아끼면서 두고두고 희롱하고 싶지만 가슴에 부글부글 끓어오르는 욕정을 억누를 수가 없었다. 한번 입을 맞추고 껴안아 보기라도 하고 싶었다. 젖가슴을 쥐고 흔들어 보고도 싶었다. 욕정이 극도에 달하자 눈앞이 침침해졌다. 그는 숨을 몰아쉬며 벌떡 몸을 일으켰다.

"어디 가시는 거예요?"

여자는 뒤따라 나오며 물었다. 그는 여자의 조그만 손을 꽉 움켜쥐었다.

"우리 집에 놀러가. 이런 데 차는 맛이 없어. 내 하숙방에 가면 맛있는 차를 끓여 주지."

이글거리는 사내의 눈초리에 여자는 반사적으로 몸을 도사렸다.

"싫어요. 오늘은 이만 가겠어요."

"그러지 마. 내가 무서워서 그러나? 손대지 않을 테니까 따라와."

"다음에 가겠어요."

여자가 손을 빼려고 하자 그는 더욱 손에 힘을 주었다.

"안 돼. 꼭 가야 해."

"이거 놓으세요. 오늘은 안 돼요. 집에 일찍 들어가야 해요."

"내가 싫은가?"

"이러시면 싫어요."

"좋아. 그렇다면 가 봐. 귀찮게 하지 않을 테니."

그는 갑자기 여자의 손을 놓았다. 일부러 시험해 보려고 한 짓이지만 심각한 듯 얼굴을 찌푸리면서 여자를 외면했다. 그가 기대한 대로 여자는 가지 않고 머뭇거렸다. 명희로서는 사내가 화를 내고 그녀를 다시는 안 만나려고 하는 줄 알았다. 그렇게 되면 모든 계획이 수포로 돌아간다. 이쪽이 매달려도 안 되지만 그렇다고 너무 딱딱하게 굴어 상대를 화나게 해서도 안 될 것 같았다. 무섭고 증오스러운 사내지만 가는 데까지 가보는 수밖에 없다.

"화나셨어요?"

"아니야. 가보라구."

하라다는 짐짓 배짱을 퉁겼다.

"화나시게 했다면 미안해요. 사실은 무서워서 그랬어요."

"무섭기는 뭐가 무서워. 나를 그렇게도 못 믿나?"

"아니에요. 그게 아니고……"

하라다는 다시 여자의 손을 잡아끌었다. 그녀는 저항하지 않고 순순히 따라왔다. 밤중에 남자의 방에 따라온다는 것은 모든 것을 허락한다는 뜻이다. 이제 이 계집의 몸은 내 손안에서 마음대로 요리되는 것이다. 그는 코를 벌름거렸다. 여자의 머리 냄새가 향기로웠다. 이 싱싱한 육체를 어떤 식으로 요리해 먹을까. 되도록 참겠지만 정 할 수 없다면 가장 자극적인 방법으로 먹어치워야지.

그들이 집에 닿았을 때 문을 열어 준 사람은 주인집 노파였다. 노파는 몹시 어려워하며 하라다를 맞았고, 하라다 뒤에 가냘프게 생긴 처녀가 서 있는 것을 보고는 만면에 웃음을 가득 띠었다.

좁은 층계를 올라갈 때 하라다는 몸이 두둥실 뜨는 기분이었다. 그는 문 앞에서 주춤거리는 그녀를 안으로 끌어들인 다음 문을 걸어 잠갔다. 그때 밖에서 노파의 기침 소리가 났다.

"저녁 식사를 드셔야지요?"

"먹었습니다. 필요 없습니다."

그는 들뜬 목소리로 대답하면서 여자를 뚫어지게 바라보았다.

그녀는 완전히 굳어 버린 몸으로 눈만 움직이고 있었다. 그녀는 불빛에 드러난 방안을 찬찬히 바라보고 있었다. 혼자 있는 사내의 방이라 그런지 이상한 냄새가 풍기고 있었다. 넓은 방에는 다다미가 깔려 있었고, 그 한쪽에는 침대와 책상이 놓여 있었다.

책상 위는 깨끗했다. 있는 것이라곤 그것뿐이었다. 단조롭고 메마른, 그래서 삭막한 기분마저 느껴지는 방안이었다. 남자다운 방안이라고 할 수 있을까. 그렇지만 이건 사람이 사는 방 같지가 않았다.

방안을 둘러보던 그녀의 눈이 한곳에 머물렀다. 한쪽 벽을 파고 만든 받침대 위에 별이 붙은 군모가 놓여 있었고 그 옆에 군도가 비스듬히 세워져 있었다. 군도를 보는 순간 그녀는 공포와 위압을 느꼈다. 텅 빈 방안은 그 군도 하나로 가득 차 버리는 느낌이었다. 군도를 기대 놓은 안쪽 벽 위에는 「憂國」이라고 쓴 붉은 휘호가 큼직하게 붙어 있었다. 그 휘호 때문에 방안의 분위기는 한층 무거워 보였다.

"여기 잠깐 앉아 있어. 방이 추울 거야."

하라다는 의자 위에 그녀를 앉게 했다.

그의 말대로 그녀에게는 방안의 공기가 차가웠다. 그러나 단단한 사내라면 충분히 견딜 수 있는 온도였다.

사내는 밖으로 나가더니 손수 주전자와 찻잔을 가져왔다. 그리고 벽장에서 전기곤로를 꺼내 물을 끓이기 시작했다.

"나한테는 귀한 손님이지만 대접할 게 이것밖에 없어."

그는 상당히 정성을 기울이고 있었다. 태도가 한결 부드러워지고 미안해 하는 기색이었다. 명희는 순간적으로 이 사내가 내 오빠를 정말 죽였을까, 하고 의아해 할 정도였다.

이와는 반대로 하라다는 속으로 시커멓게 웃고 있었다. 아랫배가 자꾸 뒤틀리는 것을 그는 겨우 참아내고 있었다. 천천히 접근하는 거다. 우선 안심을 시켜 놓고 하나씩 벗겨나가는 거다. 조개가 울고 있다. 이놈의 물이 왜 이리 더디 끓지? 대학까지 다닌 그는 신사의 얼굴과 야수의 얼굴을 동시에 가지고 있었다. 얼굴이 신사처럼 부드러워질 때는 가슴속은 야수처럼 들들 끓어오른다.

커피와 설탕을 뒤섞은 다음 그는 주전자의 물을 부었다. 김이 무럭무럭 피어오르는 사이로 그녀는 사내가 미소하고 있는 것을 보았다. 그 미소가 그녀를 더욱 긴장시켰다. 그녀는 차를 집어던지고 일어서서 외치고 싶었다. 당신이 우리 오빠를 죽였지요? 시체는 어디다 묻었지요? 조선방위계획이 어떻게 돼 있지요? 대답하지 않으면 죽이고 말 테야. 못 죽일 줄 알아?

하라다는 차를 내밀었다.

"어디 아픈가? 얼굴이 좋지 않은데……"

"아, 아니에요."

명희는 안색을 고치고 얼른 찻잔을 입으로 가져갔다. 커피 냄새가 따뜻하게 후각을 어루만지고 있었다. 맛을 느끼다니! 그녀는 찻잔에서 입을 떼고 창밖을 바라보았다. 달빛이 하얗게 부서져 내리고 있었다. 문득 가슴이 미어져 오면서 눈물이 나왔다. 그녀는 고개를 돌린 채 벌컥벌컥 차를 들이켰다.

"왜, 왜 울지?"

그녀의 눈물을 본 하라다는 어리둥절했다. 이상하다. 눈물이 나올 분위기는 아닌데 울고 있다. 나한테 뭘 호소하려고 그러는 걸까? 여자들은 곤란한 일이 있으면 말하기 전에 먼저 눈물을 흘리니까. 그러나 그녀는 입을 열지 않았다. 대신 억지로 웃어 보였다.

"왜 그러지?"

하라다는 그녀 뒤로 다가서서 어깨 위로 손을 짚었다.

"달빛을 보니까 괜히 눈물이 나와요."

그 순간 하라다의 입술이 그녀의 입을 덮쳤다. 무서운 힘으로 그녀를 조이면서 그는 그녀의 입술을 깊이 빨아들였다.

그녀는 사내의 가슴을 두드려댔지만 오히려 사내의 손이 그녀의 가슴을 더듬어오고 있었다. 숨이 막힌다고 생각한 순간 그녀는 사내의 입술을 질끈 깨물어 버렸다.

"어! 이런 망할!"

하라다는 얼른 입을 떼고 상처를 손으로 만져 보았다. 빨간 피가 꽤 흘러나오고 있었다. 피를 본 하라다의 눈초리가 치켜 올라갔다.

피는 그때까지 머뭇거리던 그의 욕정에 더욱 불을 붙여 주었다. 이 여자를 오늘밤 정복하지 못 하면 두 번 다시 기회가 오지 않을 것이다.

주저하지 말고 해치우는 거다. 이대로 보낸다는 건 수치다. 그리고 놓치기에는 너무 아까운 여자다. 먹어치우고 난 다음에는 만나지 않아도 좋다. 하여간 건방진 계집이다. 입술을 물어 뜯다니!

"죄송해요.!"

명희는 절망적으로 말했다. 사내의 얼굴이 굳어지고 두 눈이 충혈되는 것을 보자 그녀는 앞이 캄캄해졌다.

"용서할 수 없어."

하라다는 입술을 씰룩거리더니 돌연 그녀를 번쩍 들어올렸다. 무서운 힘이었다. 발버둥치던 그녀의 몸은 침대 위로 동댕이쳐졌다. 침대 스프링이 심하게 흔들렸다.

"다시 한번 깨물어 보지."

하라다는 거칠게 숨을 몰아쉬며 그녀의 어깨를 꽉 눌렀다. 그리고 얼굴을 가까이 들이밀었다.

"이거 놓으세요! 소리치겠어요!"

그녀는 울음 섞인 목소리로 말했다. 사내의 무릎이 그녀를 지그시 눌러왔다.

"소리쳐 보지. 가만 안 둘 테니까."

그는 한 손으로 그녀의 옷을 벗기기 시작했다. 그녀는 필사적으로 그를 막아냈다. 그러나 도저히 그녀가 상대할 수 없는 힘이었다. 옷이 한 꺼풀씩 벗겨질 때마다 그녀의 몸은 침대 위에서 뒹굴었다.

하라다는 완전히 짐승이 되어 있었다. 여자를 아끼면서 두고두고 핥아 주려던 애초의 생각은 씻은 듯이 없어지고 완전 정복만이 그의 머리 속을 가득 채우고 있었다. 마치 거기에 자신의 전 인생이 걸려 있기라도 하듯이 그는 맹렬한 기세로 그녀의 옷을 벗겨 나갔다.

싸늘하던 방안은 두 남녀가 내뿜는 열기로 해서 갑자기 더워진 듯했다. 사실 실랑이를 벌이고 있는 그들의 얼굴에는 땀이 번지고 있었다.

슈미즈 차림이 되자 그녀도 악에 바쳤다. 증오감에 몸을 떨면서 그녀는 옷자락을 움켜쥐었다. 힘이 센 하라다는 여자가 발악적으로 저항하자 마음대로 할 수가 없었다. 여자는 다리를 오므리고 상체를 뒤틀었다.

"순순히 말을 들어!"

"안 돼요!"

머리카락이 뒤엉켜 여자의 얼굴은 보이지 않았다. 하라다는 여자의 가슴을 움켜잡자 사정없이 끌어당겼다. 옷이 가슴으로부터 밑으로 북 하고 찢어졌다. 여자의 하얀 몸이 불빛에 선정적인 곡선을 지으면서 꿈틀거렸다. 젖가슴이 흔들리고 풍만한 허벅지가 탄력 있게 부딪치고 있었다. 이제 남은 것은 팬티뿐이었다. 한번 잡아당기면 팬티는 가볍게 찢겨 나갈 것이다.

그는 팬티를 찢으려고 손을 뻗었다. 그러자 여자의 손톱이 그의 손등을 깊이 파고들었다. 동시에 그녀의 절박한 외침이 방안을 울렸다.

"누구 좀 도와주세요!"

이런 식으로 나가서는 안 된다는 것을 그녀는 잘 알고 있었다. 그러나 목적을 이루기 전에 먼저 자신의 육체가 유린당하려 하고 있었다. 몸을 짓밟혀서는 안 된다. 절대 안 된다. 그녀는 죽은 오빠를 생각했다. 그리고 상체를 일으키면서 다시 소리치려고 했다.

그때 하라다의 주먹이 그녀의 얼굴 위에 작렬했다.

"망할 년, 죽여 버린다!"

하라다는 정말 죽일 듯이 그녀를 내려쳤다. 둔탁한 충격을 느끼면서 그녀는 길게 몸을 뻗었다.

하라다는 뻗어 버린 여자의 몸에서 마지막으로 팬티를 벗겨냈다. 그래도 여자는 눈을 감은 채 움직이지 않고 있었다. 그는 한동안 찌릿해 오는 욕정을 누르면서 여자의 나체를 정신없이 바라보고 있었다. 여자란 아무리 많이 상대해도 항상 새로운 긴장, 새로운 기분, 새로운 욕망이 솟는다. 이 여자의 경우는 더욱 그렇다. 이제부터 처녀림을 개척하는 거다. 아무도 밟지 않은 처녀림으로 들어가는 거다. 저 눈처럼 흰 대지를 밟고 들어가는 것이다.

하라다는 불을 끄고 나서 급히 옷을 벗었다. 옷을 벗으면서 그는 창문으로 쏟아져 들어오는 달빛을 힐끗 바라보았다. 이제부터 아름다운 밤이 시작되는 거다. 히히, 그는 음흉스럽게 미소했다. 역사는 정복자와 피정복자와의 관계다. 그가 꺼려할 것은 조금도 없다. 이것은 역사적 귀결이다. 여자에게는 이것이 운명이겠지. 이제부터 너는 나한테 귀여움을 받을 준비나 하고 있어라.

그는 천천히 침대 앞으로 다가서서 그녀의 다리를 젖혔다. 그때 죽은 듯이 누워 있던 여자가 솟구치더니 침대 저쪽으로 굴러떨어졌다.

"이것이!"

하라다는 침대를 돌아 뛰어갔다. 그러자 여자도 일어나 도망쳤다.

 어두운 방에서 나체의 두 남녀가 침대를 가운데 놓고 돌아가는 모습은 실로 진기하고 우스운 광경이었다. 달빛에 드러날 때마다 그들의 모습은 환상적으로 보였다. 그녀는 필사적으로 몸을 피하고 있었다. 하라다는 여자가 쉽게 잡히지 않자 울화가 치밀었다. 이 쥐새끼 같은 년, 그는 씩씩거리며 열심히 여자를 뒤쫓았다.

 두 사람이 뛰는 바람에 방바닥이 쿵쿵 울렸다. 하라다는 초조했다. 창피하기도 했고 집주인이 올라오면 일이 틀어질 것 같았다. 그는 받침대 위에 놓여 있는 군도를 집어들었다. 칼집을 벗기고 칼을 한번 허공에 휘젓자 써늘한 바람이 일었다. 칼을 본 여자는 구석에 몸을 붙이고 서서 와들와들 떨었다.

 "더 이상 나를 놀리면 이것이 용서 안 한다."

 그는 정말 여자를 베어 버릴 생각이었다. 칼끝이 그의 머리 위에서 쉬잇 하는 소리를 내자 그녀는 무릎을 꿇으며 풀썩 주저앉았다. 하라다는 칼끝을 그녀의 얼굴에 갖다댔다. 차가운 감촉에 명희는 다시 한번 부르르 떨었다.

 "일어서!"

 그는 이제 명령조로 말했다. 여자는 몸을 떨면서 겨우 몸을 일으켰다.

 "도망칠 생각하지 말고 침대 위에 얌전히 누워!"

 그녀는 완전히 넋이 빠진 채 침대 위로 몸을 눕혔다. 필사적으로 저항하던 여자가 자신의 칼 앞에 무력하게 몸을 내던지는 것을 보자 하라다는 매우 흡족했다. 자신의 위력에 그는 새삼 감탄했다.

여자는 침대 위에 엎어져 있었다. 둥근 엉덩이가 팽팽하게 퍼져 있는 것이 기막히게 자극적이었다. 그는 강간의 스릴에 가슴을 울렁이면서 여자의 어깨를 젖혔다. 그녀는 죽은 듯이 눈을 감고 있었다.

"너는 이제 완전한 여자가 되는 거야."

하라다는 중얼거리면서 그녀를 부둥켜안았다.

이때 노크 소리가 났다. 하라다는 주춤했다.

"누구야?"

하라다의 고함에 문 저쪽에서 기침 소리가 났다.

"무슨 일 있어유?"

주인 노파의 목소리였다.

명희는 기회를 놓치지 않고

"할머니!"

하고 외쳤다.

그리고 옷을 들고 밖으로 잽싸게 뛰쳐나갔다. 하라다는 씨근덕거리면서 바보같이 방 가운데 서 있었다.

하림은 시계를 보았다. 한 시간이 지났는데도 아직 명희는 나타나지 않고 있었다. 웬일일까? 약속을 어길 여자는 아닐 텐데.

반 시간을 더 기다려 보았지만 그녀는 오지 않았다. 이상한 예감에 그는 명희의 집으로 가 보았다.

명희는 집에 있었다. 그를 보자마자 그녀는 시선을 피하면서 그를 외면했다. 무슨 일이 있었구나. 무슨 일일까. 왜 나를 외면할까.

"다음에 찾아 뵙겠어요."

그녀는 그를 문 앞에 세워둔 채 기어들어가는 목소리로 말했다. 하림은 맥이 빠지는 것을 느끼면서 돌아섰다. 실망이 컸기 때문에 그는 허탈감마저 들었다.

집에 돌아와 막 잠자리에 들려고 하는데 뒤쫓아온 명희가 그를 불렀다.

명희는 방안으로 들어오자마자 아무 말 없이 흐느껴 울기 시작했다. 하림은 당황하면서도 어느 정도 사정을 짐작할 수 있었다. 그러나 잔인한 짓인 줄 알면서도 사실을 정확히 알아야 했으므로 그는

"왜 그러지요? 무슨 일이 있었습니까?"

하고 물었다.

명희는 하라다에게 당할 뻔한 일을 더듬거리며 그에게 이야기했다.

하림은 피가 머리끝까지 치미는 것을 느꼈다. 분노로 그의 손끝이 떨리고 있었다. 그러나 그는 이내 마음을 가라앉혔다. 처음부터 여자의 정조 따위는 무시하고 계획한 것이 아닌가. 그녀가 곤경에 처할 줄 이미 짐작하고 있었던 게 아닌가. 이제 와서 계획을 변경하란 말인가.

하림은 아무 말도 할 수가 없었다. 그는 그녀를 그대로 이용

할 것인지, 아니면 계획을 변경할 것인지 조차 결정할 수가 없었다.

그녀에게 다시 부탁한다는 것은 너무 잔인한 일이다. 정조란 여자에게 있어서 목숨이나 다름없는 것이다. 만일 그녀가 하라다에게 능욕이라도 당한다면 너는 그녀에게 무엇이라고 말을 할 텐가. 조국의 독립을 위해서는 어쩔 수가 없었다고 설명할 텐가.

그러나 계획을 변경할 수는 없다. 일은 급하다. 하림은 그녀의 두 손을 꽉 움켜쥐었다.

여자는 온몸을 떨며 흐느끼고 있었다. 그는 소리소리 지르고 싶었다.

"말씀드리지 않으려고 했어요. 그렇지만 숨길 수가 없었어요. 저 같은 거 잊어 주세요. 아무 힘도 없으면서 괜히 날뛰었어요……"

"그런 생각은 집어치워요!"

하림은 그녀의 두 손을 움켜쥐었다. 이 여자를 위로하여 일으켜 세워야 한다.

"누구나 다 상처를 받은 몸들이오. 그렇지만 그 상처 때문에 주저앉는다는 건 결국 패배를 인정하는 것밖에 되지 않소. 내가 아는 여자 중에 정신대로 끌려가 군대 위안부가 된 여자가 있소. 스물도 못 된 그 여자는 수백 명의 남자들에게 짓밟혔으면서도 굳세게 살아가고 있소. 조국에 돌아올 날을 기다리면서 말이오."

하림은 여옥이 생각났다. 아직도 사이판도에 있겠지. 아기는 잘 자라고 있을까. 꼭 만나고 싶은 여자다.

"나는 명희씨가 계획대로 일을 해 주길 바라겠소. 그 대신 일을 앞당깁시다."

"저, 저는 이제 자신이 없어요."

"자신을 가져야 합니다. 모든 건 조국을 위해서 하는 일이오."

명희는 흐르는 눈물을 닦으려고도 하지 않은 채 하림을 우러러보았다. 말은 안 했지만 감동하는 빛이 그녀의 눈에 어려 있었다.

오명희의 고백을 듣고부터 하림은 사태가 긴박하다는 것을 깨달았다. 명희가 육체를 제공한다 해도 정보를 빼낸다는 것은 어려운 일일지 모른다. 영리한 하라다는 일급 정보를 누설할 리 없을 것이고, 명희를 농락할 대로 농락한 다음 싫증나면 걷어차 버릴 것이 뻔하다.

증오에 사무친 명희가 참다못해 복수라도 기도하는 날에는 계획이 수포로 돌아갈 것이고 이쪽의 피해가 의외로 확대될 우려가 있었다.

하림은 이튿날 저녁 서둘러 집으로 황성철을 찾아갔다.

"형님한테서 전화가 오면 아무 병원에나 입원하라고 하십시오."

"왜? 무슨 일로?"

하림의 느닷없는 말에 성철은 의아해 했다.

"알리바이를 만들어 놓아야 합니다. 이번에 형님이 연행되면 살아나기 어렵습니다."

어느 때보다도 하림의 태도는 차갑고 단호해 보였다. 성철은 바싹 긴장했다.

"일을 시작할 텐가?"

"네, 하라다를 만날 생각입니다."

"만나다니, 찾아가겠다는 건가?"

"네, 찾아가겠습니다."

"이 사람이 미쳤나? 자네 때문에 돌아가신 어머님 생각을 해. 자수하기는 너무 늦었고, 어리석은 짓이야."

"자수하려고 그러는 게 아닙니다. 그놈의 집으로 습격하던가 납치할 생각입니다."

성철은 눈을 크게 떴다. 한참 침묵을 지키다가 그는 무겁게 말했다.

"너무 위험하지 않나?"

"위험하지만 하는 수 없습니다. 더 이상 지체할 수가 없습니다. 오명희가 위험합니다."

"그 여자한테 무슨 일이 있었나?"

"아직 별일은 없지만 위험합니다."

"음, 그렇다면……"

성철은 짐작이 가는 눈치였다. 그는 눈을 빛내면서 하림을 바라보았다.

"혼자 할 수 있겠나?"

"해보겠습니다."

"혼자서는 무리일 테니까 내가 도와주지."

"괜찮습니다. 저 혼자 해보겠습니다."

"아니야. 날짜는 언젠가?"

"아직 미정입니다. 형님이 입원하는 날로부터 이삼 일 후가 적당할 것 같습니다."

"내일쯤 형님한테서 전화가 올 거야. 바로 입원하라고 이르지."

막상 구체적인 계획을 세우다 보니 하림은 처음과는 달리 평온한 기분이 되었다. 성철의 집을 나온 그는 다시 명희를 만나러 갔다. 그들은 언제나처럼 공원에서 만났다. 하림은 그녀의 손을 꼭 잡은 채 머뭇거리다가 말했다.

"내 말에 노여워하지 마시오."

"무슨 말씀이라도 좋아요. 저는 그 전과는 달라요."

하림은 그녀의 눈을 들여다보듯이 하고 말했다.

"하라다와 동침을 해 주시오."

모욕적인 말이었는지 그녀는 오랫동안 대답을 하지 않고 있었다.

"지나치다는 건 알고 있지만……부탁이오."

"알겠어요."

그녀는 결심한 듯 고개를 끄덕거렸다. 눈에는 눈물이 맺혀 있었다. 하림은 그녀의 어깨를 싸안았다.

"그밖에 제가 할 일은 없나요?"

"없소. 내가 지정해 준 날 밤에 호텔로 놈을 유인하시오. 호텔 이름을 사전에 알려 주면 좋겠소. 만일 날짜가 틀어지면 그것도 알려 주시오."

납치

그로부터 사흘 후.

하라다는 의자에 깊숙이 몸을 묻은 채 낮잠을 즐기고 있었다. 그의 방에는 그 혼자만 있었다.

전세가 현재 어떻게 돌아가든 결국 일본은 승리한다고 그는 믿고 있었다. 그래서 그는 유유자적하면서 낮잠을 즐길 수가 있었다. 희생은 불가피한 것이다. 희생 위에 황군의 대승리가 있는 것이다. 장하림 같은 놈이 날뛰어 본들 한낱 쓸데없는 짓이다. 놈이 체포되는 것도 시간 문제다. 기름진 음식을 잔뜩 먹었더니 자꾸 잠이 오는데. 그는 하체에 불끈 힘을 주었다. 욕정이 솟구쳐 오른다. 그 계집을 정복하지 못한 것이 찌꺼기처럼 남아 있다. 계집을 그날 밤 먹어치우는 건데…… 그놈의 할망구 때문에 망쳤어. 빌어먹을……. 악마! 당신은 악마야! 문 앞에서 한마디 쏘아붙이며 달려나가던 여자의 얼굴이 떠오른다. 그는 얼굴을 찡그린다. 좋은 기회였는데……. 벗겨 놓고 보니 몸은 탐스럽고 미끈했다. 여자의 하얀 육체가 눈 앞에 어른거린다. 도저히 잊을 수가 없다. 헌데 그 계집애도 통 연락이 없는데 단단히 화가 나버린 모양이다. 정말 나를 안 만날 셈인가. 정 그렇다면 학교로 연락해서 그 애를 찾아야지. 이제 방학도 끝났으니까 학교에 나가고 있겠지. 정말 보고 싶은데. 내가 길을 잘 내주면 좋은 계집이 되겠어. 그렇게 되면 두고두고 데리고 놀 수 있겠지. 고것 참. 그런데 왜 연락이 없을까. 오늘은 유난히 계집 생각이 난다. 기생들이야 어느 때라도 주무를 수 있지만 재미가 없단 말이야.

하라다는 눈을 뜨고 상체를 일으켰다. 그리고 이화여전 교무과로 직통전화를 걸었다. 헌병대라고 하자 교무과 직원은 사뭇 떨리는 음성으로 응답해 왔다.

"에또, 다름이 아니라……"

"네 네, 말씀하십시오."

"에또, 학생을 하나 찾고 있는데……이명자(李明子)라고 피아노를 전공하는 학생인데 그 학생 주소를 좀 알려 주시오."

그는 아주 느릿느릿 말했다. 그러나 직원은 불에 덴 듯 당황해 하고 있었다.

"네, 뭐라고 하셨지요? 죄송하지만 다시 한번 말씀해 주십시오."

"이런, 귀가 먹었나. 이명자, 이명자 말이야. 알아듣겠어?"

"네 네, 알겠습니다. 그 학생이 무슨 사고라도……?"

"이 봐, 누가 그런 걸 물으라고 했어. 그 학생 주소를 알려달란 말이야."

"네 네, 알겠습니다."

"가족관계도 알아 봐."

"네 네, 알겠습니다. 잠깐 기다려 주십시오."

전화를 통해 부산한 움직임이 들려왔다. 여러 직원들이 이명자라는 이름을 들먹이고 있었다. 하라다는 그 소란을 들으며 빙그레 웃고 있었다. 헌병대의 위력에 그는 기분이 흡족했다. 이윽고 5분도 못 되어 직원이 그를 불렀다.

"찾았나?"

"그런데, 그런 학생이 없습니다."

"뭐라구?"

그는 전화기를 꽉 움켜쥐고 귀에다 밀어붙였다.

"그런 학생은 없습니다."

직원은 죄나 지은 듯이 주눅이 들어 대답했다.

"그럴 리가 있나? 다시 한번 잘 찾아 봐. 전교 학생 명단을 조사해 봐. 삼십 분 후에 다시 전화하겠다. 알았나?"

전화를 끊고 난 하라다는 벌떡 일어서서 서성거렸다. 그는 갑자기 여자에게 놀림을 당한 기분이었다.

수사관다운 본능으로 그는 직감적으로 의혹을 느꼈다. 여자의 배후를 캐보지 않고 함부로 사귄 것이 후회가 되었다. 그는 여자에게 혹시 귀중한 정보를 흘리지 않았나 하고 생각해 보았다. 아직까지는 다행히 그런 실수를 저지른 것 같지 않았다. 만일……만일……그 여자가 나한테 접근을 노린 것이라면 혹시, 하라다는 등골에 식은땀이 흐르는 것을 느꼈다. 스파이가 준동한다면 미인계를 쓰는 것은 얼마든지 있을 수 있는 일이다. 만일 그녀가 이화여전 학생이 아니라면 피아노 개인교수를 한다는 것도 거짓말이 아닌가. 그렇다면 아침 출근시간에 맞춰 나타난 것은 틀림없이 나를 노린 것이라고밖에 볼 수 없다. 그렇게 생각하니 모든 것이 의심스러웠다. 그는 자신의 이러한 의심이 잘못된 것이기를 바랐다. 그리고 그 여자가 자신의 단순한 노래개감이기를 기대했다. 그러나 반 시간 후에 다시 전화를 해본 결과 이명자는 역시 가짜 인물이었다.

"죄송합니다. 이명자라는 학생은 없군요."

학교 직원은 죄송하다는 말을 거듭했다.

"알았어."

전화를 내동댕이치다시피 내려놓고 난 그는 화가 나서 실내를 빙빙 돌았다. 그녀가 일부러 자신을 돋보이려고 그런 거짓말을 할 리가 없다. 아무리 거짓말쟁이 계집애라 하더라도 서슬이 시퍼런 헌병 장교를 우롱할 리는 없는 것이다.

단순히 보아 넘길 여자가 아니다. 나에게 무서운 위험이 다가오고 있는지도 모른다. 빌어먹을. 그는 의자를 냅다 걷어찼다. 그때 고모다 군조가 들어왔다. 늙은 군조는 하라다 대위의 성난 표정을 보자,

"무슨 일이 있었습니까?"

하고 물었다.

"아, 아무것도 아니야."

하라다는 고개를 내저었다. 누구에게 알리기도 부끄러운 일이다. 그 계집이 스파이라면 자기는 그 손끝에 놀아나고 있는

셈이 된다. 그리고 이런 사실이 주위에 알려지면 그의 지위가 위태로워지는 건 물론 처벌까지도 감수해야 한다. 특무대의 스즈끼 같은 놈이 알게 되면 가만 있지 않을 것이다. 따라서 이건 비밀리에 혼자서 해결해야 할 문제이다. 이놈의 계집애, 나타나기만 해 봐라.

고모다 군조는 상관의 표정을 살피다가 종이를 내밀었다.

"뭔가?"

"도쿄가 완전히……"

하라다는 전문을 들여다보았다.

「이 전문은 보안 및 수사부처에서만 참고할 것. 그간 적기의 본토 공습이 계속되고 있음은 주지하는 바와 같음. 그러나 3월 10일의 도쿄 공습은 미증유의 것으로 B29 중폭격기 1백 30여 대가 내습, 19만여 개의 폭탄을 투하함으로써 13만여 명의 시민이 폭사하고 공공시설의 70%가 파괴되었음. 이에 대본영은 전 국토에 대한 적의 초토화 공습에 대비, 조선반도의 방위계획에도 만전을 기할 것을 명함. 작금 본토에서 준동하던 적의 첩자를 다수 체포한 사례에 비추어 특히 군부대 및 군시설에 대한 보안을 보다 철저히 할 것.」

하라다는 전문을 구겨 쥐었다. 흡사 그것은 자기를 가리키고 있는 것 같았다.

그는 식은땀이 흐르는 것을 느끼면서 억지로 쓴웃음을 지었다. 비로소 그에게는 패전이 구체적으로 느껴지는 것 같았다.

"이제 결전이 다가왔나?"

"그런 것 같습니다."

군조는 정색을 하고 대답했다. 바로 그때 전화벨이 울렸다. 고모다 군조가 먼저 전화를 받아 하라다에게 넘겼다.

"어느 여자 분한테서 왔습니다."

군조는 음탕하게 웃었다. 전화를 받은 하라다의 표정이 순식간에 굳어졌다. 그러나 그의 말씨만은 부드럽게 흘러나오고 있었다.

전화를 걸어온 사람은 바로 이명자(오명희)였다.

"아, 난 또 누구라고. 왜 그 동안 연락이 없었지?"

"몰라요. 미워요."

미워요? 이년 봐라. 하라다는 침착하려고 애를 썼다. 어떻게든지 오늘 이년을 만나야 한다. 하라다는 한층 부드럽게 말했다.

"그땐 미안하게 됐어. 정말 미안해."

"몰라요."

여자가 곱게 눈을 흘기고 있는 모습이 보이는 것 같다. 이 여우 같은 년.

"요새 학교 나가겠군."

"그래요."

"내 오늘 저녁 사지. 그때 사과도 할 겸 말이야. 다시는 안 그러지."

"싫어요."

하라다는 초조한 눈길로 군조를 바라보았다. 군조가 눈치를 채고 밖으로 나갔다. 대위는 목소리를 가다듬었다.

"이것 봐. 사랑하기 때문에 그런 거야. 이해를 해야지."

"그렇다고 강제로 그럴 수가 있어요?"

"미안해. 사랑하기 때문에 모든 걸 차지하고 싶었던 거야."

"정말 저를 사랑하세요?"

"정말이야."

주의하지 않으면 안 된다.

"선생님, 저 오늘 집에 안 들어가겠어요."

여자의 목소리는 갑자기 애절하게 변했다. 하라다는 절호의 기회라고 생각했다.

"좋아. 나하고 우리 집에 가도록 해."

"싫어요. 거긴 추워요."

"그럼 어디가 좋을까? 호텔로 할까?"

"네, 그렇게 해요."

이렇게 순순히 나올 줄 알았다. 이젠 호텔까지 따라오겠다는 거다. 도대체 이 여자의 정체는 무얼까. 나한테 무엇을 노리고 있을까. 그의 미간이 꿈틀하고 움직였다.

"비젱야 호텔 식당에서 저녁 7시에 만나지."

"알겠어요."

"나를 미워하면 안 돼. 알았어?"

"몰라요."

전화가 끊겼다. 하라다는 시계를 보았다. 이제 3시니까 아직 네 시간이나 남았다. 그의 육감에 무엇인가 위험이 닥친 것 같았다. 어떻게 할까. 그 계집을 연행해서 바로 심문을 할까. 배후 인물을 체포하려면 좀더 두고보는 수밖에 없겠지.

마침 고모다 군조가 다시 들어왔다. 하라다는 그에게 협조를 구할까 하고 생각하다가 다음으로 미루기로 했다.

"장하림은 어떻게 됐나?"

"아직 행방을 모르고 있습니다."

"바보 같은 자식들. 내가 직접 뛰어다니란 말인가?"

"곧 체포되리라 믿습니다. 그런데 그놈 형인 장경림이 그저께부터 병원에 입원해 있습니다."

"어디가 아파서?"

하라다의 눈이 희끗 빛났다.

"결핵인 것 같습니다."

"머지 않아 죽을 친구군. 허지만 그놈도 계속 감시하고 있어."

"감시하겠습니다."

기다리는 시간은 지루했다. 6시가 되자 하라다는 권총에 손질을 하고 장탄을 했다. 그리고 6시 30분에 헌병대를 나와 비젱야 호텔(국제호텔 前身)로 향했다. 그런 그를 고모다 군조가 창가에 붙어 서서 의아하게 바라보고 있었다.

하림과 황성철은 입구 쪽을 향해 서로 떨어져 앉아 있었다.

그들은 겉보기에는 식사를 열심히 하고 있었지만 눈은 날카롭게 입구 쪽을 주시하고 있었다.

식당 안은 사람들로 만원을 이루고 있었다. 주로 일본인과 친일 인사들이 자리를 메우고 있었는데 그들의 표정에는 한결같이 전쟁으로 인한 피해의식이나 불안 같은 것이 없이 즐거움만 가득 차 있는 것처럼 보였다. 전쟁 때문에 오히려 호황을 누리고 있는 듯한 그러한 얼굴들이었다. 황성철과는 달리 아직 하라다를 본 적이 없는 하림은 명희가 나타나기 전에는 하라다가 누구인지 알아볼 수가 없었다. 7시가 막 지나고 있는데 아직 명희는 나타나지 않고 있었다. 하림은 초조했다. 식사를 하고 있으면서도 헛손질을 하고 있었다.

10분이 지났다. 그러나 명희는 보이지 않았다. 하림은 황성철을 바라보았다. 성철이 이쪽을 향해 머리를 끄덕였다. 하라다가 이미 와 있다는 표시였다. 다시 10분이 지난 7시 20분에 마침내 명희의 모습이 입구에 나타났다. 산뜻한 크림색 양장 차림을 한 그녀의 모습은 마치 봄을 몰고 온 듯 식당 안을 환하게 비췄다. 식사를 하던 사람들의 시선이 일제히 그녀에게 쏠리고 있었다.

그녀는 조심스러운 걸음걸이로 중간쯤 걸어 들어오더니 어떤 사내 앞에 자리를 잡고 앉았다. 곧 그녀는 무엇인가 말하는 것 같았지만 거리가 멀어서 들리지가 않았다. 표정도 잘 읽을 수가 없었다. 하림은 명희의 맞은편에 앉아 있는 사내를 뚫어지게 바라보았다. 그 사내가 하라다라고 생각되자 당장이라도 달려가서 죽여 버리고 싶었다. 하라다는 이쪽으로 등을 돌리고 있어서 얼굴을 알아볼 수가 없었다. 짧게 깎은 머리, 팽팽하게 펴진 어깨의 선, 긴 허우대 등으로 보아 건장하고 완강한 사내일 것 같았다. 이윽고 그들 남녀는 담소하면서 즐겁게 식사를 하기 시작했다.

하림은 하라다 주위에 혹시 잠복조가 없나 해서 주의 깊게 관찰해 보았지만 그런 놈은 없는 것 같았다.

시간은 초조하면서도 지루하게 흘러갔다. 하림은 전신이 쿡쿡 쑤셔왔지만 꾹 참고 기다렸다.

마침내 거의 한 시간이 지났을 때 하라다가 일어섰다. 뒤따라 오명희도 일어났다. 그녀와 하림의 시선이 일순 부딪쳤다가 엇갈렸다.

하라다는 키가 컸다. 성큼성큼 걸어가는 그의 뒤로 명희가 다소곳이 따라갔다. 그들이 프론트를 거쳐 엘리베이터 속으로 사라지자 하림은 자리에서 천천히 몸을 일으켜 프론트 쪽으로 다가갔다.

"방금 그 사람들 몇 호실에 들어갔지요?"

그는 종업원에게 점잖게 물었다.

"왜 그러시죠?"

종업원이 그의 아래위를 훑어보며 물었다.

"좀 알아볼 게 있어서 그래."

하림은 종업원을 쏘아보면서 대뜸 반말을 했다. 종업원은 그의 거친 태도에 기가 꺾이면서 머뭇거렸다.

"못 알아듣겠나?"

"아, 알겠습니다. 502호실에 들었습니다."

하림은 화장실로 갔다. 화장실에서는 황성철이 소변을 보면서 그를 기다리고 있었다. 곁으로 다가선 하림도 소변을 보기 시작했다.

"어떻게 됐나?"

성철이 재빨리 물었다.

"502호실에 투숙했습니다. 옆방을 얻으십시오."

"알았네."

성철은 급히 화장실을 빠져나갔다.

하림은 식당에 앉아 한 시간쯤 기다렸다. 그의 머리 속은 어떻게 하라다와 부딪치는가 하는 문제로 꽉 차 있었다. 502호실이 있는 층으로 올라가려면 엘리베이터나 층계를 이용해야 한다. 그런데 종업원이 지키고 있기 때문에 투숙객 이외에는 위로 올라갈 수가 없다. 방문자의 경우 일단 종업원이 전화로 확인해 본 후에 위로 올려보낸다. 종업원의 눈을 피해 5층으로 올라간다 해도 502호실의 문은 안으로 잠겨 있을 것이다.

하라다 같은 놈이 문도 잠그지 않은 채 무방비상태로 있을 리가 없는 것이다. 또 하나 문제되는 것은 하라다가 이쪽을 알아보지 않을까 하는 점이다. 놈이 사진까지 입수하고 있다면 이쪽을 알아볼 것이다. 여기에 대비해서 충분히 변장을 했지만 아무래도 마음이 놓이지 않는다.

하림은 일어서서 엘리베이터 쪽으로 뚜벅뚜벅 걸어갔다. 그가 너무 당당하게 걸어갔기 때문에 종업원도 미처 제지할 생각을 하지 못한 채 멍하니 그를 바라보기만 했다. 그러나 프론트에 있는 아까의 그 종업원이 아무래도 미심쩍다는 듯이 다른 종업원에게 손짓을 해 보였다.

막 엘리베이터 속으로 들어가려는 하림을 종업원이 제지했다. 그 종업원은 좀 똑똑하게 굴었다.

"어디 가시려는 겁니까?"

"5층에 좀 가려고 하는데……"

"손님을 만나시려고 그러십니까?"

"그래."

하림은 퉁명스럽게 내뱉었다.

"몇 호실 누구를 찾으시나요?"

"왜 그러는 거야? 그걸 꼭 알아야겠나?"

"네, 일단 손님께 전화로 알려야 하기 때문에……"

하림은 초조하고 불안했다. 전화를 받은 하라다가 어떻게 나올지는 도무지 알 수가 없었다.

"502호실에 있는 하라다라는 사람이야."

그가 뭐라고 말하기도 전에 종업원은 벌써 전화를 걸고 있었다.

한편 명희를 데리고 방으로 들어온 하라다는 그녀가 호텔까지 따라 들어온 데 자신을 얻고 성급하게 그녀의 옷을 벗기려 들었다. 그는 그녀에 대한 의혹을 덮어둔 채 우선 그녀를 관찰해 볼 생각이었다. 스파이나 항일분자라면 분명 그 일당이 있을 것이다. 그 일당을 체포할 때까지는 그녀를 자유롭게 활동할 수 있도록 놔둘 수밖에 없다.

그 동안 계집의 몸이나 주무르는 것이다. 그 대신 함께 절대 동침해서는 안 된다. 잠든 사이에 무슨 일이 일어날지 누가 아는가. 이 여자가 내 목을 잘라갈지도 모르는 것이다. 하라다는 저고리 밑으로 손을 쑥 집어넣었다. 부드럽고 팽팽하고 따뜻한 젖가슴이 손안에 가득 잡혔다.

"아이, 싫어요."

여자는 어깨를 움츠릴 뿐 몸을 빼지는 않았다. 이 봐, 이명자, 네 진짜 이름이 뭐지? 네 정체가 뭐지? 뭐지? 뭐지? 하라다는 묻고 싶은 것을 겨우 참으면서 두 손으로 마구 젖가슴을 주물러 댔다.

그는 조선 여자들을 지하실로 끌어다 놓고 고문한 적이 여러 번 있었다. 그녀들은 주로 젊은 여자들이기 때문에 고문을 가할 때마다 이쪽에 기묘한 자극이 전해지곤 했다.

옷을 모두 벗겨 놓고 그 백옥 같은 살결에 고문을 가하면 나체는 고통을 참지 못해 꿈틀거린다. 그것을 보고 있노라면 욕정이 치밀어 몸이 떨릴 지경이다. 자연히 고문은 강간이라는 형태로 변하기 마련이다.

그는 스물 두 살 먹은 유부녀를 강간한 적이 있었다. 독립운동 혐의가 있는 남편을 조사하기 위해 그 부인을 연행해 왔는데 조사결과 그들은 아무 혐의도 없는 것 같았다. 그러나 혐의가 있건 없건 그것이 문제가 아니었다. 일단 지하실에 끌려온 이상

부인은 으레 그러는 것처럼 대가를 치러야 했다. 옷을 벗겨 놓고 혼자서 그녀를 괴롭히던 그는 위협적인 한마디로 여자를 책상 위에 눕혀 놓을 수가 있었다.

"개하고 흘레를 할 테냐? 나하고 할 테냐?"

이 한마디에 그녀는 눈을 감고 다리를 벌렸다. 그녀는 임신 중이어서 젖가슴이 터질 듯이 부풀어 있었고 엉덩이도 무척 커 보였다. 그는 선 채로 조금의 가책도 없이 그 짓을 했다.

그는 그의 품에 안겨 있는 여자를 지그시 내려다보았다. 이 여자도 머지 않아 체포되겠지. 내가 직접 심문을 해야지. 불지 않으면 죽을 때까지 고문을 할 테다. 이 흰 살결을 갈기갈기 찢어놓을 테다. 그의 손이 목을 어루만지자 명희는 섬뜩한 전율을 느꼈다.

이자가 혹시 눈치를 채고 있는 것이 아닐까. 눈치를 챘다면 주위에 헌병들이 잠복해 있겠지. 그렇지만 아직 눈치를 챘을 리가 없어. 장하림씨는 왜 빨리 오지 않을까. 이자가 그 짓을 하겠다고 하면 어떡한다. 어떻게든지 이자를 피해야 한다.

그녀는 하라다의 손이 웃옷을 모두 벗겨내고 젖가슴을 주무를 때까지는 그대로 가만 있었다. 그러나 손이 팬티에 닿자 그를 힘껏 뿌리치고 일어났다.

"왜 이래?"

"싫어요! 그런 짓 싫어요!"

그녀는 두 손으로 가슴을 가리면서 말했다. 하라다는 싱글벙글 웃었다.

"쓸데없는 고집 피우지 마."

하라다는 당연하다는 듯이 일어나서 그녀에게 접근했다.

"여기까지 따라와서 왜 그래. 너는 내 애인이야. 내가 하자는 대로 하지 않으면 너만 손해야."

이제는 마음대로 농락할 수 있다고 생각한 모양이었다. 그러나 허리를 휘어감은 그의 손을 여자는 손톱으로 날카롭게 긁어 버렸다. 손등에 손톱자국이 길게 나더니 피가 맺히기 시작했다. 하라다는 손등이 쓰리고 아팠다. 그리고 화가 치밀었다.

"이 고양이 같은 년!"

그의 손바닥이 여자의 뺨을 철썩 하고 후려갈겼다. 그러나 여자는 울지 않고 적의에 찬 눈으로 그를 쏘아보고 있었다. 그 시선이 하도 강렬해서 하라다는 멈칫했다.

"아픈가?"

그는 남자다운 것을 과시하려는 듯 갑자기 껄껄거리고 웃었다.

"이 봐, 내가 미운가?"

"죽이고 싶어요!"

여자는 차갑게 쏘아붙였다. 하라다는 그녀가 거짓말하고 있는 것이 아님을 깨달았다. 그러나 그는 여전히 웃었다.

"하하, 나를 죽이고 싶다고? 사실은 나도 너를 죽이고 싶다!"

그는 여자를 번쩍 들어서는 침대 위로 집어던졌다. 그리고는 재빨리 덮쳐 눌렀다. 바로 그때 전화벨이 울렸다.

"제기랄."

반사적으로 투덜거리면서 몸을 일으켰지만 그는 어느새 본능적으로 잔뜩 긴장하고 있었다.

"어느 남자분이 찾아오셨습니다."

전화를 통해 종업원의 말소리가 들려왔다.

"나를 찾아왔단 말인가?"

"네, 502호실의 하라다상을 찾고 계십니다."

하라다는 등으로 식은땀이 흘러내렸다. 흘깃 여자를 보니 그녀는 부지런히 옷을 입고 있었다.

"누구냐고 물어 봐."

"말씀은 하시지 않습니다."

"그럼 무슨 용건으로 나를 만나겠다는 거야?"

"그것도 말씀하시지 않습니다. 직접 만나서 말씀드리겠다고 하십니다."

하라다는 자기가 예상했던 대로 위험이 닥친 것을 깨달았다.

내가 이 호텔에 온 것을 알고 있는 사람은 아무도 없다. 틀림없이 이 여자와 일당일 것이다. 그는 여자를 쏘아보았다. 시선이 부딪치자 그녀는 당황해하며 고개를 돌렸다.

"몇 사람이 찾아왔나?"

"한 사람입니다. 올려보낼까요?"

"아니 그럴 필요 없어. 내가 내려가지. 잠깐! 그 사람을 대 줘 봐!"

하라다는 전화기를 쥔 손에 땀이 배는 것을 느꼈다. 이윽고 상대방의 목소리가 들려왔다.

"하라다 대위신가요?"

조용한 목소리다. 이쪽의 신분을 충분히 알고 있다는 투다.

"그렇습니다. 누구신가요?"

침착하려고 했지만 너무 긴장한 탓으로 목소리가 들떠 있었다.

"중요한 일로 급히 좀 만나야겠습니다."

"도대체 누구 신가요?"

"만나서 말하겠소."

상대의 목소리가 갑자기 위압적으로 나왔다. 하라다는 어리둥절했다. 그러나 노련한 헌병 대위가 순순히 물러설 리가 없다.

"신분도 밝히지 않고 용건도 말하지 않는 사람을 난 만날 필요가 없습니다. 난 지금 매우 바쁩니다."

"바쁘다고? 이 봐, 계집애 꽁무니나 따라다니느라고 바쁘겠지. 지금이 어느 땐 줄 아나? 헌병 대위가 호텔에서 계집애하고 노닥거리기나 하고 한심하군. 도대체 그 여자가 누구인지 조사나 해봤나? 당신 잘 못 하다가는 군법회의 감이야. 내려오기 싫으면 내가 올라가지."

"아, 잠깐 기다리십시오. 곧 내려가겠습니다."

상대방의 반말 지껄이에 하라다는 완전히 당황해 버리고 말았다. 말투로 보아 자기보다 윗자리에 있는 자가 나타난 것이 틀림없었다. 군법회의 감이라는 말이 그를 정신없게 만들어 놓고 있었다.

그는 급히 저고리를 입고 나가면서 여자가 도망치지 못 하도록 밖으로 문을 잠갔다. 그녀는 등을 돌리고 선 채로 창밖을 바라보고 있었다.

엘리베이터를 타고 허둥지둥 밑으로 내려간 그는 프론트 앞에 서 있는 키 큰 중년의 사내를 볼 수가 있었다. 두 사람의 시선이 잠깐 불꽃을 튕겼다. 그러나 먼저 시선을 돌린 쪽은 하라다였다.

상대는 중절모에 바바리 코트를 입고 있었다. 그리고 금테안경에 코밑수염을 기르고 있는 것이 사업가처럼 보였다. 왼손은 코트 주머니 속에 들어가 있었고, 오른손은 조그만 가죽가방을 들고 있었다.

"하라다 대위가?"

다가서는 하라다에게 사내가 먼저 물었다.

"그렇습니다만……"

"육군성에서 왔다."

사내는 짤막하게 말하고 나서 앞장서서 식당으로 뚜벅뚜벅 걸어갔다.

하라다는 현기증을 느끼면서 그 뒤를 비칠비칠 따라갔다. 육군성에서 왔다는 한마디에 그는 이미 눈앞이 캄캄해지고 있었다.

자리에 앉자 사내는 날카로운 눈으로 쏘아보면서 흡사 기관총처럼 말을 쏟아놓았다.

"내가 누군지 알고 싶나? 육군성 참모본부 제5과에 있는 데라다(寺田) 소좌다. 왜 내가 여기에 왔는지 모르겠으면 말해 주겠다. 결전에 임박해서 대본영이 일찍이 하달한 방위계획을 귀관은 잘 알고 있을 것이다. 그 방위계획이 충실히 지켜지느냐 않느냐에 따라 우리 제국의 운명도 결정된다는 것은 군인이 아니라도 누구나 알 수 있는 일이다. 적군은 그 방위계획을 간파하기 위해 다수의 스파이를 본토와 반도에 침투시켰다는 정보가 들어왔다. 나는 정보에 따라 반도에 침투한 스파이를 색출하기 위해 한 달 전에 이곳에 왔는데, 그 동안 조사해 본 결과 일단의 스파이 조직을 발견하게 되었다. 바로 귀관이 본분을 잃고 데리고 다니고 있는 그 여자야말로 내가 찾고 있는 스파이다!"

"네에? 그게 정말입니까? 저도 의심은 하고 있었습니다만……"

하라다는 떨리는 무릎을 손으로 누르면서 거칠게 숨을 내쉬었다.

"하라다 대위, 시침떼지 마! 대위도 현재 수사선상에 올라 있다는걸 모르나? 헌병 대위라는 자가 왜 그렇게 어리석나? 스파이를 색출해야 할 수사관이 스파이와 놀아나고 있다니 말이 되나? 언제부터 우리 제국 육군이 이렇게 타락했나? 한심하군. 그 여자는 육체를 미끼로 대위한테서 정보를 빼내려고 하는 거야. 방위계획을 모두 말했겠지?"

"아, 아닙니다. 그런 말은 하지 않았습니다."

"거짓말하지 마. 이건 중대한 문제다. 상부에 보고하여 방위계획을 수정하지 않으면 안될지도 모른다."

"요, 용서하십시오. 제가 본분을 잊고 태만한 것은 인정합니다. 그렇지만 정보를 제공한 적은 없습니다."

"조사해 보면 알겠지."

"용서해 주십시오."

사색이 된 하라다는 머리를 조아렸다. 참모본부 제5과에 대해서는 그는 말만 듣고 있었다. 제5과는 일명 방위과(防衛課)로서 첩보를 전담하고 있었고 현존하는 정보 수사기관으로서는 최고의 지휘체라고 할 수 있었다. 따라서 경찰이나 헌병 또는 특무기관도 제5과에 대해서만은 두려움을 갖고 있었다. 신비의 베일에 싸인 기관, 이것이 제5과에 대한 그들의 일반적인 인식이었다.

중년의 사내는 담배를 피워 물면서 눈을 가늘게 떴다.

"그 계집애는 방에 있겠지?"

"네, 가둬 놨습니다."

"안내해. 그 계집을 조사해 보겠다."

하라다는 재빨리 일어서서 앞장서 걸어갔다. 데라다 소좌의 기분을 거스르게 해서는 안 된다고 그는 생각하고 있었다. 소좌가 직접 스파이 색출을 나선 것을 보면 사태는 매우 심각한 것 같았다. 공든 탑이 하루아침에 무너지는 것을 그는 가만히 보고만 있을 수 없었다. 자칫하다가는 정말 군법회의에 회부되어 처벌을 받을지도 모른다. 데라다 소좌를 붙잡고 늘어지는 수밖에 없다.

어쩌다가 내가 이 꼴이 되었나. 하라다는 엘리베이터 속에서 한숨을 길게 내쉬었다.

"그렇지 않아도 저도 그 여자가 이상했습니다. 이화여전에 다니는 이명자라고 하기에 학교에 문의해 봤더니 가짜였습니다."

"그럼 왜 체포하지 않았나?"

데라다 소좌의 눈이 번쩍 빛났다. 하라다는 두 손을 마주 비볐다.

"배후를 캐려고 모른 체 하고 있었습니다. 아무래도 일당이 있을 것 같기에……"

데라다는 코웃음을 쳤다.

"그럴 듯하군. 알았으면서도 묵인한 게 아닌가?"

"아닙니다. 절대 그렇지 않습니다. 맹세코……"

"계집의 육체에 홀딱 빠졌다는 말은 안 하는군. 하여간 대위는 조사를 받아야 하니까 각오하고 있어."

"잘 좀 부탁합니다."

그들은 엘리베이터를 나와 502호실 앞으로 다가갔다.

문을 따고 앞장서 들어간 하라다는 침대 위에 걸터앉아 있는 여자의 따귀를 힘껏 후려갈겼다. 여자는 침대 밑으로 굴러 떨어졌다.

"이 여우같은 계집!"

그가 다시 여자를 때리려고 할 때 뒤에서 날카로운 소리가 들려왔다.

"손대지 마라!"

뒤를 돌아본 하라다는 흠칫 놀랐다. 총구가 그를 향해 곧장 겨누어져 있었다. 금방이라도 불을 뿜을 것 같아 하라다는 얼결에 두 손을 번쩍 쳐들어 올렸다.

"하라다 대위! 허튼 수작하면 죽여 버린다!"

여자가 데라다 소좌 곁으로 붙어서는 것을 보고서야 하라다는 자기가 속은 것을 깨달았다. 그는 빈틈을 노렸지만 방안으로 또 한 사내가 들어서고 있었다.

"너, 너희들은 누구냐?"

하라다는 그래도 기를 써보려고 고함을 질렀다. 새로 들어온 사내가 칼을 목에다 들이댔다.

"조용히 해! 다시 한번 소리지르면 목을 잘라 버릴 테다!"

그는 즉시 손발이 묶이고, 가지고 있던 권총도 압수 당했다. 하라다는 파랗게 질린 얼굴로 와들와들 떨기 시작했다.

"나는 네가 찾고 있던 장하림이다! 똑똑히 봐둬라!"

놀란 나머지 눈을 부릅뜨고 있는 하라다의 얼굴을 하림은 주먹으로 내려쳤다.

"이것 봐! 내, 내 말을 들어 봐! 왜, 왜 이러는 거야?"

"듣기 싫다, 이 자식아!"

하라다가 몸을 일으키려고 하자 하림은 무릎으로 턱을 걷어찼다.

"이 악마! 살인자! 네가 우리 오빠를 죽였지?"

명희가 발을 구르며 낮게 부르짖었다. 하라다는 쓰러진 몸을 일으켜 앉으며 그녀를 바라보았다.

"그, 그럼 그 청년이 바로……"

"그렇다, 이 자식아, 네놈이 고문해서 죽인 그 청년이 바로 이 여자의 오빠다!"

하림의 구둣발이 이번에는 정면에서 하라다의 얼굴을 내질렀다. 하라다는 피투성이가 된 얼굴을 쳐든 채 거지처럼 애걸하기 시작했다.

"이건 오해야! 오해라구! 난 그 청년을 죽이지 않았어! 특무대의 스즈끼 대위가 죽였어! 이건 정말이야! 살려 주라구! 내가 죽으면 우리 처자식은 굶어 죽는다구! 장선생, 이렇게 빌겠어! 하늘에 맹세코 나는 죽이지 않았어!"

하림은 의자를 들어 하라다를 내려쳤다. 의자가 부러져 나가고 하라다의 몸은 방바닥 위에 처박혀 버렸다.

약자 앞에서는 갖은 오만을 다 부리다가도 정작 강자가 나타났을 때는 한없이 비굴해져 버리는 전형적인 일본인 기질, 그러한 기질을 하라다는 가지고 있었다. 바닥에 쓰러진 그는 얼굴만을 쳐든 채 헐떡거리고 있었다.

"난 죽이지 않았어……죽이지 않았어……정말이야……스즈끼 대위가……그놈이 죽였어."

"어떻게 죽였어? 사실대로 말해 봐!"

"하, 항문에다……"

"항문에 어쨌어?"

"몽둥이를, 굵은 몽둥이를 집어넣었어. 스즈끼가 그랬어."

"넌 웃으면서 구경하고 있었지?"

하림은 하라다의 목을 짓밟았다.

"이 악마!"

명희가 얼굴을 감싸쥐고 울음을 터뜨렸다.

"이 악마! 우리 오빠는 어딨어? 시체를 어디다 치웠어? 시체라도 돌려 주란 말이야!"

황성철이 그녀의 어깨를 껴안고 두드려 주었다. 명희는 성철의 가슴에 얼굴을 묻고 격렬하게 흐느껴 울었다.

"시체를 어디다 치웠지?"

하림이 하라다의 사타구니를 걷어차며 물었다.

"잘 모릅니다."

"이 새끼, 모를 리가 있나!"

하림은 부러진 의자 다리를 휘둘렀다.

"마, 말씀드리겠습니다. 헌병대에서 죽은 사람은……한강에 갖다 버리던가……"

"그리고?"

"대학병원 해부실에 기증하고 있습니다."

명희는 황성철의 권유를 받고 울면서 집으로 돌아갔다.

하림은 밖을 살핀 다음 황성철이 잡아둔 옆방으로 재빨리 하라다를 끌고 갔다. 그리고 저고리를 벗고 본격적으로 하라다를 심문하기 시작했다.

"네놈 때문에 우리 어머니가 돌아가셨다. 네놈이 고문했지?"

"아, 아닙니다. 스즈끼 대위가 고문했습니다."

입으로 주먹이 날아들었다. 하라다는 입을 우물거리더니 부러진 이빨을 뱉어냈다.

"모든 걸 스즈끼한테 떠넘기는구나. 특무대 장교가 왜 고문을 했지?"

"그, 그건……지금 특무대와 합동으로 수사를 하고 있기 때문입니다."

"나를 잡기 위해서 그런단 말이지?"

"네, 간첩망을 색출하라는 지시가 상부에서 내려왔습니다."

"나를 간첩으로 알고 있나?"

"그, 그렇습니다."

하림은 하라다를 목욕탕으로 끌고 갔다. 그리고 황성철과 함께 하라다의 머리를 물 속에 처박았다.

하라다는 몸부림을 쳤지만 점점 힘이 빠져갔다. 물을 실컷 먹고 실신할 때쯤에야 그들은 하라다의 머리를 쳐들어 올렸다. 하라다는 바닥에 쓰러져 물을 토해내면서 중얼거렸다.

"용서해 주십시오……시키는 대로 하겠으니 살려 주십시오……살려 주십시오……"

하림은 놈의 머리카락을 움켜쥐고 벽에다 머리를 짓찧었다.

"잘 들어라! 너 하나를 상대로 복수를 하지 않겠다! 너희 일본 제국을 상대로 복수를 하면 했지, 너 같은 헌병 대위 하나에게 복수를 하진 않는다. 그렇다고 안심하진 마라. 난 사람이기 때문에 사람을 죽이기는 싫다. 그렇지만 우리가 독립하고 우리가 살기 위해서는 필요하다면 주저하지 않고 사람을 죽이겠다!"

"사, 살려 주십시오!"

"묻는 대로 솔직히 대답해 주면 살려 주겠다"

"뭐, 뭐든지 물어 보십시오. 대답해 드리겠습니다."

"조선 방위계획과 일본군의 배치상황을 말해 봐."

"그, 그건 잘 모릅니다."

"개새끼!"

"죽여 버려!"

하림과 황성철은 하라다의 머리를 다시 욕조 속에 처박았다. 그렇게 여러 차례 고문을 가했지만 하라다는 끝까지 군사비밀에 대해서만은 입을 열지 않았다.

고문은 밤새도록 쉬지 않고 계속되었다. 너무 오래 호텔에 머문다는 것은 위험했으므로 하림은 밤새에 끝장을 내려고 가혹하게 하라다를 고문했다. 그러나 놈은 살려달라고 애걸하면서도 헌병 장교라 그런지 소가죽처럼 질긴 데가 있었다.

놈이 두번째 기절했다가 깨어났을 때 하림은 더 이상 기다릴 수도 참을 수도 없게 되었다. 이번에 불지 않으면 아예 죽여 버릴 셈이었다. 놈이 비명을 지르지 못 하도록 입 속에 수건을 틀어넣은 다음 그는 칼을 집어들었다. 불빛에 반사되어 번쩍이는 칼날을 보자 하라다는 뒤로 물러앉았다.

"이건 위협이 아니다. 만일 자백하지 않으면 귀를 잘라 버린다."

그러나 하라다는 역시 고개를 내저었다. 그 순간 하림은 놈의 왼쪽 귀를 움켜쥐고 지체 없이 칼로 내려그었다. 입이 틀어막힌 하라다는 끙하고 신음 소리를 내면서 벽에 머리를 세게 부딪쳤다. 검붉은 피가 뺨을 타고 목으로 흘러내렸다.

"이게 바로 네 귀다! 잘 봐둬라!"

하림은 잘라낸 귀를 하라다 눈 앞에 가까이 들이댔다. 하라다는 멍하니 그것을 바라보더니 급기야 눈물을 주르륵 흘렸다. 하림이 바닥에다 귀를 내 버리자 그는 뚫어질 듯이 그것을 응시했다. 하림은 잠자코 이번에는 놈의 오른쪽 귀를 잡아당겼다. 그러자 하라다는 몸부림을 치면서 머리를 아래위로 흔들었다. 하림은 그의 입을 틀어막았던 수건을 빼낸 다음 놈의 얼굴을 후려갈겼다.

"귀 조각 하나 자른 걸 다행으로 알아라. 자, 조선 방위계획을 말해 봐!"

하라다는 고개를 숙이더니 훌쩍훌쩍 울기 시작했다.

"내 귀……내 귀를 붙여 주십시오."

"이 바보 같은 자식아, 한쪽 귀만 달고 다녀!"

갑자기 하라다는 어린애가 된 것 같았다. 계속 훌쩍거리면서 그는,

"제 귀를 붙일 수 없습니까?"

하고 물었다.

"붙일 수 없어. 정 그렇다면 오른쪽 귀도 잘라 버리겠다. 네가 시간을 끌려고 하는 것 같은데 쓸데없는 짓은 하지 마."

"피를 좀 막아 주십시오. 피를 많이 흘리면 저는 죽습니다."

"죽고 싶진 않은 모양이구나."

하림은 미리 준비해 온 탈지면에 지혈제를 바른 다음 그것을 상처에 대고 붕대로 감았다.

"자 이젠 말해 봐."

"마, 말씀드리겠습니다. 자세한 건 잘 모르지만 대강 이렇습니다. 현재 반도에는 조선 방위군사령부가 새로 설치되어 방위 임무를 전담하고 있습니다."

"거짓말하면 죽여 버린다. 거짓말인지 아닌지 금방 알 수 있어. 우리 대원들이 수집해 온 정보와 비교해 보면 즉시 알 수 있어. 거짓말일 경우에는 더 이상 묻지 않고 네놈을 죽여 버린다."

"거, 거짓말이 아닙니다. 사, 사실입니다. 당신은 간첩이 분명하군요?"

"이 자식아, 나는 우리 조국을 되찾으려는 게 목적이야. 묻는 대로 대답해. 시간이 없다."

하라다는 포기한 듯 모든 기밀을 아는 대로 순순히 털어놓기 시작했다. 그 내용은 대강 다음과 같았다.

① 조선 방면군사령부 외에 반도 방위계획을 전담할 조선 방위군사령부를 별도로 설치한다.

② 조선 방위군사령부는 방위계획만을 전담하되 방면군사령부와 긴밀한 협조 하에 그 임무를 수행한다.

③ 조선 방면군사령부는 방위군사령부가 설치되는 것과 동시에 38선 이북의 작전권 및 나남(羅南)에 주둔한 19사단 지휘권을 관동군사령부에 이양한다.

④ 조선 방면군사령부는 방위군사령부가 설치되는 것과 동시에 그 작전구역을 38선 이남으로 한정하며 용산(龍山) 주둔 제20사단 지휘권을 계속 유지한다.

⑤ 조선 방위군사령부는 적군 상륙에 대비, 2개의 독립혼성 특별사단을 창설한다.

⑥ 독립혼성 특별사단은 호조부대(護朝部隊)라 명명하며 연령 불문하고 노동이 가능한 조선인으로 부대를 편성한다.

⑦ 호조 1개 부대는 공주(公州)에 전방 지휘소를 설치하여 차령산맥(車嶺山脈)을 중심으로 천안(天安), 온양(溫陽), 예산(禮山), 당진(唐津), 서산(瑞山), 장항(長項) 등 서해안에 이르는 모든 고지에 진지를 구축한다.

⑧ 호조 1개 부대는 정읍(井邑)에 전방 지휘소를 설치하여 노령산맥(蘆嶺山脈)을 중심으로 영광(靈光), 고창(高敞), 부안(扶安), 김제(金提), 삼례(參禮), 고산(高山) 등 서해안에 이르는 모든 고지에 전지를 구축한다.

⑨ 조선반도의 방위계획은 가열해지는 적기의 본토 공습을 반도로 돌리기 위한 유인작전임을 명심해야 한다.

"죽일 놈들……"

하림은 치가 떨렸다.

"결국 일본에 떨어지는 폭탄을 조선에 떨어지게 하려는 계획 아닙니까?"

"그렇군. 조선을 잿더미로 만들겠다는 거군."

황성철도 분노로 얼굴이 일그러지고 있었다.

현재 모든 일본군 병력은 본토로 집결하고 있다. 2개 사단이 주둔하고 있는 조선반도는 사실상 공백상태나 다름없다. 이를 알고 연합군 폭격기는 일본군 2백 50만이 들끓고 있는 일본 본토를 매일 무차별 폭격하고 있다. 조선반도로 상륙하느냐 일본 본토로 상륙하느냐 하는 게 문제가 아니다. 연합군은 일본군 주력을 일거에 섬멸시킴으로써 무조건 항복을 노리고 있는 것이다. 일본의 대본영도 연합군의 이러한 의도를 간파하고 있는 게 분명하다. 그러기 때문에 본토 공습을 반도로 돌리려고 하는 게 아닐까. 조선에 새로 방위군사령부를 설치하고 노무자 부대나 다름없는 혼성특별사단을 창설하고, 서해안 일대의 모든 고지에 진지를 구축하는 등 법석을 떠는 것은 연합군의 시선을 끌기 위한 유인 작전에 불과하다. 연합군은 조선반도에 대병력이 집결해 있는 것으로 오판한 나머지 본토 공습을 늦추고 조선반도에 대공습을 가할지도 모른다. 조선반도에 연합군의 공습이 가해진다면 반도는 초토화되어 버리고 말 것이다. 생각만 해도 무서운 일이다.

한편 이렇게 생각해 볼 수도 있다. 패전을 기정사실로 받아들인 대본영이 본토 피해를 미리 줄이기 위해 연합군의 공습을 반도로 유인하는 것이다. 아무튼 그 어느 것이나 조선반도를 제물로 바쳐 초토화하려는 것이 분명하다. 하라다의 자백이 정말이라면 말이다.

△ 발신 = 암호번호 9호

△ 수신 = Z 작전사령부

① 조선반도의 일본군 정예병력은 육군 2개 사단. 나남과 용산에 각각 주둔하고 있음. 이밖에 비전투원으로 혼성특별사단을 창설. 차령산맥과 노령산맥을 중심으로 서해안 일대의 모든 고지에 진지 구축 중. 조선반도 방위계획의 근본의도는 연합군의 본토 공습을 조선반도로 유인함으로써 일본 본토의 피해를 감소시키려는데 있음. 이상의 정보는 일본군 헌병사령부 수사과 장교가 제공한 것임. 그자의 신병은 현재 9호가 억류하고 있음. 정보확인 바람.

② 10호는 일본군 헌병대에 체포되어 사망함. 9호는 동지들과의 연락두절로 홀로 고군분투하고 있음. 공작조의 재편성을 바람.

하림은 호텔 방 창가에 앉아 대담하게도 무전기의 키를 두드렸다. SHF 10,000 MC(메가싸이클)로 두드려대자 옆방과 통화하는 것처럼 자세하게 들려왔다. 무전을 받은 수신자는 한 시간 후에 응답을 보내왔다.

△ 발신 = Z 작전사령부

△ 수신 = 암호번호 9호

① 10호의 죽음을 애도함.

② 9호가 타전한 정보는 매우 귀중한 것임. 눈부신 활약에

경의를 표함.

　③ 9호가 억류 중인 헌병 장교의 신병을 인수하려고 함. 장소는 충청남도 비인(庇仁) 해변. 무인도 정면에 위치한 마을에서 왼쪽으로 1킬로 지점에 솔밭이 있음. 그곳에서 10분 간격으로 1시간 동안 불빛을 보내기 바람. 일시는 3월 20일 21시에서 22시 사이. 암호는 바다―갈매기.

　④ 인천항만의 일본 해군 동태를 보고하기 바람. 5호와 함께 작전을 전개할 것.

　⑤ 5호와의 접선방법은 10호와의 접선방법과 같음. 장소와 시간도 동일. 접선일자는 3월 25일.

수신을 끝낸 하림은 하라다를 인도할 날짜가 촉박하다는 것을 알았다. 3월 20일이면 내일 모레다. 비인까지 놈을 데려갈 일이 문제다. 하림의 말을 듣고 난 황성철은,

"마취시켜서 데려가는 수밖에 없겠군."

하고 말했다.

"마취시킨다 해도 쉬운 문제가 아닙니다."

"그렇지만 눈을 뜨게 하고 데려가는 것보다야 쉽지. 도대체 왜 그렇게 위험한 짓을 시키지?"

"정보 분석을 정확히 하려고 그럴 겁니다."

그들의 말을 엿들은 하라다가 몸부림을 치기 시작했다. 하림은 잠자코 놈을 걷어찬 다음 팔뚝에 마취주사를 놓았다. 발광하던 하라다는 5분만에 의식을 잃었다.

"다섯 시간 동안 깨어나지 못합니다."

"이놈을 어떻게 호텔에서 빼내지? 헌병대에서 벌써 이상하게 생각하고 있을 텐데……"

"오늘 하루 정도는 이놈을 기다려 보겠지요. 사실은 이놈을 죽여놓고 나가려고 했었는데……"

"비인까지 가려면 장의차를 이용하는 게 어떨까? 내 아는 사람 중에 장의사를 하는 사람이 한 분 있는데 요샌 죽는 사람이 많아서 장사가 잘되나 봐."

하림은 성철의 제의에 내심 감탄했다. 장의차에 싣고 간다면 의심받을 일이 없을 것이다.

"운전사가 믿을 만할까요?"

"후하게 대접해 주면 주인 영감이 직접 운전해 줄 거야. 영감도 전쟁에 아들을 잃어서 왜놈이라고 하면 치를 떨고 있으니까."

그들은 면밀하게 계획을 세웠다. 그 계획은 이런 것이었다.

황성철이 먼저 나가서 장의차를 인적이 드문 곳에 대기시켜 놓은 다음 플래시를 하나 구해 가지고 돌아온다. 그리고 호텔 웨이터에게 환자가 발생했으니 빨리 택시를 불러달라고 요청한다. 택시가 도착하면 그들은 즉시 하라다를 업고 아래층으로 내려간다. 이때가 가장 위험하다. 그러나 대담하게 행동할 필요가 있다. 택시는 장의차가 기다리는 곳에서 멈춘다. 그곳에서 하라다를 장의차에 태운다.

계획에 따라 황성철이 먼저 밖으로 나갔다. 그 동안 하림은 하라다의 얼굴에 묻은 피를 닦아내고 준비를 갖추었다. 하라다는 완전히 의식을 잃고 있었다.

황성철이 돌아온 것은 한 시간쯤 지나서였다.

"잘됐습니까?"

"잘됐어. 빨리 나가지."

하림은 웨이터를 불렀다. 웨이터가 나타나자 그는 돈을 쥐어주면서 당황한 듯,

"환자가 발생했소. 택시를 빨리 불러 주시오!"

하고 말했다.

갑자기 팁을 많이 받은 웨이터는 택시를 잡아놓고 급히 올라왔다. 그리고 자진해서 하라다를 들쳐업고 밑으로 내려갔다.

하림은 진땀이 흘렀다. 황성철이 카운터에서 계산을 하는 동안 그는 주위를 날카롭게 휘둘러보았다. 하라다를 들쳐업고 뛰어가는 웨이터를 몇 사람이 이상한 듯 쳐다보고 있었지만 뒤따라가는 사람은 아무도 없었다. 웨이터가 하라다를 택시 속에 밀어 넣는 것을 보고서야 하림과 성철은 택시 쪽으로 뛰어갔다.

"한강다리 쪽으로 갑시다!"

"병원으로 가실 거 아닙니까?"

택시 운전사가 의아한 듯 물었다.

"간질로 쓰러진 거니까 병원에 갈 필요 없어요."

운전사는 고개를 끄덕하고 나서 차에 시동을 걸었다.

뒤따라오는 차가 없는 것을 확인하고서야 그들은 겨우 한숨을 놓았다.

차는 한강다리를 건너 곧장 달려갔다. 약속 장소에 이르렀을 때 장의차가 큰길가 골목 어귀에 서 있는 것이 보였다. 택시가 장의차를 조금 지나쳤을 때 하림은 차를 세우라고 말했다.

 일행이 내리자 운전사는 별 의심 없이 오던 길로 차를 돌려가 버렸다. 하림은 하라다를 들쳐업고 장의차가 서 있는 골목 쪽으로 다가섰다. 그 골목은 공장과 공장 사이에 나 있는 길로 사람의 왕래가 거의 없는 한적한 곳이었다.

 장의차는 검은 색 바탕에 황금색 꽃무늬로 띠를 두른 화려한 것이었다. 그들이 골목으로 들어서자 장의차 뒷문이 소리 없이 가만히 열리면서 대머리 노인이 얼굴을 내밀었다. 노인은 의외로 침착하게 행동했다.

 차 속으로 들어간 그들은 문을 걸어 잠근 다음 재빨리 하라다의 몸을 삼베로 싸매어 준비해 온 관속에 집어넣고 질식하지 않을 정도로 뚜껑에 못질을 했다. 장의차는 이미 덜컹거리며 출발하고 있었다. 준비는 치밀해서, 그들은 달리는 차 속에서 상복으로 갈아입었다. 두건(頭巾)을 쓰고, 요질(腰絰)을 두르고 짚신을 신고 상장(喪杖)까지 짚고 앉자 완전무결한 상인(喪人)처럼 보였다.

 뚱뚱한 노인은 가끔씩 헛기침을 하는 것 외에는 묵묵히 차를 몰았다. 나란히 앉은 하림과 성철도 입을 꾹 다물고 있었다.

 장의차를 제지하는 사람은 없었다. 두 시간쯤 달렸을 때 처음으로 헌병이 차를 세웠지만 차 속을 들여다본 헌병은 슬픔에 잠긴 유족들을 보자 그대로 차를 통과시켰다.

이 세상에 올찌게는
백 년이나 살가마니

너화홍 너화홍
너화넘자 너화홍

먹고 진 것 못다 먹고
어린 자손 사랑하야

천추만세나 지낼라고
했드니 너와 나와

청천이 유수하야
인생을랑 내였지만

무정세월 여류하야
인생을 늙히는구나

우리 가는 길 설어 마소
문무주공 공맹자도
늙을 수가 있나니라

늙고만 말 게 아니라
북망산에 가고 만다

천하영웅 진시황도
여산에 고혼되고

인생일장 춘몽이오
세상공명 꿈 밖이라

유수 같은 이 세상을
헛드이 허송하고

북망산천 먼 줄 알았드니
방문 밖이 북망산이라

황천수가 머다드니
앞 냇물이 황천수세

 운전하는 노인의 만가(輓歌) 가락이 차안을 가득 채우고 있었다. 차는 언덕길을 느릿느릿 올라가고 있었다. 하림은 노인의 노래 소리에 넋을 빼고 있다가 밖을 내다보았다. 날은 어두워오고 있었고, 언덕 아래 저편 들판 끝에 넘실거리는 바다 물결이 보였다.

지리하고 피로한 여행이었다. 그는 자신이 지금 무엇 때문에 장의차를 타고 있는가도 잊은 채 망연히 바다를 바라보고 있었다. 노인의 노래 소리가 가슴을 저며들더니 끝내 그를 울적하게 해 주고 있었다.

차는 일부러 속력을 줄이고 있었다. 날은 금방 어두워졌다.

바다를 끼고 평지를 한 시간쯤 달리자 조그만 어촌이 하나 나타났다. 하림은 차에서 내려 위치를 확인한 다음 일행에게 목적지에 도착했음을 알렸다.

차는 헤드라이트를 끄고 우회했다. 하림이 앞서 걸으며 차의 방향을 잡아 주었다. 다행히 마을 사람과는 한번도 부딪치지 않고 갈 수가 있었다.

하늘에는 초생달이 걸려 있었다. 소금기를 머금은 바닷바람이 불어오고 있었고 파도 소리가 들려왔다. 그들은 묵묵히 바다 쪽으로 다가갔다.

이윽고 모래밭에 이르자 하림은 바로 앞에 섬이 떠 있는 것을 볼 수가 있었다. 그는 설레는 가슴을 진정하면서 왼편쪽을 손으로 가리켰다. 차는 왼편으로 방향을 틀었다.

모래밭을 지나자 자갈밭이 나타났다. 차가 자갈밭 위를 굴러가자 관이 덜커덩거리기 시작했다. 그것이 몹시 신경에 거슬려서 하림은 자주 주위를 휘둘러보곤 했다.

1킬로쯤 왔을 때 과연 솔밭이 나타났다. 그 정확성에 하림은 적이 놀라면서 권총을 빼어들었다.

차를 정지시킨 다음 그는 먼저 정찰을 하기 위해 솔밭 쪽으로 걸어갔다.

솔밭이 바람에 쓸리는 소리가 쏴아 하고 들려왔다. 우뚝우뚝 서 있는 소나무가 마치 사람인 것만 같아 그는 잔뜩 긴장을 한 채 권총을 더욱 힘껏 움켜쥐었다.

해변가에 있는 그 솔밭은 그리 크지 않았지만 마을에서 일부러 보호를 하고 있는지 꽤 울창했다.

그는 솔밭 속을 구석구석 돌아본 다음 일행이 있는 곳으로 돌아왔다. 그들은 즉시 상복을 벗어 버렸다. 그리고 하라다를 관 속에서 끌어냈다. 하라다는 약 기운이 떨어졌는지 몸을 비틀면서 신음하고 있었다.

노인이 차를 몰고 돌아가자 그들은 하라다를 끌고 솔밭으로 들어갔다.

"나를……나를……어디로 데려가는 거요?"

"잠자코 있어!"

하림은 옷 위로 다시 주사기를 쿡 찔렀다.

"아이쿠, 나를 어쩔 셈이냐? 이놈들아, 아이구, 사람 살려어!"

하라다는 최후의 발악을 하기 시작했다. 하림은 놈을 몇 대 후려친 다음 그의 입 속에 돌멩이를 틀어박았다. 하라다는 몇 번 꿈틀거리다가 도로 정신을 잃었다.

하림과 성철은 하라다를 깔고 앉은 채 담배를 피워 물었다. 그들은 한동안 말없이 바다를 응시하고 있었다. 어둠 속에서도 파도가 하얗게 부서지는 것이 보이곤 했다. 여름 한낮 이곳에 평화롭게 앉아 바다 위에 떠도는 갈매기를 바라보는 때가 언젠가는 꼭 오겠지. 하림은 시계를 들여다보았다. 시간은 8시가 조금 지나 있었다.

"올 것 같지 않은데……"

성철이 중얼거렸다.

"올 겁니다."

하림은 자신 있게 말했다. 그는 이곳까지 오는 동안 일본군의 방위가 얼마나 허술한가를 직접 목격할 수가 있었다. 한반도는 지금 텅 빈 곳이나 다름없다. 이곳으로 연합군이 상륙하면 조선은 즉시 해방될 수 있을 것이다. 연합군은 과연 이것을 모르고 있는 것일까. 아니면 알면서도 외면하고 있는 것일까. 하긴 연합군에게는 조선을 해방시키는 것이 급한 일은 아닐 것이다. 그보다는 일본군을 항복시키는 것이 더욱 급하고 중요한 일이겠지. 조선의 해방은 그 다음의 일이다.

한반도는 연합군의 전략면에서 어쩌면 사이판도보다도 훨씬 그 중요성이 덜할지도 모른다. 따라서 반도의 운명은 연합군이 승리하는 날 그 배려에 맡겨질 뿐이다. 적당히 요리해 주십시오. 선처를 바라겠습니다. 그뿐이다. 약자의 비애다. 하림은 기묘한 이질감을 느끼면서 바다를 노려보다가 담배를 구둣발로 짓뭉갰다. 울적하다 못해 안타까웠다.

"배로 올까?"

황성철이 몹시 궁금한 듯 물었다.

"아마 잠수함으로 오겠지요."

하림은 시무룩하게 대답했다.

"잠수함으로 여기까지 온단 말인가?"

"아마 그럴 겁니다. 바다가 텅 비어 있으니까 오는 거야 어렵지 않을 겁니다."

"아무튼 놀라운 일이군."

바람이 차가웠다. 그들은 어깨를 웅크린 채 다시 침묵에 빠져들었다.

9시가 가까워옴에 따라 하림은 점점 긴장되는 것을 느꼈다. 그는 자꾸만 시계를 들여다보았다. 시간은 안타까울 정도로 느리게 흐르고 있었다.

마침내 9시 정각이 되자 그는 플래시를 꺼내들고 바다를 향해 최초의 불빛을 보냈다. 불빛이 세 번 바다를 향해 깜박거렸다.

10분을 기다린 후 하림은 다시 불빛을 보냈다. 불빛을 보내고 기다리는 시간은 흡사 죽음을 기다리는 시간 같았다. 일본군이 불빛을 보고 달려올 것만 같아 그는 진땀이 흘렀다.

9시 30분, 그는 세번째의 불빛을 바다로 날렸다. 그러나 바다쪽에서는 아무런 응답도 없었다. 그러나 다시 10분이 거의 지났을 때 해변가에 검은 그림자가 어른거리는 것 같았다. 그림자는 둘인 것 같았다. 그것들은 땅 위에 엎드렸는지 갑자기 보이지가 않았다. 하림은 다시 네번째의 불빛을 보냈다. 그러자 그림자가 일어서는 것이 보였다.

"나타났어! 두 명이야."

성철이 중얼거렸다. 하림은 권총을 끌어 쥐고 그들을 노려보

앉다.

　두 개의 그림자는 점점 커지면서 차츰 뚜렷하게 모습을 드러내고 있었다. 그들 역시 몹시 경계하면서 조심스럽게 다가오고 있었다. 모래를 밟는 발자국 소리가 가까이 났을 때 하림은 몸을 일으켜 나무 뒤에 숨었다. 그리고 총구를 똑바로 겨누었다.

　기관총을 든 두 명의 건장한 사나이들의 모습이 숲 앞에 거의 다가올 때까지 하림은 꼼짝도 하지 않았다. 숲 앞에서 그들은 걸음을 멈추더니 주위를 재빨리 휘둘러보았다. 이윽고 그들 중의 하나가

"바다!"

하고 낮게 외쳤다. 조선말이었다.

"바다!"

　다시 외치는 소리를 듣고서야 하림은 응답을 했다.

"갈매기!"

　양쪽의 사나이들은 총을 내리고 서로 가까이 다가섰다. 그들은 반가운 김에 먼저 힘차게 악수를 나누었다. 상대는 조선인과 미군이었다. 작업모를 눌러쓰고 있어서 얼굴을 잘 알아볼 수는 없었으나 적지에 대담하게 상륙한 것을 보면 보통 사나이들이 아닌 것 같았다.

"오시느라고 수고 많았습니다. 잠수함으로 오셨나요?"

"그렇습니다 그놈은 데려왔나요?"

"네, 이쪽에 있습니다."

　하림은 그들을 하라다가 누워 있는 곳으로 데려왔다

"죽었나요?"

"마취주사를 놨습니다. 이놈은 헌병사령부 수사과에 있는 하라다 대위라는 놈입니다. 여기에 인적사항이 있으니까 참고하십시오."

하림은 호주머니에서 봉투를 꺼내어 그들에게 내주었다.

이윽고 네 사람은 하라다의 손발을 하나씩 들고 재빨리 바닷가로 달려갔다. 하라다는 몸을 늘어뜨린 채 기척도 하지 않았다.

모래밭 위에는 두 척의 고무보트가 물에 반쯤 잠긴 채 파도에 흔들리고 있었다. 두 명의 사나이는 보트를 끌고 물 속으로 들어갔다. 그리고 하라다를 뒤에 매달린 보트 위에 싣고 나자 자기들도 앞 보트에 올라갔다.

"안녕히들 가시오!"

하림과 성철이 손을 쳐들자 그들은 노를 들어올렸다.

"건투를 빌겠소!"

거친 파도에 밀려 두 척의 고무보트는 순식간에 멀리 떨어져 나갔다. 노 젓는 소리가 몇 번 힘차게 들리더니 얼마 후에 그들의 모습은 어둠 속에 삼켜져 버렸다. 대지를 두드리는 파도 소리에 귀를 기울이면서 하림과 성철은 그 자리에 한동안 멍하니 서 있었다. 하림은 가슴속이 텅 비는 것 같은 허탈감을 느끼고 있었다.

헌병사령부에는 긴장이 감돌았다. 사흘이 지나도록 하라다 대위가 나타나지 않자 마침내 수사가 시작되었다.

헌병대 자체에서도 수사를 벌였지만 특무대의 스즈끼 대위도 이 사실을 중시, 특무대원을 동원하여 하라다를 찾아나섰다. 날카로운 그는 하라다가 행방불명된 것을 틀림없는 보복 납치라고 보고 그럴만한 인물들을 하나하나 체크해 나갔다. 여기서 제일 용의자로 등장한 것이 장하림 형제였다. 그들의 어머니까지 고문당한 끝에 목숨을 잃었으니 놈들이 뼈 속까지 원한을 품을 것은 당연한 일이다. 그러나 장하림의 행방은 여전히 오리무중이었다. 결국 하림의 형인 장경림을 족치는 것이 제일 빠를 것 같았다.

"하라다 대위가 없어진 날부터 놈의 행적을 조사해 봐."

명령을 받은 특무대원 두 명이 장경림의 집으로 달려갔다. 그러나 그들은 이내 빈손으로 돌아와서 이렇게 보고했다.

"장경림은 하라다 대위가 실종되기 전에 병원에 입원했습니다."

스즈끼는 얼굴을 찌푸렸다.

"틀림없는가?"

"틀림없습니다. 입원날짜를 분명히 확인했습니다."

"음……그렇다면 어떤 놈들이 하라다 대위를 납치했지? 장하림 그놈이 단독으로 그런 짓을 했단 말인가?"

곰곰이 생각해 본 그는 장하림을 하루빨리 체포해야겠다는 새로운 결의를 굳혔다. 사이판도에서 날아와서 스파이 노릇을 하고 있을 수수께끼 같은 놈, 그놈을 체포하지 않는 한 하라다의 행방도 영영 미궁에 빠져 버리고야 말 것이라고 그는 생각했다. 수사를 원점으로 돌려 처음부터 다시 시작해야 한다. 서두르지 말고 과학적으로 치밀하게 원을 좁혀 나가면 놈은 어느 땐가는 분명히 걸려들고야 말 것이다. 아무리 놈이 날고 기는 재주를 가지고 있고 대담하다 해도 이 스즈끼의 손을 벗어나지는 못할 것이다. 오랜만에 대적해 볼만한 상대가 나타났다는 사실에 그는 어깨가 근질근질해 오는 것을 느꼈다.

그가 이런 생각을 하고 있을 때 다른 방향에서 수사를 전개하던 특무대원이 귀중한 정보를 하나 가지고 돌아왔다.

"범인 중에는 여자도 끼어 있는 것 같습니다."

"무슨 말이야?"

"하라다 대위님의 하숙집을 조사해 본 결과 그 주인의 말이 대위님이 실종되기 며칠 전날 밤 여자가 대위님 방에 놀라왔다가 비명을 지르며 도망친 적이 있었답니다."

"여자가 말을 안 들었던 모양이군. 흔히 있을 수 있는 일 아닌가?"

"그렇지만 헌병대의 고모다 군조의 말에 따르면 대위님이 실종되시던 날 대위님은 여자한테서 온 전화를 받으신 것 같습니다. 얼핏 들었다지만 전화기에서 울리는 소리는 분명히 여자 목소리였답니다. 이런 점들을 고려해 볼 때, 아무래도 대위님의 실종에는 여자가 관계되지 않았나 생각됩니다."

"그러고 보니까 가능성이 있는 이야기군. 여자를 이용해서 미인계를 썼을 가능성도 있지."

스즈끼는 조심해야 되겠다고 생각했다. 상대는 의외로 막강한 놈인지도 모른다. 잘 못 하다가는 나도 하라다처럼 쥐도 새도 모르게 사라질지 모른다. 거대한 대일본제국의 튼튼한 성벽에 구멍이 하나둘씩 뚫리고 있다가 생각하자 그는 비로소 간담이 서늘해졌다.

팔로군

 최대치는 한쪽 눈을 가늘게 뜨고 계곡을 내려다보았다. 눈부신 햇살에 계곡은 황금빛으로 빛나고 있다. 비단을 펴놓은 것 같은 강줄기가 계속 사이로 꾸불꾸불 이어져 나가다가 갑자기 우회하면서 평원을 가로질러 흐르고 있다.

 평원 위로 노오란 흙먼지가 뿌우옇게 몰려오고 있다. 고비사막의 모래먼지로, 흡사 백만대군이 밀려오고 있는 것 같다. 먼지는 언덕과 언덕을 노오랗게 뒤덮고 사람까지 노오랗게 물들이고 있다. 바람을 타고 사막의 냄새가 묻어온다. 언제 맡아도 이 냄새는 묘한 데가 있어서 사람을 취하게 만든다. 냄새를 맡으며 햇빛과 대지와 먼지를 바라보고 있노라면 자신이 마치 아지랑이처럼 녹아 없어져 버리는 것 같은 착각을 느끼곤 한다.

 평원 왼쪽 끝에는 녹색 담요를 펼쳐 놓은 것 같은 밀밭이 지평선을 이루며 달리고 있다. 노오란 대지와 초록빛 밀밭의 이 선명한 대조는 한 폭의 수채화처럼 그지없이 아름다운 풍경을 이루고 있다. 날이 갈수록 풍경은 새로운 아름다움을 보여 주고 있고, 그것을 대할 때마다 그는 자신이 흡사 꿈속의 세계에 들어와 있는 것 같은 기분을 느끼곤 한다. 일찍이 연안(延安)이 중국 불교의 중심지였던 까닭은 풍경이 이렇게 신비스러웠기 때문이 아닐까, 하고 그는 생각한다.

멀리 아래쪽에서 말 탄 병사가 오솔길을 올라오고 있는 것이 보인다. 드넓은 천지에 현재 사람이라고는 그 병사 하나밖에 보이지 않는다. 이것 또한 신비한 점의 하나다. 일본과 항전하고, 승리 후에 장개석의 국부군을 몰아내고 이 중국 천하를 지배할 중공군의 중추부, 일찍이 2만 5천 리에 이르는 길고도 험난한 대장정(大長征)이후 10년 동안 중공군의 근거지로서, 자연을 개조하여 난공불락(難攻不落)의 요새로 성장해 온 이 황금빛 계곡에 하루종일 지켜보아도 군대의 행렬이나 집단의 움직임은커녕 사람의 그림자 하나 보기가 힘들다. 그런데도 불구하고 중공군은 무서운 속도로 움직이고 있고 증가하고 있는 것이다. 보이지 않는 곳에서 지령이 내려가고, 그것은 어김없이 실천에 옮겨지고 있기 때문이다.

고비사막에서 불어오는 모래먼지가 풀썩이는 이 노오란 대지에 물론 사람이 없는 것은 아니다. 암처럼 번져가는 중공군을 손가락 하나로, 또는 조용한 말 한마디로 훌륭히 조종해 내고 있는 사막의 여우들, 이를테면 모택동(毛澤東)을 비롯해서 주덕(朱德), 주은래(周恩來), 팽덕회(彭德懷) 등 맹장들이 그들의 막료들과 친위대를 거느리고 엄연히 숨을 쉬고 있다.

이들이 보이지 않는 것은 모두가 동굴 속에서 생활하고 있기 때문이다. 동굴 속에서 그들은 10년 동안 원시와 현대가 공존

하는 기묘한 생활을 해오고 있는 것이다. 동굴 속에는 사령부가 있고 홍군대학(紅軍大學)과 노신(魯迅)학원이 있고, 병원이 있고, 감옥과 유치원이 있다. 국부군도 일본군도 동굴 속에 깊이 숨어 버린 이들을 섬멸할 수는 없었다.

대치는 버드나무 가지를 엮어서 만든 의자를 나무 밑으로 옮겼다. 대추야자나무 잎이 시원한 그늘을 만들어 주고 있었다. 그는 의자에 앉아 언덕 밑을 바라보았다. 말을 탄 병사는 어느새 가까이 다가오고 있었다. 손문 복장에 레닌모를 눌러쓴 병사는 천하의 먼지를 다 묻힌 듯 노오란 모습으로 진홍의 안장 위에 앉아 있었다.

병사가 이쪽을 보고 하얀 이를 드러내면서 소리 없이 웃었다. 먼지에 덮인 얼굴 위에서 두 개의 눈이 구슬처럼 빛나고 있다.

"어이, 애꾸, 괜찮소?"

그는 이곳에 와서 애꾸로 통하고 있었다.

"괜찮아."

그는 퉁명스럽게 대답했다. 별로 기분 나쁜 것은 아니었다. 다만 이렇게 휴양생활을 하고 있다는 것이 답답하고 안타까웠다.

그는 벌써 두 달째 요양을 하고 있었다. 연안으로 도망쳐와 중국 공산당의 그늘 속에 숨은 그는 얼마 안 있어 공산군의 정예부대인 팔로군에 편입, 항일 유격전에 참가했었다. 그러나 그가 정작 다리에 부상을 입기는 국부군과의 충돌에서였다. 일본군에 대해 공동전선을 펴고 있으면서도 공산군과 국부군의 무력충돌은 잦았다. 만일 일본이 항복할 경우 중국 전토가 내전으로 휩쓸릴 것이라는 것은 누구나 다 예측하고 있는 일이었다.

 말 탄 병사는 휘파람을 한번 불더니 언덕 위 숲 속으로 사라져버렸다. 대치는 쓰디쓴 담배꽁초를 입으로 가져가면서 한숨을 길게 내쉬었다. 욕구가 좌절되고 있는데 대한 불만과 분노였다.

 그러나 부상한 다리는 이제 거의 완쾌되어 가고 있었다. 며칠만 지나면 그는 다시 전선으로 나갈 생각이었다. 이곳에 온 이후 그는 보다 견고한 공산주의자로 변모해 있었다. 그에게 자극을 주고 가르침을 준 것은 공산주의 이론이 아니라 그것을 몸소 실천하고 있는 중국 공산당 지도자들의 모습이었다. 그는 기회를 놓치지 않고 그들의 언행을 관찰함으로써 많은 것을 배우게 되었고, 그러는 동안 놀라운 속도로 공산주의자로서의 자기 발전을 꾀해 나갈 수가 있었다.

 동굴 속에서 짐승 같은 생활을 하면서도 오랜 세월을 인내하며 투쟁하고 있는 중국 공산주의자들의 모습은 그를 감동시키기에 충분한 것이었다. 그는 여기서 역사를 이룩해 나가는 인간들을 보는 것 같았고, 그래서 자신도 이들처럼 머지 않아 해방될 조국에서 혁명전사로 투쟁할 것을 새롭게 다짐하고 있었다. 이것은 지극히 비극적인 일이었지만 그 자신은 그것을 모르고 있었다.

 그는 거의 맹신자로 변해 있었다. 영웅적인 것을 좋아하는 그는 특히 모택동에 대해 존경심을 품었고 그를 몇 번 대한 뒤로는 거의 우상화하고 있었다.

 모택동을 보기는 쉽지 않았다. 그는 거의 얼굴을 나타내는 법이 없었고 나타난다해도 예측할 수 없는 곳에서 느닷없이 모습을 드러내어 주위 사람들을 놀라게 하는 취미를 가지고 있었다.

대치가 그를 처음 가까이서 대한 것은 연안으로 도망쳐 와서 며칠이 지난 어느 날 밤이었다. 그때 그는 같은 입장에 처해 있는 조선인 탈주병들과 함께 동굴 속에서 잡담을 나누고 있었는데 갑자기 동굴 앞이 요란스러워지더니 병사들이 뛰어 들어왔다.

"주석이 오신다! 모주석이 오신다!"

외치는 소리를 듣고서야 그들은 벌떡 일어서서 부동자세를 취했다. 조금 후에 둥글넓적한 얼굴에 목이 짧고 비대한 몸집의 사나이가 동굴 안으로 조용히 들어섰다. 올백으로 빗어 넘긴 머리와 풍화에 닦이고 씻긴 바위 같은 얼굴이 흡사 시골뜨기 같은 인상이었다. 대치는 농부를 잘못 보지 않았나 하고 생각했다. 그러나 밑으로 길게 쳐진 눈초리가 웃음으로 꿈틀거리는 것을 보고서야 상대가 문제의 인물임을 알았다.

모택동은 조선인 탈주병들이 기하급수적으로 불어나고 있는 것을 알고 있었다. 그는 탈주해 오는 그들을 중공군에 편입시켜 다시 전선에 내보내고 있었다. 조선인 탈주병이야말로 그에게 있어서는 저절로 굴러들어온 떡이나 다름이 없었다. 같은 민족도 아닌 그들을 전선에서 희생시킨다고 해서 마음이 아플 것은 하나도 없었다.

그가 그날 밤 조선 청년들이 기거하고 있는 동굴에 갑자기 나타난 것은 그들이 조선인 탈주병 중에서도 지도력을 발휘할 수 있는 학병 출신들이었기 때문이었다. 말귀를 알아들을 수 있는 그들에게 확신을 심어 주고, 그들로 하여금 스스로 총을 잡게 한다는 것은 대화의 명수인 그에게는 아주 쉬운 일이었다.

 그들은 탁자 주위에 둘러앉았다. 탁자 위에서는 동백기름 램프가 빛을 뿌리고 있었다. 대치는 맞은편에 앉아 모택동을 뚫어지게 쳐다보았다. 그뿐 아니라 모두가 긴장한 얼굴들을 하고 있었다.

 그러나 모택동은 시종일관 미소를 띠고 있었다. 그의 말씨는 느리고 우물우물해서 똑똑히 들리지가 않았다. 웃고 있는 얼굴은 부드러워 보였고, 아무것도 감추고 있는 것 같지가 않았다. 아무리 봐도 시골뜨기 같은데, 이 사람이 현재 중공군 50만을 지휘하고 있다는 사실이 도무지 믿어지지가 않았다.

 "우리는 같은 동지야. 여기에는 국경도 민족도 없어. 오직 하나의 이념만이 존재하고 있는 거야. 이 이념으로 뭉쳐서 우리는 세계 혁명을 완수해야 하는 거야. 일제의 패망은 눈 앞에 다가왔어. 그렇다고 모든 것이 끝나는 건 아니지. 지금보다 더한 투쟁이 기다리고 있는 거야. 중국은 장개석이 이끄는 국부군과 싸워야 되고 조선은 혁명이 물결을 일으켜야 돼. 나는 조선의 혁명을 적극 지원하겠어. 여러분들은 힘들고 괴로울지 모르겠지만 지금의 이 경험은 여러분들의 장래에 큰 힘이 될 거야. 여러분들이 조선에 돌아가게 되면 내가 한 말이 정말이라는 것을 곧 깨닫게 될 거야. 여러분들이 여기서 이념으로 튼튼히 무장하고 여러 가지 전술을 익혀서 조국으로 돌아간다면 여러분들을 당할 수 있는 세력은 하나도 없을 거야. 여러분들은 그 세력을 키워서 조선에 혁명의 물결을 일으켜야 돼. 여러분들은 혁명 전사가 되는 거야. 나는 20년 동안을 쫓기며 살아왔어. 그러나 견디어냈어. 여러분들도 많이⋯⋯많이 참아야 할 거야. 중국은 20년 동안 혁명의 기반을 쌓아 왔지만 조선은 전혀 그것이 되어 있지 않으니까 말이야."

불빛을 받아 넓은 이마가 번들거렸다. 그는 끊임없이 담배를 피우고 있었다.

이미 전설적인 인물이 되어 버린 이 사람에 대해서 대치는 점점 도취되기 시작했다. 이미 그는 비판의 능력을 상실하고 있었고, 그 대신 혁명전사로 둔갑한 자신의 모습을 머리 속에 그리고 있었다.

"조선은 정말 독립하게 됩니까? 독립하면 그 시기는 언제쯤 되겠습니까?"

대치는 가슴속에 품고 있던 것을 초조하게 물어 보았다. 모택동은 그를 멀거니 바라보다가 빙그레 웃었다.

"역사라는 것은 정말로 긴 것이다. 무엇 때문에 그렇게 덤비는가?"

대치는 얼굴을 붉혔다. 숨이 막힐 것 같았다.

"일제가 패망했다고 해서 독립이 되는 건 아니지. 진정한 독립은 혁명과 함께 오는 거야. 혁명을 위해서는 참고 기다리며 투쟁해야 돼."

참고 기다리라는 모택동의 말은 한마디로 그의 성격이자 전법이기도 했다.

모택동의 성격은 흐리멍텅하여 분명치가 않다. 온건하고도 참을성이 많다. 결코 성급히 일을 다루지 않는다. 그는 대사(大事)를 결정할 때에도 결코 그 자리에서 성급히 결정을 내리지 않는다. 우선 조사해 본다. 또 시험해 본다. 이렇게 해서 일정한 시간을 써 정세가 무르익기를 기다린다. 그 뒤에야 마지막 결정을 내리는 것이다. 20년 간에 걸친 국공투쟁(國共鬪爭)은 이것을 충분히 실증할 만한 재료로서 가득 차 있다. 그가 전개한 각종 운동의 결과도 그러하다. 그가 먼저 불을 그어댄다. 타오르는 불길을 어느 기간 바라본다. 그 뒤에야 이 불길을 끄는가, 더 크게 하든가, 적게 하든가 하는 결정을 내린다. (한국 동란에서도 그는 먼저 해방군을 한국에 보내서 시험적인 전투를 시켜 보았다. 그리고 이 정도면 할 수 있다고 판단한 다음에 지원군이 원정한다고 성명을 발표했다).

  아무튼 이 첫번째의 대면 이후, 대치는 어느새 모택동 숭배자가 되어 있었다. 그리고 중공군에 편입하여 싸우는 것을 매우 자랑스럽게 생각하게 되었다. 그런데 부상으로 이렇게 두 달 동안이나 처박혀 있으니 답답하지 않을 수가 없었다. 그는 이제 먼지, 고함 소리, 총소리, 붉은 피……이런 것을 떠나서는 생존의 의미가 없는 것 같았다.

  그는 눈을 비빈 다음 다시 계곡을 바라보았다. 애꾸가 된 뒤로는 시력에 많은 장애를 느끼고 있었다. 아지랑이 때문인지 평원이 흔들흔들 움직이는 것같이 보였다.

  그는 갑자기 돌아서서 동굴 앞으로 나 있는 길을 걸어갔다.

얼마 후에 그는 군의관 앞에 부동자세로 섰다. 동굴 앞에 탁자를 내놓고 무엇인가 열심히 기록하고 있던 젊은 군의관이 의아한 듯 그를 바라보았다.

"퇴원시켜 주십시오."

그는 불쑥 말했다. 군의관은 작은 눈을 꿈벅거렸다.

"괜찮소?"

"아무렇지도 않습니다."

"그래도 지금은 모르지만 한참 걸어 보면 다를걸요."

"괜찮습니다. 퇴원시켜 주십시오."

"정 그렇다면 저 아래 바위 있는 데까지 뛰어갔다 오시오."

대치는 비탈길을 뛰어 내려갔다. 도중에 그는 보기 좋게 한 바퀴 굴렀다. 그러나 곧 일어나서 다시 뛰어갔다. 숨을 헐떡이며 돌아온 그에게 군의관은 웃으며 말했다.

"좋소. 일 주일 후에 퇴원이오."

"오늘 당장 퇴원시켜 주십시오."

"이 봐요, 뭘 그렇게 서두르는 거요? 역사란 건 긴 거요. 마음 푹 놓고 기다리시오."

모택동의 말을 흉내내고 있는 이 군의관의 말에 대치는 멍청한 기분이 들었다. 사실 많은 중국인들이 모택동을 흉내내고 있었다. 대치 역시 흉내내고 싶은 것이 사실이었다. 동굴로 돌아온 그는 침상 위에 벌렁 드러누웠다. 동굴 안은 부상병들로 가득 차 있었다. 전선이나 후방이나 부상병들은 많았다. 장기치료를 요하는 부상병들은 최후방까지 후송되어 오고 있었다. 악취에 코를 싸쥐고 있던 대치는 옆자리의 병사가 노래하는 소리를 들었다.

"군인되니 참 좋네. 군인되니 참 좋네. 나팔 소리 들으면 식당으로 달려가네. 사람마다 한 그릇 밥, 걸음걸이는 비틀비틀……"

굶주림에 지친 병사의 노래였지만 대치의 귀에는 그것이 더없이 나약하게만 들려왔다. 굶주림을 참지 못 하는 병사는 죽어야 한다, 하고 그는 생각했다.

연안에는 북서항일홍군대학(北西抗日紅軍大學)이 있었다. 이 대학은 중국의 운명을 위협하고 있는 일본 제국주의와 장개석 정부를 타도하기 위한 중국 공산당 간부를 훈련하는데 그 목적이 있었다.

장교반 · 정치 공작원반 · 게릴라 지도반 · 특수 전문가반(기갑 · 포병 · 공병 장교 등) 등 4개 반으로 나뉘어져 있는 이 대학은 오직 항일의지만 있으면 성별 · 계급 · 성분에 관계없이 학생들을 받아들였다. 훈련을 위한 최소한의 학력은 국졸 이상이었으며, 그 이상의 중학생이나 대학생들은 물론 환영하였다.

대치는 게릴라 지도반에 들어가 교육을 받았다. 그리고 팔로군에 배치되어 싸우다가 부상을 당했던 것이다.

북경대학을 다닌 데다 중국어에 능통한 그는 중국 공산당으로부터 높이 평가받고 있었다.

중국 공산당의 항일투쟁은 주로 게릴라전이었다. 게릴라전을 통해 그들은 항일이라고 하는 역사적 당위성을 당세(黨勢) 확장에 최대한 이용했다.

홍군(紅軍)으로 불리던 공산군이 팔로군(八路軍)으로 이름을 바꾸어 국부군에 편입된 것은 1937년, 일본이 노구교(蘆溝橋)를 공격했을 때였다.

이때만 해도 공산군의 병력은 4만 5천 명에 불과, 국부군과 비교해 볼 때 모든 면에서 열세를 면치 못했다.

따라서 그들은 장개석과 손을 잡고 그들 밑에서 겨우 연명하면서 항일전선에 참가했는데 강력한 일본군을 정면으로 맞설 수가 없어 게릴라전에 의존할 수밖에 없었다. 병참선 없이 광활한 지역을 점령할 수 없는 일본군으로서는 팔로군의 이러한 게릴라전에 적잖게 타격을 입었다. 그렇다고 해서 팔로군이 국부군처럼 항일전선에 전력을 기울인 것은 아니었다. 그들에게 있어서 항일전은 사실상 그들 자신의 생존과 세력 확장을 위한 위장에 불과했다. 1935년 국부군에 쫓겨 강행했던 이른바 장정(長征)도 일본과 싸우기 위해 북쪽으로 이동한 것이라고 설명하고 정당화할 만큼 그들은 철두철미 항일전을 이용했다. 이와 같은 사실은 모택동이 국난선언(國難宣言)을 발표한 직후에 팔로군의 장교들에게 내린 다음과 같은 비밀지령에도 잘 나타나 있다.

"중일전쟁은 중공의 발전을 위하여 가장 좋은 기회이다. 우리들이 결정한 정책은 당의 발전을 위해 7할의 힘을, 국민정부에 대처하기 위하여 2할의 힘을, 항일을 위하여 1할의 힘을 쓰는 일이다."

이어서 그는 이렇게 말했다.

"이 정책의 실행에는 몇 개의 단계가 있다. 첫째, 타협의 단계로서 이 단계에서는 자기를 희생하고 중앙정부에 대한 표면상의 복종과 삼민주의의 준수를 보여 주어야 한다. 그러나 사실은 이것이 당의 생존과 발전을 위한 위장이다. 둘째, 경쟁의 단계로서 이 단계에서는 2~3년을 당의 정치적·군사적 기초 확립에 힘쓰고 다시 이를 발전시켜 끝내는 국민당과 대결, 타도하고 황하 이북에서 국민당의 영향을 제거시켜야 한다. 셋째, 공세의 단계로서 이 단계에서는 당의 병력을 화중(華中) 깊숙이 침투시켜 각 지구에서 국부군의 교통선을 절단하고 그들을 고립 분산시키는 한편 우리의 반격준비를 갖추어 국민당의 수중에서 주도권을 빼앗지 않으면 안 된다."

국부군이 항일전에 전력을 소모하고 있는 동안 팔로군은 이런 식으로 전력을 증강, 1945년에는 그 수가 50만으로 불어났고 다른 공산군 부대인 신사군(新四軍)과 함께 1945년 한 해 동안에 다시 1백만으로 증가, 중국의 운명을 좌우할 위협적인 존재로 부상했다.

좀더 자세히 말한다면 1937년에는 4개 근거지, 전체 면적 10만 평방 킬로, 인구 약 2백만이었던 중국 공산당 세력은 1945년 일본이 항복할 무렵에는 하북(河北), 열하(熱河), 산동(山東), 섬서(陝西), 산서(山西)의 대부분과 강서(江西), 안

휘(安徽)의 북부에 이르는 전체 면적 1백만 평방 킬로, 인구 약 1억을 지배하게 되었다. 이들 지역과 인민은 아직 분산상태에 놓여 있었으나 약 1백만 당원을 갖고 있는 당과, 역시 1백만의 병력을 갖고 있는 군대의 통제하에 있어 모든 의미에서 하나의 별개의 중국을 형성하고 있었다. 그리고 일본이 항복했을 때 마침내 중공은 국민당 앞에 그 거상을 드러내게 된 것이다.

대치는 팔로군에 재배치되었다.

팔로군에는 조선인 청년들이 많았기 때문에 그들만으로 따로 부대가 편성되어 있었는데 중국인들은 이 조선인 부대를 「조선의용군」이라고 부르고 있었다.

대치는 조선인 중대 하나를 지휘하게 되었다.

6월 중순, 팔로군 총사령관 주덕(朱德)은 일본군의 항복에 대비, 모든 중공군은 내몽고(內蒙古), 만주(滿洲), 산서성(山西省) 남북부를 향해 진격하라고 비밀지령을 내렸다. 이 명령에 따라 거미줄처럼 산재해 있던 팔로군 부대들은 세 방향으로 개미떼처럼 움직이기 시작했다.

중공군이 이렇게 진격을 서두른 것은 일본군을 섬멸하기 위해서라기 보다는 머지 않아 있을 일본 항복 직후의 국부군과의 대결에서 국부군보다 먼저 인원·영토·재산·군장비 등을 차지하기 위해서였다.

주덕은 이 진격 명령을 내림에 있어 조선의용군에게도 특별한 지시를 보냈다. 그 지시란 「조선에 대한 소련의 계획을 돕기 위해 팔로군과 함께 만주로 전진하라」는 것이었다. 이 지시에 따라 수천의 조선의용군 부대는 팔로군과 함께 열하를 시나 만주로 이동해 갔다.

이때 만주로 진격한 팔로군 제4야전군 10만 병력은 임표(林彪)의 지휘 하에 있었다.

임표는 여정표(呂正熛)·장학시(張學試)·만의(萬毅)·이운장(李雲章) 등을 지휘관으로 병력을 4종대로 나누어 만주를 향해 강행군을 개시했다.

중국을 지배하려면 먼저 만주를 지배해야 된다고 할 만큼 만주는 산업적·전략적 면에서 가장 중요한 지역이었다.

장개석도 그가 원하는 통일중국에 있어서의 만주의 중요성을 물론 잘 알고 있었다. 그래서 그는 대련(大連)이나 영구(營口)에 미국식 훈련을 받은 군단(軍團)을 상륙시켜, 그곳을 기점으로 만주철도 연변의 주요도시를 점령할 계획을 세우고 있었다. 따라서 국부군과 공산군의 전면적인 충돌은 이미 필연적인 귀결로 등장하고 있었다.

열하를 지나는 동안 팔로군 병사들은 여름이 문턱에 다가왔음을 느끼고 있었다. 헐벗어 누더기 차림이나 다름없는 병사들은 땀과 먼지에 뒤범벅이 된 채, 멀고먼 길을 걸어갔다. 충분한 장비도 갖추지 못한 채 보급 같은 것도 없이 오직 모택동의 게릴라 전법에 의지한 채 그들은 전진해 갔다. 그 전법이란 일찍이 모택동이 정강산(井岡山·중국 江西省 소재)에서 고안한 4행의 전법 슬로건을 기초로 한 것이었다.

적이 진격하면, 우리는 후퇴하고
적이 정지하면, 우리는 그 후방을 교란하고
적이 피로하면, 우리는 공격한다.
적이 후퇴하면, 우리는 추격한다.
(敵進我退, 敵據我優, 敵疲我打, 敵退我追)

이러한 전법은 병사들을 끊임없이 혹사시키고 전면전에는 맞지 않는 것이지만 광활한 중국 대륙에서 일본군과 국부군 사이에 끼여, 굴러 들어오는 떡을 먹어치우는 방법으로서는 매우 적절한 것이었다.

한마디로 정면 충돌을 피하고 도망치면서 싸우는 전법인 만큼 기동성 있게 움직이기 위해서는 소규모의 부대 단위로 나뉘어져 싸워야 한다. 그래서 팔로군들은 백 명 또는 2백 명씩 짝을 지어 동서남북에 불쑥불쑥 나타나곤 했다. 일본군으로서는 팔로군들이 동에 번쩍 서에 번쩍 하는 것 같았고 점차 끝까지 상대할 수 없는 놈들이라고 생각하게 되었다. 상대하면 할수록 지치고 피해를 보는 쪽은 일본군이었다.

골치를 썩인 나머지 그들은 팔로군을 가리켜「구어 먹을 수도, 쪄먹을 수도 없는 놈들」이라고 불렀다.

팔로군의 전법을 알게 된 일본군들은 나가 싸우는 것을 피하고 그 대신 방어에만 주력했다. 그러나 철통같은 방어도 교묘한 심리전으로 꿰뚫리곤 했다.

달빛이 쏟아지는 적요한 밤이면 전선의 병사들은 누구를 막론하고 떠나온 고향을 생각하기 마련이다. 진지 속에 들어있아 망향에 잠겨 있노라면 그다지 멀지 않은 곳에서 피리 소리가 은은히 들려온다. 일본에서 흔히 듣던 서글픈 단가 가락이다. 피리 소리는 점점 흐느끼듯 이어지면서 사나이들의 멍든 가슴을 후벼판다. 피리 소리에 참다 못한 일본군 병사들은 달을 쳐다보면서 길게 한숨을 내쉰다. 단숨에 고향에 달려가고 싶다. 그러나 살아서 돌아갈지도 알 수 없는 기약 없는 나날이다. 고향을 떠나 이머나 먼 대륙에서 전진(戰塵)에 묻힌 지 수년, 지친 병사들은 이제 성전(聖戰)도 천황도 싫어지고 오직 고향의 부모처자만 그리울 뿐이다. 인생이 허무하게만 느껴진다. 애끓는 피리 소리에 병사들은 마침내 소리 없이 눈물을 흘린다. 누구 하나 입을 열어 말하는 사람이 없다. 망향을 일깨우는 저 단가 가락, 그것이 들리지 않을까 봐 그들은 오히려 바싹 귀를 기울인다.

그들이 한바탕 장탄식을 하고 나자 이번에는 피리 소리가 그치고 대신 마이크 소리가 들려온다. 가냘픈 여자의 능숙한 일본말이다.

"머나먼 이국에서 오늘밤에도 잠 못 이루며 고향의 부모처자를 생각하고 있을 일본군 장병 여러분! 여러분들은 자신들이 왜 싸우고 있는지 단 한번이라도 생각해 보셨습니까? 여러분들은 천황을 위해 싸우는 겁니까, 적을 무찌르기 위해 싸우는 겁니까? 천황도 같은 인간입니다. 왜 한 인간을 위해 여러분들은 그 꽃다운 목숨을 버리려고 합니까? 여러분들은 적을 무찌르기 위해 싸우는 겁니까? 그러나 우리 중화민족은 여러분들의 적이 아닙니다. 우리는 여러분들이 침략해 오기 전에는 평화롭게 살고 있었습니다. 그런데 여러분들이 침략해 와서 우리를 적이라고 부르며 약탈·살인·강간을 저지르고 있는 겁니다. 도대체 여러분들은 왜 평화로운 이 나라에 와서 싸움을 일으키는 겁니까? 우리는 정말 싸우고 싶지 않습니다. 여러분들이 우리나라를 침략했기 때문에 우리는 우리 자신의 생명과 재산을 보호하려고 하는 것뿐입니다. 여러분, 이보다 더 무의미한 싸움이 어디 있습니까? 여러분들은 왜 이렇게 어리석은 싸움을 하고 있는 겁니까? 우리는 총을 버리고 자수하는 일본군은 우리의 동지로서 따뜻이 맞이하고 있습니다. 우리는 동지들이 원하는 대로 보살펴 줄 것입니다. 이 전쟁이 무의미하다고 생각되는 동지들은 주저하지 말고 자수하십시오. 우리는 언제나 여러분을 맞을 준비가 되어 있습니다."

이상한 일이었다. 일본군 정예를 자랑하는 관동군에게 이러한 심리전이 먹혀 들어간 것이다. 처음에는 밤사이에 한두 명씩 사라지더니 며칠이 지나자 투항자는 수십 명으로 불어났고 일개 중대가 몽땅 투항해 버리는 경우도 있었다.

6월 하순, 대치가 이끄는 조선인 부대는 장춘(長春) 서북방 1백 킬로에 들어서고 있었다. 거기서 그는 전방에 포진하고 있는 일본군 일개 대대를 기습하라는 명령을 받았다.

일본군 부대는 조그만 개울 곁에 자리잡고 있었다.

개울 건너 일본군 부대 저쪽에는 큰 마을이 하나 있었고 그곳에서는 사흘거리로 장이 열리고 있었다. 그곳에서 10리쯤 떨어진 개울 이쪽에도 조그만 마을이 몇 개 있었는데 장날이면 모두 개울을 건너 장을 보러 가는 것이 큰일거리가 되어 있었다.

대치는 대원들을 모두 산개시켰다. 백 명쯤 되는 게릴라들은 마을에 숨어들기도 하고 농부로 가장, 들에 나가 일을 하면서 장날이 오기를 기다렸다.

워낙 빠른 속도로 깊숙이 침투했기 때문에 일본군들은 벌써 팔로군들이 나타나리라고는 생각조차 못 하고 있었다. 더구나 오랫동안 전투가 없었으므로 그들은 긴장을 푼 채 방심상태에 빠져 있었다.

날이 밝자 길에는 벌써 장꾼들이 붐비고 있었다.

10시가 지나자 대치도 망태기를 하나 어깨에 둘러메고 장터로 향했다. 그 뒤를 척후 한 명이 멀리 떨어져서 따라왔.

구름 한 점 없는 푸른 하늘에서는 태양이 벌써 열기를 내뿜고 있었다. 밀짚모를 눌러쓰고 남루한 차림으로 걸어가는 그의 모습은 영락없이 농부 같았다. 그는 담배를 피우면서 느릿느릿 걸어갔다. 한 시간 후에 그는 냇가에 닿았다.

냇가에는 물이 꽤 많고 다리가 하나 놓여 있었다. 그는 다리 위에 서서 50미터쯤 떨어져 있는 저쪽 둑 위를 바라보았다. 웃통을 벗어 젖힌 일본군 한 명이 둑 밑에 앉아 막 낚싯대를 드리우고 있었다. 무척 한가로워 보이는 그 모습에 그는 약간 어리둥절한 기분이 들었다. 낚시를 하고 있는 일본군 병사 뒤쪽 조금 떨어진 곳에서는 보초가 한 명 어슬렁거리고 있었다.

부대 막사 주위는 담으로 둘러쳐져 있었고 연병장에서는 역시 웃통을 벗은 병사들이 오락가락하고 있었다. 후문 앞에서 어슬렁거리던 보초도 뜨거운 햇볕을 피해 초소 안으로 들어가 버렸다.

대치는 주위를 세밀히 관찰했지만 일본군들은 거의 무방비 상태에 빠져 있었다. 장터로 향하는 중국인들을 조사하는 일도 없었다. 중국인들은 아주 자유롭게 통행하고 있었다.

대치는 척후병이 가까이 다가오기를 기다렸다가 말했다.

"모두 장터로 모이라고 해. 무기는 숨겨 가지고 와야해. 기회가 좋지만 그렇다고 방심해서는 안 돼"

지시를 받은 척후병은 잠자코 오던 길을 되돌아갔다.

대치는 다리를 건너 장터 쪽으로 걸어갔다.

장터에는 수백 명의 중국인들이 들끓고 있었다. 대원들이 숨어들기에는 안성맞춤일 것 같았다.

그는 어슬렁거리며 장터를 돌아다니다가 길가에 쭈그리고 앉아 빵을 사먹었다. 그가 앉아 있는 곳에서 백 미터쯤 떨어져 있는 곳에 부대 정문이 보였다. 정문 앞에는 보초 하나가 지친 듯 서 있었다.

두 시간쯤 후에 대원들이 하나 둘씩 장터에 나타나기 시작했다. 그들은 서로 눈짓을 교환한 뒤 장꾼들 속으로 파고들었다.

무기를 실은 마차가 도착하자 대치는 장터에서 조금 떨어진 곳에 마차를 세우게 하고 대원들에게 지키게 했다. 마차 위는 곡식부대로 위장되어 있어서 아무도 그것을 의심하는 사람이 없었다.

대원들이 모두 침투한 것을 확인하자 대치는 척후병을 데리고 장터를 빠져나갔다. 그들은 장을 보고 집에 가는 장꾼처럼 부드럽게 담소하면서 걸어갔다. 그러나 이야기 내용은 살벌한 것이었다.

"후문에서 보초가 나타나면 무조건 사살해 버려. 수가 많으면 수류탄을 던져도 좋다. 그리고 다리 쪽으로 도망치는 거야. 다리를 건너야 돼. 장터 쪽으로 도망치면 절대 안 돼. 놈들이 준비하는 사이에 충분히 도망칠 수 있을 거야."

그들은 다리에 도착했다. 대치는 후문 쪽을 바라보았다. 낚시꾼은 두 명으로 불어나 있었다. 두 일본군은 팬티바람으로 앉아 낚시에 정신이 팔려 있었다.

대치와 척후병은 그들 쪽으로 슬슬 다가갔다. 그들이 앉아 있는 둑 위에 이르자 척후병은 등짐을 내려놓고 땀을 닦았다. 그 사이 대치는 둑 밑으로 내려갔다. 일본군 한 명이 인기척에 뒤를 돌아보았다.

"뭐야?"

"아, 구경 좀 하려구요. 고기가 잡힙니까?"

"송사리뿐이야."

다른 일본군은 그를 쳐다보지도 않았다. 좀 늙어 보이는 군인으로 장교 같았다. 대치는 풀잎으로 덮어놓은 깡통 속을 들여다보고 나서 칭찬을 했다.

"어이구, 많이 잡으셨습니다. 솜씨가 보통이 아니신가 보지요?"

이 말에 늙은 군인은 만족한지 히죽 웃었다.

"군대 오기 전에는 낚시만 다녔지. 여기 있는 고기들은 좀 미련한가 봐. 넣기만 하면 물거든."

두 일본군은 똑같이 입을 다물고 수면을 바라보았다. 낚시대 끝이 간들거리고 있었다.

대치는 허리춤에서 가만히 권총을 꺼내들고 젊은 병사의 뒤통수를 겨냥했다. 그는 결단을 내리는데 있어서 멈칫거리거나 사정 따위를 보지 않았다.

총소리를 자주 듣는 사람에게는 그것은 장난감 권총 소리 같았다. 그러나 효과는 백발백중이었다. 뒤통수에 총을 맞은 일본군 병사는 앉은 채로 물 속으로 첨벙 처박혔다. 피가 수면을 붉게 물들였다.

벌떡 일어서는 늙은 군인의 가슴팍에 대치는 권총을 들이밀었다.

"도망치면 죽인다! 다리 쪽으로 빨리 뛰어!"

일본군은 와들와들 떨다가 시키는 대로 뛰어갔다. 그 뒤를 대치가 바싹 따라갔다.

총소리에 잠을 깬 보초가 얼떨떨한 표정으로 나타나자 둑 위에 서 있던 척후병이 등짐 속에서 총을 꺼내어 쏘았다. 보초는 비명을 지르며 쓰러졌다. 웃통을 벗어 젖힌 병사들이 밖으로 뛰어나오는 것을 보자 척후병은 수류탄을 집어던졌다. 수류탄 터지는 소리는 요란하게 주위를 울렸다. 장터에서 돌아오던 장꾼들은 놀란 나머지 땅위에 모두 엎드렸다.

생포한 일본군을 앞세우고 대치와 척후병은 맹렬히 뛰어갔다. 일본군들을 유인하기 위해서였다.

그들의 모습이 보이지 않을 때쯤에야 일본군은 추격전을 벌였다. 먼저 일개 분대가 그들을 쫓았다. 그 동안 전 부대는 비상나팔이 울리는 가운데 무장을 갖추고 대오를 정비했다. 팔로군 부대가 정면에 가까이 나타난 것으로 그들은 알았다.

일개 중대만 막사에 남고 전 부대가 곧 출동했다. 대대장이란 자는 일거에 팔로군을 휩쓸어 버릴 듯이 부대를 몰아갔다.

길 위에 먼지가 뿌우옇게 일었다. 장꾼들은 허둥지둥 길 양켠으로 비켜섰다. 10리를 달려도 팔로군은 보이지 않았다. 마을 어귀에 이르렀을 때 그들은 납치된 장교가 죽어 있는 것을 발견했다. 장교는 목이 반쯤 잘린 채 길바닥 위에 쓰러져 있었다. 일본군들은 눈에 불을 켜고 마을로 돌입했다.

"보이는 대로 사살하라! 한 명도 살려두지 마!"

지휘자는 악을 썼다. 그러나 마을은 개미 새끼 한 마리 없이 텅 비어 있었다. 그들이 속았다, 하고 생각했을 때는 때가 늦어 있었다.

이때쯤 이미 대치는 멀리 우회해서 장터로 돌아와 있었다. 그가 손을 쳐들자 장터에 산개해 있던 게릴라들은 일제히 행동을 개시했다. 그들은 마차 위의 부대를 걷어치우고 무기를 끄집어 내었다. 그리고 부대 막사를 포위하고 담을 넘어 들어갔다.

창문 안으로 갑자기 수류탄이 날아 들어오는 바람에 막사에 들어 있던 일본군들은 미처 피할 틈도 없이 폭사했다.

쾅!

쾅!

쾅!

막사는 산산이 부서지면서 불타오르기 시작했다.

죽음을 면한 병사들은 연병장으로 뛰어나와 조준할 사이도 없이 총을 쏘아댔다. 그러나 그것도 잠깐이었다. 게릴라들은 발악하는 일본군들을 향해 침착하게 방아쇠를 당겼다.

검은 연기가 태양을 가리면서 하늘 높이 올라갔다. 일개 중대의 일본군이 불 속에서 몰사하는데는 반 시간도 채 걸리지 않았다. 죽지 않고 신음하는 부상병들은 장꾼들이 달려들어 낫이나 돌멩이로 쳐 죽였다. 중국인 양민들의 항일정신은 투철한 데가 있었다. 복수의 기회가 오면 그들은 철저히 적을 해치울 줄을 알았다.

한편 10리 밖에까지 추격해 간 일본군들은 홧김에 텅 빈 마을에 불을 질렀다. 불타는 마을을 쳐다보면서 분을 삭이고 있을 때, 장터 쪽에서 콩 볶는 듯한 총소리와 폭음이 들려왔다. 곧이어 검은 연기가 높이 치솟는 것을 보고서야 그들은 허둥지둥 돌아오기 시작했다.

그러나 그들이 절반도 오기 전에 뒤에서 함성이 들려왔다. 돌아보니 팔로군들이 세 방향에서 공격해 오고 있었다. 정면 장터 쪽에서도 팔로군들이 달려오고 있었다. 그제야 일본군들은 그들이 포위된 것을 알았다.

대치의 부대는 일정한 거리에서 공격을 멈추었다. 그리고 엄폐물에 몸을 숨기고 사격을 개시했다. 다른 팔로군 부대가 이렇게 신속히 나타날 수 있었던 것은 대치가 척후병을 보내 빨리 연락을 취했기 때문이었다.

일단 완전히 포위해 놓고 나자 팔로군은 단숨에 공격하지 않았다. 그 대신 항복할 것을 일본군에게 권했다. 일본군은 포위망을 뚫으려고 몇 번 맹공격을 가했으나 사상자만 늘어날 뿐 허사였다

해가 떨어져도 포위망은 풀리지 않았다. 오히려 더욱 압축되고 있었다.

일본군은 끈질기게 버티어냈다. 그러나 날이 샜을 때는 이미 반수 가량이 투항하거나 죽어 있었다.

일본군이 이처럼 뚜렷이 열세에 몰린 것을 확인하자 팔로군은 그제야 공격을 개시했다. 적이 피로하면 우리는 공격한다. 이 원칙을 그들은 철저히 실행하고 있었다. 손을 쳐드는 일본군에게도 그들은 사정없이 총을 난사했다.

두 시간 가까이 총소리가 하늘을 울렸다. 일본군 일개 대대의 주검이 뿌린 피는 이글거리는 태양 빛을 받아 장미꽃처럼 검붉게 불타올랐다.

아비규환의 생지옥을 대치는 총검을 움켜쥐고 달려들어갔다. 그리고 신음하고 있는 부상병들의 가슴에 닥치는 대로 총검을 찔렀다.

"죽어라! 이 원수들아! 흐흐흐흐……"

그는 거의 미치다시피 되어 있었다. 일본군을 죽일 때 그는 특히 발광하고 있었다.

한참을 정신없이 총검을 휘두르고 나자 그제야 그는 자신의 옷이 검붉은 피로 젖어 있는 것을 알았다.

그는 웃옷을 벗어 버리고 대신 일본군 장교의 옷을 벗겨 입었다. 그의 거침없는 행동에 다른 대원들은 모두 놀란 표정들을 지어 보였다.

아무튼 대치가 이끄는 조선인 부대의 기습 작전으로 일본군 일개 대대는 완전 섬멸되었다. 그것은 실로 기록에 남을만한 성공적인 작전이었다.

이 작전으로 대치는 이미 영웅이 되어 있었다. 그 자신 스스로가 그렇게 생각하고 있었다.

팔로군은 마을 주민들이 환호하는 가운데 혁명가를 부르며 마을로 들어갔다. 전투가 끝난 그날 하루만은 모두가 축제기분으로 들떠 있었고, 마을은 평온한 듯했다. 그러나 하루가 지나자 사태는 급변하기 시작했다. 이른바 정치공작원들이 활동을 개시한 것이다.

정치공작원들은 우선 그들 나름대로 믿을 수 있는 군중을 찾아내기 시작했다. 어느 마을에나 직업도 없이 건들거리며 놀고 있는 무뢰한이 있게 마련이다. 토비(土匪)·밀정·거지·아편쟁이들은 어느 마을에나 득실거리고 있었다.

이들은 자기밖에 생각하지 않는 반사회적 분자들이다. 그런데 정치공작원들은 이들 무뢰한들을 주목, 그들을 조직하여 이른바 기본군중(基本群衆)으로 삼았다. 아무것도 하지 않고 놀고 있던 이들은 하루아침에 열성분자로 변해 공작원들이 노리는 대로 토지개혁 투쟁에 적극 참가했다.

토지개혁은 중공의 사활이 걸린 가장 중요한 정책으로서, 기본적으로는 개인소유제를 집단소유제와 전민소유제(全民所有制)로 고친다는 것이지만 그 방법과 작풍은 이루 말할 수 없는 잔인성을 발휘하고 있었다.

토지 문제는 항상 중국사회의 대 문제였다. 역대의 정권은 이 문제를 해결하려고 노력해 왔다. 고대의 정전제도(井田制度)는 2천여 년에 걸쳐 끊임없이 사람들의 마음을 움직인 이상이었다. 토지 문제는 큰 문제이기는 하였지만, 중국의 토지 제도는 유럽에 비교하면 그래도 합리적이었으며 각 시대를 통하여 크나 작으나 일보일보씩 해결되어 왔다.

근본적으로 중국에는 유럽과 같은 봉건적 토지 귀족은 없었고 러시아처럼 토지에 얽매인 농노도 없었다. 공산당이 입버릇처럼 말하는 「봉건토지제도」는 명실공히 중국에는 존재하지 않았다. 경작 방법은 원시적인 것이기는 하지만 근대 중국에는 「봉건지주」는 없었다.

극히 소수의 관료와 상인이 직접 경작에 종사하는 노력 없이 소작료로서 생활하는 것을 제외하고는 일반 지주는 자기도 농민이며 스스로 경작에 종사하고 수명의 고용인을 두어 토지의 관리를 하게 하는 것이 일반적인 상태였다.

특히 만주는 땅이 넓고 지주의 세력이 클 것이지만 소수의 관료 지주를 제외하고는 스스로 경작에 종사하는 지주가 대부분이었다. 그들은 2대나 3대 전에 산동·하북·하남에서 넘어온 이민들의 후손이었다. 그들의 대부분은 어린애를 등에 업고 기근을 면하려고 찾아온 난민들이었다. 이 비옥한 땅에 와서 온갖 풍상을 다 겪으며 자기 손으로 미개간의 처녀지를 개척하였다. 땀의 결정을 축적하여 한 주먹만큼의 땅을 자기 소유로 만들고 2대나 3대가 걸려 겨우 이른바 지주가 되었다. 그런데 토지개혁이라는 미명 아래 이들을 몰아내려고 공산당은 가는 곳마다 공작을 꾸며 피비린내 나는 숙청 선풍을 일으킨 것이다.

간단히 말하면 계급투쟁을 전개하고 농촌에서 동원력이 있는 지주계급을 소멸하고 다수의 빈민을 공산당의 편으로 끌어온다는데 그들의 숨은 목적이 있었다. 단지 토지를 농민에게 공평하게 분배하는 일이라면 한편의 법령으로 충분하다. 그러나 다른 목적을 가진 중공은 그렇게 하지를 않았다.

토지개혁운동은 중국 역사에 있어서 공전의 가장 참혹한 대도살이었다. 공산당은 빈민을 이용하고 강압적으로 자기의 정권을 지지케 하기 위하여 또 자기의 특권적 이익을 만들어내기 위하여 대규모적이고 기만에 찬 극히 비열한 대도살을 감행한 것이다.

농촌에 있어서 지주와 빈농 사이에 일반론으로 말해서 모순이 있는 것은 사실이다. 그러나 그것은 피를 흘려야만 되는 구적관계(仇敵關係)는 아니다. 소작료만으로 놀고 먹는 지주가 있다는 것은 확실히 불공평하다. 그러나 때려죽일 만큼 그가 큰 죄를 지은 것은 아니다. 모순의 심화는 공산당이 일부러 문제를 확대시켜 조작해 낸 것이고 지주를 도살한 것은 공산당이 민의를 빌어서 명령했기 때문이다.

토지개혁은 만주에서부터 손을 대기 시작했다. 여기는 토지가 광대하여 부지런히 일하기만 하면 살아갈 수가 있고 재산을 모을 수도 있다. 지주는 권력으로써 남을 괴롭히는 습관이 없다. 거의가 가난한 농부로 일어선 사람들이기 때문이다. 따라서 그들은 모두가 순박하고 인정이 많았다.

이러한 농민들 사이에 계급투쟁을 만들자니 공산당은 자연 극단적인 방법을 취하지 않을 수 없었다. 그렇지 않고는 투쟁열을 고취시킬 수가 없기 때문이었다.

정치공작원들은 군중대회를 열기 전에 먼저 기본군중으로 지목된 불량배들을 집합시켰다. 그리고 그들의 말을 토대로 마을 주민을 지주·부농·중농·빈농 등으로 각각 분류했다. 다음에 기본군중에게 대회에 임하는 방법을 가르쳤는데 그것은 비판의식이 없는 이들에게는 아주 쉬운 일이었다.

군중대회가 열린 것은 날이 저물어서였다. 그 동안 기본군중은 마을 구석구석을 돌아다니면서 토지개혁을 부르짖고 어느새 그것은 전염병처럼 사람들의 입에 오르내리게 되었다.

"토지개혁을 위해서는 악질 지주를 몰아내야 한다!"

"지주를 몰아내자!"

기본군중은 소리소리 질렀다.

마침내 마을 공터에 횃불이 내걸리고 지주 한 사람이 기본군중에게 끌려나왔다. 그 지주는 장륭(張隆)이라고 하는 호호백발의 노인이었다. 그의 머리에 종이로 만든 높은 모자가 씌워져 있었고 가슴에는 「惡覇地主 張隆」이라고 쓴 백포가 달려 있었다. 그는 두 명의 청년에게 이끌려 단 위로 끌어올려졌다.

대치는 긴장한 눈으로 군중의 움직임을 주시했다. 그는 중국에서 혁명이 어떤 식으로 이루어지는가를 똑똑히 보아 둠으로써 훗날 조선 혁명에 그것을 도입할 생각을 하고 있었다.

단 밑에서 꽹과리 소리가 나자 대회가 열렸다. 기본군중의 하나가 손을 들어 지주를 가리켰다.

"그자는 이 지방에서 가장 악질적인 지주다! 소작료도 가장 비싸고 첩이 다섯이나 있다! 그뿐이 아니다! 옆집 사람이 굶어 죽어도 밥 한 술갈 주지 않았다!"

정치공작원은 단 위로 뛰어올라가 미소를 지으면서 군중들을 바라보았다.

"여러분, 들으신 바와 같이 이자는 가증스럽기 짝이 없는 지주입니다. 어떻게 벌하는 게 좋겠습니까?"

"죽여라!"

"죽여라!"

"죽여라!"

기다렸다는 듯이 기본군중 속에서 고함이 터져나왔다.

"용서해 주십시오. 잘못했습니다."

늙은 지주는 눈물을 뚝뚝 흘리면서 애걸했다.

대치는 기본군중 뒤쪽에 서 있는 일반군중들을 바라보았다. 그들은 아무도 소리를 지르지 않고 있었다.

묵묵히 침울한 얼굴로 지주를 바라보고 있을 뿐이었다. 그들의 얼굴에는 하나같이 지주를 동정하는 빛이 역력히 나타나 있었다. 이래서는 안될 것이라고 대치는 생각했다. 그래서 그는 곁에 서 있는 다른 공작원에게 작은 소리로 말했다.

"보다시피 일반군중은 투쟁하려고 하지 않는데요. 어떻게 하겠습니까?"

"군중이 움직이려고 하지 않으면 협박을 해야 합니다."

공작원은 당연하다는 투로 대답했다. 공작원들은 군중을 움직이게 하는 방법을 알고 있었다. 일반군중이 침묵하고 있었지만 공작원들은 조금도 실망하는 빛을 보이지 않았다.

"지금은 이렇게 양처럼 순하게 있지만 일단 발광하기 시작하면 군중은 무자비해집니다. 그들을 발광시키기 위해서는 우리 자신이 먼저 발광해야 합니다."

대치에게 이렇게 속삭이고 난 공작원은 단 위로 올라갔다.

"여러분들은 지금까지 가난으로 고생을 해왔습니다. 그러나 이제 그 고생에서 벗어날 때가 왔습니다. 땅이 없는 사람은 이제 땅을 가지게 되었습니다. 땅이 적은 사람은 더 많은 땅을 가지게 되었습니다. 그렇지만 땅은 저절로 굴러 들어오는 것이 아닙니다. 이런 악덕 지주와 투쟁하지 않으면 땅은 생기지 않습니다. 만일 지주와 투쟁하지 않는 사람이 있다면 그 사람은 지주 편에 가담하는 것으로 보고 가만두지 않겠습니다."

공작원의 말이 끝나자 기본군중 속에서 또 고함 소리가 터져 나왔다.

"총살하라!"

"그놈을 총살하라!"

기본군중들의 기세는 회장을 압도하고 있었다. 일반군중들은 누구 하나 이의를 말하지 않았다.

"그 뒤쪽에 서 있는 사람들은 왜 가만있습니까?"

공작원이 눈을 부릅뜨고 물었다.

"좋소!"

마침내 일반군중 속에서도 큰 소리가 들려왔다.

공작원은 엄숙한 표정을 짓고 한 사람 한 사람씩 쏘아보았다. 시선이 부딪친 일반군중들은

"좋소!"

"총살하라!"

하고 좀더 큰 소리로 외치기 시작했다. 기회를 놓칠세라 공작원은 즉시 판결을 내렸다.

"지주 장륭(張隆)은 죄상이 극심하여 인민의 공의에 따라 즉시 총살에 처한다!"

기본군중들 사이에서 환성이 터져나왔다.

지주는 부들부들 떨면서 단 아래로 끌어내려졌다. 그는 즉시 눈이 가려지고 집총한 병사들 앞에 세워졌다. 공작원이 손짓을 하자 병사들은 지체하지 않고 총을 발사했다. 피를 흘리며 쓰러지는 지주를 보고 기본군중들은 환호성을 올렸다. 일반군중들

속에 끼어 있던 여자들은 하나같이 눈물을 흘리고 있었다. 너무 기가 막힌 나머지 멍한 얼굴로 서 있는 사람들도 있었다.

그러나 투쟁회는 눈에 띄게 열이 오르고 있었다. 처음 지주들에게 동정을 보이던 일반군중들도 기본군중들의 발악에 하나둘씩 휩쓸려 들어가고 있었다. 지주 하나가 또 끌려올라오자 아까의 그 공작원이 대치에게 말했다.

"군중들을 발광하게 하려면 잔인한 방법을 보여 주어야 합니다. 눈물이나 동정 같은 것을 조금이라도 보이면 일은 그르쳐지고 맙니다."

"이번에도 사형입니까?"

"물론이지요. 이번에는 총살이 아니라 타살(打殺)입니다."

단 위에 올라가 있는 공작원이 지주의 죄상을 말하자 처음보다 더 큰 고함이 주위를 울렸다.

"죽여라!"

"때려 죽여라!"

그 지주 역시 걸음도 제대로 못 걷는 늙은 사람이었다. 공작원이 때려 죽이라고 명령하자 군중들은 지주를 끌어내려 몽둥이로 후려갈겼다. 몽둥이가 몸에 부딪치자 소리가 툭탁툭탁 들려왔다. 얼마 후 불빛에 드러난 지주의 모습은 보기에 처참할 정도로 으깨어져 있었다.

군중들은 몽둥이를 흔들면서 함성을 울렸다. 분위기는 점점 광인들의 축제같이 되어가고 있었다. 번뜩이는 눈초리들은 다음의 먹이를 기다리고 있었다.

세번째 끌려올라온 지주는 늙은 여자였다. 그녀는 무릎을 꿇고 앉아 정치공작원에게 두 손을 싹싹 비비며 애걸을 했다. 그러나 공작원은 거들떠보지도 않은 채 보고서를 들여다보며 그녀의 죄상을 나열했다.

"망향대(望鄕臺)에 올려라!"

"나무에 달아 올려라!"

지주마다 그 죽이는 방법이 모두 달랐다. 대치는 망향대가 무엇인지 알 수가 없었다.

"망향대가 뭡니까?"

"사람이 죽은 뒤에 간다고 하는 곳이지요. 이제 보십시오. 볼 만할 겁니다."

공작원은 의미 있게 웃어 보였다.

장터 한켠에는 한 아름이나 되는 버드나무 하나가 서 있었다. 기본군중들은 높은 가지에 밧줄을 걸어 그 한 끝에 노파의 허리를 붙들어 매었다. 이윽고 줄을 잡아당기자 노파의 몸은 공중으로 대롱거리며 올라갔다. 노파가 비명을 지르자 밑에서는 환성이 터졌다.

"이 늙은 여우야, 오줌 싸면 안 돼!"

와아, 하고 군중들이 웃었다. 노파는 정말 오줌을 싸고 있었다.

오줌 방울이 밑으로 뚝뚝 떨어지자 군중들은 왁자지껄 떠들면서 뒤로 물러섰다.

"죽여라!"

"죽여라!"

함성에 떠받치듯 노파의 몸은 허공에서 흔들리고 있었다. 노파는 목을 길게 뺀 채 처량하게 비명을 질러댔다. 그러나 이미 살기가 오를 대로 오른 군중들의 귀에는 아무것도 들리지 않고 있었다. 노파가 죽을죄를 지은 것이 아님을 알고 있는 사람들도 얼결에 덩달아 휩쓸리고 있었고, 그러다 보니 정말로 노파가 죄를 지은 것처럼 생각되는 모양이었다.

줄을 잡고 있던 기본군중의 하나가 줄을 늦추자 노파의 몸은 곧장 땅위로 떨어졌다. 피투성이가 된 노파가 팔다리를 허우적거리며 일어서려고 기를 썼다.

그러나 그녀는 다시 공중으로 달려 올라갔다. 끝까지 올라가자 줄은 다시 늦춰졌고 노파의 몸은 둔탁한 소리를 내면서 또다시 땅위로 떨어졌다. 군중들의 환호성은 절정에 달하고 있었다. 노파가 경련을 일으키고 있었다. 그녀의 숨이 쉽게 끊어지지 않자 군중들은 같은 짓을 반복했다. 여섯 번을 그렇게 하고 나자 비로소 노파는 숨을 거두었다.

그때쯤에는 그녀는 이미 알아볼 수 없을 정도로 피투성이가 되어 있었다.

네번째로 끌려나온 시주는 40대의 사내였다. 정치공작원이 죄상을 열거하자 그는 항변했다.

"저는 지주가 아닙니다. 며칠 전에 아버님이 돌아가시는 바람에 유산을 물려받은 것뿐입니다. 그렇지만 유산은 모두 여러분들에게 나누어 드리겠습니다."

그러나 그의 말을 귀담아 듣는 사람은 아무도 없었다. 젊은 지주는 군중들이 시키는 대로 구덩이를 파기 시작했다. 그가 눈물을 흘리며 제대로 일을 하지 않자 군중들은 무자비하게 그를 후려갈겼다.

"이놈아, 빨리 빨리 해! 네가 묻힐 땅은 네가 파야해!"

지주는 하염없이 눈물을 흘리면서 땅을 팠다. 그러나 겨우 허리 깊이까지 파고는 삽을 내던지고 주저앉아 버렸다. 그는 발버둥을 치면서 소리소리 질렀다.

"이놈들아, 죽일 테면 어서 죽여라! 내가 무슨 죄가 있단 말이냐! 천하의 악당들아!"

발광하던 군중들은 주춤했다. 그러나 기본군중의 하나가 몽둥이로 지주의 뒤통수를 후려치자 군중들은 다시 환성을 울렸다. 지주는 땅바닥에 쓰러진 채 꿈틀거렸다.

두 명의 사내가 더 깊이 구덩이를 판 다음 지주를 그 속에 집어 던졌다.

지주가 구덩이 밖으로 기어나오려고 팔을 뻗자 군중들은 머리 위로 흙을 밀어넣었다. 구덩이가 완전히 메워지자 그들은 발로 단단히 짓밟았다. 멋모르는 아이들까지도 그 위에 올라서서 깡충깡충 뛰었다.

"이것을 자굴분묘(自掘墳墓)라고 하죠."

공작원이 대치에게 말했다. 대치는 혁명이 훌륭하게 수행되고 있으며, 중국 인민은 훌륭하다고 생각했다. 그리고 조선도 이런 식으로 토지개혁을 단행해야 한다고 믿었다. 가난한 집안의 아들인 그는 어릴 때부터 부자에 대한 적개심을 남달리 품어

왔었다. 그리고 이제 그것은 구체적인 형태로 드러나려 하고 있다. 지주를 처단하는 일이 끝나자 공작원들은 마을 사람들에게 지주의 집에서 끌어 내온 값진 물건들을 무상으로 나누어 주기 시작했다. 난생 처음 공짜로 귀한 물건들을 얻게 되자 군중들은 이제야말로 살기 좋은 세상이 돌아왔나 보다 하고 생각하면서 저마다 더 좋은 물건을 받으려고 아귀다툼을 벌였다.

일 주일 후 대치 부대는 일본군 일개 대대와 다시 부딪쳤다. 일단 총격을 받자 대치는 급히 부하들을 데리고 도망쳤다. 10리 밖으로 도망쳐서야 그는 들판에 주저앉아 휴식을 취했다. 방어에만 주력하고 있던 일본군은 도주하는 적군을 끝까지 추격하는 짓을 삼가고 있었다.

밤이 될 때까지 대치 부대는 그대로 휴식을 취했다. 50리 북상하는 지점에서 일단 다른 부대와 합류하여 보다 큰 작전에 대비해야 했으므로 어떻게 하든지 앞에 있는 일본군 대대를 뚫고 지나가야 했다. 후속 부대도 없었으므로 일개 중대로 적군 대대를 상대하지 않을 수 없었다. 적군의 정비가 잘되고 화력도 센 것 같았다. 아무리 작전을 짜봤지만 승산을 내다볼 수 있는 묘안이 떠오르지가 않았다. 길고 긴 행군에 대원들은 지치고 굶주려 사기마저 크게 저하되고 있었다. 여기저기서 불평하는 소리가 들려왔다.

"차라리 일본군에 있었더라면 굶지는 않지. 그때가 좋았다니까."

"이러고 있을 게 아니라 가자! 난 장개석한테 가겠다!

어둠 속에서 굵은 목소리가 주위를 울리며 들려왔다. 대치는 욱하고 치미는 뜨거운 열기를 꾹 눌렀다.

"자, 국부군에 들어갈 사람은 날 따라와! 이러고 있다가는 한 놈도 살아남지 않을 거다!"

굵은 목소리는 계속 외쳐대고 있었다. 그것은 상당히 선동적이어서 갑자기 주위가 술렁거리기 시작하고 있었다. 대치는 긴장했다. 적군을 앞에 두고 부대가 와해된다면 큰일이다. 무엇보다도 책임 문제가 따른다. 그 자신은 처형될지도 모른다. 그는 갑자기 두려워졌고 조선인들 중에 아직도 기회주의자가 있다는데 화가 났다. 어떻게든지 사태가 악화되기 전에 먼저 기강을 바로잡을 필요가 있었다. 그는 잠자코 귀를 기울였다.

"갈려면 중대장한테 사정이라도 말해야 되지 않을까?"

"중대장이 무슨 말라빠진 중대장이야. 우린 살려고 일본군에서 도망쳐 나왔지 죽을려고 나온 게 아니야! 우린 가고 싶으면 가는 거야! 누구도 우리를 잡지 못해!"

몇 명이 어둠 속에서 움직이는 소리가 났다. 대치는 권총을 빼들고 뛰어갔다.

"꼼짝 말고 거기 서라!"

이탈자는 모두 세 명이었다. 그들은 유유히 걸어가다가 뒤돌아섰다.

"왜 그래?"

건장한 대원이 대치 앞을 가로막았다. 입대하기 전에 부두 노무자로 일했다는 사내였다.

"음, 네가 바로 선동한 놈이구나!"

대치는 두 다리에 힘을 주고 상대방을 쏘아보았다. 어둠 때문에 상대방의 얼굴이 잘 보이지가 않았다.

"흥, 이래라 저래라 하지 마! 같은 입장에서 뭐가 잘났다구 큰소리야! 이제부터 우리는 우린 가고 싶은 대로 갈 테니까 막지 마! 알겠어?"

"못 간다! 여긴 군대다! 도망치고 싶으면 내가 보지 않을 때 도망쳐라! 도망친다면 너희들이야말로 인간 쓰레기다! 어디 가서도 환영받지 못할 겁쟁이들이란 말이다!"

"뭣이!"

상대방도 자존심이 꽤 강한 편이었다. 그는 자기 몸이 대치보다 월등히 크다고 생각했던지 주먹으로 대치의 턱을 후려갈겼다. 일격에 대치는 땅위로 나동그라졌다.

"까불면 죽여 버린다!"

이탈자들은 돌아서서 다시 걸어가기 시작했다.

부대는 완전히 질서가 무너지는 듯했다. 상당수의 대원들이 앞서가는 이탈자들을 따라가려는 기색을 보였다.

몸을 일으킨 대치는 그를 구타한 이탈자를 향해 권총을 발사했다. 건장한 사내는 몸을 휙 돌리더니 이내 쿵하고 쓰러졌다. 대치가 가까이 다가서자 사내는 쓰러진 채로 대치의 다리를 움켜잡았다. 대치는 상대의 목덜미에 총구를 대고 다시 한번 방아쇠를 당겼다. 이탈자는 다리에 감은 팔을 풀더니 땅바닥 위에 길게 몸을 뻗었다.

다른 두 명의 이탈자들은 더 가지 못 하고 그 자리에 멈춰 서 있었다. 대치가 어둠 속에서 노려보자 그들은 대치 앞으로 조심스럽게 다가왔다.

"자, 잘못했습니다. 용서하십시오."

"이번만은 용서한다. 그 대신 너희들은 오늘밤 나를 따라 척후에 나간다. 알았나?"

"알았습니다."

대치는 부대원을 모두 정렬시킨 다음 엄중하게 경고를 내렸다.

"적군과 대치하고 있는 이때에 군율을 어기는 자가 있다면 단연코 용서하지 않겠다! 우리는 단지 팔로군을 위해서 싸우는 것이 아니다! 조국의 해방을 위해서 적군과 싸우는 것이다! 일본군은 우리 조선과 중국의 공동의 적이다! 우리는 이 전쟁을 통해서 적군을 무찌르고 위대한 중국 전사(戰士)들의 혁명 전략을 배워야 할 막중한 임무를 가지고 있는 것이다! 우리는 우리가 선택받은 몸들이라는 것을 망각하지 말아야 한다!"

그의 태도는 단연 위압적이고도 인상적인 것이었다. 아무도 그에게 반발하고 나서는 사람은 없었다.

그는 대원 두 명을 데리고 즉시 출발했다. 그의 용감성과 잔혹함과 단호함에 부하들은 하나같이 혀를 내두르며 놀라고 있었다.

그는 적과의 충돌에 앞서 언제나 적을 충분히 파악해 두는 버릇이 있었다. 적을 알고 그 약점을 찌르면 적은 반드시 패한다고 그는 믿고 있었다.

중간쯤 갔을 때 부슬비가 내렸다. 그는 마침 잘되었다는 생각이 들었다. 비가 오면 인기척을 느끼기 어렵기 때문에 접근하기가 쉬워진다. 빗발은 조금씩 굵어지고 있었다.

마을은 어둠 속에 잠겨 있었다. 마을 앞으로는 철로가 달리고 있었고 조그만 간이역이 하나 있었다. 일본군 대대는 이 마을을 중심으로 철로 수비를 맡고 있는 것 같았다. 어느 곳이나 철로 양쪽으로는 철로를 따라 터널처럼 깊은 호가 파여 있었고 일본군들은 그 호 속에 숨어서 경비 임무를 맡고 있었다.

목표 지점에 거의 왔다고 생각되자 대치는 포복 자세를 취했다. 흙탕물이 옷 속으로 배어들자 으스스 한기가 느껴졌다. 그는 얼굴 위로 흘러내리는 빗물을 연신 닦으면서 앞으로 전진했다. 두 명의 부하들은 헐떡거리고 있었다. 대치는 그들이 공포에 떨고 있는 것을 알면서도 명령을 내렸다.

"지금부터 행동을 따로 한다. 너희들은 일본군 한 명을 생포해 와야 한다. 무슨 수를 써서라도 사로잡아야 한다. 둘이서 적군 한 명을 못 잡는다면 돌아올 생각도 하지 마라. 돌아갈 때 중간 지점에서 합류하기로 한다."

말을 마친 그는 다시 앞으로 재빨리 기어갔다. 그는 부하들이 적군을 생포할 수 있을 것이라고는 믿지 않았다. 그렇지만 겁이 많은 부하일수록 끝까지 몰아붙여야 그는 직성이 풀리는 것이었다.

비가 갑자기 소나기로 변하고 있었다. 뇌성이 울리고 번개가 번쩍하고 어둠을 갈랐다. 그는 기회를 놓치지 않고 속력을 내어 기어갔다. 앞은 완전히 칠흑 같은 어둠이어서 아무것도 보이지가 않았다. 번개가 다시 쳤을 때 그는 자신이 호 앞에 바싹 다가와 있음을 알았다. 호에서는 아무 소리도 들려오지 않았다. 그는 칼을 움켜쥐고 몸을 더욱 바싹 땅바닥에 밀착시켰다. 그리고 조금 더 앞으로 기어갔다.

번개가 치는 순간 그는 호 속에 우비를 뒤집어 쓴 채 웅크리고 있는 병사를 볼 수가 있었다. 병사는 모든 것이 귀찮은지 경비 임무를 완전히 포기하고 있는 게 분명했다. 대치는 몸을 일으키는 것과 동시에 호 속으로 뛰어들었다.

"꼼짝 마라! 소리치면 죽인다!"

그는 혼신의 힘을 다해 일본군의 머리통을 주먹으로 내려쳤다. 기습을 당한 일본군은 끙하는 소리와 함께 옆으로 쓰러졌다. 그는 일본군을 깔고 앉은 다음 목에다 칼을 갖다대었다. 여차하면 놈의 목을 잘라 버릴 생각이었다. 그러나 적군은 기절해 버렸는지 아무 저항도 하지 않았다. 대치는 놈의 손을 뒤로 돌려 수갑을 채우고 입에는 재갈을 물렸다. 그리고 놈의 몸을 호 위로 들어올렸다. 경비병은 체구가 작고 가벼워서 다루기에 어렵지가 않았다.

밖으로 나오자 그는 경비병의 목에 밧줄을 걸어 끌어당겼다. 포복으로 한참 끌고 간 다음에 보니 경비병은 정신을 차렸는지 끙끙거리고 있었다. 대치는 안전하다고 생각되는 지점에 이르자 놈을 세워놓고 재갈을 풀어 주었다.

"도망칠 생각은 하지 마라! 이 권총은 장난감이 아니야!"

"목숨만 살려 주십시오! 목숨만 살려 주십시오!"

병사는 부들부들 떨면서 애걸했다. 대치는 앞장서서 걸어갔다. 목을 감은 밧줄을 끌어당길 때마다 포로는 숨이 막히는지 캑캑거리면서 신음 소리를 냈다.

뒤에서 총소리와 함께 비명이 들려왔다. 총소리는 연이어 들려왔다. 또 이어서 일본군의 외침과 호각 소리가 났다. 비상이 걸린 모양이었다. 소리가 들려오는 쪽은 대원 두 명이 간 쪽이었다.

그들이 실패한 것이라고 생각했을 때 누군가가 허둥지둥 달려왔다.

"중대장님!"

"조용히 해. 무슨 일이야?"

대치를 발견하자 뛰어온 대원은 발치에 풀썩 쓰러졌다.

"다, 다리에 총을 맞았습니다!"

"또 한 동지는 어떻게 됐어?"

"총에 맞고 쓰러진 걸 보고 달려왔습니다!"

총소리가 콩 볶듯이 들려왔다. 추격이 시작되는 것 같았다.

"중대장님, 저를 데려가 주십시오!"

부하가 다리를 움켜쥐자 대치는 뿌리쳤다.

"데려갈 틈이 없다. 각오해라!"

"안 됩니다! 중대장님, 데려가 주십시오!"

대치는 부하의 머리에 권총을 겨누고 방아쇠를 당겼다. 부하가 쓰러지는 것을 확인하자 그는 달리기 시작했다.

총소리는 사방에서 들려오고 있었다. 포로가 넘어지면 그는 줄을 잡아당겨 사정없이 걷어차곤 했다. 정신없이 한참 동안 달리자 총소리도 뜸해지고 고함 소리도 들려오지 않았다. 그는 걸음을 멈추면서 소리 없이 웃었다. 한바탕 사지(死地)를 뚫고 나올 때마다 그는 이렇게 악마처럼 웃는 버릇이 있었다.

부대는 비를 피해 인근 마을로 피신해 있었다. 잠복해 있던 부하의 안내를 받아 마을로 들어선 대치는 포로를 창고 속에 가둬 놓고 즉시 심문에 들어갔다. 포로는 조선 출신 학도병이었다. 대치를 비롯한 중공군이 모두 같은 조선인임을 알자 그는 기뻐서 눈물을 줄줄 흘렸다.

"바른대로 말해라. 너희 대대에 조선인은 얼마나 되나?"

"2백 명쯤 됩니다."

"왜 그렇게 조선인이 많지?"

"대대장이 조선인입니다. 그래서 조선 청년들을 많이 데리고 있습니다."

"대대장 이름이 뭐지?"

"나까이(中井) 중좌라고 합니다."

"그자는 부하들을 잘 통솔하고 있나?"

"요즘은 매일 술만 마시고 있습니다."

일본 육사까지 나온 대대장 나까이 중좌는 일본의 패색이 짙어 가자 의욕을 잃고 매일 술만 마시고 있었다. 더구나 요즘은 미모의 술집 접대부에게 홀랑 빠져 매일 취침을 술집에서 하고 있었다. 젊은 장교들은 이러한 상관에 대해 불만이 많은 모양이었다.

"마을 경비는 어느 정도인가?"

"마을 경비는 하지 않습니다. 철도 경비만으로도 인원이 부족합니다."

대치는 포로에게 지도를 상세히 그리게 했다. 대대 병력은 연장 10킬로에 걸쳐 철도 경비를 맡고 있었다. 따라서 병력은 분산되어 있었고 대대본부가 있는 간이역 마을에는 겨우 1개 소대 정도의 병력이 남아 있었다.

"대대본부는 어디에 있는가?"

"마을 한쪽에 있는 학교 건물에 있습니다."

"나까이 중좌가 잘 가는 그 술집으로 안내해라. 지금부터 마을로 잠입한다."

포로는 질린 얼굴로 한참 동안 대치를 바라보기만 했다. 그러다가 겨우,

"마, 마을로 들어가는 것은 위험합니다."

하고 말했다. 대치는 포로의 턱 밑에 권총을 찔렀다.

"잔말 말고 안내해! 도망칠 생각하면 널 쏴 죽이겠다! 안내만 잘하면 널 팔로군에 편입시켜 주겠다. 마을로 안전하게 들어갈 수 있는 길은 없나?"

"이, 있습니다. 여기서 5리쯤 북쪽으로 올라가면 큰 냇물이 나옵니다. 그 냇물을 타고 철교 밑으로 빠지면 됩니다."

"철교에는 경비병이 없나?"

"철교 양쪽에 한 명씩 있긴 하지만 철교가 길어서 냇물 한 가운데로 가면 보이지 않을 겁니다."

대치는 돌격대원으로 10명의 병사를 뽑았다. 그리고 나머지 대원들은 간이역이 점령되는 대로 마을로 쳐들어오도록 명령을 내렸다.

비가 퍼붓고 있는 가운데 돌격대원들은 어둠을 타고 전진했다. 모두가 이런 모험을 바란 것은 아니었지만 아무도 영웅심에 불타는 대치의 기세를 막을 수는 없었다. 냇물은 어느새 물이 불어 허리까지 물이 차 오르고 있었다. 물살을 거슬러가야 했으므로 전진은 쉽지가 않았다. 대치는 밧줄로 대원들의 허리를 모두 감게 한 다음 한 줄로 서서 걸어가게 했다. 대원들은 수류탄 보따리를 목에 걸고 총을 가슴 위로 쳐들고 조심스럽게 걸음을 옮겨 나갔다.

지척을 분간할 수 없을 정도로 어두운 것이 그들에게는 천만다행이었다. 철교를 지키는 경비병 두 명은 너무 캄캄한데다 비까지 많이 내리고 있었기 때문에 냇물 쪽은 쳐다보지도 않고 호 속에 틀어박혀 우비를 뒤집어쓰고 앉아 있었다. 야간 경비 임무는 외롭고 고달픈 일이긴 하지만 그 시간만은 상급자의 감시가 없어서 졸병들에게는 한없이 자유롭고 편안한 때라고 할 수 있었다.

냇물 속에 들어간 지 반 시간만에 대치가 이끄는 돌격대원들은 철교 밑을 통과했다. 그들은 곧 냇물을 벗어나 마을 쪽으로 향했다.

"오늘밤 암호는?"

대치는 포로의 등에 권총을 박으면서 물었다.

"새벽 — 이슬입니다."

포로는 벌벌 떨어대고 있었다.

마을에 거의 도착했을 때 그들은 처음으로 일본군 보초와 부딪쳤다. 어둠 속에서

"정지! 암호?"

하는 소리가 들려왔다.

대치는 포로를 밀어붙이고 앞으로 나섰다.

"새벽!"

"이슬!"

어둠 속에서 두 명의 보초가 나타났다.

"몇 중댄가?"

"2중대다."

"2중대? 2중대가 이 시간에 웬일인가?"

대치는 옆으로 다가온 대원의 옆구리를 쿡 찔렀다. 대원은 총을 내린 채 의아해 하고 있는 보초 두 명을 향해 개머리판을 휘둘렀다. 워낙 힘차게 휘둘렀기 때문에 일본군 두 명은 한꺼번에 머리를 얻어맞고 땅위에 나뒹굴었다. 돌격대원들은 지체없이 그들의 몸을 개머리판으로 난타했다. 물건을 내려치는 것 같은 탁탁거리는 소리와 빗소리에 눌려 보초들이 내지르는 비명은 그대로 가라앉아 버리고 말았다.

마을은 깊은 잠에 떨어져 있었다. 불빛 하나 보이지 않아 마

치 유령이 출몰하는 마을 같았다. 그들은 발소리 하나 내지 않고 신속하게 움직였다.

이윽고 술집 앞에 이르자 대치는 문간방을 걷어차고 안으로 뛰어 들어갔다. 플래시를 비추자 노파가 꿇어앉아 손을 싹싹 비벼댔다.

"나까이 중좌는 어디서 자고 있어?"

"이, 이리 오십시오."

노파가 가리키는 방은 제일 안쪽에 있었다. 대치는 문을 밀어붙이고 플래시를 비췄다. 벌거벗은 어린 계집이 놀라 일어나는 것이 보였다. 대치가 안으로 성큼 들어서자 계집은 이불로 몸을 가리면서 오돌오돌 떨었다. 나까이도 벌거벗은 몸이었는데, 세상 모르고 잠들어 있었다. 대치는 놈의 엉덩이를 걷어찼다. 그제야 나까이는 눈을 떴다.

"누, 누구야?"

그는 아직도 정신이 덜 드는 모양이었다. 뒤따라 들어온 대원이 총대로 후려치자 그제야 그는 부들부들 떨면서 팬티를 주워 입었다. 대치는 팬티 차림의 그를 밖으로 끌어내어 단단히 결박한 다음 대대본부 쪽으로 끌고 갔다.

"너, 너희들은 누구냐?"

나까이 중좌는 지휘관이라 그런지 그래도 기를 쓰며 그들에게 물었다.

"팔로군이다! 조용히 하라!"

대대본부에 이르자 그들은 아까처럼 감쪽같이 보초를 해치우고 학교 운동장 안으로 들어섰다.

대대본부에는 겨우 1개 소대의 병력만이 주둔하고 있었다. 그들은 한 교실 속에서 모두 곯아떨어져 있었다. 대치는 좀 떨어진 곳에서 부하들의 공격을 지켜보기로 했다.

"지금부터 5분 이내에 교실을 완전히 포위한다. 총소리를 신호로 수류탄을 일제히 교실 속으로 집어던져라. 무기고와 탄약고도 동시에 폭파한다. 교실 밖으로 나오는 자는 지시가 있을 때까지 무조건 사살하라!"

돌격대원들은 허리를 굽히고 재빨리 어둠 속으로 사라졌다. 대치는 어두운 밤하늘을 쳐다보았다. 비는 여전히 억수같이 쏟아지고 있었다.

"당신은 조선 사람이라지?"

대치의 물음에 나까이는 멈칫하는 것 같았다.

"나도 조선 사람이다. 일본군 중좌가 된 게 자랑스러운가?"

나까이는 대답하지 않았다.

"수치로 알라. 우리는 일본군보다도 너 같은 놈을 더 증오한다. 일본군 장교로 출세하겠다니 너야말로 정말 가증스러운 놈이다."

대치는 권총을 빼어들고 공중으로 일 발을 쏘았다. 그것을 신호로 일본군들이 잠들어 있는 교실 쪽에서 폭음이 들려왔다. 수십 개의 수류탄이 한꺼번에 터지는 소리는 흡사 폭탄같이 주위를 뒤흔들었다. 뒤이어 탄약고가 폭발하는 소리가 났다. 불기둥이 밤하늘로 높이 치솟았다. 비명 소리는 폭발 소리에 눌려

모기 소리같이 작게 들렸다. 수라장이 된 어둠 속에서 총소리가 일어났다.

비가 오고 있는데도 불구하고 교실이 불타오르고 있었다. 불빛이 휘황하게 운동장을 비추는 사이로 팬티 차림의 일본군이 풀썩풀썩 쓰러지는 것이 보였다.

일본군 한 명이 총에 맞았는지 땅바닥을 기면서 대치가 서 있는 쪽으로 다가왔다. 병사는 대치의 발치에 이르자 힘이 다했는지 더 움직이려고 하지 않았다. 그 대신 머리를 쳐들고 대치에게 애걸했다.

"사……살려 주십시오. 저, 저는 처자가 있는 몸입니다."

병사는 늙어 보였다. 흙탕물로 뒤범벅된 뺨 위로 눈물이 줄줄 흘러내리고 있었다.

"고향이 어딘가!"

대치는 냉담하게 물었다.

"오오사까입니다."

"왜놈이구나!"

대치는 병사의 머리를 겨눈 다음 방아쇠를 당겼다. 늙은 일본군의 머리통이 부서져 나갔다. 병사는 몇 번 경련하다가 사지를 길게 늘어뜨렸다.

대치는 공포에 떨고 있는 나까이 중좌를 끌고 본부로 갔다. 본부는 아직 불타지 않고 있었다.

"방송을 해라! 너희 부하들에게 항복하라고 방송해라! 특히 조선인 병사들에게 항복하라고 일러라. 여기는 이미 포위되어 있다!"

대치는 나까이의 목에 총구를 찌르고 재촉했다.

"장병 여러분! 나는 대대장 나까이 중좌다. 우리는 이미 포위되어 있어 더 이상 싸운다는 것은 희생만을 자초할 뿐이다. 사정이 이러하니 모두 무기를 버리고 항복하기 바란다. 항복하는 사람은 목숨을 보장받을 것이다. 장병 여러분, 대대장 나까이 중좌는 충심으로 눈물을 머금고 여러에게의 항복을 권하는 바이다!"

대치는 나까이 중좌의 턱을 후려갈겼다.

"이 자식아, 뭐가 원통해서 눈물을 머금는다는 거냐! 더러운 자식, 다시 방송해! 조선인들은 항복하라고 해!"

나까이는 마이크를 붙잡고 떨리는 목소리로 다시 방송을 했다.

"장병 여러분! 다시 한번 간곡히 부탁한다! 빨리 항복해 주기 바란다! 지금 우리는 팔로군에게 포위되어 있다. 팔로군 지휘관은 조선인이다! 조선 출신 일본군 장병은 무조건 환영하고 있으니 빨리 항복하기 바란다! 이것을 조국의 부름으로 알고 빨리 투항하라!"

대대장 나까이는 목숨이라도 건지기 위해 열심히 방송하고 있었다

불길이 본부로 밀려들어오고 있었다. 대치는 마이크를 붙잡고 큰 소리로 외치기 시작했다.

"일본군 장병 들어라! 나는 여러분을 포위하고 있는 팔로군 지휘관이다! 너희들은 완전히 포위되어 있어서 나갈 구멍이 없

다! 약속하는데, 항복하는 자는 살려 주겠다. 그 대신 대항하는 자는 가차없이 사살하겠다! 특히 조선 출신 병사들에게 고한다. 여러분들은 조선인이면서 왜 일본을 위해 싸우고 있는가! 지금까지는 강제로 그랬다 해도 이제부터는 사정이 다르다! 여러분들에게는 조국의 독립을 위해 혁명 대열로 참가할 수 있는 기회가 왔다! 하늘이 준 기회다! 주저 말고 팔로군에 합세하라! 우리는 쌍수를 들어 여러분을 환영한다! 팔로군에는 위대하신 모택동 주석의 혁명 사상을 따르기 위해 모인 조선인들이 수없이 많다. 여러분은 이 기회를 놓치지 말기 바란다! 만일 끝까지 저 마귀 같은 일본 천황을 위해 싸우는 자가 있다면 조선 민족의 이름으로 단호히 처단하겠다. 투항을 원하는 자는 무기를 버리고 대대본부 앞으로 집결하라!"

마이크 소리는 역에까지 퍼져나갔다.

역 앞 철로까지 다가와 있던 팔로군들은 마이크 소리가 끝나자 함성을 지르면서 철로를 넘어 돌진해 왔다. 그때까지 철로를 경비하고 있던 일본군들은 맞서 싸울 용기를 잃고 도망치거나 투항했다. 대대장 나까이가 투항을 권고하는 마당에 병사들이 싸우려고 하지 않는 것은 당연하다. 뿐만 아니라 조선 출신 일본군들은 완전히 전의(戰意)를 상실하고 있었다. 전쟁터에 끌려나와 마음에도 없는 전쟁을 하고 있는 그들에게는 이것이야말로 자유를 획득할 수 있는 하늘이 준 절호의 기회처럼 생각되었다. 상대가 팔로군이건 누구건 그들에게는 무조건 구세주처럼 보였던 것이다. 따라서 그들은 너나 할 것 없이 총을 버리고 투항하기 시작했다.

　동이 트자 비도 그쳤다. 잿더미에서는 아직도 연기가 피어오르고 있었다. 학교 운동장에는 투항해 온 일본군들이 비에 젖은 몸으로 몰려 서 있었다. 팔로군들이 포위하고 있는 가운데 대대장 나까이 중좌와 중위 하나가 끌려나왔다. 중위도 팬티바람이었다. 대치가 나까이 앞으로 다가가 말했다.
　"너는 우리 조선인의 수치이기 때문에 살려둘 수 없다. 할 말 있나?"
　밤새 비를 맞아 초췌해진 나까이 중좌는 체념한 듯 눈을 한번 감았다가 떴다. 눈물 방울이 굴러떨어졌다. 그는 흐느끼면서 말했다.
　"같은 조선인의 손에 죽게 되어서 슬프다!"
　대치는 일본인 중위를 바라보았다.
　"너는 끝까지 대항하다가 체포됐으니 총살이다. 할 말 있나?"
　중위는 무서운 눈으로 대치를 노려보았다.
　"너희들 손에 죽기는 싫다! 천황폐하를 위해 자결하겠다!"
　"사내답구나. 그렇지만 총을 줄 수는 없다."
　"그럼 칼을 달라!"
　"좋다."
　대치는 먼저 나까이부터 처치하도록 지시했다.
　포로들 앞에 세워진 나까이 중좌는 시종 눈을 감은 채 금방이라도 쓰러질 것처럼 흔들거리고 있었다. 그 앞에 일렬 횡대로 늘어선 다섯 명의 팔로군들은 대치의 신호에 따라 일제히 총을 들어올렸다.

총소리는 새벽 공기를 뚫고 멀리까지 울려 퍼졌다. 그것은 밤새 울린 총소리와는 다른 승자의 위엄이 갖춰진 총소리였으므로 포로들의 간담을 서늘케 하기에 충분했다. 포로들은 입을 다문 채 긴긴 침묵으로 흙탕물 위에 처박힌 나까이 중좌를 바라보고 있었다.

다음은 중위의 차례였다. 대치는 그의 결박을 풀게 하고 나서 그에게 압수한 군도를 내주었다.

중위는 동쪽을 향해 무릎을 꿇고 앉아 세 번 절하고 나서 외쳤다.

"천황폐하 만세! 황군 만세!"

대치는 일본군의 이 도식적인 행위를 무감동하게 바라보았다. 너무 흔히 보아온 것이어서 그에게는 하나도 새로운 것이 없었다.

중위는 군도를 집어들더니 날을 안쪽으로 해서 그것을 수평으로 잡았다. 그리고 이를 악물고 눈을 부릅뜬 채 배를 왼쪽에서 오른쪽으로 힘차게 갈랐다. 검붉은 피와 함께 내장이 밖으로 쏟아져 나왔다. 새벽의 찬 공기에 부딪쳐 내장에서는 김이 무럭무럭 피어오르고 있었다. 그것은 무섭도록 선명한 빛을 띠고 있었다. 중위는 내장을 두 손으로 움켜쥐더니 앞으로 푹 하고 꼬꾸라졌다.

괴로운지 그는 몸을 뒤틀면서 신음하기 시작했다. 두 손으로 땅을 후벼파면서 그는 울부짖었다. 포로들은 묵묵히 그를 지켜보고만 있었다.

"누구든 좋다. 이놈 목을 쳐 줘라!"

대치는 포로들을 향해 명령했다.

"제가 하겠습니다."

안경을 낀 조선인 포로 하나가 뛰어나왔다. 학도병으로 보이는 그는 유난히 키가 작았다. 평소에 일본군에게 혹사당하고 기합만 받은 것이 분하고 원통한지 그는 군도를 집어들더니

"에잇!"

하는 소리와 함께 중위의 목을 내려쳤다.

그러나 서툰데다 힘이 없었기 때문에 피만 튀길 뿐 목은 그대로 붙어 있었다. 그는 다시 한번 힘을 내어 내려쳤다. 그러나 마찬가지였다. 중위의 몸은 심하게 경련하고 있었다.

"내려쳐라!"

"내려쳐라!"

"힘껏 내려쳐!"

조선인 포로들이 주먹을 흔들며 소리소리 질렀다. 짓눌려온 그들은 잔인한 복수심으로 불타고 있었다.

"사정을 봐서는 안 된다! 우물쭈물 하지 마! 복수는 철저히 해야 한다!"

대치도 고함을 질렀다.

응원을 받은 학도병은 세 번 네 번 연속적으로 군도를 휘둘렀

다. 안경너머로 눈을 번뜩이고 땀을 흘리면서 그는 미친 듯이 날뛰었다.

중위의 몸은 더 이상 경련하지 않았다. 목은 거의 잘려 대롱거리고 있었고 중위는 검붉은 피로 흥건히 물들어 있었다.

대치는 포로들을 조선인과 일본인으로 분류했다. 40여 명의 포로중 일본인은 4명에 불과했다. 대치는 조선인 포로들에게만 무기를 주어 팔로군에 편입시켰다.

남은 일본인들이 애걸을 했지만 그는 그들을 마을에 남겨두고 급히 그곳을 떠났다. 분산되어 있는 일본군들이 몰려오기 전에 도망쳐야 했던 것이다.

남은 4명의 일본군들을 요리하는 것은 마을 사람들의 일이었다. 팔로군들이 가고 나자 마을 사람들은 몽둥이를 들고 포로들에게 달려들었다. 무기가 없는 포로들은 그 자리에서 고스란히 맞아죽었다.

신출귀몰하는 대치의 부대는 쉬지 않고 북상했다. 부대는 완전히 거지꼴이었지만 사기는 충천하고 있었다. 그들은 식사할 시간도 없었으므로 일본군으로부터 노획한 식량을 걸어가면서 생채로 씹어먹었다.

행군하는 부대의 총검 위로 눈부신 햇빛이 쏟아지기 시작했다.

여명의 눈동자 · 제4권에 계속

● 김성종 추리소설

『최후의 증인』 - 상·하 | 김성종 장편추리소설
한국일보 창간 20주년기념 공모 당선작! 살인혐의로 20년간 억울하게 옥살이를 한 황바우의 출옥과 동시에 일어나는 살인사건! 사건을 뒤쫓는 오병호 형사의 집념으로 20년 동안 뒤엉킨 사건의 전모가 백일하에 드러난다.

『제5열』 - 상·중·하 | 김성종 장편추리소설
일간스포츠에 연재한 최고의 인기소설! 대통령선거를 기화로 국제 킬러를 고용, 국가를 송두리째 삼키려는 범죄 집단의 음모를 수사진이 적나라하게 파헤친다. 종래의 추리물과는 그 궤를 달리한 최초의 하드보일드 추리소설!

『부랑의 강』 - 김성종 장편추리소설
여대생과 외로운 중년신사가 벌인 불륜의 사랑이 몰고온 엽기적인 살인사건! 살인범으로 몰린 아버지의 무죄를 확신하고 이 사건에 뛰어든 딸의 집요한 추적의 정통 추리극! 사건의 종점에서 부딪치게 되는 악마의 얼굴은 과연?

『일곱개의 장미송이』 - 김성종 장편추리소설
임신 3개월 된 아내가 일곱 명에 의해 유린당하자 평범하고 왜소하고 얌전하던 남편이 복수의 집념을 불태운다. 아내의 유언에 따라 범인을 하나씩 찾아내어 잔인하게 죽이고 영전에 장미꽃을 한 송이씩 바치는 처절한 복수극!

『백색인간』 - 상·하 | 김성종 장편추리소설
허영의 노예가 되어 신데렐라의 꿈을 쫓는 미녀의 끈질긴 집념과 방탕, 그리고 그녀를 죽도록 사랑하며 혼자 독차지하려는 이상 성격을 가진 청년의 단말마적인 광란! 그리고 명수사관이 벌이는 사각의 심리 추리극!

『제5의 사나이』 - 상·중·하 | 김성종 장편추리소설
국제 마약조직이 분실한 2천만 달러의 헤로인 6kg! 배신자들을 처치하고 헤로인을 찾기 위해 홍콩으로부터 날아온 국제킬러 제5의 사나이! 킬러가 자행하는 냉혹한 살인극과 경찰이 벌이는 숨가쁜 추적의 하드보일드 추리극!

『반역의 벽』 - 상·하 | 김성종 장편추리소설
한국이 개발한 신무기 레이저 X, —핵무기를 순식간에 녹여버릴 수 있는 X의 가공할 위력! 이를 빼내려는 국제 스파이의 음모와 배신, 이들의 음모를 저지하려는 수사관들의 눈부신 활약. 국내 최초의 산업스파이 소설!

『아름다운 밀회』 - 상·하 | 김성종 장편추리소설
신혼여행 도중 실종된 미모의 신부로 인해 갑자기 용의자가 되어버린 신랑! 그가 벌이는 도피와 추적! 미녀의 뒤에 있던 치정과 재산을 둘러싼 악마들의 모습을 밝혀낸 수사극의 결정판! 김성종 추리소설의 새로운 지평!

『경부선특급 살인사건』 - 상·(중·하권 집필중) | 김성종 장편추리소설
그들은 연휴를 맞아 경부선 특급열차에 오른다. 밤열차에서 시작되는 불륜의 여로는 남자의 실종으로 일순간에 무너져 버린다. 실종이 몰고온 그 모호하고 안타까운 미스테리는 "열차속에서의 연속살인"으로 이어지는데……

『라인 X』 - 상·중·하 | 김성종 장편추리소설
교황을 살해하려는 KGB의 지령에 따라 잡입한 스파이 라인-X, 킬러의 총부리가 교황을 위협하는 절대절명의 순간 이를 제압하는 한국 경찰과 신출귀몰하는 라인—X와의 생사를 건 한판 승부를 묘사한 국제적 추리소설!

『어느 창녀의 죽음』 - 김성종 단편집
작가 김성종의 탄탄한 필력을 유감없이 보여주는 주옥같은 단편집! 신춘문예 당선작「경찰관」및「김교수 님의 죽음」,「소년의 꿈」,「사형집행」등을 수록. 문학적 흥미와 감동으로 독자를 매료하는 김성종 추리소설의 백미

『죽음의 도시』 - 김성종 SF단편집
김성종 SF단편소설집! 김성종이 예견한 기상천외한 미래사회의 청사진!「마지막 전화」,「회전목마」,「돌아온 사자」,「이상한 죽음」,「소년의 고향」등 SF 걸작들! 새로운 문학장르를 개척하려는 김성종의 끊임없는 실험정신!

『여자는 죽어야 한다』 - 상·하 | 김성종 장편추리소설
김성종이 시도한 실험적 추리소설! 독자는 특별한 예고살인 속으로 여행을 시작한다.「오늘밤 여자 한 명을 죽이겠다. 여자는 한쪽 귀가 없을 것이다. 잘해봐!!」살인 예고장을 보는 순간 독자들은 숨가쁜 긴장속으로 빠져든다.

『한국 국민에게 고함』 – 상 · 중 · 하 | 김성종 장편추리소설

추악한 한국 국민들에게 보내는 對국민 경고장! 「한국 국민에게 고함!」—이 경고를 받아들이지 않으면 테러를 감행할 수밖에 없다! 가공할 폭탄테러에 전율하는 시민들과 이를 추적하는 수사진의 필사적인 노력!

『국제열차 살인사건』 – 1 · 2 · 3 | 김성종 장편추리소설

이탈리아 밀라노에서 눈덮인 알프스산맥을 넘어 스위스 취리히에 이르는낭만의 기나긴 여로—그 여로 위를 달리는 국제열차에서 벌어지는 살인사건! 한 사나이의 父情과 분노가 역어내는 눈물겨운 드라마!

『슬픈 살인』 – 1 · 2 · 3 · 4 | 김성종 장편추리소설

부산 해운대를 무대로 펼쳐지는 김성종의 새롭고 야심찬 대하 추리소설! 뜨거운 여름 바닷가를 중심으로 벌어지는 젊은이들의 애욕과 애증의 파노라마가 몰고온 엽기인 연쇄 살인사건! 범인과 수사진이 벌이는 추리극의 백미!

『불타는 여인』 – 상 · 하 | 김성종 장편추리소설

불처럼 화려한 여인의 육체에 공포의 AIDS가! 무서운 AIDS를 접목시켜 공포의 연쇄 살인을 연출해낸 김성종 최신 장편추리소설—현대여성의 비극적 자화상을 경탄할만한 솜씨로 묘파해낸 우리시대의 새로운 인간드라마!

『제3의 사나이』 – 상 · 하 | 김성종 장편추리소설

대통령 출마를 선언한 대재벌 회장의 과거! 일본에 의해 지배당할 운명에 처한 한국경제를 구하기 위해 독재자에게 도전장을 낸 그의 약점을 쥐고 협박을 해오는 검은 그림자! 그들을 무자비하게 칼로 살해한 제3의 사나이는?

『죽음을 부르는 소녀』 | 김성종 장편추리소설

친구들과 지리산에 올랐다가 실종된 무당의 딸 현미, 민가를 침범하는 호랑이와 산속에 사는 사냥꾼 부자의 숙명적인 대결. 수십년 간 벼랑의 굴속에서 숨어 살아온 빨치산 출신의 야수. 그들이 벌이는 죽음의 드라마!

『홍콩에서 온 여인』 – 상 · 하 | 김성종 장편추리소설

군부의 지원을 받아 쿠테타를 성공시킨 염광림의 개혁조치에 불안을 느낀극우 보수 세력은 홍콩의 범죄조직을 끌어들여 염광림을 제거하려 한다. 킬러의 뒤를 끈질기게 추적한 오병호 경감은 마침내 이들의 계획을 저지한다.

『버림받은 여자』 – 상·하 | 김성종 장편추리소설
밝은 보름달 아래 피냄새를 쫓아 여자사냥에 나선 식인개— 전설로만 전해오던 그 개는 실제로 존재하는가? 한 남자의 아내와 애인이 맹수에게 물어뜯겨 살해된 시체로 발견되었다. 그녀들은 왜 그렇게 잔인하게 살해되었을까?

『코리언 X파일』 – 상·하 | 김성종 장편추리소설
21세기를 향해 첫발을 내딛는 김성종 추리문학의 진수! 한반도의 운명을 좌우할 X파일을 찾아라! 한·중·일 3국의 비밀기관원들이 X—파일을 둘러싸고 벌이는 상상을 초월하는 음모와 배신이 연속되는 문학적 흥미와 감동!

『형사 오병호』 – 김성종 장편추리소설
고층호텔에서 추락사한 외국인에 이어 연쇄적으로 발생하는 살인사건! 배후에 도사린 일단의 국제 테러리스트! 그들의 음모를 분쇄하기 위해 목숨을 걸고 사지에 뛰어든 형사 오병오의 숨막히는 스릴과 불타는 투혼!

『서울의 황혼』 – 김성종 장편추리소설
도심의 20층 호텔에서 벌거숭이로 떨어져 죽은 여배우 오애라— 그 뒤에 도사리고 있는 비밀요정의 정체! 그리고 마약·인신매매·밀항·국제매음조직 등 깊고 우울한 함정을 날카로운 시각으로 추란한 김성종 장편추리소설!

『세 얼굴을 가진 사나이』 – 상·하 | 김성종 장편추리소설
지리산에 올랐다가 실종된 무당의 딸 현미와 시체로 발견된 5명의 친구들, 대규모 수색작업이 수포로 돌아가자 조준기 형사는 혼자 현미를 찾아나선다. 지리산의 험산준령속에 파묻혀 있던 몇십 년 묵은 비밀과 현미의 행방은?

『얼어붙은 시간』 – 김성종 장편추리소설
임신한 어린 소녀가 사창가로 흘러들어 갔다. 그녀의 어린 남동생은 골목에서 손님을 불러들인다. 그리고 어느 날 그 사창가 쓰레기 더미 속에서 중년남자의 시체가 발견되는데…… 강한 휴머니즘을 바탕에 둔 비극미의 극치!

『나는 살고싶다』 – 김성종 장편추리소설
성불능 남편에게 이혼을 요구하던 아내의 죽음 때문애 살인 누명을 쓰고 옥살이를 하던 최태오의 탈옥! 죽음의 의식 속에서 더욱 강렬해지는 삶의 욕구, 피와 살이 튀기는 성의 고통과 환희속에서 그는 집요하게 범인을 추적한다.

『끝없는 복수』 – 상·(하권 집필중) | 김성종 장편추리소설
대학입시 준비에 여념이 없는 여학생을 감히 납치 폭행 살해한 악마들의 단말마적 폭력극! 하나밖에 없는 어린 딸을 살해한 자들을 찾아나선 눈물겨운 아버지의 피어린 복수극이 전편을 끝없는 긴장속으로 몰아넣는다.

『미로의 저쪽』 – 상·하 | 김성종 장편추리소설
인생의 모든 것을 상실한 여인 뭇月, 네 명의 악한을 상대로「복수」에 생의 최후를 건다. 연약한 여인이 벌이는 복수극은 처절하리만큼 비정하고 완벽하다. 독신 형사와 연하의 대학생이 등장하여 극적인 전환을 이루는 추리소설!

『안개속에 지다』 – 상·하 | 김성종 장편추리소설
세균학의 세계적 권위자인 유한백 박사가 의문의 살해를 당하고 잇달아 두 처녀가 피살된다. 미술을 전공한 미모의 외동딸 보화는 아버지가 남긴 막대한 재산으로 남자들을 고용, 범인의 추적에 나서는데……

『Z의 비밀』 – 김성종 장편추리소설
일본의「적군파」, 서독의「바더마인호프단」, 이탈리아의「붉은여단」, 팔레스타인의「검은 9월단」……세계의 도시 게릴라들이 모두 한국에 잠입했다. 암호명 Z의 비밀을 밝혀라! 그들의 한국 수사진의 한판 승부!

『최후의 밀서』 – 김성종 장편추리소설
다섯 살 된 아이의 유괴사건, 그 아이가 어느 재벌 2세의 사생아임이 밝혀지면서 기업에 얽힌 악마 같은 드라마는 시종 숨가쁜 호흡을 토해낸다. 유괴범을 집요하게 추적하는 형사 앞에 마침내 얼굴을 드러낸 X! 그는 과연?

『비련의 화인(火印)』 – 김성종 장편추리소설
귀여운 외동딸 청미가 이루지 못한 사랑의 붉은 도장(火因)이 몸에 찍힌 채 탄생한다. 8년 후 청미는 열차 속에서 시체로 발견되는데……청미의 유괴를 둘러싸고 벌이는 갈등 속에 범인으로 떠오르는 전혀 뜻밖의 인물!

『피아노 살인』 – 김성종 장편추리소설
밤마다 흐느끼듯 들려오는 쇼팽의 야상곡 소리는 6개월 시한부 인생을 살고 있는 여인이 벌거벗은 몸으로 목졸린 채 피살되면서 사라진다. 욕망이라는 정신분열적 성격을 다룬 김성종의 또 다른 실험적 포스드모더니즘!

김성종

1941년 전남 구례출생
연세대학교 정외과 졸업
1969년「조선일보」신춘문예 소설당선
1971년「현대문학」지 소설추천 완료
1974년「한국일보」에「최후의 증인」으로 장편소설 당선

여명의 눈동자 제3권

김성종 장편대하소설

초판발행	1978년 7월 15일
2판발행	1991년 1월 20일
3판2쇄	2017년 12월 10일
저자	金聖鍾
발행인	金仁鍾
북디자인	정병규디자인
발행처	도서출판 남도
등록일자	서기 1978년 6월 26일(제2009-000039호)
주소	경기도 성남시 중원구 둔촌대로 464 드림테크노 507호
전화	031-746-7761, 사울 02-488-2923
팩스	031-746-7762, 서울 02-473-0481
E.mail	ndbook@naver.com

ⓒ 2017 Kim Sung Jong. Printed in Korea

정가: 10,000원

ISBN 89-7265-503-9 04810
ISBN 89-7265-500-8 (세트) 04810
파본이나 잘못된 책은 교환하여 드립니다.